LES ANGES ET TOUS LES SAINTS

J. Courtney Sullivan est une écrivaine américaine. Diplômée du Smith College à Northampton en littérature anglaise, elle a commencé comme journaliste au *New York Times* avant d'écrire son premier livre, *Les Débutantes*.

Paru au Livre de Poche :

LES DÉBUTANTES

LES LIENS DU MARIAGE

MAINE

J. COURTNEY SULLIVAN

Les Anges et tous les saints

ROMAN TRADUIT DE L'ANGLAIS (ÉTATS-UNIS) PAR SOPHIE TROFF

ÉDITIONS RUE FROMENTIN

Titre original :
SAINTS FOR ALL OCCASIONS
Publié par Knopf, une division de Penguin Random House LLC.

ISBN : 978-2-253-07355-0 – 1re publication LGF

Pour Jenny Jackson, Brettne Bloom
et Ann Napolitano, qui ont gardé la foi.

J'existe en deux endroits,
Ici et là où tu es.

Margaret ATWOOD
Corpse Song

PREMIÈRE PARTIE

2009

1

En route pour l'hôpital, Nora se souvint que, lorsque Patrick était enfant, elle se réveillait en sursaut, saisie par la peur terrible qu'il ait cessé de respirer, qu'il soit en proie à une fièvre mortelle. Ou qu'on l'ait enlevé.

Elle devait alors aller le voir dans sa chambre pour se rassurer. Ils habitaient à l'époque au dernier niveau d'une maison de trois étages sur Crescent Avenue. Elle traversait la cuisine en somnambule, passait devant la porte de Bridget, puis longeait le couloir jusqu'à la chambre des garçons, sa chemise de nuit glissant sur le parquet froid, d'où filtrait le son étouffé de la radio de M. Sheehan, le voisin du dessous.

La peur revint l'été où Patrick avait seize ans, quand ils emménagèrent dans une grande maison à Hull. Nora se réveillait, le cœur battant, pensant à lui et à sa sœur ; les images du passé et du présent se chevauchaient. Elle s'inquiétait de ses fréquentations, de ses colères et de ses humeurs, de ce qu'il avait fait et qui ne pourrait jamais être défait.

Ses inquiétudes se manifestaient de la même manière que lorsqu'il était enfant. Quelle que soit l'heure, elle se levait et montait l'escalier du grenier vers la chambre de Patrick, afin de pouvoir poser les yeux sur lui. C'était une routine; son rituel pour avoir l'esprit tranquille. Rien de vraiment grave ne pouvait arriver si elle s'y attendait.

Au fil des ans, il y eut des moments où l'un des trois autres enfants accaparait ses pensées. À mesure qu'ils grandissaient, Nora les connaissait mieux. C'est une chose que personne ne vous dit jamais. Qu'il vous faudra apprendre à connaître vos propres enfants. John voulait lui faire plaisir, toujours avec exagération. Bridget était un vrai garçon manqué. Ils conservèrent ces traits de caractère à l'âge adulte. Quand Brian, son bébé, quitta la maison, Nora se fit du souci. Elle s'inquiéta encore plus quand il revint habiter chez eux.

Mais c'était Patrick qui la préoccupait le plus. Il avait cinquante ans aujourd'hui. Ces derniers mois, la peur était revenue. Depuis que John avait de nouveau envenimé la situation. N'étant plus en mesure de surveiller le sommeil de Patrick les nuits où ses craintes la reprenaient, Nora allumait la lampe de chevet et parcourait ses cartes de prière jusqu'à ce qu'elle trouve sainte Monique, la sainte patronne des mères ayant des enfants difficiles. Elle dormait avec la carte face retournée contre l'oreiller vide de Charlie.

Ce soir, pour une fois, elle n'avait pas pensé à Patrick. Elle était trop agacée par la chaudière au sous-sol, qui cliquetait depuis la fin du dîner. Régler la température n'avait rien changé. Nora pensait qu'il lui faudrait sans doute purger les tuyaux. En dernier recours, elle récita un rosaire pour faire cesser le bruit métallique. Cela semblant fonctionner, elle alla se coucher en affichant un grand sourire, rassurée sur ses propres pouvoirs.

Elle fut réveillée peu de temps après par la sonnerie du téléphone. Une voix inconnue lui annonça qu'il y avait eu un accident, qu'elle devait venir tout de suite. Quand elle arriva aux urgences, en pyjama de flanelle rose sous son manteau d'hiver, Patrick était déjà mort.

L'ambulance l'avait emmené à Carney.

Il fallut quarante-cinq minutes à Nora pour aller en voiture de chez elle à son ancien quartier.

Ils l'attendaient près de la porte ; un médecin, une infirmière et un prêtre qui devait avoir son âge. En le voyant, elle comprit. Elle songea qu'ils avaient quitté Dorchester il y a des années pour le bien de Patrick, mais, dès qu'il avait été adulte, il y était retourné. Sa vie avait débuté là, elle s'y achevait.

Ils l'emmenèrent dans un bureau sans fenêtre. Elle voulut leur dire qu'elle n'entrerait pas. Mais elle les suivit et prit un siège. Le médecin avait l'air trop jeune pour exercer de telles responsabilités, mais il est vrai que beaucoup de gens commençaient à lui paraître trop jeunes. Il tenait à ce que Nora sache qu'ils avaient tenté de réanimer son fils pendant près d'une heure. Ils avaient fait tout ce qu'ils pouvaient. Il donna des détails. Patrick avait bu. Il avait perdu le contrôle de son véhicule et percuté un mur de béton sous un pont de Morrissey Boulevard. Sa cage thoracique avait heurté la colonne de direction. Il avait fait une hémorragie au niveau des poumons.

— Ça aurait pu être pire, déclara le médecin. Sans sa ceinture de sécurité, il aurait été éjecté de la voiture.

Qu'est-ce qui pouvait être pire que la mort ? se demanda-t-elle, et pourtant elle se raccrocha à ce détail. Patrick avait mis sa ceinture de sécurité. Il ne voulait pas mourir.

Nora voulait demander au prêtre s'il pensait que toutes ses peurs avaient annoncé ce moment. Ou si elles étaient ce qui l'avait repoussé pendant si longtemps. Elle sentait qu'elle devait confesser quelque chose. Sa culpabilité. Ils la jugeraient folle, si elle disait tout cela à voix haute. Elle le savait. Alors elle resta assise, les lèvres pincées, serrant son sac à main contre sa poitrine comme un enfant agité.

Après la signature des papiers, l'infirmière dit :

— Nous allons vous laisser une minute avec lui, si vous le souhaitez.

Elle conduisit Nora dans une pièce au bout du couloir et ferma la porte.

Patrick était allongé sur une civière, recouvert d'un drap blanc, un tube respiratoire saillant de sa bouche. Quelqu'un lui avait fermé les yeux.

Du couloir et des chambres voisines provenaient le bip des machines, des bruits de pied et des voix étouffées. Un éclat de rire dans le bureau des infirmières. Mais dans cette pièce, tout était figé, définitif. Silencieux.

Nora essaya de se rappeler les mots du docteur. Il lui semblait que si elle pouvait reconstituer les faits, trouver un coupable, elle pourrait le faire revenir.

Elle se sentit emportée par sa colère contre John. Elle repensa à ce moment en mai dernier. Il lui avait demandé si elle se souvenait de la famille McClain, de Savin Hill. Leur fils aîné avait contacté John pour qu'il dirige sa campagne sénatoriale.

— Ils n'étaient pas sympathiques, avait-elle répondu. Tu ne devrais pas accepter.

Ce qu'elle voulait dire était *ne le fais pas.* Mais John était parti bille en tête. Ce qui avait provoqué cette terrible dispute lors de la confirmation de Maeve. Patrick et John ne s'étaient pas parlé depuis. Patrick n'était plus lui-même.

Nora était tombée sur un article dans le journal de la veille, un léger malaise comprimant sa poitrine comme chaque fois qu'elle voyait imprimé le nom de Rory McClain.

Il y avait une photo de Rory, avec un vrai visage de politicien, tout sourires, des cheveux noirs et des dents blanches. Sa femme se tenait à ses côtés, avec leurs trois fils adolescents, rangés par taille. Nora se demandait si, sous leurs chemises parfaitement repassées et leurs cheveux peignés comme pour une photo de classe, ils étaient aussi méchants que leur père et leur grand-père l'avaient été autrefois. Il lui semblait que les membres de cette famille étaient sournois par nature, cultivant l'art de l'hypocrisie et de la lâcheté.

Elle n'avait pas lu l'article. Elle savait pourtant que John appellerait pour s'assurer qu'elle l'avait vu. Mais

Nora avait tourné la page sans même parcourir le texte.

Elle inspira profondément et chassa ces pensées. Il ne restait plus beaucoup de temps.

Patrick portait une moustache affreuse depuis deux ans, en dépit de ses supplications pour qu'il la rase. Elle suspendit sa main juste au-dessus, pour cacher cette horreur, et le regarda. Elle le regarda encore et encore. Il avait toujours été beau. Le plus beau de ses enfants.

Peu après, l'infirmière frappa deux coups à la porte, puis l'ouvrit.

— Il est temps, dit-elle.

Nora tira une petite brosse en plastique de son sac à main et lissa ses boucles noires. Elle vérifia son pouls, à tout hasard. C'était comme si un essaim d'abeilles vibrionnait en elle, mais elle parvint à laisser Patrick partir, comme elle l'avait fait en d'autres occasions où cela lui semblait impossible. Quand il avait cinq ans et redoutait le premier jour de maternelle, elle avait glissé un coquillage dans sa poche au moment où le bus scolaire jaune arrivait. *Pour que tout se passe bien*, avait-elle dit.

Dans le couloir éclairé au néon, le prêtre posa une main sur son épaule.

— Vous êtes plus forte que la plupart des gens, madame Rafferty, dit-il. Vous êtes courageuse, ça se voit. Pas de larmes.

Nora ne dit rien. Elle n'avait jamais pu pleurer en public. De toute façon, ses larmes ne venaient jamais sur le moment. Ni quand sa mère était morte alors qu'elle était enfant, ni quand son mari était mort cinq ans plus tôt, ni quand sa sœur était partie. Bien sûr, pour sa sœur, ce n'était pas une mort, mais cela y ressemblait.

— De quelle région d'Irlande êtes-vous originaire ? demanda-t-il, et quand elle le fixa, incrédule, il ajouta : Votre accent…

— Le comté de Clare.

— Ah, ma mère venait du comté de Mayo. Il fit une pause, puis murmura : Il est dans un monde meilleur.

Pourquoi était-il venu ? Pourquoi à ce moment-là ? Naturellement, il ne pourrait jamais comprendre. Sa sœur était pareille. Nora la revit, dans sa robe noire – est-ce qu'elles s'habillaient encore ainsi ? Elle se réveillerait ce matin dans son couvent paisible à la campagne, sans attachement, sans chagrin, même si elle était celle qui avait déclenché les événements.

Sur le trajet du retour, incapable de réfléchir à la façon de l'annoncer à ses enfants, Nora pensa à sa sœur. Sa colère était comme une autre passagère dans la voiture. Une présence familière qui occupait tout l'espace.

Quand les enfants étaient jeunes, Charlie aimait leur raconter des histoires du pays. Leur préférée était celle du Rebouteux.

« Vous ai-je déjà dit qui venait quand on se cassait un os à Miltown Malbay ? » demandait-il.

Ils secouaient la tête, même s'ils l'avaient déjà entendue auparavant.

« Le rebouteux ! s'exclamait-il, refermant ses bras autour de l'enfant le plus proche de lui, qui gloussait de plaisir. On n'allait pas chez le docteur à moins d'être mourant. Non, quand on se cassait quelque chose, comme cela m'est arrivé – la cheville –, ce brave homme entrait dans votre chambre et vous remettait les os en place en un tour de main. Comme neuf, vous étiez. » Charlie faisait claquer sa langue d'un bruit sec. « Pas de médicaments. On n'en avait pas besoin. »

Les enfants étaient verts. Mais ils le suppliaient de la raconter encore.

Comme toujours lorsqu'il parlait de l'Irlande, Charlie passait le pire sous silence. L'homme lui avait remis la cheville légèrement de travers, créant un déséquilibre dans le reste de son corps, source de maux aux genoux et plus tard au dos.

Ils avaient proféré les mêmes mensonges. Le premier, au sujet de sa sœur. Et puis tous ceux qui suivirent, les conséquences du premier mensonge, chacun d'eux dédouanant Patrick un peu plus. Elle l'avait accepté comme le prix à payer pour le protéger.

John se plaignait toujours que Nora préfère Patrick. Bridget expliquait que jusqu'à l'âge de cinq ans, elle avait pensé que le prénom de son frère était *Mon Patrick*, car Nora l'appelait toujours ainsi. Elle avait cru qu'un jour ils comprendraient, qu'ils apprendraient toute l'histoire, bien qu'elle ne puisse imaginer la leur révéler. Patrick posait des questions, mais elle n'avait jamais pu se résoudre à y répondre.

Elle ne leur avait même pas dit qu'elle avait une sœur.

Son esprit s'évada de nouveau vers l'abbaye. Ces femmes vivant hors du monde, capables de tout abandonner, même leur propre nom. Nora avait compris depuis longtemps que l'enceinte du cloître empêchant le monde extérieur de pénétrer chez les religieuses pouvait tout aussi bien emmurer une personne ; l'emprisonner avec ses pensées. Qu'elle reste avec, alors ! Avec ce poids. Pourquoi Nora devrait-elle être la seule à le porter sur ses épaules ? Ce n'était pas juste.

Une fois à la maison, elle fouilla dans le bric-à-brac du tiroir, trouva son vieux carnet d'adresses et téléphona à l'abbaye pour la première fois depuis plus de trente ans. Elle dit à la jeune fille qui décrocha qu'elle s'appelait Nora Rafferty et qu'elle devait parler à mère Cecilia Flynn à propos de son fils, mort la nuit dernière dans un accident de voiture.

À l'extérieur, elle entendait les premiers banlieusards descendre la colline pour rejoindre l'autoroute qui les amènerait à la ville, ou bien au ferry, où ils avaleraient un café tandis que le bateau fendrait les eaux sombres du port.

Nora prit un bloc-notes sur le comptoir et fit une liste. Elle fit bouillir de l'eau pour le thé au cas où les visiteurs arriveraient plus tôt que prévu, puis s'assit et pleura, les coudes sur la table, le visage enfoui dans ses mains glacées.

DEUXIÈME PARTIE

1957-1959

2

Leur père avait réservé un taxi pour les conduire jusqu'à Ennistymon. De là, un bus les emmènerait à leur destination finale, le port de Cobh.

À six heures du matin, il fumait près de la fenêtre de la cuisine, tapotant du pied dans l'attente que la Ford noire de Cedric McGann grimpe la route en cahotant.

Nora n'avait pas dormi. Dans la maison silencieuse, à la lueur d'une lampe à pétrole, elle s'était assurée d'avoir pris tout ce dont elles auraient besoin. Elle avait vérifié trois fois pour être sûre. À présent, leurs valises près de la porte, elle s'assit à table, espérant qu'il lui dirait de ne pas partir. Mais son père ne la regardait pas.

— Tu vas bien ? parvint-elle à articuler.

— On ne peut mieux.

Il y a une heure, elle lui avait fait cuire un œuf dur. Il était resté dans l'assiette, intact.

Dans l'une de ses lettres, Charlie avait écrit que la cousine de son père à Boston était un véritable cordon-bleu, que Nora n'avait jamais rien goûté de comparable à sa cuisine. Nora avait dit à son père qu'elle était une femme très stricte et qu'il ne devait pas s'inquiéter, mais en fait Charlie racontait qu'elle surveillait à peine les membres de sa famille vivant sous son toit. Les filles logeaient au deuxième étage, les garçons au troisième et, tant qu'ils se comportaient convenablement, Mme Quinlan ne les embêtait pas.

Charlie prétendait qu'ils n'habiteraient pas longtemps chez elle. Dès qu'ils seraient mariés, ils auraient leur propre appartement. *Et Theresa ?* lui avait-elle demandé dans sa lettre. *Elle pourra venir avec nous si tu veux,* avait-il répondu. *Ou elle pourra rester chez les Quinlan. Nous ne serons pas très loin.*

Nora observa son père près de la fenêtre. Elle eut l'impression qu'on venait de lui annoncer un décès ; ce même mélange de chagrin et d'attente qui venait combler l'absence après la mort d'un proche.

Sa sœur entra en sautillant dans la pièce, excitée, vêtue de sa plus belle robe.

Nora allait lui dire de prendre du porridge afin de se caler l'estomac pour le voyage.

— Oh ! s'écria Theresa en franchissant le seuil de la cuisine, mon chapeau !

Elle ressortit aussi vite qu'elle était arrivée.

— Silence, dit leur père à voix basse. Tu vas la réveiller.

Leur grand-mère leur avait fait ses adieux la veille au soir. Elle disait qu'elle ne supporterait pas de les voir partir. Ne voulait pas conserver le souvenir de cette nuit.

Quand le taxi arriva, Nora crut qu'elle ne réussirait pas à monter à l'intérieur. Comment vos jambes pouvaient-elles vous porter vers un endroit où vous n'aviez pas envie d'aller ? Pourtant, elle posa un pied devant l'autre, son corps trahissant son esprit, elle échangea une longue étreinte avec son père, embrassa rapidement son frère, qui était sorti de sa chambre à la dernière minute, tête baissée. Martin s'opposait à leur départ depuis le début, et ignorait ses deux sœurs comme pour s'entraîner à vivre sans elles.

Les yeux de son père brillaient de larmes qui menaçaient de jaillir, mais ne le feraient pas. Il avait l'air fatigué, il avait l'air vieux, le visage bruni et tanné par le soleil.

Il terrifiait Nora quand elle était enfant, après le décès de sa mère ; sa colère explosait pour un rien comme si ses enfants étaient un châtiment. Ils s'enfuyaient en criant, ils se cachaient dans les recoins de la maison qu'il ne pouvait atteindre, derrière des meubles lourds ou sous le lit de leur grand-mère, où ils étaient rattrapés par une grosse main menaçante.

Un enfant n'avait pas d'autre choix que de pardonner. Et puis il pouvait être gentil à sa manière. Il les emmenait à la pêche, leur apprenait à attraper les truites à mains nues. Tous les étés, ils allaient ensemble aux courses de Miltown et il leur donnait un penny à chacun pour parier sur le cheval de leur choix.

Il aimait l'effronterie de Theresa. Il ne la grondait pas. Seule Nora la houspillait, essayant de lui apprendre les bonnes manières comme sa mère l'aurait fait. Mais Theresa et Martin n'avaient pas connu leur mère assez longtemps. Elle n'avait pas eu le temps de les façonner à son image comme Nora.

Avant de mourir, elle avait dit à Nora que les deux petits étaient désormais sous sa responsabilité. Peut-être l'avait-elle dit uniquement pour que Nora ait une mission à laquelle se raccrocher. Pour qu'elle se sente moins perdue. Mais Nora avait pris son rôle très au sérieux, même s'ils ne l'écoutaient pas la plupart du temps. Elle n'était pas ferme, énergique comme l'avait été sa mère. Elle n'arrivait pas réellement à faire preuve d'autorité.

En grandissant, Nora redouta moins son père. Elle devint presque son égale à la maison une fois qu'elle commença à gagner sa vie. Ils discutaient au petit déjeuner de la ferme et du travail des filles. Son père riait facilement, racontait des histoires de bagarres de bar dans sa jeunesse. Elle voyait qu'il n'était pas un homme à la stature imposante. Il était plus petit que la moyenne, ses cheveux et ses sourcils blonds lui donnant un air presque enfantin quand il souriait. Elle comprit qu'il n'était plus le même homme passé une certaine heure, après s'être servi un whisky, puis un deuxième, un troisième. Elle préférait son père le matin, quand il était prévisible.

Debout dans l'entrée, il tourna soudain la tête et s'écria :

— Theresa ! Où es-tu ? Viens.

Nora aperçut sa sœur debout dans l'embrasure de la porte de la chambre qu'elles avaient partagée pendant sept ans, depuis la naissance de Theresa. Les murs de la pièce étaient d'un bleu très clair. Ils encadraient le visage de Theresa dans la lumière du matin comme un portrait de la Vierge. Nora et elle se ressemblaient – les mêmes grands yeux bleus, des lèvres fines et des boucles brunes. Mais Nora pensait que ces traits étaient agencés d'une manière plus plaisante sur le visage de Theresa que sur le sien.

Toute petite, quand elle avait peur du noir, Theresa se glissait dans le lit de Nora la nuit et se cramponnait à elle. Nora bougonnait et faisait mine de s'en débarrasser, mais en réalité elle aimait sa chaleur et son réconfort. Elle connaissait le corps de Theresa aussi bien que le sien. Mieux. Enfant, Nora lui donnait son bain, brossait les nœuds dans ses cheveux. Quand Theresa tombait, c'était Nora qui tamponnait de teinture d'iode ses écorchures tandis qu'elle hurlait dans toute la maison.

— Je ne le trouve pas, dit Theresa. Aide-moi. Tu le connais. Il a une fleur de soie rose sur le bord.

— On n'a pas le temps, répondit Nora. Il est six heures et demie.

Leur père tendit à chacune un peu d'argent. Theresa glissa ses sous dans la poche de son manteau et l'embrassa sur la joue. Nora le remercia puis, alors qu'il ne la regardait pas, elle fourra le billet au fond de sa botte près de la porte. Il le trouverait plus tard, et en aurait besoin. Il faisait toujours preuve d'une générosité au-delà de ses moyens. Offrir une tournée générale chez Friel's alors qu'ils n'avaient pas de quoi s'acheter du sucre et de la farine ; faire un don à un organisme de bienfaisance alors qu'ils avaient eux-mêmes besoin de la charité d'autrui. Le taxi lui-même était un luxe qu'il ne pouvait pas s'offrir, mais il n'y avait pas d'autre moyen de se rendre là-bas avec les bagages. Elle avait déjà décidé de lui renvoyer le prix de la course en plus de tout ce qu'elle pourrait faire pour lui.

Elle avait demandé à son frère de veiller sur lui, de s'assurer qu'il soit prudent. Mais Martin n'avait que dix-neuf ans. Avait-il la moindre conscience des dangers ?

Leur père porta les sacs à l'extérieur de la maison. Nora et Theresa le suivirent.

Cedric McGann se tenait près de la voiture. Il était le frère d'une fille qu'elle avait connue à l'école. Elle l'avait vu au bal plusieurs fois. Mais cela ne l'empêcha pas de rougir quand il lui dit : « Bonjour, Nora. »

Il y a une semaine, elle s'était juré de ne plus jamais rougir, chose qu'elle faisait dans les situations les plus ridicules, dans des moments où nulle autre femme ne se troublerait. Elle rougissait quand elle entrait dans l'épicerie Jones et devait se rendre au comptoir pour demander du thé à Cyril Jones. Elle rougissait quand le père Sweeney la regardait dans les yeux en posant sur sa langue l'hostie blanche de la Communion.

Charlie disait qu'on pouvait faire peau neuve en Amérique, laisser derrière soi tout ce qu'on n'aimait pas. Pourtant, avant même d'avoir franchi le portail, il était évident que Nora était condamnée à rester elle-même.

— Bonjour, Cedric, dit Theresa sur le ton de la connivence, comme s'ils partageaient un secret, chose que Nora savait impossible.

Elle était reconnaissante cependant que Theresa ait détourné son attention.

— Quel est le score final du match d'hier ? demanda son père.

— Douze à deux, répondit Cedric. Je me suis fait un peu malmener, mais ça en valait la peine.

— Brave garçon.

Le ton de son père était léger, comme si Cedric était venu chercher les filles pour les emmener à un bal à Lahinch et les reconduire ensuite à la maison.

Nora contempla les murets de pierre qui séparaient une ferme de l'autre, formant une ligne tortueuse qui balafrait les collines verdoyantes sur des kilomètres, jusqu'à ce que le vert disparaisse dans la mer et le ciel. Au premier plan, il y avait les granges qui abritaient les vaches, l'âne, les cochons et les poules ; des animaux à qui Theresa avait donné des noms, en dépit de l'interdiction de son père.

Elle regarda le cottage en pierre. Ils étaient tous nés dans cette maison. Leur mère y était morte. Nora fixa la fenêtre de la chambre de sa grand-mère dans l'espoir qu'elle écarterait les rideaux jaunes pour jeter un dernier regard sur Theresa, sa petite préférée. La préférée de tout le monde. Mais les rideaux étaient immobiles.

Nora aurait aimé que son père la prenne une fois encore dans ses bras, même en présence de Cedric.

— Sois courageuse, ma fille, dit-il au lieu de l'embrasser.

Elle savait qu'il disait cela parce qu'elle n'était pas courageuse, pas le moins du monde.

— Je le serai, dit Nora.

— Et veille sur Theresa, ajouta-t-il, instruction qu'on lui avait donnée tous les jours, aussi loin que remontaient ses souvenirs.

— Je le ferai.

Les matins d'été, quand ils étaient jeunes, Nora emmenait son frère et sa sœur à travers champs jusqu'au bord de mer avec les autres enfants du village. Il arrivait souvent que Theresa nage si loin que soudain la poitrine de Nora se serrait. Elle scrutait l'océan, dans l'attente de voir réapparaître sa frimousse à la surface de l'eau. Au moment où elle paniquait et bondissait, Theresa émergeait en riant.

Elle était la plus jeune et elle n'avait peur de rien. Theresa n'était pas vraiment méchante, même si elle pouvait l'être. Elle était simplement la *plus*. La plus courageuse, la plus belle, la plus effrontée, la plus intelligente. Et même la plus pieuse, à sa manière. Enfant, elle avait mémorisé la vie des saints. Maintenant, elle jouait les aguicheuses, consacrant aux garçons de Miltown Malbay toute l'attention qu'elle avait jadis dévouée aux martyrs.

Tandis que Nora assistait à l'office tous les jours, Theresa faisait la messe buissonnière, préférant traîner avec Gareth O'Shaughnessy. Beaucoup de filles faisaient pareil, mais seule Theresa était assez culottée pour passer ensuite à vélo devant les portes de l'église, juchée sur le guidon de la bicyclette de Gareth, et demander : « Qui a récité le rosaire ? Allez, dis-le-moi vite, avant que je voie mon père et qu'il me pose la question. Il me tuerait. »

Quel que soit l'âge de Theresa, Nora était passée par là avant elle. Theresa avait toujours réussi à obtenir plus de la vie, à faire mieux, d'une certaine manière. Nora était allée à l'école du couvent jusqu'à ce que son père ne puisse plus payer sa scolarité. Elle n'avait pas dépassé la classe de seconde. À quinze ans, elle avait commencé à travailler à l'usine de textile aux abords de la ville. Theresa avait obtenu une bourse d'études et réussi ses examens avec les meilleures notes. Les religieuses disaient que l'enseignement était une profession, une véritable vocation, et que Theresa avait cette fibre en elle. S'ils avaient eu de l'argent, elle serait partie faire des études à Limerick.

Dans leur situation, elle avait dû rejoindre Nora à l'usine. Pendant des années, Nora avait travaillé huit heures par jour, debout à la presse, la vapeur brûlante lui léchant les yeux, le bout des doigts roussi en fin de semaine. Elle n'avait jamais considéré son travail comme dégradant. Elle pensait qu'elle avait de la chance, quand tant de personnes en ville n'avaient pas de travail. Mais elle ne supportait pas de voir Theresa ici, guettant comme tout le monde l'horloge pour la pause de dix minutes, assise dans une rangée de filles devant leur machine à coudre, un cardigan féminin ou un pull sur la table devant elle, articles qu'elles ne pourraient jamais se payer, qui seraient expédiés chez Penney ou Dunne avec tout le reste. Le vieux Ben Dunne lui-même, propriétaire du magasin, visitait l'usine tous les ans pour les remercier. Nora avait toujours considéré cela comme un honneur. Mais quand il vint et qu'elle le vit sourire à sa sœur, elle songea qu'il n'avait aucune idée du potentiel de la jeune fille. Chaque soir, Theresa veillait tard, le nez plongé dans des livres que lui prêtait son ancien professeur, une religieuse. Cela faisait plaisir à Nora, même si elle lui disait de dormir pour ne pas être épuisée dès le matin.

Assise sur la banquette arrière de la voiture, Nora chercha la main de sa sœur et la serra sans un mot, sans un regard. Ils parcoururent les deux kilomètres jusqu'au village. Elle avait l'habitude de faire ce chemin à pied ou à bicyclette, soulevant des nuages de poussière qui salissaient les bords à volant de ses socquettes blanches.

En passant devant la ferme des Rafferty, elle imagina les parents de Charlie et son frère attablés pour le petit déjeuner. Elle sentit poindre la méchanceté dans son cœur, même si elle ne l'avouerait jamais. S'ils n'en avaient pas décidé ainsi, elle ne serait pas obligée de partir.

Nora avait espéré que sa vie suivrait un chemin tout tracé. Elle épouserait Charlie et vivrait dans la ferme voisine de celle de son père. Elle pourrait s'occuper de lui et de son frère tous les jours. Elle pensait que ses enfants grandiraient comme elle l'avait fait, connaîtraient le nom des fleurs sauvages, grimperaient à deux ou trois sur une bicyclette pour dévaler la colline jusqu'à Spanish Point.

Nora se promit de ne plus avoir de tels regrets. Elle serait bientôt la femme de Charlie. Bien que l'idée lui semblât encore plus improbable que de traverser l'océan.

Elle avait croisé une ancienne camarade de classe un dimanche, alors qu'elle revenait de l'église avec sa sœur. Aoife, devenue ronde, faisait sauter un bébé sur sa hanche.

— Bientôt, ce sera ton tour, Nora, avait-elle dit. J'espère que Charlie sera un meilleur père que mon George. Il va tous les jours au pub trinquer à la santé du bébé depuis sa naissance.

Nora avait senti son ventre se nouer. Elle imaginait que son premier enfant naîtrait à Boston, un endroit où elle n'était jamais allée. Une ville peuplée d'inconnus – dont Charlie faisait plus ou moins partie désormais.

— Je crains d'en avoir un autre dans peu de temps, avait ajouté Aoife avec un sourire explicite. Des choses qu'ils ne vous apprennent pas à l'école.

— Que voulait-elle dire ? avait demandé Theresa après le départ d'Aoife.

— Peu importe, avait répondu Nora.

Elle-même n'avait compris l'allusion que parce que sa meilleure amie Oona lui avait expliqué les choses, après qu'une cousine plus âgée les lui avait elle-même racontées. Un jour, Nora le dirait à Theresa. Quand il serait temps.

Elles arrivèrent en ville peu après sept heures. Dans la rue principale, les pubs, la salle paroissiale et l'épicerie Jones étaient fermés. Ils n'ouvriraient que dans une heure. Elle n'avait jamais vu l'endroit si désert. La plupart des maisons riveraines étaient basses et construites en ardoise grise. Seul l'alignement des magasins sur Main Street offrait une touche de couleur. La boucherie était jaune pâle, Jones vert clair. Les pubs et les auberges avaient des façades peintes en blanc, doré, bleu ciel ou rose.

Une fois par mois, le jour de la foire, cette rue grouillait de fermiers venus vendre leurs choux et leurs vaches, qui criaient à la ronde un prix et, selon le résultat, une exclamation de déception ou de satisfaction. Le lendemain matin, la rue exhalait une puanteur fétide, les caniveaux étaient engorgés de purin.

Les commerçants maugréaient qu'elle ne serait plus jamais propre. Mais un jour ou deux plus tard, on aurait dit qu'il ne s'était rien passé.

Au printemps, quand l'évêque venait pour la Confirmation, on accrochait des banderoles orange aux fenêtres en hauteur, tendues au-dessus de la rue tout au long du passage. Les cours s'arrêtaient pendant plusieurs semaines pour que les élèves puissent étudicr lc catéchisme. L'évêque leur posait trois questions. Les enfants se tenaient devant lui, transpirant, tremblant, espérant tomber sur une question facile, priant de connaître la réponse.

Quand Theresa eut douze ans et que son tour vint, elle se tint droite, pleine d'assurance. Elle regarda l'évêque dans les yeux.

— Combien de sacrements l'Église reconnaît-elle ? lui demanda-t-il.

— Sept, répondit-elle avant de les énumérer par cœur.

— Que se passe-t-il quand on meurt si on a commis des péchés mortels ?

Là encore, la réponse ne se fit pas attendre.

— On va en Enfer. Mais un péché mortel peut être pardonné par le sacrement de pénitence et de réconciliation.

Nora vit qu'il était impressionné.

Pour la dernière question, il demanda :

— Que se passe-t-il durant le sacrifice de la messe ?

— Le pain et le vin sont changés en corps, sang, âme et divinité de Jésus quand le prêtre répète les paroles de consécration prononcées lors de la Cène, dit Theresa. Ainsi, le sacrifice de Jésus sur la croix au

Calvaire est de nouveau présent parmi nous afin que nous puissions joindre nos offrandes à celle faite à son Père et recevoir sa bénédiction.

— Très bien, dit l'évêque.

Après coup, Nora l'entendit dire à son père :

— Votre fille est très douée. Tous vos enfants sont-ils aussi brillants ?

— Mon Dieu, non. Nous ne savons pas d'où elle nous est tombée.

Nora ne s'était pas sentie blessée. Elle avait vécu dans l'ombre de sa jeune sœur la plus grande partie de sa vie. Cela ne la gênait pas vraiment. Nora grondait Theresa en permanence. Elle était chaque jour un peu plus exaspérée. Mais quand vous étiez réservée et calme, la proximité d'un être si dynamique pouvait se révéler bénéfique. En présence de Theresa, elle était moins terrifiée par les gens et les événements. Sa sœur parlait pour elle quand elle avait trop peur de s'exprimer.

Ils atteignirent le carrefour au centre du village. S'ils tournaient à droite, ils passeraient devant l'église Saint-Joseph, le cimetière, puis rouleraient trente kilomètres au milieu des terres agricoles. Vers la gauche se trouvaient l'École nationale et les fermes au-delà, dont certaines s'étendaient jusqu'à la plage.

Cedric continua tout droit, sur la Flag Road.

Nora ferma les yeux. Elle ne voulait pas voir la troisième ferme sur la gauche, en crépi blanc avec des jardinières de fleurs rouges aux fenêtres, celle de sa meilleure amie, Oona Coogan.

Oona Donnelly, désormais.

Theresa avait beaucoup d'amis. Nora n'avait qu'Oona, mais elle ne l'aurait pas échangée contre d'autres. Elles avaient passé leurs journées ensemble à l'école du couvent quand elles étaient jeunes, puis à l'usine ces six dernières années. Oona avait huit frères et sœurs et, comme Nora, elle était l'aînée. Pendant des années, elle avait fréquenté Conall Davis, mais il y a quelques mois, sans prévenir, le père d'Oona l'avait forcée à épouser un vieux fermier possédant de bonnes terres.

Oona ne rencontra cet homme que deux jours avant le mariage. Ce matin-là, alors que sa mère courait dans tous les sens, accrochait des chapelets de perles aux branches des arbres et apportait des œufs au couvent des clarisses pour chasser la pluie, Oona pleurait à chaudes larmes devant Nora, dans sa chambre, vêtue de sa robe blanche. Après le mariage, elle confia à Nora que le fermier lui parlait à peine. Il détestait la cuisine d'Oona, ses pas lourds, sa voix pointue. Elle redoutait les soirées, quand il rentrait pour dîner, et elle redoutait ce qu'il attendait d'elle après qu'ils s'étaient mis au lit. « Je ne sais pas comment je vais faire quand tu partiras, avait-elle dit à Nora. Je n'aurai plus personne. »

— Arrête-toi, Cedric. Arrête la voiture, dit Theresa.

Nora ouvrit les yeux et vit Oona sur le bord de la route. Elle sauta de la voiture et elles s'étreignirent si longtemps et si fort qu'elle pensa qu'ils manqueraient peut-être le bus, et de ce fait le bateau.

Oona leur avait fait un gâteau pour le voyage.

— Je t'écrirai tous les jours, promit-elle.

— Moi aussi, dit Nora.

Quand elles se séparèrent, Oona lui glissa un petit mot dans la main.

— Pour quand tu te sentiras seule.

De retour dans le taxi, Nora pria pour son amie. Ce que le père d'Oona avait fait la révoltait. Nora pensait que ses propres parents avaient fait un mariage arrangé, mais c'était la norme à leur époque. Cela ne devrait plus arriver à une fille aujourd'hui.

En y réfléchissant, sa situation n'était pas très différente. Charlie n'était pas un mauvais bougre. Mais leur mariage n'avait rien d'une histoire d'amour. Dès son plus jeune âge, Nora avait compris que la ferme reviendrait à son frère et qu'elle et Theresa devraient faire ce qu'on leur demandait. En clair, se marier et s'en aller. De ces choses, on ne discutait jamais. C'était pour cela que son père n'avait pas voulu croiser son regard.

Qu'y aurait-il désormais pour lui rappeler tout ce qu'elle avait connu ? Ses souvenirs étaient ici, inspirés par la vue d'une boutique, d'une maison ou d'une rue particulière.

Sa mélancolie fit dériver ses pensées vers sa mère. Nora ressentit son absence, avec une force inédite.

Elle se mit à pleurer.

— Allons, allons. On reviendra bientôt, dit Theresa.

Nora se demanda si sa sœur y croyait. Elle essaya d'imaginer Miltown Malbay vu du ciel, comme un oiseau aurait pu le faire, d'imprimer chaque parcelle de la ville dans sa mémoire. Elle supposa que Theresa faisait tout le contraire, qu'elle s'imprégnait de leur environnement présent : le parfum de l'eau de Cologne de Cedric McGann, le ronflement du moteur, et les maisons au loin qui arrivaient en vue.

Le bus pour Cobh empestait le hareng. Un homme de la deuxième rangée en avait apporté pour son déjeuner, et l'odeur remontait jusqu'à la dixième, où elles étaient assises. Par la fenêtre, le soleil inondait les falaises tandis qu'elles longeaient la côte. En deux heures, Nora vit plus de l'Irlande qu'elle n'en avait vu en vingt et un ans.

Elles traversèrent des villages où des éclairages électriques brillaient derrière les fenêtres des cuisines. Progressivement, ils raccordaient les petites villes. Miltown Malbay aurait pu avoir l'électricité il y a un an, mais il fallait que les paroissiens soient d'accord à l'unanimité, or Mme Madigan sur Church Street avait refusé de payer. Elle disait que sa sœur, à Roscommon, avait eu l'électricité et qu'elle voyait maintenant que sa maison était pleine de toiles d'araignée, malgré toute la vigueur qu'elle mettait dans son ménage.

— Tu es silencieuse, dit Theresa. Tu penses à Charlie ?

De l'autre côté de l'allée, une vieille femme leva les yeux de son tricot et fixa Nora, attendant sa réponse.

— Non, murmura-t-elle.

— Menteuse.

— Vraiment, je ne pensais pas à lui.

Elles échangèrent un regard. Elles gloussèrent. Elle soupçonna Theresa de savoir ce qu'elle ressentait, bien que Nora ne le lui eût jamais dit.

Quand elle avait dix-huit ans, Charlie Rafferty l'embrassa en la raccompagnant chez elle après le bal. Dès lors, ils formèrent un couple. Ils se voyaient pour se promener sur la plage et aller au bal, tout en prétendant ne pas être ensemble. Charlie ne plaisait pas particulièrement à Nora. Il était idiot. Quand ils étaient jeunes, durant les fêtes de Noël, il traînait avec les fils Wren. Ils allaient de maison en maison, masqués, et claironnaient des chants de Noël, accompagnés par son frère Lawrence à la flûte irlandaise. Ils ne laissaient personne tranquille avant d'avoir reçu un sou. Le père de Nora déclarait qu'il aurait fouetté ses enfants s'ils avaient fait partie de cette bande.

Charlie était plus âgé maintenant, mais il racontait toujours des blagues idiotes et jouait des tours à ses amis. Il riait trop fort, embarrassant Nora comme si le son sortait de sa bouche à elle et non de celle du garçon. Elle savait pourquoi il l'avait choisie, elle, alors qu'il y avait des filles plus extraverties, des filles plus jolies. Elle l'avait voulu pour la même raison.

Nora n'était pas romantique comme sa sœur, la tête bardée de fantasmes et d'illusions. La seule chose que Charlie et elle avaient en commun était le pragmatisme. Ils voulaient le même genre de vie. Elle pouvait tolérer ses excentricités, supporter ses manières, si cela lui permettait de voir son père, sa grand-mère, sa sœur, son frère et sa meilleure amie tous les jours. Leurs fermes étaient voisines. Réunir leurs terres bénéficierait aux deux familles. Qu'il soit son mari n'était pas le plus important. La plupart des couples mariés qu'elle connaissait semblaient avoir peu de relations, surtout après la naissance des enfants.

Les Flynn et les Rafferty s'étaient entraidés au fil des ans. Leur amitié remontait à l'époque de la fondation de la ville et s'était renforcée en 1888, quand les patrons de pub et les commerçants boycottèrent le propriétaire local, Moroney, refusant de servir ses employés. Les commerçants furent jetés en prison, y compris Mile et Henry Rafferty, l'arrière-grand-père de Charlie et son frère, qui tenaient la boucherie du village, mais qui rentraient travailler à la ferme le week-end. Ils restèrent en prison pendant près de deux ans. John Flynn, l'arrière-grand-père de Nora, leur avait fait le serment de s'occuper de la ferme en leur absence, et il s'y rendait tous les jours avec ses trois frères après avoir travaillé dans leurs propres champs.

Des années plus tard, Henry Rafferty était parti en Amérique. Une fois installé, il avait commencé à faire venir des membres de sa famille. Ainsi, alors que la plupart des jeunes de la ville partaient pour Liverpool ou Londres, les enfants Rafferty allaient à Boston. La sœur de Charlie, Kitty, et trois de ses frères y vivaient depuis des années.

Charlie n'avait aucune intention de les rejoindre. Il pensait que l'Amérique était surpeuplée, frénétique, dépravée. Kitty s'était enfuie et avait épousé un protestant de Californie, un homme qu'elle connaissait à peine. L'épisode avait causé à Charlie et aux siens un chagrin inconsolable. *Ils partent* là-bas en pensant vivre un rêve, disait-il. *Ils partent* là-bas et ils deviennent fous.

Jusqu'à l'année précédente, les seuls enfants Rafferty à être restés en Irlande étaient Charlie et son frère aîné, Peter, qui passait ses après-midi sur un tabouret de bar chez Friel's. C'était Charlie qui faisait tout le travail, cultivant d'arrache-pied les terres familiales comme si elles allaient lui revenir par droit d'aînesse. Plus d'une fois, son père lui avait dit : « Un jour, la ferme sera à toi. »

Nora avait eu dix-neuf ans, puis vingt. Et Charlie la demanda en mariage sur la plage, un genou à terre, avec tout le décorum. Un geste inutile. Ils étaient tous deux conscients qu'ils ne pourraient pas se marier tant que sa famille ne lui aurait pas transmis la terre. Nora attendit. Elle faisait tout son possible pour aider son père, mais elle savait qu'il ne pourrait continuer longtemps à vivre avec trois enfants adultes à la maison.

Elle lui donnait presque tout ce qu'elle gagnait à l'usine, mais cela ne suffisait pas. Elle ne s'asseyait pas à la table du dîner, se couchait souvent le ventre vide, sans jamais laisser les autres s'en apercevoir. Une fois par an, son père ou son frère Martin tuait un cochon. Theresa se bouchait les oreilles pour ne pas entendre les cris de l'animal. Le dîner se composait inlassablement d'une tranche de lard par personne, qu'on avait dessalée, frite à la poêle et servie avec du pain noir et des navets. Au fur et à mesure que l'année passait, les tranches devenaient de plus en plus fines pour faire durer le morceau.

Un dimanche matin après la messe, Nora retrouva Charlie au cimetière. Il l'attendait. À sa mine défaite, elle crut que quelqu'un était mort. Elle savait que sa grand-mère était à l'église, dans l'espoir que les yeux de Monseigneur, de passage en ville, se posent sur elle. Qui alors ? Le père de Charlie ? Son père ?

— Qui ? demanda-t-elle.

— Mon père a déclaré hier soir qu'il était fatigué, déclara Charlie lentement, d'une voix claire. Il est prêt à transmettre la ferme.

— Charlie, c'est magnifique.

Elle s'imagina avec Oona, accrochant des rideaux dans la cuisine ensoleillée de la mère de Charlie. Elle et Oona buvant le thé dans le jardin.

— Il a décidé que Peter en hériterait. Il dit que Peter est l'aîné et que son propre père la lui a transmise pour cette raison.

— Mais Peter va…

— Peu importe, la coupa-t-il.

Il allait pleurer si Nora continuait, aussi elle se tut, même si les questions se bousculaient dans sa tête.

Son père lui avait suggéré d'aller en Amérique.

C'est donc cela, pensa-t-elle. Il était venu rompre avec elle.

Mais Charlie lui dit qu'il avait élaboré un plan. Il partirait à Boston et trouverait une situation. Une fois installé, il ferait venir Nora.

— Nous reviendrons vite, ajouta-t-il. Avec assez d'argent pour nous acheter une ferme, plus grande que les fermes de nos deux pères réunies.

Elle fut stupéfaite qu'il souhaite poursuivre leur relation. Elle ne savait pas quoi dire.

Nora n'avait jamais vraiment songé à l'Amérique. Si, une fois, quand elle avait sept ans et qu'Oona avait reçu à Noël, de sa tante de Chicago, une poupée parlante. C'était la première poupée parlante qu'on ait jamais vue en ville. Nora aurait tellement aimé alors avoir une tante en Amérique. Elle avait même menti et dit à Oona qu'elle en avait une.

Elle mourait d'envie de dire à Charlie que c'était fini. Elle connaissait des gens qui avaient perdu un petit ami, une petite amie avant leur départ. Cela arrivait. Charlie devait aller en Amérique, voilà tout.

Qu'il parte. De toute façon, Nora tenait à sa famille plus qu'elle ne tenait à lui. Elle les aimait plus, leur devait plus. C'était tout. Mais Charlie voulait qu'ils restent ensemble. Il était fidèle aux traditions. Ses frères avaient épousé leur premier flirt et il ferait de même.

Ce soir-là, à la maison, elle répéta à son père les propos de Charlie. Nora imaginait qu'il la retiendrait. Elle pensait même qu'il lui interdirait de partir.

Mais il déclara : « Tu dois aller avec lui. Tu t'es fiancée pour te marier. »

Nora songea à Theresa. Elle ne pouvait pas laisser sa sœur devenir la femme de la maison, travailler à l'usine, attendre les hommes le reste de sa vie. Leur père ne savait pas s'occuper de son éducation. Et malgré son côté aguicheur, Theresa ne connaissait rien. Nora l'avait protégée de son mieux.

Elle repensa à l'intervention annuelle du père Boyle en classe de première année, à l'école du couvent. Il aimait arriver par-derrière et se pencher au-dessus d'une fillette assise à son bureau, en train de lire. Il se postait là, tournant la tête de gauche à droite, et rugissait contre quiconque osait lever les yeux de son livre. Elles regardaient toutes fixement leur page, sachant très bien ce qui se passait. L'élève sur laquelle il avait jeté son dévolu pouvait sentir son souffle dans son oreille. Avec une grande délicatesse, il posait une main sur son épaule et la descendait lentement, sous le tissu de la robe, sans un bruit, il nichait sa poitrine au creux de sa main, elle sentait la peau froide et moite du père contre la sienne, douce et chaude. Il laissait sa main là pendant un temps insoutenable avant de la retirer en s'écriant : « Alors, mesdemoiselles. Qu'avons-nous appris ? »

Il choisissait toujours la fille la plus jolie. Lors de leur première année, c'était tombé sur la pauvre Oona. Oona ne l'avait révélé à personne en dehors de Nora. Elle disait que sa mère la punirait. On ne doutait pas d'un prêtre. Tout ce qu'il faisait était légitimé par Dieu, par sa position. Nora savait que son propre père ne croirait pas qu'une telle chose fût même possible.

Quand Theresa dut assister à son cours, Nora ne supporta pas l'idée de ce qu'il allait lui faire subir. Elle confectionna un corsage en tissu et en plumes, un coussinet de l'épaisseur d'une tranche de pain. Il comprimait la poitrine de Theresa, collait à sa peau du col à la taille. Quand le père Boyle tenta son stratagème habituel, il ne trouva aucun moyen d'accès. Elle portait une fine armure impénétrable sous ses vêtements.

— Je ne pourrais jamais aller à Boston sans ma sœur, dit Nora à Charlie avant son départ.

Elle pensait que ce serait un obstacle infranchissable pour lui. Mais il répondit qu'il économiserait suffisamment pour payer deux traversées. Nora pourrait venir en premier, et Theresa la rejoindrait plus tard.

Nora déclara qu'elle attendrait qu'elles puissent voyager ensemble. Cela lui sembla alors une raison de partir. En Amérique, Theresa pourrait accomplir sa vocation et devenir enseignante. Une femme dont leur mère serait fière.

La mère de Charlie souhaitait qu'ils se marient avant son départ. Elle disait qu'il n'était pas convenable pour une fille de traverser un océan sur la base d'une simple promesse. Mais Nora protesta qu'ils manquaient de temps. La cousine de son père à Boston, Mme Quinlan, ne logeait que des membres de la famille. Actuellement, toutes ses chambres étaient occupées. Mais elle accepta d'héberger Nora et Theresa quelques jours, à condition que Nora et Charlie se marient peu de temps après leur arrivée.

Durant leur séparation, Charlie lui écrivit assidûment, et elle fit de même. Les lettres mettaient une semaine pour arriver. Leur conversation était décousue. Il lui parlait de la ville, de son travail de peintre en bâtiment avec ses cousins. Il disait que c'était un travail facile la plupart du temps, comparé aux tâches d'un fermier. Parfois, tenant une fine enveloppe bleue à la main, Nora imaginait qu'elle contenait un message disant qu'il avait rencontré quelqu'un ; qu'elle n'irait pas en Amérique.

Il lui fallut onze mois pour économiser l'argent du voyage et prendre les dispositions nécessaires. Il lui écrivit alors de se préparer. Il lui dit que c'était le bon moment. Un parent venait juste de déménager. Il y avait une chambre libre dans la maison pour Nora et Theresa. Mme Quinlan avait aidé Charlie à leur trouver un emploi dans un atelier de couture.

Charlie promit que ça ne durerait pas éternellement. Il dit que Nora aimerait Boston, le temps qu'ils y vivraient.

Tout est si différent ici que je ne m'y habituerai jamais. Tu tournes le robinet de l'évier de cuisine et de l'eau chaude coule immédiatement. Il n'est pas besoin d'apporter de l'eau de la pompe ni de la faire bouillir dans une marmite pour laver le linge. C'est juste l'un des millions de petits miracles que tout le monde ici trouve normaux. Tu ne vas pas en croire tes yeux, Nora. J'ai tellement hâte que tu voies ça.

La ville portuaire de Cobh était animée et débordante d'activité. Des boutiques et des maisons aux couleurs vives se massaient à flanc de colline, surplombées par une imposante cathédrale grise.

Elles restèrent assises sur un banc près de l'embarcadère durant des heures, à regarder défiler les bateaux de pêche et les cargos. Nora se sentait déjà épuisée alors que le vrai voyage n'avait pas encore commencé. Six jours de mer et, de l'autre côté de l'océan, un monde qu'elle ne pouvait pas imaginer, un homme dont elle se souvenait à peine. Elle n'avait pas vu le visage de Charlie depuis un an.

Quand la nuit tomba, elle vit Theresa sourire à un jeune homme brun qui passait avec ses amis.

— Les filles, vous êtes sur le bateau de huit heures ? demanda-t-il.

— Oui, dit Theresa. Vous aussi ?

— Venez manger un morceau au Commodore en attendant.

Theresa ouvrit la bouche pour répondre, mais Nora la devança.

— Non, merci.

— Mais j'ai faim, protesta Theresa en les regardant s'éloigner.

Nora sortit le gâteau d'Oona de son sac et le tendit à sa sœur.

— Tiens.

Quand l'heure arriva enfin, elles firent la queue pour embarquer dans une navette reliant les passagers au paquebot. Le cœur de Nora battait si fort à la vue de la silhouette sombre qui flottait au loin, massive, éclairée au milieu d'une mer et d'un ciel noirs, qu'elle crut qu'il allait transpercer sa robe.

Une fois, un cirque était venu à Miltown Malbay. Tout le monde avait retenu son souffle en voyant un éléphant déambuler sur Flag Road. Nora avait alors pensé que c'était la chose la plus extraordinaire qu'elle verrait dans sa vie, mais elle s'était trompée.

3

Leur cabine se trouvait sous la ligne de flottaison, quatre couchettes étroites avec un coin toilettes. Nora avait apporté une couverture jaune paille de la ferme, crochetée par sa grand-mère. Elle l'étala sur une des couchettes inférieures sans attendre. À sa vue, elle se sentit mieux.

Au début, elles crurent qu'elles auraient toute la pièce pour elles. Mais bientôt, une dame et un petit garçon entrèrent, traînant une malle couverte d'autocollants dans une langue que Nora ne connaissait pas. Allemand, pensa-t-elle. On aurait dit à leur odeur qu'ils ne s'étaient pas lavés depuis plusieurs jours. Ils ne dirent pas un mot.

Theresa écarquilla les yeux.

La femme ouvrit la malle et posa ses vêtements sur la couverture de Nora.

Sa poitrine se serra. Elle ne savait pas quoi dire. Elle regarda sa sœur.

— Excusez-moi, cette couchette est la sienne, dit Theresa en pointant Nora du doigt.

La femme sembla déconcertée. Nora pensa qu'elle ne parlait sans doute pas anglais. Theresa répéta, indiquant d'un geste la couverture. La femme ramassa ses affaires et les posa sur le lit en face.

— Désolée, dit Nora.

L'autre ne montra aucune réaction.

La femme qui ne parlait pas ronflait plus bruyamment qu'il semblait humainement possible. Le petit garçon dormit d'une traite, mais la première nuit, les ronflements tinrent Nora et Theresa éveillées. Theresa ne cessait de balancer le haut de son corps par-dessus la rambarde en direction de la couchette de Nora, en poussant des soupirs excédés. Elle osait par moments siffler pour faire taire la femme, mais cela ne changeait rien.

Nora restait allongée, songeant avec angoisse à ce qui les attendait. Elle avait été si affairée qu'elle n'avait pas eu beaucoup de temps pour réfléchir. Et elle s'était réfugiée dans l'insouciance. Quand elle descendrait du bateau, elle devrait accepter sa nouvelle vie. Elle imagina qu'il allait sombrer au fond de l'océan, emportant tous ses soucis.

Elle se demandait où se rendaient la femme et le garçonnet, qui les attendait sur l'autre rive. Laissaient-ils un mari et un père derrière eux ou le rejoignaient-ils ?

Elle pensait à sa mère; si elle n'était pas morte, qu'aurait-elle conseillé à Nora de faire ? Mais si elle n'était pas morte, ce moment ne serait sans doute jamais arrivé. Nora aurait eu la vie d'une jeune fille normale.

Elle aurait pu partir à Dublin comme d'autres l'avaient fait, devenir infirmière, rencontrer un homme qu'elle ne connaissait pas depuis sa naissance.

Surtout, elle pensait à Charlie. Chaque heure, son appréhension grandissait à l'idée de le retrouver.

Quand le soleil se leva, Theresa déclara qu'elle allait devenir folle si elle ne sortait pas se dégourdir les jambes avant le petit déjeuner.

— Viens avec moi, l'air frais nous fera du bien, dit-elle.

Mais Nora était incapable de bouger. Tout son corps lui faisait mal.

— Qu'est-ce qui ne va pas ? demanda Theresa.

Elle ne pouvait pas l'expliquer. Charlie l'avait prévenue qu'elle pourrait avoir le mal de mer si le bateau traversait une tempête. Mais ce n'était pas le cas. La mer était calme.

— J'irai mieux dans quelques heures, dit-elle. J'ai juste besoin de dormir. Vas-y sans moi.

Mais son état sembla s'aggraver. Elle imagina que le navire accostait à New York et qu'elle était incapable de se lever de sa couchette. Elle pourrait peut-être refaire le chemin inverse vers l'Irlande, laissant sa sœur sous bonne garde faire ses premiers pas dans sa nouvelle vie américaine.

Toute la matinée, le silence régna dans la cabine. La femme, assise sur sa couchette, écrivait des lettres, tandis que son fils essayait de faire tenir ses petits soldats en équilibre sur le plancher. Chaque fois qu'une vague faisait tanguer le bateau, ils se renversaient, et il devait tout recommencer.

Theresa ne revint qu'en début d'après-midi. Elle ouvrit la porte en grand, les faisant sursauter. Elle était flanquée de quatre autres filles. Elles s'entassèrent dans la cabine exiguë comme si, s'étant trouvées, elles ne supportaient plus d'être séparées une seule minute. L'Allemande leva les yeux quand Theresa les présenta par leurs prénoms comme s'ils ne faisaient qu'un : *Anna-Madeleine-Helen-Abigail*, dit-elle.

Elle fouilla dans sa valise au pied du lit et Nora tira le drap sur son menton.

— Anna a entendu une rumeur disant que Jean Simmons voyage en première classe ! s'extasia Theresa.

Elle avait l'air d'une enfant à qui l'on apporte un gâteau d'anniversaire sur un plateau, même si Nora doutait que Theresa ait une admiration particulière pour Jean Simmons.

— Nous allons la trouver et nous ne la lâcherons pas avant d'avoir obtenu un autographe, dit l'une des filles.

Une autre, une grande blonde avec des lunettes, se planta devant Nora et posa le dos de sa main sur son front comme si elles s'étaient connues toute leur vie.

— Theresa dit que tu es malade. As-tu de la fièvre ? Tu devrais peut-être aller voir l'infirmière ?

— Non, dit Nora. Je vais bien. J'ai seulement besoin de rester allongée encore un peu.

— Je comprends pourquoi. C'est tellement luxueux et confortable, dit la jeune fille en souriant.

— Abigail va être enseignante à New York, dit Theresa en désignant d'un geste la blonde.

— Professeur de maths en troisième, précisa Abigail. Collège de Saint Hugo of the Hills. Je sais qu'on dirait un nom de la campagne, mais ma cousine m'a assuré qu'il s'agit d'un grand bâtiment immonde dans le Queens. Elle avait le poste jusqu'à maintenant, mais elle a trouvé un autre emploi et elle a obtenu que je la remplace. Cela fait des années qu'elle essaie de me faire venir.

— Tu as fait des études pour enseigner ? demanda Nora.

— Oui, à Dublin.

Nora se demanda pourquoi elle avait voulu partir alors qu'elle aurait pu obtenir un bon poste d'enseignante en Irlande.

Les autres filles allaient toutes dans des endroits différents. Anna se rendait à Cleveland, où habitaient son frère et sa femme. Madeleine prendrait un train à New York pour la Virginie. Helen irait à Philadelphie vivre chez une grand-tante qu'elle n'avait jamais rencontrée.

— À son époque, on pouvait prendre un bateau direct pour là-bas, dit-elle.

— Une amie de ma mère a pris l'avion en 44, dit Anna. Il a atterri en Nouvelle-Écosse et ils ont donné un œuf dur à chaque passager pendant le ravitaillement. Puis ils ont redécollé pour New York. C'est comme ça qu'on devrait arriver en Amérique de nos jours.

Elles étaient toutes aussi bavardes que sa sœur. Par quel mystère ce genre de filles se trouvaient-elles toujours ? Il était si facile pour Theresa de se faire des amies. Nora ne se sentait jamais à l'aise en présence d'inconnus. Elle ne savait pas quoi leur dire. Même en mer, leur personnalité ne changeait pas.

Elle espérait que les filles restent un moment, s'assoient sur son lit et lui racontent des histoires. Mais elles s'étaient envolées quelques instants plus tard.

Elles revinrent la chercher pour le dîner, mais elle leur dit qu'elle ne pourrait rien avaler.

Madeleine parla d'une soirée dansante, où Nora devrait essayer de venir.

— Je ne pense pas en être capable, dit-elle.

— Je n'ai jamais dansé ailleurs qu'à la maison, dit Theresa, en tournant sur elle-même. Dans notre village, les soirées dansantes s'arrêtent pendant le carême. C'est la paroisse la plus rétrograde. J'ai entendu dire que ça fait des années qu'il y a des bals pendant le carême à Galway.

Nora lui lança un regard noir. Theresa parlait trop. Elle se donnait en spectacle.

— Ça se passe aussi comme ça là où j'ai grandi, dit Abigail. Elle se tourna vers Nora : Nous te rapporterons de la soupe. Es-tu sûre que tu vas bien ?

— Elle se sentira mieux demain, déclara Theresa, puis elle caressa la tête de Nora comme si elle était un petit animal de compagnie.

— Sois sage, Theresa, dit Nora. Tiens-toi bien.

— Tu vois ? Tu parles comme si tu étais déjà vieille.

Nora les entendit rire en s'éloignant dans la coursive. Des filles qui n'avaient jamais été autorisées à aller en ville le soir sans chaperon, envoyées par-delà l'océan vers un monde inconnu. Aucune d'entre elles ne semblait avoir peur.

Elle s'était juré de garder la lettre d'Oona le plus longtemps possible. Il était bien trop tôt. Pourtant, elle chercha la feuille, déplia la page. Elle sentit un pincement au cœur en lisant l'écriture familière.

Je me demande ce que tu auras vu quand nous nous retrouverons. Tu auras vécu tellement d'aventures. Chaque fois que tu as peur, imagine-moi à tes côtés. Avec toi pour toujours, Oona.

Nora aurait voulu être assise dans la cuisine accueillante d'Oona ou passer la chercher tôt le matin pour faire ensemble le long trajet à pied jusqu'à l'usine. Elle se regarda, couchée en chien de fusil, et se sentit honteuse, comme si Oona l'observait d'une autre pièce.

Cette pensée suffit à la faire lever. Elle ferait une courte promenade, respirerait l'air frais, comme avait dit Theresa.

Elle sillonna le couloir étroit, les jambes peu accoutumées au roulis.

Une fois sur le pont, Nora contempla l'océan. Quel spectacle saisissant. Aucune terre à perte de vue. Le vide.

Il y avait peu de monde dehors. Elle supposa que la plupart des passagers dînaient.

Après quelques minutes, elle avait eu assez d'aventure.

Alors qu'elle rebroussait chemin pour retourner à sa cabine, elle croisa un garçon de son âge. Il portait une casquette marron. Quand elle arriva à sa hauteur, il l'enleva et la salua d'un signe de tête.

— Bonsoir, dit-il en souriant.

Nora vit qu'il rougissait.

Elle visualisa Oona à ses côtés.

— Bonsoir, réussit-elle à articuler.

Après cela, elle se fit une promesse. Deux courtes promenades par jour, quoi qu'il arrive. Elle n'allait jamais plus loin que ce premier soir, comme si une corde invisible l'attachait à son lit. Elle y passait la majeure partie de la journée, faisant semblant de lire, d'écrire ou de dormir. Mais la plupart du temps, elle s'inquiétait de leur avenir. Elle ne pouvait toujours pas se résoudre à manger. L'idée de la nourriture la rendait malade. Theresa lui apportait de l'eau, du thé et des petits pains beurrés. Elle caressait les cheveux de Nora et lui chantait les chansons que Nora lui fredonnait pour l'endormir quand elle était petite.

La plupart du temps, Theresa était en vadrouille avec ses amies. De temps en temps, les filles s'arrêtaient pour relater à Nora tout ce qui se passait à l'extérieur de la cabine. Il y avait une piscine à un bout du bateau. L'après-midi, elles allaient s'y baigner. Elles regardaient des films dans la salle de cinéma et restaient assises dans le fumoir dans l'espoir de rencontrer des garçons. Elles lui racontèrent qu'il y avait des câbles pour se tenir dans la salle de bal, et qu'il était très amusant d'essayer de danser autour. Nora se sentait aussi invalide que sa propre grand-mère. Elle avait l'impression qu'elles lui parlaient d'une contrée lointaine, non du monde qui se trouvait de l'autre côté de la porte.

Le quatrième soir, elle émergea d'une sieste avec une faim de loup.

Elle enfila une robe de coton, et s'aventura dans le couloir.

La salle à manger était noire de monde. Elle chercha sa sœur, mais Theresa n'était pas là.

Nora s'assit seule.

On y servait uniquement des plats américains : poulet frit, sauce brune, purée de pommes de terre et faux-filet. Elle n'avait jamais vu autant de nourriture.

Un serveur demanda aux garçons de la table voisine de quelle épaisseur ils voulaient leur steak.

— Huit centimètres ! s'écria l'un d'eux.

— Dix ! déclara un autre.

Le serveur leur dit qu'il allait leur apporter des steaks de douze centimètres d'épaisseur. Une gageure. Ils en laissèrent la moitié, saignante, dans leur assiette.

Nora observait la scène quand elle entendit une voix derrière elle.

— Ça vous embête si je m'assois ici ?

Elle ne pensait pas que ces mots lui étaient adressés. Mais alors, elle sentit une main sur son épaule, et la même voix, celle d'un jeune homme, demanda : « La place à côté de vous est-elle prise ? »

Elle leva les yeux et vit le garçon à la casquette qui lui avait souri deux soirs plus tôt.

— Non, bredouilla-t-elle. Asseyez-vous. J'allais partir de toute façon.

— Oh ! Restez une minute. S'il vous plaît ?

Elle s'efforça de ne pas rougir. Mais il rougissait aussi, ce qui le rendit sympathique à ses yeux.

— D'accord.

— Cillian, dit-il en s'asseyant.

— Nora.

Il lui dit qu'il était originaire de Coachford, et rit en voyant son expression.

— Jamais entendu parler ? Je ferais mieux de m'y habituer, dit-il.

Il ajouta qu'il se rendait à New York et avait déjà le mal du pays.

— Je porte la vieille casquette de mon père uniquement pour avoir son odeur avec moi. Ça paraît sentimental, non ?

Elle songea à la couverture en crochet de sa grand-mère.

— Non, dit-elle.

— Et vous ? Vous allez où ?

— À Boston. Avec ma sœur.

Elle n'en dit pas plus, n'ajouta pas qu'elle allait rejoindre son futur mari.

— Vous avez de la chance d'avoir votre sœur. Le long voyage est long quand on est seul.

— Vous n'avez pas l'air timide, dit-elle en souriant.

— Eh bien, je le suis. C'est ma première conversation depuis des jours.

Après avoir fini son poulet, il la raccompagna devant sa cabine.

— C'était agréable de parler avec vous, dit-elle et, avant qu'elle ne saisisse ce qui se passait, il l'embrassa doucement sur les lèvres.

— Avec vous aussi, dit Cillian, puis il partit.

Quelques heures plus tard, on frappa à la porte de la cabine. Elle était sûre que c'était lui. Nora resta couchée, immobile.

Un autre coup, et cette fois la porte s'ouvrit en grand.

La femme sur la couchette voisine tira la couverture sur sa tête et celle de son enfant.

Un garde se tenait dans l'encadrement, Theresa et ses amies derrière lui. Il les avait surprises en train de s'introduire en douce dans une soirée en première classe et les ramenait à Nora comme si elle était leur mère. Elles s'affalèrent sur le lit autour d'elle, gloussant avant même qu'il soit parti.

— Ils étaient tous si beaux ! s'extasia Theresa.

— Tu as tapé dans l'œil de l'homme en bleu, pour sûr, dit Abigail.

Nora n'aimait pas son ton. Elle avait perdu le contrôle d'elle-même et de sa sœur en une seule soirée.

— Theresa, ressaisis-toi, dit-elle sèchement. Si tu te comportes mal, je te renvoie en Irlande. Je le ferai, tu sais. Ne dis pas un mot de plus.

Les autres filles s'éclipsèrent rapidement. Nora vit que Theresa était vexée. Elle se leva et se lava le visage en silence, puis grimpa dans son lit par l'échelle. Nora regarda la pile des livres que Theresa avait posés sur la commode à leur arrivée à bord, et qu'elle n'avait pas ouverts. Elle espéra ne pas avoir fait une erreur.

Le lendemain matin, au-dessus du bruit des ronflements, Theresa murmura des excuses.

— Ce n'est pas grave, chuchota Nora, trop inquiète de son propre jugement pour discuter.

— Viens prendre le petit déjeuner avec moi, juste nous deux.

— Je ne peux pas.

L'appétit de Nora était revenu. Elle avait faim. Mais elle n'osait pas se rendre dans la salle à manger, de peur de le croiser.

— Tu es trop maigre, Nora. Abigail dit qu'elle ne pense pas que tu sois malade. Elle croit que tu es triste, c'est tout.

— Ah bon ?

— Cela arrive à plein de gens. Abigail connaît ces choses. Je la trouve merveilleuse. N'est-elle pas merveilleuse ?

— Je ne la connais pas, dit Nora.

— Son petit ami est américain. Elle m'a montré une photo. Il est mignon. Elle l'a rencontré à Dublin. Il y était pour les vacances, et il est entré dans la boutique où elle travaillait. Tu peux le croire ? Elle pense que je vais trouver rapidement un bel Américain.

— Ah !

— Ce n'est pas difficile. Abigail a une amie de Cork qui a rencontré un bon parti, un banquier, sur le bateau. Elle n'a pas eu à travailler un seul jour. Elle vit dans un hôtel particulier à Central Park et ne fait rien d'autre qu'aller au restaurant et lire des magazines.

Nora se demanda si c'était vrai.

— Tu te souviens, j'espère, que le but de ton voyage est de faire des études.

Theresa ignora sa remarque.

— Elle m'a demandé ce que faisait ton Charlie, et j'ai dit qu'il était loin de tout ça, qu'il peignait des maisons. Et elle a dit qu'on ne choisit pas de qui on tombe amoureux. Alors j'ai répondu : « Oh ! Nora n'est pas amoureuse de lui. Elle n'est pas comme ça. »

— Theresa !

— Tu vas réellement épouser Charlie Rafferty ?

— Bien sûr. Fais-moi plaisir, gardons nos histoires pour nous et ne va pas raconter notre vie à des étrangers.

— Abigail n'est pas une étrangère ! protesta Theresa. Puis elle soupira : Je crois que j'aurais été célibataire toute ma vie si j'étais restée. Il n'y a plus grand monde à épouser. Tous les hommes valables sont partis rejoindre de la famille ailleurs. D'ailleurs, j'espère qu'il y aura un ou deux cousins américains séduisants dans ta nouvelle famille.

— Ce n'est pas ma famille. Je ne les ai jamais rencontrés.

— Elle le sera bien assez tôt. Je ne peux plus imaginer épouser un garçon du village, maintenant, ajouta Theresa après une pause.

— Après seulement quatre jours de mer ! Je suppose que tu crois que tu vas épouser un acteur de cinéma et vivre à Los Angeles.

Theresa sourit.

— Eh bien, pourquoi pas ?

Quand la statue de la Liberté se découpa sur l'horizon, le jour de leur arrivée à New York, on aurait dit que tous les gens à bord s'étaient alignés le long du bastingage pour l'apercevoir. Nora se demanda si le bateau n'allait pas chavirer. Elle observa les passagers autour d'elles, des Américains revenant de vacances avec de la dentelle et du cristal irlandais dans leurs bagages. Ils rentraient chez eux, dans des maisons familières. Elle chercha Cillian. Elle voulait le voir tout en priant que cela n'arrive pas. Elle ne put le repérer dans la foule.

Charlie était censé emprunter la voiture de son cousin et faire la route de Boston pour les attendre à la descente du bateau. Nora n'avait pas imaginé qu'il y aurait autant de monde.

— Et s'il ne nous trouvait pas ? dit-elle. Et s'il repartait sans nous ?

— Il ne te laisserait pas, la rassura Theresa.

Elles attendirent des heures en rang, frissonnant dans la fraîcheur matinale. Nora sentait sa propre transpiration à travers ses vêtements. Il y avait un petit lavabo dans le coin toilettes, mais ni douche ni baignoire. Elle s'était lavée comme elle pouvait, mais elle se sentait sale. Elle aurait aimé pouvoir prendre un bain avant de parler à quelqu'un. Theresa avait emprunté du parfum à l'une des filles et s'en était aspergé le corps. Mais cela n'avait fait qu'empirer son odeur.

Elle ne voulait pas se taire. Nora aurait aimé avoir un instant de paix pour réfléchir, comme si elle n'avait pas eu assez de temps pour penser durant la traversée.

À un moment donné, elle aperçut la malle noire familière, les autocollants qu'elle avait fixés pendant des jours, se demandant ce qu'ils signifiaient. Il y avait le petit garçon, en larmes. Sa mère, exaspérée, seule. Nora voulut aller vers eux, mais, l'instant d'après, elle les perdit de vue dans un mouvement de foule. Elle agrippa le bras de Theresa et la serra contre elle.

Charlie était là, les attendant à la descente du bateau, exactement comme l'avait prédit Theresa.

Il voulut embrasser Nora. Elle se raidit, mais esquissa un sourire.

Elle se demanda s'il pourrait sentir son écart de conduite sur sa peau.

— Je suis heureuse de te voir, dit-elle.

Dans la voiture, Theresa n'arrêta pas de parler des filles sur le bateau, de la musique dans la salle de bal. Charlie leur raconta l'histoire d'un homme qu'il avait rencontré, qui avait pris le bateau de Cobh à Québec. Il voyageait en seconde classe, et lui et ses frères avaient vidé le bar du navire à la fin de la traversée.

— Ils étaient ivres morts en arrivant au port, dit-il. La première chose qu'ils ont vue était un panneau d'affichage disant *Drink Canada Dry.*

Il prononça ces trois mots en accentuant chacun d'un geste de la main.

— Les gars se sont regardés en s'écriant : Avec plaisir !

Il rit de sa propre plaisanterie, le corps secoué d'interminables gloussements.

Theresa rit aussi, mais Nora se sentit mal à l'aise, timide, comme s'il était un inconnu.

Sa sœur était si impudente, la familiarité incarnée. Nora ne pouvait détacher ses yeux d'elle. Elle n'arrivait pas à imaginer ce qu'aurait été le trajet, s'il n'y avait eu qu'elle et Charlie dans la voiture.

Lorsqu'ils s'arrêtèrent au restaurant pour prendre le thé, les filles les plus élégantes qu'elle ait jamais vues étaient assises dans les box, jolies, polies et apprêtées. Elles portaient des robes neuves, aux couleurs printanières, cintrées à la taille et évasées au-dessous. Nora baissa les yeux vers sa robe unie, un fin cardigan blanc boutonné sur sa poitrine.

Charlie montra du doigt une fille qui passait devant eux, perchée sur des talons vertigineux. Il s'exclama à voix haute :

— C'est un miracle qu'elle ne tombe pas !

— Chut, siffla Nora.

— Je les trouve magnifiques, dit Theresa.

La serveuse leur apporta trois tasses en porcelaine pleines d'eau frémissante, posées sur des soucoupes blanches. Un sachet de thé et une tranche de citron ornaient chaque assiette. Nora prit le sachet et le déchira, puis elle versa le contenu dans sa tasse.

Charlie éclata de rire.

— Mais qu'est-ce que tu fiches ?

Elle baissa les yeux et vit les feuilles de thé flotter à la surface de l'eau.

— On est censé plonger le sachet directement dans l'eau, dit-il. Comme ça.

En le voyant faire la démonstration, Nora sentit son visage s'enflammer.

— Oh !

Pendant la guerre, quand le thé était rationné, l'un des Rafferty avait envoyé d'Amérique des sachets de thé à la grand-mère de Charlie. Elle les avait partagés avec la grand-mère de Nora. Aucun d'entre eux n'avait jamais vu un sachet de thé. Sa grand-mère ouvrait les sachets et versait les feuilles directement dans la théière comme Nora venait de le faire.

Elle crut qu'elle allait pleurer et cligna des yeux pour chasser ses larmes. On ne pleurait pas pour si peu.

Quand Theresa partit se repoudrer le nez, Charlie lui dit :

— Ce n'est que moi, Nora. Ton vieux Charlie.

— Je sais. Je suis désolée.

— Pour quelle raison ?

Il tendit la main pour prendre la sienne.

Elle eut soudain envie de s'enfuir en courant. Pendant un an, elle avait correspondu avec un fantôme, une abstraction. Maintenant, il y avait un être de chair et de sang en face d'elle. Si elle l'aimait, elle n'aurait jamais parlé à un inconnu de cette façon. Elle ne l'au rait pas laissé l'embrasser.

Elle était trop apeurée pour regarder Charlie.

— Je sais que tu dois t'habituer à beaucoup de choses, dit-il. Nous retournerons en Irlande le plus vite possible. Mais c'est une chance pour nous de gagner de l'argent quand on est jeunes. Voir d'autres endroits. Et Mme Quinlan a une belle maison. Tu verras.

Elle ne le croyait pas, ils ne rentreraient pas au pays. Elle avait sacrifié sa vie pour un projet qui ne se réaliserait jamais.

Tout au long du trajet vers Boston, Nora ne voulait qu'une seule chose : arriver, pour savoir ce qui l'attendait. Mais une fois là-bas, elle devint nerveuse. C'était l'heure du dîner. Elle compta neuf personnes assises autour de la table. Les bavardages se turent quand Theresa et elle entrèrent dans la pièce.

Mme Quinlan se leva et les étreignit avec raideur. C'était une femme mince, osseuse, avec un visage anguleux. Elle se tenait droite, affichant de l'assurance.

— Charlie, laisse leurs affaires près de la porte pour l'instant, dit-elle. Je leur montrerai leur chambre après le dîner.

Nora fut surprise d'entendre l'accent américain. Elle avait imaginé qu'elle était irlandaise. Mais elle se souvint que dans ses lettres, Charlie lui avait dit que Mme Quinlan était l'une des premières personnes de sa famille à être nées ici.

Elle guida Theresa vers une chaise à côté d'une vieille dame qui portait un grand crucifix en argent autour du cou, et elle fit signe à Nora de s'asseoir à la place libre entre deux femmes qui avaient peut-être trente ou quarante ans, plus âgées qu'elle, mais pas vieilles.

— Mes nièces, dit Mme Quinlan. Les deux Elizabeth.

Les femmes les saluèrent.

— Comment s'est passé le voyage ? demanda l'une d'elles.

— Bien, répondit Nora.

Elles sourirent, hochèrent la tête et semblèrent attendre une réponse plus longue. Mais elle n'arrivait pas à trouver la moindre chose à dire. Une idée naissait et elle la rejetait, pour en trouver une meilleure. Elle voulut leur demander si elles étaient mariées, mais cela lui parut impoli. Depuis combien de temps vivaient-elles ici ? Elle ne voulut pas se montrer indiscrète et ne posa pas la question.

Les deux Elizabeth reprirent le fil de leur conversation.

Nora observa le papier peint. On aurait dit du velours vert, imprimé d'un motif de lierre grimpant. Il y avait une coupe d'oranges sur le buffet, et un lustre électrique au plafond.

Theresa bavardait avec la vieille dame. Son rire fusait déjà.

De l'autre côté de la table, Lawrence Rafferty sourit.

— Bonjour, dit-il. Tu te souviens de moi? N'ai-je pas l'air plus élégant sous cet éclairage américain ?

Bien sûr, elle se souvenait du grand frère de Charlie. La moitié du temps, en Irlande, il épinglait à son revers une broche de l'Association des Pionniers[1], figurant un minuscule Sacré-Cœur, signe qu'il avait fait vœu de s'abstenir de consommer de l'alcool, avec l'aide du bon Dieu. Le reste du temps, il sortait en titubant du pub et s'effondrait dans la rue, où les passants devaient encore l'enjamber le lendemain matin.

— Je te présente ma fiancée, Babs McGuire, dit-il.

Il se pencha et baisa la joue de sa voisine de table. Elle le frappa avec sa serviette et se mit à rire.

— La future Mme Lawrence Rafferty ! clama-t-il et Nora se demanda s'il était à moitié ivre, ou simplement enthousiasmé par la perspective du mariage.

— Si tu t'y prends bien, rétorqua Babs.

Elle fit un clin d'œil à Nora pour lui indiquer qu'elle plaisantait.

— Je suis heureuse de te rencontrer enfin, ajouta-t-elle.

Nora essaya de se rappeler ce que Charlie avait écrit à propos d'eux. Lawrence était devenu chauffeur de bus. Babs venait de Tipperary. Elle faisait des

1. Pioneer Total Abstinence Association (PTAA), fondée par un père jésuite irlandais avant les Alcooliques Anonymes.

ménages. Elle vivait dans une autre ville, mais s'invitait souvent à dîner sans prévenir, habitude dont Mme Quinlan disait qu'elle se passerait bien.

Lawrence serait son beau-frère un jour, songea Nora, essayant de l'imaginer. Cette fille, Babs, serait sa belle-sœur.

À côté de Lawrence se trouvait un homme du même âge, qu'elle ne pensait pas avoir déjà rencontré. Son crâne chauve luisait comme du marbre. Il sourit, révélant les dents les plus énormes que Nora ait jamais vues dans une bouche humaine.

— Bobby Quinlan, dit-il. Bienvenue à Boston. J'espère que la voiture a bien roulé.

— Mon fils, précisa Mme Quinlan. Et voici mon mari, mais n'espérez pas avoir la moindre conversation avec lui. Dieu sait qu'il ne me parle plus depuis trente ans.

Nora baissa les yeux et vit un journal ouvert au bout de la table, cachant l'homme qui le tenait devant lui. Il remua les doigts d'une main en guise de salut.

— Et je suis tante Nellie, dit la vieille dame assise à côté de Theresa. Je dois tout faire ici, même me présenter.

— Ma mère, dit Mme Quinlan, comme si elle venait d'apprendre une mauvaise nouvelle. Bon, peut-on dire le bénédicité maintenant ? Montrons à nos nouvelles arrivantes que nous ne sommes pas une bande de mécréants.

Ils prièrent, les mains jointes, avant de manger. Nora feignit de fermer les yeux, mais elle ne put s'empêcher de les plisser, tentant d'observer subrepticement Mme Quinlan. Le frère de Charlie, Matthew, et sa sœur Kitty avaient habité ici à leur arrivée dans ce pays. Lawrence était là depuis deux ans. Il partirait dès qu'il serait marié. Nora et Charlie aussi.

Elle se demanda si Mme Quinlan appréciait la compagnie de tous ces gens, les allées et venues de parents qu'elle ne connaissait même pas, ou si elle la considérait simplement comme un devoir familial. Nora savait qu'ils lui payaient tous quelque chose, en fonction de leurs moyens, mais quand bien même. Elle n'aurait jamais pu le supporter. Elle culpabilisait, d'une certaine façon, de loger ici. Theresa et elle n'étaient pas de la famille. Charlie avait plaisanté au sujet du sans-gêne de Babs qui débarquait pour dîner. Alors, que diraient-ils de ces étrangères qui débarquaient chez eux et y restaient.

Il y avait des bols de navets, de carottes et de pois sur la table, et un plat de poisson laiteux. Pour le dessert, Mme Quinlan servit à chacun une pomme au four coiffée d'une glace à la vanille.

Elle prenait la crème glacée à la cuillère dans un pot en carton posé devant eux et, quand elle atteignit le fond, elle envoya son fils en chercher un autre dans la glacière. Nora n'avait jamais connu quelqu'un qui gardait de la crème glacée chez lui. Cela semblait un luxe inimaginable.

— Demain, je vous emmènerai toutes les deux rendre visite à mon amie Mme Byrne, dit Mme Quinlan. Je me suis arrangée avec elle. Elle est la couturière la plus demandée à Dorchester. Vous pouvez lui être utiles. Les Irlandais enseignent encore les travaux d'aiguille aux écolières, n'est-ce pas ?

— Oui, madame, dit Nora. Je vous remercie.

— J'espère trouver un poste d'enseignante, déclara Theresa. L'une de mes amies va être professeur à New York.

Les conversations autour de la table cessèrent. Nora fixa sa sœur, sentant ses propres joues s'empourprer. Theresa aurait dû la remercier sans rien dire. Quel culot elle avait.

Mme Quinlan réagit par le mépris, avec froideur.

— Cela exigerait des études bien plus poussées que celles que tu as faites, j'en suis sûre.

La vieille dame, tante Nellie, prit la parole.

— J'ai travaillé à l'usine quand j'étais jeune. Mon époux, Dieu ait son âme, balayait les coques de cacahuètes à Fenway Park[1] l'été, pelletait le charbon dans la chaudière de l'hôpital en haut de la rue l'hiver, et réparait les conduites de vapeur du métro tout au long de l'année. Il est mort de l'amiante qui recouvrait ces tuyaux.

Nora savait ce qu'elles essayaient de dire. Elles pensaient que Theresa ne devrait pas en demander tant si vite. Elle était d'accord avec elles. Mais enseigner était la seule bonne raison qu'elle avait d'être ici.

Elle regarda Charlie. Il mâchait son dessert, bouche grande ouverte.

Nora rassembla tout son courage pour parler.

— Ma sœur a été recommandée à l'école normale de Limerick. Elle a terminé ses études secondaires.

— Vraiment ? demanda Mme Quinlan, visiblement impressionnée. J'ai été infirmière pendant des années. Mais je connais beaucoup de professeurs. Je pourrais

1. Stade de base-ball situé dans le quartier de Fenway à Boston.

en parler à quelques personnes. Tu pourras passer ton diplôme en étudiant le soir. Si tu as déjà été si loin, ça ne prendra pas longtemps.

Nora sourit avec gratitude, pour toutes les deux, puisque Theresa ne voyait pas pourquoi elle devrait lui être reconnaissante.

— Merci, dit Nora. Ce serait merveilleux.

4

Quand Theresa Flynn était une enfant de sept ans, elle prit *Les Vies des Saints*, avec sa couverture en cuir olive et ses lettres dorées, pour un livre de contes de fées. Elle repéra l'épais volume sur une étagère en hauteur dans la chambre de sa grand-mère et le lut d'une traite. Elle tomba amoureuse de sainte Cécile, fille de la haute noblesse romaine qui devint la patronne des musiciens, et l'une des plus célèbres martyres. En l'an 180, elle fut poignardée trois fois au cou avec un glaive, et agonisa durant trois jours, ce qui lui laissa le temps de demander au pape de convertir sa maison en église.

Theresa adorait Catherine de Sienne, qui se jeta dans l'eau bouillante, espérant que la défiguration la sauverait du mariage, afin de pouvoir consacrer sa vie à Dieu. Et Catherine Labouré, religieuse française du dix-neuvième siècle, qui eut une apparition de la Vierge Marie lui disant : *Mon enfant, Dieu veut vous charger d'une mission. Vous serez contredite, mais vous aurez la grâce, ne craignez point. Dites avec confiance à votre directeur spirituel tout ce qui se passe en vous. Les malheurs viendront fondre sur la France et le monde entier sera renversé.*

Combien de fois Theresa avait-elle lu ces mots à ses proches qui l'écoutaient d'une oreille distraite. Inlassablement, elle leur racontait comment sainte Catherine s'était réveillée une nuit et avait entendu une enfant l'appeler d'une chapelle. Là, la Vierge lui était apparue dans un halo de lumière, debout sur un globe, entourée d'étoiles. Elle demanda à Catherine de mémoriser cette image et de frapper une médaille sur ce modèle, *car tous ceux qui la porteront avec foi recevront mes grâces*. Ainsi naquit la Médaille miraculeuse, breloque ovale portée ou rangée dans un tiroir par toutes les femmes qu'elle connaissait. Theresa resta éveillée de nombreuses nuits à penser au corps incorruptible de sainte Catherine, si sacré qu'il ne s'était jamais putréfié après sa mort.

Elle ne s'intéressait pas aux saints masculins. Elle ne se souciait que des figures féminines, à la manière dont les petites filles s'entichent d'une princesse de conte de fées sans vraiment prêter attention au prince. En lisant, Theresa constatait que bon nombre de ces femmes braves et vertueuses étaient devenues religieuses.

Une de ses cousines plus âgées, Mary Dolan, était infirmière des Sœurs de la Miséricorde à Dublin. Theresa savait que la cornette de Mary cachait une masse de boucles épaisses et brunes, qu'elle trouvait plus belles dans leur invisibilité qu'exposées au regard. Mary n'était venue à la maison qu'une seule fois, pour les obsèques de sa sœur Annabelle. Theresa la fixait émerveillée, comme si elle était une vedette de cinéma.

— Moi aussi, je serai une religieuse un jour, avait-elle dit.

En grandissant, elle se rendit compte que la plupart des religieuses qu'elle rencontrait ne ressemblaient en rien aux saintes de ses histoires. Les sœurs de l'école du couvent avaient une haleine fétide et des bras flasques. Elles semblaient plus enclines à se voir pousser des ailes qu'à endurer, par dévotion, les coups de glaive ou l'eau bouillante. Quand sœur Florence frappait Theresa sur la tête avec un exemplaire enroulé du journal *Clare Champion* parce qu'elle bavardait, il n'y avait rien de saint dans son geste.

Les Sœurs de la Madeleine dirigeaient un orphelinat à Cloonanaha. Leur père les avait menacés à plusieurs reprises de les envoyer tous les trois là-bas. Aussi, dès son plus jeune âge, Theresa fut terrifiée par ce lieu.

Plus tard, elle lut des récits sur les scandales qui avaient jalonné l'histoire : les aristocrates qui faisaient entrer leurs filles au couvent, moins onéreux que de débourser la dot. La pauvre Arcangela Tarabotti, contrainte à la vie monastique comme bien d'autres infirmes au dix-septième siècle parce qu'elle était boiteuse. Les Médicis, et les sœurs laïques, dites bonnes à tout faire, qui étaient destinées à servir les religieuses les plus nanties.

Rien de tout cela ne la découragea. Si ce n'est qu'un jour, Theresa découvrit les garçons. Elle rangea alors son rêve au placard, comme s'il n'était qu'une de ces lubies enfantines ; un jouet en peluche ou un doudou, chéri un temps puis oublié.

Avec la permission de sa grand-mère, Theresa emporta *Les Vies des Saints* en Amérique. Elle gardait le livre près de son lit dans la chambre qu'elle partageait avec Nora au deuxième étage de la maison de Mme Quinlan. C'était une pièce simple meublée de trois lits, dont un était inoccupé, deux grandes commodes et un placard. Les murs étaient nus, peints de couleur crème. Selon Nora, il serait impoli de demander si elles pouvaient y accrocher quelque chose. Babs McGuire avait ri quand Theresa le lui avait raconté. Babs était la personne qu'elle préférait à Boston. Theresa l'avait immédiatement adorée. Lors de l'une des premières soirées ensemble, au cours d'un dîner à la maison, Babs dit à Theresa qu'elle travaillait comme femme de chambre pour une famille aisée de Chestnut Hill. Chaque hiver, ils se rendaient en Floride et Babs les accompagnait.

— Je ne fais que les tâches agréables, dit-elle. Je n'ai pas à récurer les marmites ni à nettoyer comme une fille de cuisine. Les femmes de la famille me traitent comme l'une des leurs.

— Une des leurs qui travaillerait pour gagner sa vie, ironisa Lawrence.

Babs l'ignora et poursuivit en expliquant que la plupart de ses amies travaillaient dans de grandes maisons à Newton ou Brookline. Elles gagnaient correctement leur vie en faisant la cuisine ou le ménage. Et en plus, elles étaient nourries, logées et blanchies par leurs employeurs.

— C'est le meilleur métier pour une fille. Il lui donne une qualification. Elle acquiert son indépendance, sans avoir en permanence quelqu'un sur le dos qui lui dise quoi faire.

— Ça a l'air bien, dit Theresa.

— Un tas de gens riches ont des femmes de chambre, une cuisinière, une gouvernante. Je suis sûre que tu pourrais te faire embaucher quelque part.

— Theresa va passer son diplôme d'enseignante, déclara Mme Quinlan. En attendant, elle a déjà un bon travail.

Theresa aurait aimé être femme de chambre en attendant, mais, comme pour tout le reste, on avait décidé à sa place de son travail bien avant son arrivée.

Elle passait ses journées dans un petit atelier de couture, à faire des ourlets ou à mesurer derrière un rideau des tailles boudinées et des jambes pâles striées de veines bleues. Elle écoutait les clientes se plaindre de leur dos douloureux, de leur mari bon à rien, et tâchait de ne pas mourir d'ennui. Il lui arrivait de regretter l'usine, en Irlande, où au moins il y avait des jeunes filles de son âge avec qui parler. Elles étaient toutes alignées devant leur machine, en blouse blanche. Elles n'étaient pas censées discuter en travaillant, mais elles avaient l'heure du déjeuner à la cantine pour se raconter les potins, bavarder, acheter des biscuits et du thé. À chaque changement d'équipe, elles s'agenouillaient et récitaient le rosaire ensemble.

Theresa raconta à Babs le moment fort de sa courte carrière à l'usine, lorsqu'on leur avait confié la tâche de confectionner des uniformes pour les hôtesses d'Aer Lingus à Shannon. Elle devait juste embobiner le fil qui serait placé dans les machines à coudre, mais, en le faisant, Theresa pensait à ces jeunes femmes qui volaient dans le ciel, à leur vie pleine d'aventures, à la manière dont la laine qu'elle enroulait entre ses mains la reliait à elles.

Elle dit à Babs qu'elle enviait la façon dont les femmes s'habillaient à Boston. Tout le monde, ici, semblait avoir des armoires pleines de vêtements. En Irlande, ils avaient peu de tenues. Elle était arrivée en Amérique avec une seule petite valise.

Babs lui apporta un sac contenant quelques-unes de ses vieilles affaires.

— Avec deux jupes, tu es sauvée, dit-elle, étalant une jupe vert émeraude sur le lit de Theresa. Elle s'évasait vertigineusement. Tu peux la porter tous les jours et, si tu changes de chemisier, personne ne le remarquera.

Babs lui apporta ensuite un chemisier rose fleuri avec un col ouvert et une ceinture en ruban gros-grain. Theresa l'avait déjà vu sur elle un jour et lui avait dit qu'elle l'adorait.

Elle poussa un petit cri et serra Babs dans ses bras.

— Je l'ai eu chez Filene's Basement, à moitié prix. Tu le crois ? dit Babs.

Theresa déclara :

— Je le mets tout de suite et je le porterai éternellement.

Elle n'avait jamais possédé une robe qui n'ait appartenu en premier à sa sœur. Et les goûts de Nora n'étaient pas ceux de Babs. Nora aimait les robes indémodables. Les étoffes confortables. Elle ne se souciait pas des tenues des femmes dans les magazines.

— Les filles comme nous qui viennent ici seules doivent se serrer les coudes, dit Babs. Puis, en baissant la voix : Comment va ta sœur, d'après toi ? Elle parle si peu, difficile de se faire une idée. J'aimerais la connaître. Après tout, nous ferons bientôt partie de la même famille.

— Je ne sais pas trop.

Babs fronça les sourcils.

— Que veux-tu dire ? Ils sont fiancés, non ?

— Je suppose.

Theresa pensait que Nora était une fille trop sérieuse pour Charlie Rafferty, trop réservée. Sortir ensemble était une chose. Mais le mariage ! Il aurait voulu se marier dès que Nora était descendue du bateau. Mme Quinlan les poussait sans arrêt à réserver l'église. Mais Nora trouvait toujours des raisons d'attendre. Theresa ne croyait pas qu'elle l'aimait.

Nora n'était amusante que lorsqu'elle n'était pas tendue, or, depuis leur arrivée à Boston, elle l'était en permanence. Elle ne montrait son meilleur visage que lorsqu'elles étaient seules dans leur chambre le soir, et même là, ce n'était pas si fréquent. Elle donnait des ordres à Theresa à n'en plus finir. Elle l'avait toujours fait, mais c'était devenu pire qu'avant.

Nora la réprimandait pour mettre du rouge à lèvres ou arpenter les pavés en souliers à talons. Quand Theresa fit remarquer que le mari de Mme Quinlan ne faisait rien d'autre que passer ses journées assis au salon à lire, Nora siffla :

— Ne va pas le répéter.

— Je n'allais pas le répéter, je le dis juste à toi. À qui le répéterais-je ?

Nora se fâchait quand elle posait trop de questions. À la maison, la curiosité précoce de Theresa était appréciée, sinon encouragée par son père lorsqu'il était de bonne humeur. Mais ici, elle était une invitée. Sa sœur aurait aimé qu'elle s'en souvienne.

— Le bal de Dudley Street est un rite de passage pour toute jeune fille, déclara Babs au dîner un mois après leur arrivée. Comment se fait-il qu'on ne vous y ait pas encore emmenées ? Nous irons tous jeudi.

Theresa était enchantée. Elle comptait les jours. Même Nora sembla s'égayer un peu quand le jeudi arriva.

— Essaie ce rouge à lèvres, dit Theresa avant de partir. Le rose te va bien.

— Non, dit Nora, mais ensuite elle passa le bâton de couleur sur ses lèvres.

— Magnifique !

— C'est joli, non ? dit Nora comme si l'idée venait d'elle.

Le jeudi était le jour de sortie des domestiques. Theresa s'extasiait devant le spectacle de ces filles qui sortaient de la gare en jupe et chemisier, par groupes de trois ou quatre. Elle enviait leur amitié et leur liberté. Elle ne connaissait aucune fille de son âge dans tout Boston. Ses amis d'enfance lui manquaient, ainsi que les jeunes filles qu'elle avait rencontrées sur le bateau.

Après cette première sortie, Babs les emmena danser toutes les semaines. Il y avait trois dancings sur Dudley Street. Theresa avait une préférence pour l'Intercolonial. Ils jouaient du rock and roll, mais surtout des chansons irlandaises. Accordéon, violon, banjo, cornemuse irlandaise. La première valse commençait à huit heures. Les couples évoluaient en cercle autour de la piste, la foule des danseurs ne cessant de se densifier au fil de la soirée. À onze heures, on pouvait à peine bouger.

Au village, Theresa pédalait trois kilomètres jusqu'au bal dans la salle paroissiale et payait cinq shillings pour voir les mêmes garçons que la semaine précédente. Elle avait apprécié ces bals de campagne par ignorance de ce qui existait ailleurs. Après Dudley Street, elle ne pouvait pas s'imaginer retourner un jour dans un bal au village.

Lors de sa cinquième soirée à l'Intercolonial, elle rencontra Walter McClain. Il avait un visage à la Clark Gable. Un sourire malicieux. Des cheveux si noirs et si brillants qu'ils auraient pu être en cuir verni. Après leur première danse, Theresa sut avec certitude qu'elle l'épouserait. Le contact léger de ses doigts sur son dos la remplissait de plaisir. Il avait vingt-quatre ans, sept ans de plus qu'elle. Il était un jeune cadre à la centrale électrique Boston Edison, non loin d'où elle habitait. Il lui dit qu'il n'était jamais venu à l'Intercolonial avant cette soirée. Ses amis du travail avaient beau essayer de le traîner sur Dudley Street, il avait toujours refusé.

— Ça doit être le destin, conclut-il, et elle se sentit reconnaissante, envers Dieu ou la chance, qu'il ne soit pas venu plus tôt et ait rencontré une autre fille.

— Il a une tête à causer des ennuis, dit Nora, ce qui ne fit qu'accroître l'attirance de Theresa.

Il ne vint pas la semaine suivante ni la fois d'après. Theresa dansa avec d'autres garçons et avec sa sœur, mais elle gardait les yeux rivés sur la porte. Parfois, Charlie, Lawrence et leur frère Matthew les accompagnaient, ou Bobby Quinlan, avec ses grandes dents blanches qui lui évoquaient un requin de bande dessinée.

Lors de ce qui serait leur dernière soirée dansante, elles étaient venues entre filles : Nora, Theresa et Babs. Theresa regardait un jeune et beau marin faire tournoyer sa sœur autour de la salle, les cheveux bruns de Nora flottant derrière elle. Elle avait oublié à quel point Nora était une bonne danseuse. Elle n'avait pas vu sa sœur danser depuis le départ de Charlie.

Le week-end suivant, Lawrence et Babs se marièrent. Après avoir perdu connaissance, ivre mort, à son propre mariage, Lawrence se rendit à la section locale de l'Association pionnière du Sacré-Cœur pour l'abstinence totale.

Nora déclara que Lawrence avait essayé auparavant, en Irlande, et qu'il n'avait pas réussi à s'abstenir. Babs confia à Theresa qu'elle espérait qu'il échouerait de nouveau, et vite. Lawrence ne la laissait plus aller au dancing. Elle était seulement autorisée à sortir avec lui aux soirées devinettes et spectacles amateurs de la PTAA, où les femmes sirotaient du jus de pomme en parlant du Seigneur.

Il ne restait donc plus que Nora pour accompagner Theresa à Dudley Street, mais Nora refusait obstinément, en dépit des supplications de sa sœur.

— Nous ne pouvons pas y aller seulement toutes les deux.

— Pourquoi ? Tu t'amusais bien.

— Je n'ai pas de temps pour ces sottises.

— Pourquoi ?

— Theresa, s'il te plaît, cesse de me le demander.

— Tu veux juste que je sois malheureuse. Une pauvre vieille bique malheureuse.

— Tout ne tourne pas autour de toi, rétorqua Nora d'un ton sec.

Elle sentait qu'il y avait quelque chose que Nora ne disait pas, mais elle savait aussi que sa sœur, si secrète, le garderait pour elle.

Tous les petits plaisirs du dancing manquaient à Theresa. Tendre son ticket d'entrée à cinquante cents au portier, grimper les deux étages jusqu'à la salle. Les filles en jupe et chandail alignées sur les bancs le long du mur, et les garçons debout contre le mur opposé, mains dans le dos. Pendant un moment, ils se contentaient de s'observer, l'air vibrant d'espoir, de peur, de possibilités. Theresa avait le ventre noué quand elle se demandait si l'un de ces garçons traverserait la salle pour l'inviter à danser. Elle danserait avec n'importe qui, pourvu qu'il soit assez beau. Même si son cœur appartenait à Walter.

Elle essayait de se tenir à carreau. D'occuper ses soirées en écoutant *Fibber McGee and Molly* à la TSF ou en lisant. Elle s'asseyait parfois à côté de la vieille tante Nellie après le souper, car elle étalait ses cartes de prière sur la table à manger, décidant qui en avait besoin ce soir-là. La grand-mère de Theresa avait un jeu de cartes semblable, chacune figurant un saint ou une scène religieuse d'un côté, et une prière pour une inquiétude ou une épreuve particulière de l'autre.

Les cartes de tante Nellie étaient rangées dans une boîte bleu ciel, les mots *Un saint pour chaque situation* imprimés en feuille d'or sur le couvercle en carton. Theresa les consultait, mémorisant chacune d'elles. Prière pour un Animal. Prière à un Ange gardien. Prière pour les Veuves. Prière en période de Difficulté économique. Prière pour le Retour au pays. Prière pour la Grâce. Pour les Étudiants. Pour la Patience. Pour la Miséricorde divine. Prière pour les Pauvres.

Elle assistait aux cours du soir le lundi et le mercredi. Elle aimait regarder le professeur, un Américain maigrichon en pull-over et costume sombre, leur dire à quel point ce métier était essentiel, éduquer, façonner les jeunes esprits. La grand-mère de sa grand-mère avait enseigné dans une école clandestine à Miltown Malbay il y avait un siècle, donnant aux enfants du village des leçons en cachette quand il leur était interdit d'aller à l'école ; une douzaine d'entre eux se réunissaient dans une grange. Sa grand-mère lui avait dit qu'elle était destinée à enseigner, et les religieuses de l'école du couvent avaient identifié cette même vocation chez elle. Désormais, elle en avait enfin la chance.

Theresa étudiait pendant des heures. Elle se rendait à la bibliothèque du quartier et empruntait chaque semaine le nombre maximum de livres autorisé. Elle lisait, lisait. Elle était impatiente d'avoir un jour ses propres élèves. Parfois, elle s'entraînait à faire la classe devant le miroir de la chambre quand Nora n'était pas à la maison.

Mais la plupart du temps, elle s'ennuyait ferme, bouillonnait. C'était surtout intenable le week-end quand elle voyait des groupes de filles passer en riant dans la rue. Elle se languissait de Walter, se demandait avec qui il dansait maintenant.

Un soir, alors qu'elle rentrait du travail, Mme Quinlan lui tendit une lettre, postée à New York. Elle venait d'Abigail, son amie du transatlantique. Elles avaient échangé leurs adresses et Theresa lui avait écrit la première. Elle avait envoyé une carte postale du parc, le Boston Common, sous la neige.

Abigail écrivait que Theresa devait venir la voir si elle passait un jour dans le Queens.

— Allons-y un week-end ! proposa-t-elle à Nora ce soir-là.

— C'est une formule de politesse, elle ne t'invite pas, répondit Nora.

Le lendemain, avant le petit déjeuner, Theresa en reparla.

— Nous pourrions emprunter la voiture de Bobby. Charlie pourrait conduire.

— Arrête, la coupa Nora. Je ne veux plus entendre parler de New York.

— J'arrêterai si tu m'accompagnes au dancing.

Theresa sourit. Elle pensait que Nora céderait, mais le visage de sa sœur était sérieux, froid. Nora tourna les talons et descendit dans la salle à manger sans dire un mot.

Un mardi, fin septembre, alors que les premières brises d'automne s'infiltraient par les fenêtres, Theresa n'en pouvait plus d'attendre. Nora dînait avec Charlie chez Lawrence et Babs. Theresa était blessée de ne pas avoir été invitée. Babs, enceinte depuis peu, prétendait qu'elle était trop grosse pour s'exposer aux regards. Elle semblait capable uniquement de fréquenter des couples ternes et ennuyeux.

Mme Quinlan était assise au salon. Elle écoutait l'évêque Fulton Sheen à la TSF en sirotant le cocktail au gin Tom Collins qu'elle s'autorisait chaque soir. L'émission radiophonique de l'évêque était son seul rayon de soleil de la semaine. Elle disait qu'il avait une voix de miel, la voix d'un ange. Tout le monde dans la maison savait qu'il ne fallait faire aucun bruit ni sortir quand elle l'écoutait.

Dans sa chambre, Theresa enfila la jupe verte que Babs lui avait donnée. Elle rentra son chemisier blanc dans la taille et passa le cardigan blanc de Nora. Elle compléta sa tenue par une ceinture de cuir noir dont Babs disait qu'elle lui faisait une taille incroyablement fine et une paire d'escarpins noirs, prêtée par Babs. Nora prétendait qu'elle avait l'air d'une enfant qui patine maladroitement sur la glace quand elle essayait de marcher avec, mais ils étaient si féminins que Theresa s'en fichait. Elle se brossa les cheveux délicatement pour que ses boucles restent en place. Elle descendit les escaliers et sortit sans que personne la remarque. L'air frais caressait ses mollets nus. Un groupe de garçons jouait au ballon sur la pelouse. Ils s'arrêtèrent et la regardèrent tourner au coin de la rue.

Elle se sentait merveilleusement bien, prenant seule le train pour la première fois.

Mais une fois arrivée au dancing, son assurance s'évanouit. Le portier lui demanda si elle était accompagnée. Un groupe de filles la dévisagea d'un air désapprobateur. Malgré cela, Theresa grimpa l'escalier jusqu'au deuxième étage. Quand elle entra dans la salle de bal, elle ressentit une excitation familière.

La première demi-heure, personne ne lui parla. Elle se balançait d'avant en arrière, se sentant idiote comme si tout le monde la regardait, mais personne ne la regardait. Puis une fille rousse lui dit :

— J'aime bien ta jupe.

— Merci, répondit Theresa.

— Je m'appelle Rose. C'est ma sœur, Patty.

Elles étaient jumelles. Cheveux roux, taches de rousseur et yeux vert clair.

— Tu es venue seule ? demanda Patty.

— Oui, avoua Theresa, se sentant vaguement honteuse, car elle se souvint soudain que Mme Quinlan connaissait beaucoup d'Irlandais à Roxbury et Dorchester. Qui sait, elles en faisaient peut-être partie. Elles allaient la dénoncer. Mme Quinlan le dirait à Nora, et Theresa se ferait tuer. Assassiner.

Mais Patty dit seulement :

— C'est courageux de ta part.

En Irlande, elle n'aurait jamais osé aller seule au bal. Mais la vie dans ce pays ne lui semblait pas tout à fait réelle, comme si tout ce qui se passait ici se déroulait dans un rêve et disparaîtrait à son réveil le lendemain matin.

Les jumelles l'invitèrent à aller boire un soda au bar. Theresa leur en fut reconnaissante. Elle resta bavarder avec elles jusqu'à ce que Walter arrive enfin. Élégant dans son complet-cravate, les cheveux lissés en arrière. Cela faisait des semaines. Elle se demanda s'il se souvenait d'elle.

Il la remarqua tout de suite et se dirigea vers elle.

— Où étais-tu passée ? demanda-t-il.

Ils dansèrent pendant une heure, sans jamais envisager de changer de partenaire. Theresa voulait rester jusqu'à ce que l'orchestre s'arrête et les lumières se rallument, mais elle savait qu'elle devait rentrer avant sa sœur. Walter fit le trajet en train avec elle. Il lui demanda de revenir la semaine suivante. Elle lui promit. Il l'embrassa au coin de la rue avant de la laisser marcher seule vers la maison.

Theresa avait été embrassée exactement sept fois auparavant. Six baisers de Gareth O'Shaughnessy, que tout le monde à Miltown Malbay appelait Bouteille parce que sa peau était si diaphane qu'on voyait presque à travers. Gareth était gentil, mais il avait des lèvres énormes et affreuses qui semblaient vouloir la mouliner comme un poisson au bout d'une ligne. Quand elle s'écartait de lui, son menton était trempé.

Elle avait embrassé une fois un négociant en ville le jour de la foire. Toute la famille s'était levée tôt pour préparer le bétail pour la vente. À quatre heures du matin, sa grand-mère avait aspergé les vaches d'eau bénite, puis envoyé son gendre et ses enfants en ville. Quelques heures plus tard, le négociant, ayant obtenu un bon prix pour son patron, avait fêté cela en buvant des pintes dans un pub sur Main Street. Il était tombé sur Theresa, seule, juste après. Il la salua et, avant qu'elle puisse réagir, il l'embrassa, un goût terreux de bière dans la bouche.

Son premier baiser américain était d'un tout autre genre.

Theresa se déchaussa et glissa en bas dans le couloir. Dans sa chambre, elle retira ses épingles à cheveux une à une, laissant ses boucles brunes retomber sur ses épaules. Elle rangea la jupe et le chandail sur un cintre dans le placard.

Debout, dévêtue, elle sentit un frisson la parcourir. Elle enfila sa chemise de nuit et se jeta sur son lit. Elle revécut mentalement chaque moment de la soirée, en boucle.

Avant de partir de la ferme, Theresa avait juré à sa grand-mère qu'elle réciterait ses prières chaque soir à Boston, comme elle le faisait en Irlande. Les yeux lourds de sommeil, elle s'agenouilla. La prière par laquelle elle commençait toujours était celle que leur mère, aux dires de Nora, leur récitait en les mettant au lit.

Ange de Dieu, qui êtes mon fidèle gardien,
Et aux soins duquel j'ai été confié par la Bonté suprême,
Daignez, durant cette journée,
M'éclairer, me garder, me conduire et me gouverner.
Amen.

Chaque fois qu'elle la récitait, Theresa pensait à sa famille et leur absence lui broyait le cœur. Elle savait qu'il lui faudrait sans doute des années avant d'avoir les moyens de retourner en Irlande. Des années avant d'entendre la voix de son frère, ou le rire de leur père quand il écoutait *Vivre avec Lynch* sur Radio Eireann. Elle revoyait ses sourcils froncés d'inquiétude quand il attendait la météo ou les résultats du football. Elle ne reverrait peut-être plus jamais sa grand-mère chérie. Theresa l'imaginait en train de chantonner tout en préparant le dîner sur le feu. La maison devait être silencieuse maintenant qu'ils n'étaient plus qu'eux trois.

Boston était bien plus exaltant. Elle aimait bien les habitants de la maison. Mais ils ne seraient jamais sa famille.

Même les animaux manquaient à Theresa. Depuis toutes petites, Nora et elle avaient pour tâche de traire les vaches tous les soirs à six heures. Quand elles étaient jeunes, elles prenaient une gifle si elles n'enlevaient pas la mousse sur le lait. Elle n'aimait pas beaucoup traire les vaches à l'époque, mais aujourd'hui elle regrettait amèrement les conversations silencieuses qu'elle aurait eues avec elles chaque soir. Ils lui manquaient, les chats dédaigneux qui vivaient dans la grange, et les chiens affectueux qu'elle faisait souvent entrer en douce la nuit dans la maison quand il pleuvait. Une fois, elle s'était fait prendre à transporter un porcelet dans son lit et avait reçu des coups de cuillère en bois sur les fesses. Cela lui avait semblé alors une grave injustice, mais, quand elle y repensait aujourd'hui, elle ne pouvait s'empêcher de rire.

À la liste habituelle des personnes pour qui elle priait chaque soir (sa grand-mère, son père, sa sœur, son frère, sa mère au Ciel), elle ajouta un nom. Walter McClain. Son grand amour, qui ferait un jour partie de sa famille.

Theresa se signa et remonta dans son lit. Quand Nora entra, elle ne soupçonna rien. Theresa était allongée immobile, les yeux fermés, alors qu'elle avait terriblement envie de lui raconter sa soirée féerique.

Elle entendit marcher dans la chambre au-dessus. Quand elle avait emménagé dans la maison, c'était la chose à laquelle elle avait eu le plus de mal à s'habituer : le bruit incongru de pas au-dessus de sa tête. Ça, et les allées et venues des résidents. Pendant un temps, trois jeunes enfants logeaient dans la chambre voisine, les petites-nièces de Mme Quinlan. Theresa supposa que leurs parents étaient morts, mais, quand elle en parla à Charlie, il éclata de rire.

— Ils habitent à Quincy, dit-il. À quelques kilomètres d'ici. Ils ont tellement d'enfants, quatorze ou quinze, je crois, qu'ils en envoient deux ou trois vivre ailleurs quelque temps. Beaucoup de gens font cela.

— Pas les gens que je connais, dit Theresa.

Elle se sentit indignée au nom des enfants. À compter de ce jour, elle fut plus gentille avec les fillettes et leur donna des restes de son gâteau après le dîner.

La semaine suivante et celle d'après, Theresa se débrouilla pour voir Walter. Il l'embrassa avec passion quand ils se séparèrent. Mais ensuite, par deux fois, il ne fut pas au rendez-vous alors qu'il avait promis qu'il viendrait, et après cela, elle crut que Nora ne sortirait plus jamais. Theresa sécha son cours pour aller au dancing une fois, mais elle se sentit si coupable, certaine qu'elle allait se faire prendre, qu'elle jugea que ça n'en valait vraiment pas la peine.

Une nuit, après avoir éteint les lumières, quand Nora commençait à marmonner dans son sommeil, Theresa se leva furtivement. Elle se dirigea dans l'obscurité vers le placard et tâtonna pour trouver la bonne robe. Du bout de ses pieds nus, elle identifia les souliers qu'elle cherchait et eut même le courage de prendre des bas en nylon dans le tiroir de la commode. Ses affaires entre les bras, elle resta aussi immobile qu'un arbre et tendit l'oreille. Sa sœur dormait toujours.

Galvanisée par son audace, elle s'habilla dans la salle de bains et sortit rapidement de la maison. Le dancing fermerait bientôt.

Quand elle arriva, elle le vit. Il dansait en riant avec une autre fille. Son cœur se serra, mais, quand il l'aperçut, Walter vint immédiatement la rejoindre.

— J'ai cru que tu avais disparu, dit-il.

Ils dansèrent et dansèrent encore. La soirée semblait magique, hors du temps. Elle n'arrivait pas à croire qu'il y a une heure, elle était allongée dans son lit. Qu'elle aurait pu rater cela.

Walter sortit une flasque de sa poche et avala une gorgée, puis il la lui tendit.

— Allez, insista-t-il.

Elle prit le flacon et le porta à sa bouche.

— C'est du bon whisky. Bois encore.

Ils dansèrent et ils burent. Theresa adorait cette sensation de vertige.

— Tu es belle, tu sais, dit Walter.

Les garçons qu'elle avait rencontrés étaient bien trop timides pour dire une chose pareille. Elle sourit.

— Viens, dit-il. Je veux te montrer quelque chose.

Il la guida hors de la salle, puis dans les escaliers, une main au creux de son dos. Theresa crut qu'il l'emmenait dîner quelque part, tardivement.

Mais quand ils atteignirent le premier étage, au lieu de descendre au rez-de-chaussée, il la dirigea dans un couloir.

— Qu'est-ce que tu fais ? dit-elle en riant.

Il la fit taire d'un regard malicieux et lui prit la main. Il ouvrit la porte d'une lingerie plongée dans la pénombre et la poussa à l'intérieur. Walter referma doucement la porte derrière eux. Il l'embrassa. Il la serra dans ses bras. Dans le noir, il fit courir ses mains au dos de sa robe. Theresa restait complètement immobile. La pièce sentait le détergent. Elle songea à la confession, à l'impossibilité d'expliquer cela à un prêtre.

Elle l'entendit ouvrir la fermeture Éclair de son pantalon, le bruit sourd du vêtement qui tombait sur le plancher. Walter releva sa jupe, baissa sa culotte et la poussa doucement contre la porte. Il s'approcha de plus en plus près, jusqu'à ce qu'elle le sente se frotter contre elle, puis en elle. Theresa poussa un petit cri, et il rit en lui baisant le cou. À un moment, elle eut mal, mais il continua, et ensuite ce fut merveilleux. Cela devint un rituel chaque fois qu'ils se voyaient, et c'était le paradis. Mieux que n'importe quelle autre danse au monde.

Un jeudi de décembre, elle grimpa l'escalier en étouffant le bruit de ses pas. Elle connaissait le chemin dans l'obscurité, savait que la quatrième marche à partir du bas craquait au milieu, que le tapis de la dernière marche était usé jusqu'à la corde et qu'une personne imprudente pouvait facilement glisser.

Elle s'arrêta à mi-hauteur, enleva ses chaussures. La maison était silencieuse.

Theresa parvint au palier du second étage et s'immobilisa un instant pour écouter. La porte de la chambre de Mme Quinlan était entrouverte. Elle voyait qu'il faisait noir à l'intérieur.

Ce soir, Walter lui avait dit qu'il l'aimait.

Elle était au beau milieu d'une histoire quand il l'avait dit. Elle racontait qu'elle n'avait pas vraiment eu conscience d'être irlandaise avant d'arriver en Amérique. Elle voyait bien que cela signifiait beaucoup pour les gens d'ici. Mme Quinlan lui avait dit que le jour de la Saint-Patrick était férié pour tout le monde et que la ville organisait une immense parade. En Irlande, les hommes se rendaient au pub ou aux courses s'ils avaient de l'argent, c'était tout.

— Je pensais que les gens que je rencontrerais ici seraient pour la plupart américains, dit-elle. Mais tu es le seul à qui je parle. Je peux passer des jours sans entendre un accent américain, hormis celui des Quinlan. Et savais-tu qu'il y a des clubs à Dorchester pour les gens de chaque région d'Irlande ? Les cousins de Babs vont au Tipperary et Charlie au Doolin, ville la plus proche de chez nous. J'ai dit à Nora que…

Walter posa une main sur sa bouche.

— Je crois que je suis en train de tomber amoureux, dit-il.

En se remémorant la scène, elle sentit le même frisson que sur le moment. Theresa ouvrit la porte de la chambre, se déshabilla et se glissa sous les couvertures.

Soudain, Nora se redressa dans son lit.

— Allume, dit-elle.

Theresa obtempéra.

— Où étais-tu ?

— Ici, tu viens de me réveiller.

— Je t'ai vue remonter la rue. Une fille de ton âge n'a rien à faire seule à Dudley Street à cette heure ni à une autre heure.

— Je viens d'avoir dix-huit ans !

— Précisément.

— Je ne suis pas allée à Dudley Street, j'ai seulement été faire un tour.

Nora soupira.

— Theresa. J'ai assez de mes propres soucis. S'il te plaît, ne me fais pas ça.

— Cela ne se reproduira plus, dit-elle. Je le jure.

— Bientôt, je ne serai plus ici, dit Nora. Tu dois commencer à te conduire en adulte.

— Où iras-tu ?

— Une fois mariés, Charlie et moi allons déménager. Pas loin, mais quand même.

Theresa songea que cela n'arriverait pas avant des années, si toutefois cela arrivait.

Sa sœur la surveillait de près désormais, mais elle continuait de voir Walter dès qu'elle le pouvait. Elle l'aimait, bien qu'il ne fût pas très fiable. Il arrivait qu'ils prévoient de dîner ensemble et qu'il la laisse seule au restaurant pendant des heures, à l'attendre. Mais quand elle le revoyait, elle n'y pensait plus. Elle l'aimait à ce point.

Un mercredi pluvieux de mars, Theresa s'assit à la table du petit déjeuner.

— C'est l'homme le plus beau que j'aie jamais vu, dit l'une des deux Elizabeth.

— Qui ? demanda Theresa.

— Le sénateur Kennedy, répondit-elle, comme si c'était une évidence.

Ils l'avaient vu défiler à la parade de la Saint-Patrick le week-end précédent.

— Il sera président un jour, déclara tante Nellie. Un président irlandais. Un catholique. Imaginez un peu. J'aimerais que mon mari ait vécu pour le voir.

— Il ne faut pas vendre la peau de l'ours, dit Mme Quinlan.

— Pourquoi pas ?

— Ça porte malheur.

— Les catholiques ne croient pas à la chance.

— J'adore le manteau de sa femme, dit Nora. Il est magnifique.

— Je t'achèterai le même, dit Charlie. Je parie qu'il ne coûte pas cher, hein ? Tiens, nous en prendrons deux !

Il rit.

Nora le regarda furtivement, puis détourna les yeux comme si elle l'avait pris pour quelqu'un d'autre.

— Theresa, Nora, vous allez avoir une nouvelle camarade de chambre ce week-end, annonça Mme Quinlan.

— Une camarade de chambre ? répéta Theresa, se demandant qui et pour combien de temps, mais elle n'osa pas poser de questions en présence de sa sœur.

— Oui, dit Mme Quinlan. Kitty revient.

— Kitty ?

— La sœur de Charlie, expliqua Nora. Tu sais qui est Kitty.

À Miltown Malbay, Theresa était vaguement au courant de l'existence de Kitty Rafferty, mais c'était tout. Elles devaient avoir une dizaine d'années d'écart.

— Où était-elle jusqu'à maintenant ? demanda Theresa.

Personne ne répondit.

Tante Nellie demanda la confiture et quelqu'un lui passa le pot. Tout en étalant les fraises sur une épaisse tranche de pain blanc, elle regarda Theresa et leva un sourcil, comme pour lui faire comprendre qu'il y avait une histoire savoureuse à raconter.

En rentrant de la messe un dimanche, Theresa et Nora constatèrent que Kitty avait emménagé avec ses affaires.

Kitty ne leur parlait pas beaucoup. Elle n'était pas souvent là ; elle sortait tard le soir avec des amies et partait tôt le matin, avant même que Theresa et Nora ne se réveillent. Quand Kitty était arrivée à Boston il y a des années, elle aussi avait travaillé dans l'atelier de Mme Byrne, mais, au fil du temps, elle avait obtenu son diplôme et était devenue infirmière à l'hôpital St Margaret. Theresa voulait qu'elle sache qu'elle suivait une voie similaire, qu'elle n'allait pas coudre des ourlets toute sa vie. Mais elle ne pouvait pas lui dire. Kitty l'intimidait.

Avant que Kitty emménage, Theresa passait des heures devant le miroir de la chambre, à incliner la tête d'un côté, puis de l'autre. À faire la moue, à sourire, à rire. Tout le monde disait qu'elle était jolie. Mais, après avoir vu Kitty Rafferty, Theresa se rendit compte qu'elle était ordinaire.

La beauté de Kitty était, de l'avis de Theresa, comparable à celle d'Elizabeth Taylor. Elle avait un visage aux mêmes contrastes nets : une peau blanche laiteuse et des yeux vert clair, auréolés d'une magnifique chevelure aux reflets auburn. Elle était grande, aussi grande que ses frères. Quand Kitty se tenait debout, elle courbait légèrement les épaules en avant, comme pour s'enlever quelques centimètres.

Sous la houlette de Babs, Theresa avait acheté un rouge à lèvres rose. Elle n'arrivait pas à savoir s'il lui allait bien, mais elle continuait néanmoins à en mettre. Elle avait aussi un tube de mascara noir, bien précieux. Kitty possédait plus de produits de maquillage qu'un mannequin. Elle les avait posés sur la commode, poussant la brosse de Theresa et la bible qu'elle ouvrait rarement pour faire de la place aux parfum, ombre à paupières et blush, à l'eye-liner et à deux grosses houppettes à poudre dans des pots de porcelaine blanche.

Quand Kitty partait, Theresa fouillait dans ses affaires. Une fois, elle osa vaporiser une fine brume du parfum de Kitty, puis elle resta assise à angoisser l'heure suivante, redoutant ce qui se passerait si Kitty ou Nora entrait dans la chambre et le humait dans l'air.

Kitty descendit au petit déjeuner un matin vêtue d'un corsaire bleu vif et d'une chemise boutonnée sans manches, semblable à une gravure de mode. Theresa se promit d'économiser de l'argent pour s'acheter la même tenue.

Deux ans plus tôt, Edna Kelly avait scandalisé les habitants de Miltown Malbay en entrant dans la pharmacie avec une cousine américaine en visite – une adolescente en blue-jean. Theresa ne l'avait pas vue, mais son amie Sheila lui avait raconté que les vieilles Irlandaises dans la queue secouaient la tête avec dégoût. Nora avait dit que la pauvre fille avait dû être mortifiée en se rendant compte à quel point sa tenue était déplacée ici. Mais Theresa doutait que cela l'ait dérangée. Elle pensait que la cousine américaine se sentait supérieure à eux et avait continué sa journée comme si de rien n'était. Elle souhaitait que ça se passe ainsi quand elle reviendrait. Elle provoquerait un émoi et s'en rendrait à peine compte.

Theresa supplia sa sœur de lui raconter toute la vérité au sujet de Kitty. Nora lui reprocha d'être trop curieuse. Mais au bout d'une semaine, elle céda. Elles étaient couchées toutes les deux, blotties sous les couvertures. Kitty n'était pas encore rentrée. Fait rare, Nora était de bonne humeur, légère et spontanée, comme Theresa aimait qu'elle soit.

— Il y a deux ans, elle s'est enfuie et a épousé un protestant. Un médecin, chuchota Nora. Personne n'a eu de ses nouvelles. Charlie suppose que le médecin est parti, l'a quittée et que c'est la raison de son retour.

Theresa n'avait jamais entendu parler d'une femme mariée vivant sans son époux, à moins qu'il ne soit mort.

— Personne ne parle jamais de cela, dit-elle.

Nora sembla étonnée par sa surprise.

— Et pourquoi on le ferait ?

— Tu l'aimes bien ? demanda Theresa.

— Je ne sais pas.

— Tu devrais t'en faire une amie. Elle va devenir ton autre sœur, avec moi.

Nora ne répondit pas.

— Eh bien, ce n'est pas vrai ?

— Si on se marie, alors oui.

— Si ! s'exclama Theresa.

— Charlie me pousse à fixer une date. Chaque fois que j'y pense, j'ai envie de vomir.

Theresa était ravie d'être mise dans la confidence des pensées secrètes de sa sœur. Elle ouvrit la bouche pour répondre, mais la porte s'ouvrit et Kitty déclara :

— Ce n'est que moi.

Dire cela ne lui ressemblait pas. En temps normal, elle aurait fait irruption dans la chambre comme si elle en était la seule occupante. Aussi, elles comprirent que Kitty avait tout entendu, ou du moins une partie de leur conversation. Quand elle leur tourna le dos pour prendre un cintre dans le placard, Nora écarquilla les yeux en regardant Theresa, puis elle les ferma comme pour effacer ce moment de son esprit.

5

Theresa allait prendre un bain quand Kitty Rafferty la bouscula et s'engouffra dans la salle de bains avant elle.

— Désolée ! C'est urgent ! J'ai la visite de mon petit ami, je ressors tout de suite.

Theresa attendit dans le couloir en robe de chambre. Peu importe le moment où elle le programmait, prendre un bain n'était jamais simple. Seize personnes partageaient cette salle de bains. Mme Quinlan n'appréciait pas qu'ils se baignent plus d'une fois par semaine. « La toilette du samedi pour la sortie du dimanche suffit amplement », disait-elle. Mais même alors, c'était toujours compliqué.

Quand Kitty sortit, Theresa investit la place et fit couler l'eau. Elle se déshabilla en attendant que la baignoire se remplisse. La mention de son petit ami par Kitty rappela à Theresa l'existence du sien. Quand elle était arrivée à Boston, elle n'avait pas saigné pendant trois mois, mais ensuite elle avait eu ses règles avec régularité. Jusqu'à récemment. Combien de temps cela faisait-il ? Elle essaya de se souvenir en plongeant dans la baignoire.

Theresa passa une main sur son ventre. S'était-elle arrondie sans s'en apercevoir ou était-ce le fruit de son imagination ?

Elle resta immobile jusqu'à ce que le bain refroidisse, puis elle ajouta de l'eau chaude.

Une pensée lui traversa l'esprit.

Elle entendit frapper à la porte. Elle se redressa immédiatement.

— La vie est courte, Theresa ! cria tante Nellie du haut de ses quatre-vingt-cinq ans.

Elle sortit du bain et se sécha à la hâte, puis passa son peignoir et se dirigea vers la chambre.

Tante Nellie la héla :

— J'avais douze ans quand tu es entrée dans cette pièce !

Seule dans la chambre, Theresa laissa tomber le peignoir au sol et contempla son ventre. La seconde d'après, la porte s'ouvrit en grand.

— Désolée, j'ai oublié mes…

Les yeux de Kitty se posèrent sur le corps nu de Theresa. Elle claqua la porte et s'adossa contre elle comme pour empêcher une foule d'entrer.

— Seigneur, murmura-t-elle. Tu es enceinte ?

Était-il possible de connaître quelque chose et de ne pas le savoir ? La vérité l'aveugla, pourtant Theresa répondit :

— Bien sûr que non.

— Sais-tu comment on fait les bébés ?

Theresa pensait le savoir, vaguement, bien que personne ne le lui ait jamais dit.

Elle hocha la tête.

— As-tu… un homme t'a-t-il fait quelque chose ?

— Non ! Enfin. Oui. Dans un sens.

— Quand ?

— C'est arrivé à quelques occasions.

Kitty parut presque amusée.

— C'est pour lui que tu fais le mur.

Elle sembla se reconnaître. Son visage devint sérieux.

— T'es-tu sentie malade ?

— Non.

Mais en y pensant, Theresa se sentait épuisée. À deux reprises, elle s'était endormie au travail. Le jeûne avant la messe était devenu un supplice. Elle avait fauché en douce une tranche de pain dans la cuisine dimanche dernier. Elle en avait attribué la raison à ses sorties nocturnes, à la fringale que donnait la danse.

Kitty se mit à arpenter la chambre.

— Je vais prendre un flacon au travail et l'apporter ici, dit-elle. J'apporterai un échantillon à l'hôpital. Je l'étiquetterai Mme Martin. Les gens font ça tout le temps. Évidemment, ils croiront probablement que c'est le mien.

Cette idée fit rire Kitty.

Alors qu'elle attendait les résultats, Theresa mourait d'envie d'en parler à Nora. Tous les jours, au travail, elle fixait sa sœur jusqu'à ce que Nora dise : « Qu'est-ce qui te prend ? »

Elle savait que Nora serait furieuse de ce qu'elle avait fait. Mais curieusement, elle ne croyait toujours pas que cela puisse être réel. La nuit, allongée dans son lit, Theresa négociait en silence avec Dieu. S'il effaçait son méfait, elle ferait n'importe quoi. Elle ne filerait plus en douce au dancing, pas une seule fois. Elle ne répondrait plus à sa sœur avec insolence.

Quand elle sut avec certitude, Theresa pleura. Kitty prit rendez-vous pour elle chez un médecin pour en avoir confirmation. Il déclara qu'elle était grosse de quatre mois.

Elle n'eut pas besoin de trouver un moyen de l'avouer à sa sœur, car, le même jour, Kitty en informa Nora et Charlie.

— Je ne peux pas être la seule à savoir, dit-elle. Je suis désolée.

Ils se réunirent tous les quatre dans la chambre, essayant de parler à voix basse.

C'était un soulagement, et c'était un cauchemar que sa sœur soit au courant. Nora s'assit sur son lit. Elle ne dit rien. Elle ne regardait pas Theresa.

— Il va devoir t'épouser, déclara Charlie.

— Est-ce ce que tu veux ? demanda Kitty. Pourrais-tu te marier avec cet homme ?

Theresa était trop éprouvée pour trouver ses mots.

— Je crois, balbutia-t-elle. Un jour.

— Pas maintenant, Charlie, dit Kitty. Elle est trop jeune.

— Oh, j'oubliais qu'on a une experte en mariage ici, ironisa-t-il.

— Pourquoi t'en prendre à moi? Je n'ai rien fait. Nous faisons tous des erreurs, n'est-ce pas ?

— Certaines pires que d'autres, dit-il. Il y a plein de filles de son âge qui se marient ici. Ce n'est pas comme en Irlande où on est forcés d'attendre d'avoir cent ans. Ici, chacun décide de ces questions en son âme et conscience.

— C'est précisément le problème. Elle n'a pas décidé.

— Où est-il ? demanda Charlie. Où vit-il ?

L'idée de Charlie et Walter dans la même pièce, discutant mariage, la mortifia.

— Je ne sais pas.

— Tu ne sais pas ? Dieu du ciel !

— Tout va bien, Charlie. Calme-toi, dit Kitty. J'ai parlé à une infirmière à l'hôpital qui connaît quelqu'un. Ça va coûter deux cent cinquante dollars. Je ne sais pas où on va les trouver, mais je peux aider un peu.

Charlie secoua la tête, ferma les yeux. Il inspira profondément par le nez, pour que tout le monde puisse l'entendre.

— Je savais que tu dirais cela. Je devrais te renvoyer à la maison pour avoir osé l'envisager.

Kitty rit.

— J'aimerais te voir essayer.

— Si elle ne se marie pas, elle ira à Sainte-Marie, déclara Charlie.

Theresa les observait comme si elle était au théâtre, comme si ce n'était pas de son sort qu'ils décidaient.

— Tu n'as aucune idée de ce que tu lui demandes, dit Kitty. Ma solution est plus simple.

— Plus simple jusqu'à ce qu'elle brûle en enfer. Et nous tous, puisque tu nous as impliqués. Je ne vous laisserai pas faire. C'est un crime. C'est un péché !

Theresa privilégiait sa liberté sur son âme – elle venait seulement de commencer à y goûter.

— Veux-tu que la décision t'appartienne, Charlie ? demanda Kitty. Veux-tu que son poids repose sur tes épaules ?

Il l'ignora.

— C'est un endroit agréable, Theresa, dit-il. Tenu par des religieuses. Il est à côté de l'hôpital où travaille Kitty. Tu iras y passer les prochains mois. Puis tu accoucheras à St Margaret. Personne ne doit jamais savoir.

— Comment expliquer son départ ? demanda Kitty, se plaçant à côté de Theresa. Si tu fais ce que je dis, tu auras une courte visite dans un cabinet médical. Ce sera comme te faire enlever les amygdales. Tout sera fini en un jour ou deux.

— Un cabinet médical ! s'offusqua Charlie. Ce sera une courte visite, Theresa, pourvu que tu ne meures pas sur la table du bon docteur.

Theresa ne l'avait jamais vu comme ça. Sérieux, sévère. Son humour avait disparu.

Elle comprit soudain toute la gravité de la situation. Mourir sur la table ou aller chez les religieuses.

Elle regarda sa sœur, mais Nora fixait le mur devant elle, sans rien dire.

— Nora, dit doucement Theresa. Que dois-je faire ?

— Ne me demande pas de conseil maintenant, répondit sa sœur. C'est trop tard.

— S'il te plaît, ne le dis pas à papa. Je t'en supplie.

Nora ferma les yeux.

— C'est la seule chose qui t'inquiète ? Oh, Theresa…

Il fut décidé que Theresa entrerait à la Maison Sainte-Marie pour mères célibataires à cinq mois de grossesse et y resterait jusqu'à la naissance du bébé. Nora lui fit jurer de ne jamais revoir Walter. Theresa accepta, mais elle ne pouvait le quitter sans explication. Elle honora leur rendez-vous au dancing et le retrouva à l'extérieur. Quand Walter sortit son portefeuille pour payer son entrée, elle posa la main dessus et lui proposa d'aller faire un tour.

Elle lui raconta ce qui était arrivé, et sentit la honte inonder son corps, comme s'ils n'avaient pas fait l'enfant ensemble. Il ne la crut pas au début. Il lui dit qu'elle n'avait pas l'air enceinte, qu'il l'aurait vu. Mais Walter n'avait vu son corps que dans l'obscurité.

Theresa l'informa de son intention, et il hocha la tête. Il dit qu'il connaissait une fille qui était allée à Sainte-Marie.

Il lui dit qu'il l'aimait. Il lui dit qu'il serait là quand elle reviendrait.

Theresa fut envahie d'une profonde déception qu'elle avait du mal à nommer. Elle avait sans doute espéré qu'il la demande en mariage.

— Tu pourras venir me voir, dit-elle.

— Je le ferai, alors.

Il l'embrassa pour lui dire au revoir.

Sainte-Marie était un petit bâtiment ordinaire, tapi dans l'ombre de l'hôpital St Margaret. Theresa avait dû passer une bonne dizaine de fois devant sans même se demander ce qu'il abritait.

Charlie et Nora l'y conduisirent quand le moment fut venu. Ils dirent à Mme Quinlan qu'ils avaient trouvé à Theresa un travail d'été à Cape Cod, femme de ménage dans la villa en bord de mer d'une famille irlandaise en visite, l'emploi dont elle avait toujours rêvé. À l'automne, Theresa commencerait à enseigner, aussi personne ne s'interrogea quand elle quitta l'atelier de couture pour un poste que Charlie décrivait comme sa dernière lubie.

— Tu as fait le bon choix, dit-il au moment de se séparer dans l'allée. Ne l'oublie pas.

Nora accompagna Theresa jusqu'à la porte. La religieuse qui ouvrit avait un sourire chaleureux. Elle se présenta comme sœur Joséphine.

— Venez, je vais vous conduire à sœur Bernadette. Elle s'occupe des admissions.

Nora resta en retrait, hésitante, jusqu'à ce que sœur Joséphine ajoute :

— Vous pouvez assister à l'entretien.

Elle les conduisit vers un bureau au fond d'un couloir sombre.

Sœur Bernadette avait une poitrine imposante et un léger duvet au-dessus de la lèvre supérieure. Elle se leva de son siège quand elles entrèrent dans la pièce et les écouta parler debout, les doigts joints comme dans la prière.

— Vous venez d'Irlande, mesdemoiselles.

— Oui, ma sœur, répondit Nora.

Elle fixa Theresa.

— Votre mère est-elle au courant de votre situation ?

— Ma mère est morte, ma sœur.

— Alors votre père ?

— Non.

— Où est-il ?

— Au pays.

— Dans quelle région ?

— À l'ouest. Le comté de Clare.

— Je suppose que vous ne connaissez pas la famille O'Rourke à Killarney ? Ailish O'Rourke ? Après une pause, elle ajouta : Pourquoi les connaîtriez-vous ?

Comme Theresa ne répondait pas, la religieuse poursuivit.

— Tu es consciente, n'est-ce pas, que tu as commis un péché mortel. T'es-tu confessée ? L'as-tu dit à un prêtre ?

— Non, ma sœur, répondit Theresa.

Nora se redressa sur sa chaise.

— Bon. Tu le feras durant ton séjour ici. Tu vas te conduire de manière irréprochable et retrouver le chemin de la vertu. Tu pourras reprendre le cours de ta vie. Oublier cette histoire. Le bébé ira dans une bonne famille catholique. Ils l'accepteront comme un don de Dieu.

— Ont-ils déjà été choisis ? demanda Nora.

— Oui.

— Est-ce que je les rencontrerai ? dit Theresa.

Sœur Bernadette secoua la tête.

Theresa opina, soulagée. Elle imagina le moment où elle quitterait cet endroit et redeviendrait enfin elle-même. Elle se demanda quand Walter viendrait la voir.

— Sommes-nous d'accord ?

— Oui, ma sœur.

Sœur Bernadette poussa un stylo et un papier sur la table.

— Bien. Signe ici, alors.

Theresa obtempéra. Elle regarda Nora, qui se força à sourire.

Sœur Joséphine attendait dans le couloir. Elles refirent le même trajet en sens inverse.

— Je vous raccompagne à la sortie, dit-elle à Nora.

Avant qu'elles ne se séparent, Nora la serra si fort que Theresa crut qu'elle allait lui casser les côtes. Elle ne voulait pas la lâcher.

Elle regarda Nora descendre lentement les marches vers la chaussée, où Charlie l'attendait dans la voiture. La porte se referma, emportant la lumière avec elle.

Sœur Joséphine la fit monter un long escalier en marbre. En haut, une enfilade de portes de chaque côté d'un couloir en boiserie.

La religieuse s'arrêta devant l'une des portes et l'ouvrit.

— Voilà ta chambre. Tu la partageras avec deux autres filles : Susan et Mae. Ce n'est pas leur vrai nom. Et tu ne dois pas leur dire le tien. Aussi longtemps que tu seras ici, tu t'appelleras Kate. Est-ce bien compris ?

Theresa voulut rentrer chez elle, revenir en arrière. Mais elle retint ses larmes et dit qu'elle avait compris.

La chambre avait des murs blancs et trois lits simples. Elles n'étaient pas autorisées à apporter le moindre objet personnel : ni photos, ni maquillage, ni magazines. Elle pensa à la chambre qu'elle partageait avec Nora et Kitty, débordante de vie. Ici, les lits étaient faits au carré, recouverts d'un drap blanc uni. La pièce semblait inoccupée, comme si personne n'y entrait jamais. Le seul élément sortant de l'ordinaire était l'unique fenêtre, condamnée par des planches de bois clouées dans le cadre.

Cinq minutes après avoir rencontré ses camarades de chambre, Theresa apprit que Susan s'appelait en réalité Patricia et que Mae était Elizabeth. Quand cette dernière quitta la pièce, Patricia chuchota qu'elle était dérangée de la tête. Elle ne voulait pas dire comment elle était tombée enceinte, mais Patricia soupçonnait que quelque chose d'horrible lui était arrivé. Lors de sa première nuit à Sainte-Marie, Elizabeth avait essayé de se jeter par la fenêtre de la chambre. Patricia l'avait retenue. Le lendemain, un prêtre était venu avec des planches, un marteau et des clous.

Chaque jour au déjeuner, elles mangeaient des tomates pelées sur du pain blanc. Les religieuses leur faisaient prendre un diurétique pour éviter la rétention d'eau. Le lundi après-midi, le médecin les examinait. Une cloche sonnait et elles se mettaient en rang dans le couloir. Theresa sentait la honte l'envahir quand son tour venait de s'allonger sur la table et d'ouvrir les jambes. Il était inimaginable que les brefs moments de plaisir avec Walter l'aient conduite ici.

Elles assistaient à la messe dans le parloir chaque matin. Ensuite, sœur Bernadette évoquait leurs péchés et la manière dont elles devaient utiliser leur temps libre pour les expier. Un jour, une jeune fille de l'âge de Theresa leva la main et demanda comment elles devraient parler de tout cela à leurs futurs maris.

— N'en parlez jamais, déclara la nonne. Aucun homme ne voudra épouser une fille souillée.

Elle pensa à Walter, au fait qu'il n'était pas comme les autres hommes. Il ne l'avait pas blâmée d'être ici. Il n'était pas encore venu la voir. Elle se demandait s'il allait bien. Une pensée tenace flottait aux frontières de son esprit, mais elle refusait de la laisser entrer.

La nuit, dans le noir, les compagnes de chambre de Theresa pleuraient. Elles avaient beau s'efforcer d'étouffer leurs sanglots, ils étaient audibles. Patricia lui dit qu'elle ne voulait pas abandonner son bébé, qu'elle sentait l'enfant lui donner des coups de pied, la suppliant de ne pas le laisser. Son petit ami l'avait mise enceinte. Ses parents lui avaient fait jurer de ne jamais lui révéler la vérité. Le jeune homme pensait qu'elle était monitrice pour l'été dans une colonie de vacances dans le New Hampshire. Patricia disait qu'ils allaient se marier un jour.

Theresa pleurait pour Walter, pas pour le bébé. Mais personne ne pouvait voir la différence.

Ses seins devinrent gonflés, étrangers, au fil des semaines. Son ventre était tendu comme un tambour. Elle ne pensait pas à la chose à l'intérieur de son corps comme à un enfant. C'était une chose indésirable qui lui arrivait, l'assiégeait, puis passerait comme une brûlure, une ecchymose ou une grippe. Elle se sentait horriblement seule. Elle pensait que Dieu avait été ingénieux de la punir d'être allée seule au dancing en la laissant vraiment seule ici.

Parfois, elle était réveillée au milieu de la nuit par des cris. Des filles disparaissaient et nul n'en parlait plus. Un matin, une blonde poussa un hurlement dans la salle du petit déjeuner et agrippa son ventre, si effrayée par la sensation éprouvée qu'elle lâcha son verre d'eau, qui vola en éclats sur le sol. Les religieuses la poussèrent précipitamment vers la porte, et ce fut tout – elles ne parlèrent plus jamais d'elle.

Theresa écrivit à sa famille en Irlande, quelques lignes où elle parlait du temps. Elle détestait leur mentir et faire mentir Nora par procuration. Elle récita une série de neuvaines pour demander pardon.

Nora lui rendait visite un soir par semaine, comme cela était autorisé. Parfois, elle était fermée, ne parlait presque pas. D'autres fois, lorsque Theresa était vraiment triste, Nora essayait de la faire rire et lui murmurait que tout se finirait bien.

Theresa essaya de ne pas être blessée quand, à la deuxième visite de Nora, sa sœur déclara en arrivant :

— J'ai des nouvelles.

Elle semblait mal à l'aise, embarrassée.

— Lesquelles ? demanda Theresa.

— Charlie et moi nous sommes mariés ce week-end.

— Quoi ! Nora !

— Je ne voulais pas me marier sans toi. Mais il y a eu une annulation à l'église et Charlie a insisté pour le faire sans attendre. Nous emménageons dans un nouvel appartement. Mme Quinlan m'aide à le rénover. Tu viendras y vivre avec nous quand tout sera fini.

Nora ne fit aucune mention de ce qu'elle lui avait confié quand elles étaient seules : qu'elle ne voulait pas épouser Charlie.

Les pensionnaires de Sainte-Marie avaient droit à une sortie durant tout leur séjour. Cela faisait dix semaines que Theresa était au couvent quand Nora et Charlie signèrent la permission de sortie. Ils roulèrent longtemps dans la voiture de son cousin, pendant près d'une heure, jusqu'à ce qu'il n'y ait plus de terre, seulement la mer. Jusqu'à un endroit nommé Hull, petite ville charmante au bord de l'océan. Elle rappelait à Theresa son pays natal. Charlie dit qu'ils ne croiseraient personne de leur connaissance ici. Ils pouvaient aller au cinéma si elle le désirait. L'Apollo Theater brillait, massif, accueillant, dans la lumière du soir. On y jouait *Bagarres au King Creole*, avec Elvis Presley dans le rôle principal.

Après le cinéma, ils se promenèrent le long de la digue bordée par l'océan. De l'autre côté de la route se trouvait un parc d'attractions, tout illuminé. Theresa aurait aimé pouvoir y aller.

— N'est-ce pas un bel endroit pour vivre ? dit Nora.

Elle est de bonne humeur, songea Theresa. Le mariage lui convenait, alors. Nora marchait seule en tête, admirant le paysage.

Les gens souriaient à Theresa, qui marchait à côté de Charlie. Elle en déduisit qu'ils devaient la prendre pour sa jeune épouse, et future mère. Elle aimait la simplicité du mensonge, son innocence, quand la vérité était devenue si laide.

Quand ils la déposèrent à Sainte-Marie, Charlie attendit dans la voiture.

Nora accompagna Theresa à la porte.

— Il faut que je t'annonce quelque chose, souffla-t-elle.

Theresa sentit que Nora répugnait à prononcer les mots qu'elle allait dire.

— C'est au sujet de ton Walter. Theresa, il est marié.

— Non. C'est impossible.

— Charlie connaît des gens qui travaillent chez Edison. Ils lui ont dit que Walter avait une femme. Elle a eu un bébé il y a peu de temps.

Les genoux de Theresa flanchèrent.

— Oh !

— C'est affreux, dit Nora. Un homme marié, un père, qui se comporte ainsi. Quel toupet ! Vraiment, quelle incorrection. Je suis désolée, Theresa. Il est perfide. Je suis contente que tu sois débarrassée de lui.

Theresa pensa aux nuits où il n'était pas venu au rendez-vous. Il ne lui avait jamais rendu visite ici. Elle lui pardonnait tout. Elle rejetait la faute sur elle-même. Elle ne s'était pas demandé un seul instant si ses absences sous-tendaient une transgression plus grave. Une femme. Un enfant. Sa sœur n'aurait pas pu lui annoncer pire nouvelle. L'amour de Walter avait été la lumière dans son esprit, le seul espoir auquel se raccrocher quand tout cela serait derrière elle. Elle voulait aller le trouver, tambouriner à sa porte, exiger de lui que la vérité soit autre.

Nora posa ses paumes contre les joues de Theresa et les y laissa, comme si, par ce geste, elle pouvait la soulager d'une partie de sa peine et l'infuser en elle-même.

— Ne sois pas trop triste, dit Nora. S'il te plaît.

Theresa sentit les larmes monter dans sa poitrine.

— Il y a autre chose dont j'aimerais discuter avec toi avant de partir, poursuivit Nora. C'est une très bonne nouvelle, en fait.

Nora s'interrompit, incapable de continuer. Elle inspira profondément, puis essaya de nouveau.

— J'ai beaucoup réfléchi et j'ai décidé que Charlie et moi adopterions le bébé à sa naissance. J'ai tout prévu. J'ai fait croire à tout le monde que j'étais enceinte. De cette façon, l'enfant sera dans ta vie, Theresa. Je sais que tu ne te soucies pas de lui pour le moment, mais un jour tu penseras autrement.

Theresa songea à la manière dont Walter l'avait guidée, les yeux fermés, vers cette lingerie à l'Intercolonial. Il ne la découvrait pas pour la première fois. Il l'emmenait dans un endroit où il était déjà allé.

— Theresa, dit Nora. Tu n'as rien à dire ?

— Je voudrais aller me coucher maintenant. Je suis fatiguée.

— C'est la meilleure solution pour tout le monde. Tu verras. Et puis, le bébé restera dans la famille.

— Très bien, dit Theresa. Très bien.

Elle ne se souciait pas de ce bébé qu'elle n'avait jamais vu et ne pouvait même pas imaginer. Elle se souciait de Walter, désormais perdu pour elle.

Toute la nuit, elle resta éveillée, à penser à lui.

Quinze semaines après son arrivée à Sainte-Marie, Theresa se réveilla une nuit dans ce qu'elle prit pour une flaque de sang. Elle hurla. Peu de temps après, sœur Joséphine entra dans la chambre et alluma la lumière.

Theresa vit que ce n'était pas du sang, mais de l'eau.

Sœur Joséphine appela dans le couloir :

— Sœur Bernadette, c'est le moment !

Elles apportèrent un fauteuil roulant et poussèrent Theresa le long d'un tunnel interminable qu'elle n'avait jamais vu auparavant. Arrivées au bout, elles ressortirent dans l'aile vivement éclairée de la maternité de l'hôpital St Margaret.

Ensuite, les sœurs l'installèrent sur une table et lui sanglèrent les poignets.

— Dieu te protège, dit sœur Joséphine.

Puis elles disparurent.

Theresa resta allongée seule, à hurler, pendant ce qui lui sembla durer des jours. Toutes les deux ou trois heures, une infirmière entrait dans la pièce, l'examinait, et repartait sans dire un mot. Theresa suppliait la femme de l'aider, mais le visage de l'infirmière restait impassible, comme si elle était sourde.

La douleur était insupportable, au-delà de tout ce qu'elle avait connu. Elle regardait par la fenêtre le mur de briques d'en face. Elle essayait de trouver en elle le courage de sa propre mère, qui avait accouché trois fois, à la maison. Mais sa mère devait être entourée de dames de la paroisse qui lui frottaient le dos, lui racontaient des histoires. Theresa aurait aimé pouvoir se souvenir de son visage. Elle appelait Nora en criant, dans l'espoir ténu qu'elle l'entendrait.

Elle perdait connaissance par moments. Sa tête lui faisait mal comme si elle s'était cognée contre la table. Elle ne se rappelait pas avoir vu le soir tomber.

Elle gémissait. Elle se mordait la langue jusqu'au sang. Après plusieurs heures, elle aurait juré avoir vu une apparition de la Vierge Marie sur le mur de briques. Theresa pensa alors qu'elle était en train de mourir, et l'accepta de bonne grâce, si cela pouvait abréger ses souffrances.

Un médecin entra dans la pièce.

Juste avant le lever du soleil, son bébé naquit.

Elle avait dû s'endormir. Quand elle se réveilla, elle était toujours allongée sur la table, les bras détachés, mais ensanglantés et meurtris.

Sœur Joséphine entra en portant l'enfant, enveloppé dans un linge bleu.

— Félicitations, dit-elle. Aimerais-tu le tenir ?

— Oui, dit Theresa.

Elle voulait savoir s'il lui ressemblait.

— Tu vas devoir apprendre à le nourrir. Tu l'allaiteras pendant quelques jours, jusqu'à ce qu'il soit prêt à rentrer à la maison.

Theresa baissa les yeux vers son fils, petit être magnifique aux cheveux noirs ondulés et aux yeux bleus. Il était à n'en pas douter l'enfant de Walter, la seule preuve de leur histoire.

— Comme cela, dit la religieuse, tentant de déboutonner le haut de la chemise de nuit de Theresa en regardant ailleurs. Vas-y, essaie.

Theresa posa le bébé sur son sein droit et poussa doucement son menton pour qu'il saisisse son mamelon. Elle dut s'y reprendre à trois ou quatre fois avant qu'il comprenne. Quelle chose étrange et extraordinaire de voir un enfant si petit apprendre un geste nouveau.

— Je vais l'appeler Patrick, dit-elle.

— Je pense que le choix du prénom appartient à ta sœur, Kate.

— Je m'appelle Theresa.

Après un silence gêné, la religieuse reprit :

— Ce que ta sœur fait est très généreux. La plupart des filles ici ne revoient jamais leur bébé. Elle s'est battue farouchement pour toi.

Lors de la première visite de Nora, alors qu'elles étaient seules dans la chambre avec le nouveau-né, Theresa déclara :

— Tu n'as pas besoin de faire ça. J'ai décidé de l'élever moi-même.

— Comment diable imagines-tu pouvoir faire une telle chose ?

Sœur Joséphine entra à ce moment-là. Elle se dirigea vers le bébé qui commençait à s'agiter dans le couffin. Elle lui tapota la tête et le prit dans ses bras.

— Je me demandais, dit Nora, si on ne pourrait pas les ramener plus tôt à la maison. Aujourd'hui, même.

— C'est impossible, je suis navrée, dit sœur Joséphine d'un ton cassant. Nous faisons les choses selon certaines règles. Il y a un protocole à respecter, même dans une situation aussi inhabituelle que la vôtre.

Theresa se demanda ce qui la rendait si inhabituelle. Elle songea pour la première fois à la famille que sœur Bernadette avait mentionnée le jour de son arrivée. La famille qui avait été choisie pour élever son fils. Elle se sentit submergée par l'injustice de la situation. Au sein de cette bonne famille catholique, un nouveau-né apparaîtrait, engendré, non conçu, comme Jésus dans le Credo. Ou du moins cela y ressemblerait. Mais personne n'avait plus parlé d'eux. Au lieu de cela, son bébé reviendrait à Nora.

Le lendemain arriva, puis le jour d'après. Theresa berçait Patrick, l'allaitait, le promenait dans ses bras dans les couloirs pour calmer ses pleurs. Elle n'arrivait pas à croire qu'il était la chose qui avait été logée dans son ventre tout ce temps.

— Je suis désolée de t'avoir traité de furoncle, lui chuchota-t-elle une fois.

Durant sa quatrième et dernière nuit seule avec l'enfant, Theresa resta éveillée jusqu'à l'aube, à contempler son visage. Les sœurs voulaient emmener le bébé à la nursery pour la nuit, mais elle les avait suppliées de le laisser dans sa chambre.

Au matin, elles lui annoncèrent que le protocole habituel serait suivi. On lui prendrait Patrick pour le remettre à ses nouveaux parents dans une autre pièce. Nora et Charlie viendraient la chercher plus tard. Avec le bébé dans les bras de Nora. Une ardoise vierge. Une nouvelle histoire.

Quand le moment arriva, Theresa eut l'impression qu'elle allait mourir.

— C'est l'heure, dit sœur Joséphine. Ses parents sont ici.

Elle tendit les mains. Elle se mit à tripoter le bébé alors que Theresa le tenait encore. Sœur Joséphine sortit un peigne en plastique blanc de sa poche et lissa les cheveux de Patrick. Elle épingla quelque chose sur ses langes.

— Qu'est-ce que c'est ? demanda Theresa.

— La médaille de l'Immaculée Conception. Nous la donnons à tous nos bébés quand ils partent dans leur foyer.

— La Médaille miraculeuse, dit Theresa.

— C'est exact. Il te reste une minute pour lui faire tes adieux.

La religieuse sortit de la pièce.

Theresa regarda le minuscule médaillon ovale en argent. Une auréole bleue cerclait son bord. La Vierge familière, baignée de lumière, et l'invocation *Ô Marie conçue sans péché, priez pour nous qui avons recours à vous.*

Elle repensa pour la première fois depuis des années à l'origine de la médaille. À l'apparition de la Vierge à sainte Catherine dans une église parisienne, lui demandant de faire frapper ces médailles afin qu'elles protègent ceux qui les porteraient. Le passage préféré de Theresa était depuis toujours la rébellion. Elle adorait quand Marie avait dit : *Dieu veut vous charger d'une mission. Vous serez contredite, mais vous aurez la grâce, ne craignez point.*

Theresa se sentit soudain investie du courage de Marie et de tous les saints.

Quand sœur Joséphine revint et dit « très bien, ma chère. Donne-le-moi », Theresa répondit « non ».

Elle le dit à voix basse. Mais elle en fut surprise. Dire non à une religieuse !

Sa voix se fit plus forte.

— Non, non, non, non. Non.

— Sœur Bernadette ! s'écria sœur Joséphine d'une voix paniquée, avant de sortir en trombe.

Theresa regarda par la fenêtre l'endroit où Marie lui était apparue, puis elle baissa les yeux vers la médaille. Sainte Catherine. Et ici, pendant toutes ces semaines, on l'avait appelée Kate. Elle comprit.

Les sœurs s'engouffrèrent dans la chambre, les robes noires fondant sur elle comme des capes de sorcières. Sœur Bernadette ne dit rien ; elle s'approcha d'elle et essaya de lui arracher Patrick des bras. Theresa serra fermement l'enfant et cria.

Elle entendit des sons aigus et fut stupéfaite, comme s'ils sortaient de sa propre bouche.

Patrick s'était mis à pleurer.

— Tu vois ce que tu as fait ? gronda sœur Bernadette.

— Il est à moi ! hurla Theresa. Ils ne peuvent pas me le prendre !

— Tu as signé le papier, dit sèchement sœur Bernadette. Cet enfant ne doit pas souffrir pour tes péchés. Donne-le-moi avant que j'appelle la police. Tu es une pauvre mère célibataire, une traînée incapable. Je vous avais prévenue que ça arriverait, ajouta-t-elle à l'adresse de sœur Joséphine.

Sœur Joséphine semblait bouleversée.

— Si tu l'aimes, laisse-le avoir un vrai foyer, dit-elle. Une mère et un père. Un jour, tu auras un enfant à toi. D'ici là, tu feras une tante affectueuse.

Comme Theresa lui lançait un regard noir, sœur Joséphine déclara :

— Je vais chercher ta sœur.

Nora arriva quelques minutes plus tard, suivie de Charlie. Ils portaient leurs plus beaux habits du dimanche, comme s'ils allaient assister à la messe de Pâques.

— Ne m'oblige pas à faire ça, Nora ! implora Theresa.

— Tout le monde est impatient de te voir, dit Charlie. Mme Quinlan ne cesse de dire que la maison n'est plus la même sans toi. Nous sommes invités à dîner demain. Elle a prévu de faire une tarte aux fraises.

Theresa regarda Nora et Charlie, mari et femme. Ils attendaient d'elle qu'elle retourne à la maison, mange de la tarte et invente des anecdotes sur son été, comme si son fils n'était jamais né. Après l'avoir forcée à venir ici.

Sa sœur essayait depuis toujours de l'éduquer, de la rendre présentable aux yeux du monde. Nora avait épousé un idiot qu'elle n'aimait pas. En quoi l'existence de cet homme ferait-elle d'elle une meilleure mère que Theresa l'était pour son propre enfant ?

Elle pouvait lire sur leurs visages qu'ils étaient aussi terrifiés qu'elle.

Theresa était infiniment lasse. Elle avait besoin que Nora comprenne.

— J'ai vu un signe, dit-elle, des larmes amères lui piquant les yeux. Ce bébé m'est destiné. Je vais l'emmener.

— Pour aller où ? demanda Nora.

— Je t'en supplie, aide-moi, implora Theresa. S'il te plaît. Si tu ne le fais pas, je trouverai un autre moyen de le garder. Je dirai à tout le monde ce que vous m'avez fait. Je le crierai dans la rue. Je m'enfuirai avec lui et vous ne nous retrouverez jamais.

— Theresa, soupira Nora.

Elle s'approcha d'elle. Elle prit une voix douce et basse, comme lorsque Theresa était enfant et avait besoin de réconfort.

— Tu vas être enseignante. Tu vas rencontrer un homme merveilleux. Souviens-toi des hommes dont te parlaient tes amies sur le bateau. Riches et beaux. Tu trouveras un homme comme cela. Et Patrick sera toujours près de toi. C'est la seule solution.

— Cessez vos bavardages maintenant, intervint sœur Bernadette. L'incident est clos.

Elle prit le bébé des bras de Theresa et le tendit à Nora.

TROISIÈME PARTIE

2009

6

Les religieuses du couvent de l'Immaculée Conception chantaient des psaumes sept fois par jour quand les cloches sonnaient. L'appel des matines à deux heures du matin était le plus éprouvant et, de ce fait, le plus important selon mère Cecilia. Elle était entraînée depuis longtemps à se réveiller, à s'habiller et à se rendre à la chapelle, vigilante et attentive aux prières de ses consœurs.

Ce lundi matin, à une heure trente, elle se leva dans la pénombre et s'étonna du silence. Après sept jours de déluge ininterrompu, la pluie avait cessé. Chaque centimètre carré du terrain de deux cents hectares de l'abbaye était tellement détrempé que les semelles de caoutchouc des souliers plats des moniales s'enfonçaient dans l'herbe et restaient fichées dans la boue, arrachant une motte de terre gluante à chaque pas.

Dans toute la propriété, les branches des chênes bicentenaires ployaient lourdement, menaçant de rompre. Dans les bacs potagers surélevés, les derniers brocolis d'hiver étaient gorgés d'eau. Les tiges de haricot qui grimpaient le long du treillis s'agitaient au vent. Les chèvres, les vaches et le lama avaient dû être rentrés à l'abri dans les granges avec les poires mûres. Même les chiens (quatre labradors sable qui passaient tant d'après-midi à patauger joyeusement dans la rivière) préféraient rester à l'intérieur. Ils ne s'aventuraient qu'à quelques pas du porche le matin et rentraient immédiatement. La rivière elle-même avait débordé, inondant les berges.

Dans les bâtiments, l'humidité s'infiltrait partout. Une sœur avait été chargée d'essuyer les soupapes de l'orgue de la chapelle à intervalles réguliers de peur qu'elles ne rouillent. Les portes en bois du dortoir avaient gonflé et refusaient de fermer. Un froid humide régnait dans les longs couloirs de pierre. Tout le monde était d'humeur massacrante. De vieilles tensions renaissaient et de nouvelles jaillissaient comme des champignons, les prenant toutes par surprise.

Dans sa cellule, la pluie gouttait par les fissures du plafond dans trois casseroles posées au pied du lit. La nuit, elle écoutait le ploc régulier des gouttes qui tombaient et se demandait avec quel argent refaire la toiture.

Enfin, la pluie avait cessé. Après les matines, elle se rendormit immédiatement. Quand les cloches sonnèrent à l'aube, elle s'habilla, guillerette. Elle accomplit ses tâches matinales – messe, paperasserie et cuisson du pain – avec la satisfaction réjouissante d'un retour à l'ordre. Elle fit l'éloge du beau temps au facteur et aux jeunes qui séjournaient dans l'hôtellerie.

Ils se plaignirent du retour du froid, mais cela n'avait rien d'étonnant dans le Vermont en janvier. C'était la douceur inhabituelle pour la saison qui leur avait apporté la pluie. Même à son âge, elle s'émerveillait encore de voir l'abbaye sous la neige.

Le petit déjeuner était servi à huit heures précises. Elle se glissa dans le réfectoire une minute avant l'heure dite et s'installa à sa place. Le couvent comptait actuellement trente-sept moniales. Elles mangeaient en silence, assises côte à côte le long de deux tables en bois oblongues, personne ne se faisant face. La mère abbesse et elle-même prenaient leur repas ensemble, à une petite table d'honneur. Aujourd'hui, comme tous les jours, les sœurs s'inclinèrent devant elles en entrant. Mère Cecilia se souvenant avec clarté de l'époque où elles étaient deux jeunes postulantes, cela la surprenait toujours.

Tandis qu'elles mangeaient des œufs, du pain et de la confiture, elle remarqua que sœur Alma l'observait du fond du réfectoire. Mère Cecilia fit un signe de la tête et la jeune fille lui répondit par un hochement, avec un sourire triste. Elle supposa que sœur Alma viendrait la voir plus tard pour lui demander conseil, comme souvent ces derniers temps. Dans quatre jours, elle prononcerait ses vœux définitifs. Elles avaient toutes contribué aux préparatifs, s'affairant en cuisine et dans le quartier des invités. Jeudi, fête de la Saint-Félix, sœur Alma deviendrait mère Alma, un membre permanent de leur communauté.

Nulle n'était censée avoir une préférence pour l'une ou l'autre des filles. Mais mère Cecilia ne pouvait s'empêcher secrètement d'avoir ses favorites. Sœur

Alma était arrivée il y a sept ans, avec une maîtrise en beaux-arts de l'École de design de Rhode Island. Peintre à New York, elle avait commencé à exposer dans des galeries, à se faire un nom. Mais ensuite, elle s'était sentie appelée par un destin plus grand. Elle était arrivée à l'abbaye en sandales à plate-forme avec des lacets de cuir noir autour des mollets, et une robe plus longue derrière que devant.

Comme beaucoup d'entre elles, sœur Alma avait commencé comme stagiaire. Elle avait vécu dans l'hôtellerie des femmes pendant quatre mois et aidé à la récolte. Elle passait la serpillière dans l'église et récurait les seaux que les nonnes utilisaient pour baratter la crème de lait. À la fin de sa période d'intégration, elle avait demandé à rencontrer mère Cecilia. De toutes ses tâches, le rôle de maîtresse des novices était la plus essentielle. Mère Cecilia était celle qui les aidait à faire le choix de rejoindre ou non la communauté.

Lors de ce premier entretien, sœur Alma lui expliqua comment, à trente ans, elle s'était rendu compte que, pour la plupart de ses amies, la pauvreté n'était qu'un concept abstrait. Après un événement majeur de la vie – un anniversaire, un mariage ou une naissance –, elles emménageaient dans des demeures magnifiques. Elles organisaient des barbecues dans leur jardin et chacun s'extasiait sur la beauté de leur mobilier, l'élégance de leur décoration. Personne ne demandait d'où venait l'argent, sans doute parce qu'ils le savaient : des parents fortunés ou un mariage providentiel avec un fils de bonne famille. Subitement, après une décennie consacrée uniquement aux idées et aux émotions, les *choses* étaient devenues souveraines.

Elle parla aussi du poids de la technologie. Pas une seule novice ces dernières années n'avait passé la porte du couvent sans mentionner à quel point elle serait heureuse de ne plus avoir de messagerie, de téléphone portable. Le mot qu'elles utilisaient toutes était le *bruit*. Elles pouvaient à peine supporter le bruit. La vie en était devenue trop pleine. Plusieurs moniales dans la hiérarchie de l'abbaye mettaient en doute cette motivation. Certaines pensaient qu'elle démontrait un manque de dévotion, mais mère Cecilia n'était pas d'accord. Chaque génération était arrivée à l'abbaye chargée de ses propres fardeaux. Chaque religieuse était un produit de son époque, comme tout un chacun. En un demi-siècle, elle les avait vues arriver par vagues. Dans les années soixante-dix, elles venaient chercher la paix, la vie en communauté, la justice sociale. Aujourd'hui, elles voulaient donner un sens à leur vie. Elles étaient en quête de silence, extérieur et intérieur. N'importe quel événement avait pu les conduire ici. Ce qui les y retenait était la foi.

Certains couvents ouvraient leurs portes à des jeunes filles de seize ou dix-sept ans, mais elle doutait que beaucoup y demeurent longtemps. L'Immaculée Conception n'acceptait pas les femmes qui n'avaient pas une certaine expérience de la vie, un talent ou un métier.

L'une d'entre elles avait été actrice à Broadway, une autre banquière à Wall Street, une autre sénatrice d'État au Wisconsin. Il y avait une sculptrice, que l'abbaye avait envoyée à Rome apprendre à tailler le marbre, et une ancienne chimiste qui fabriquait des parfums. Les savoir-faire issus de ces vies antérieures enrichissaient le présent.

Sœur Alma déclara qu'un de ses professeurs avait dit à ses étudiants que la vie d'artiste était incroyablement difficile ; que s'ils pouvaient s'imaginer faire autre chose, alors ils devraient choisir cette voie. Cela s'appliquait aussi à la vie de religieuse, dit-elle. Mère Cecilia acquiesça, cependant elle pensait que cela pouvait s'appliquer à n'importe quoi ; être mère exigeait un dévouement absolu, sans retour possible en arrière. Pourtant, la plupart des femmes choisissaient d'être mères.

Mais l'analogie avec l'artiste était pertinente. Un artiste ressentait les choses plus profondément que la plupart des gens, et pourtant il lui arrivait de douter. Elle avait lu qu'il fallait plusieurs heures le matin à Françoise Gilot pour convaincre Picasso de se lever et de se mettre au travail. Un rituel quotidien oscillant du désespoir à l'espoir.

La foi n'était pas une constante. La foi exigeait un état de conscience. Une sœur ne devenait pas religieuse du jour au lendemain, mais peu à peu. C'était ce qu'elle avait prévu de rappeler à sœur Alma après le petit déjeuner. Mais quand cette dernière frappa à la porte de son bureau, elle s'inclina et lui dit :

— Il y a eu un appel pour vous sur la hotline ce matin, ma mère.

Mère Cecilia lui fit signer d'entrer.

Elles avaient installé une hotline pour les fidèles qui ne pouvaient pas se déplacer à l'abbaye pour faire dire leurs prières. Elles priaient sur demande. Pour les drames personnels comme les catastrophes mondiales. Pour les soldats en Irak et les patients cancéreux de l'hôpital en haut de la route. Il n'était pas impossible qu'un appelant ait un lien avec l'une des moniales, mais mère Cecilia n'avait jamais auparavant été appelée à titre personnel.

— Une certaine Nora Rafferty, poursuivit sœur Alma, jetant un coup d'œil au papier dans sa main. Elle voulait que je vous prévienne que son fils est mort la nuit dernière. Il a eu un accident de voiture.

Elle eut l'impression que l'air se bloquait dans ses poumons.

Elle tenta de garder une voix neutre.

— A-t-elle dit quel fils ?

— Elle a dit qu'il s'appelait Patrick.

Sur sa dernière photo, il avait seize ans. C'est sous ces traits qu'elle l'imagina à cet instant, bien qu'il ait eu cinquante ans en août.

— Vous les connaissiez bien, ma mère ? demanda sœur Alma.

— Il y a longtemps, oui.

La jeune femme parut surprise. Tout le monde, sauf mère Placide, croyait que mère Cecilia n'avait pas de famille dans ce pays.

— Je suis vraiment désolée, dit sœur Alma. Je prierai pour eux. Dois-je l'ajouter à la prière de ce soir ?

— Non, dit-elle, avant de se raviser. Ou plutôt, oui. Ce serait bien. Merci.

Sœur Alma sortit de la pièce en refermant la porte derrière elle.

Mère Cecilia se mit à pleurer. Elle avait accepté sa décision il y a longtemps. Le laisser avec Nora était le laisser à Nora. Mais Nora n'avait pas fait assez. Elle n'avait pas écouté. Et voilà ce qui arrivait maintenant.

Elle reprit son souffle.

À l'Immaculée Conception, on croyait que vaincre ses épreuves personnelles en étant au service de Dieu pouvait avoir un effet positif sur le reste du monde. Quand une sœur prononçait ses vœux définitifs, elle devenait une religieuse et, de ce fait, chacun de ses actes devenait un acte religieux. Elle était censée surmonter les difficultés de la vie, notamment celles affectant sa propre famille.

Avoir de la compassion. Pour Nora, pour elle-même. Pour les choix faits dans une autre vie, quand elles ne savaient rien du monde, rien de leur histoire. Rien même de leur propre corps et de ce dont elles étaient capables. Le silence était une forme de violence. Elle avait essayé de le faire comprendre à Nora, mais Nora s'y était refusée.

Elle l'imagina aujourd'hui. Éperdue de douleur. Mais entourée de ses enfants. Son mari. La grande famille de Charlie, tous ces personnages avec qui elle avait vécu un jour. Les enfants de Nora étaient adultes. Elle les avait souvent imaginés mariés, avec des enfants. Installés, épanouis. Nora et Charlie, les grands-parents fiers d'une progéniture sans cesse grandissante. Elle se demanda si Patrick laissait derrière lui une épouse. Des filles et des fils qui l'aimaient.

Mère Cecilia se leva de sa chaise. Elle sortit prendre l'air, légèrement étourdie.

Elle trouva mère Placide occupée au compostage.

Mère Placide portait un habit épais en denim avec un sweat-shirt par-dessus. Des brodequins à lacets jaunes ; les bords des semelles maculés de boue.

Sa chère vieille amie, gardienne de tous ses secrets. Il y avait si longtemps qu'elles avaient poussé ensemble les portes de l'abbaye, si longtemps qu'elles s'étaient appelées par leur prénom. Des décennies s'étaient écoulées depuis la dernière fois où elle avait pensé à elle en tant que Theresa.

Avisant son expression, mère Placide lui adressa un sourire inquiet.

— Que se passe-t-il ?

Mère Cecilia lui prit le bras pour se stabiliser.

— Patrick est mort.

— Mon Dieu. Qu'est-il arrivé ?

— Un accident de voiture. Ma sœur a téléphoné.

— Ah bon ?

Elle n'avait pas parlé à Nora depuis plus de trente ans. Les lettres écrites par mère Cecilia lui avaient été retournées, sans avoir été ouvertes. Des dizaines de lettres, entassées dans une boîte sous son lit.

— Tu devrais aller à Boston pour les obsèques.

— Je ne peux pas.

— Si, tu peux. C'est exactement ce que nous avons voté.

Elle dit cela comme si c'était aussi simple.

Les moniales les plus âgées s'opposaient aux visites à la famille. Cela allait à l'encontre des règles fondatrices du cloître : on y entrait et, si on était pieux, on n'en sortait jamais. Mais depuis quelques années, certains couvents avaient commencé à adoucir les règles. Si quelqu'un mourait ou était au seuil de la mort, si la famille avait besoin de vous, vous pouviez vous absenter pour une courte période. L'abbaye avait décidé d'autoriser les visites dans les cas extrêmes, mais, jusqu'à présent, c'était resté purement théorique.

Mère Cecilia avait soutenu que ces visites étaient cruciales. Tout était question de motivation et d'intention. La moitié des postulantes partaient définitivement, soit de leur propre chef, soit à la suite du vote des autres religieuses. Celles qui restaient avaient la vocation et ne laisseraient pas les circonstances les en éloigner.

Elle n'avait jamais imaginé être la première à sortir. Ni que Patrick en soit la raison.

— Je ne peux pas te laisser en ce moment, dit-elle. Pas avec l'évêque Dolan qui peut arriver d'un jour à l'autre. En apportant de mauvaises nouvelles, j'en ai peur.

— Tu pars quand ta famille a besoin de toi. N'est-ce pas ce que nous avons décidé ? Et pour ma part, je n'ai absolument pas peur de Dicky Nolan.

— S'il te plaît, ne l'appelle pas comme ça. Tu me rends nerveuse.

— Il me semble que c'est ce que tu dois faire, dit mère Placide. Nora veut que tu viennes. Réfléchis-y. Prie.

— Je vais le faire.

Mais mère Cecilia craignait que les prières ne lui soient d'aucun secours. Elle avait passé des années à prier pour avoir une réponse. Elle allait avoir soixante-dix ans dans un mois et elle n'avait jamais été moins sûre de la réalité de ce qui s'était passé.

7

John Rafferty buvait son café en regardant sa femme qui enfilait une boucle d'oreille en perle, la tête penchée sur le côté.

— À quelle heure penses-tu être de retour ? demanda Julia. Parce que… tu sais… le truc…

Elle pointa du menton leur fille assise à table.

Maeve fixait son téléphone, écouteurs fichés dans les oreilles, ailleurs.

Son avion pour Chicago décollait à dix heures. John reviendrait par le vol de quatre heures. Ce n'était pas vraiment le bon jour pour affronter une crise d'adolescence, mais ça ne l'était jamais.

— Je serai là à huit heures. Huit heures trente au plus tard.

Il faillit laisser son mug sur l'îlot de cuisine, mais, à la dernière seconde, il se souvint du nouveau comptoir. Julia avait fait installer le marbre blanc il y a un mois. Le marbre précédent (datant seulement d'un an) était noir, ce qui, selon elle, assombrissait la cuisine. John comprenait son argument. Il préférait juste ne pas penser au coût. S'ils pouvaient garder le marbre blanc pendant quelques années, la dépense ne serait pas si extravagante. Il se promit de ne rien poser dessus avant ses cinquante ans.

— Tu vas bien ? demanda Julia.

Si elle pouvait lire dans ses pensées, elle lui dirait qu'ils travaillaient assez dur tous les deux pour se le permettre. Elle lui dirait de se détendre. John se demandait parfois si quelqu'un à qui l'on demande en permanence de se détendre pouvait réellement réussir à le faire.

— Ça va, dit-il.

— Nous partons à l'école dans cinq minutes, dit Julia.

Maeve ne leva pas les yeux.

— Allô ! cria Julia. Je dois être au bureau à huit heures et demie. Un gros client arrive à neuf heures. Dépêche-toi.

Elle soupira.

— Elle m'ignore.

— Elle ne peut pas t'entendre, dit-il, mentant pour ménager Julia.

John s'approcha de Maeve et lui tapota l'épaule.

Elle écarta un seul écouteur.

— Ta mère te parle. Prépare-toi pour l'école. Vous partez dans cinq minutes.

Elle lui lança un regard noir, se leva et s'éloigna en traînant les pieds.

— Et n'oublie pas qu'il y a une réunion de famille ce soir ! cria Julia. Fais-toi belle pour l'occasion. Tu ne trouves pas qu'elle est bizarre ce matin ? ajouta-t-elle à voix basse une fois que Maeve fut à l'étage. Tu crois qu'elle sait que nous savons, ou est-elle seulement… comme d'habitude ?

— Comme d'habitude.

Julia trouvait toujours une raison pour excuser le comportement détestable de Maeve. Elle était rentrée épuisée d'une soirée pyjama. Elle s'était disputée avec une copine. Son prochain contrôle de maths l'angoissait.

Mais en vérité, depuis le jour de ses treize ans, leur fille avait décidé de les torturer comme si c'était sa nouvelle mission. Elle s'en prenait surtout à Julia. Maeve lui parlait sur un ton que John n'aurait jamais osé utiliser face à un adulte, et encore moins à sa mère. Quand il y pensait, il jurait qu'il pouvait encore sentir le goût du savon que Nora avait utilisé pour lui laver la bouche trente ans plus tôt.

Julia avait été élevée en fille unique par des universitaires de Palo Alto, parents dont les préférences culturelles étaient aussi essentielles à son éducation qu'apprendre à lacer les souliers ou traverser au passage piéton. Ils étaient fans de Simon et Garfunkel, de Joan Didion et de la cuisine éthiopienne. Elle devait aimer les mêmes choses qu'eux. Et le pire était qu'elle les adorait. La moitié des albums qu'elle possédait provenaient de la collection de son père.

John préférait s'inspirer de son propre modèle parental pour l'éducation de leur fille.

Quand Maeve était petite, il jouait avec elle aux poupées Barbie, aux Polly Pocket et au salon de beauté. (*J'ai du mal à l'imaginer*, avait dit sa sœur Bridget, quand Julia l'avait un jour mentionné.) Leurs propres parents s'étaient-ils une seule fois allongés par terre pour jouer avec eux ? Il était certain que non. Mais après une journée passée à batailler avec des politiciens pompeux et suffisants et leur entourage, il n'y avait rien que John appréciait plus que de faire parler une minuscule figurine en plastique, ou une poupée Ken aux pattes peintes. Il en fallait si peu alors pour amuser sa fille.

Même quand Maeve était bébé, Julia estimait qu'il était important de lui parler avec respect. Si Maeve chouinait pour avoir un biscuit, Julia essayait de lui expliquer en détail pourquoi c'était une mauvaise idée au lieu de se contenter de lui dire non. La mère de John aurait dit quelque chose comme : *Le docteur a appelé et m'a dit que si tu mangeais un autre morceau de gâteau, ton estomac allait imploser et tu mourrais.*

Il était étonné de la douceur de Julia, de sa patience. Elle ne criait pas, ne faisait pas les gros yeux, ne menaçait pas.

Tu la pourris, avertissait Nora. *Les enfants ont besoin de discipline.*

Mais Maeve était un miracle. L'enfant qu'ils avaient essayé de concevoir, désiré et finalement obtenu. Ils avaient plus peur de la traumatiser que de la pourrir. Chaque parole, chaque geste comptait, comme si la moindre maladresse de leur part était vouée à être évoquée vingt ans plus tard en thérapie. Quand il était enfant, la mère de John pouvait le gifler d'une main et, la minute d'après, lui tendre une glace à l'eau de l'autre, en ayant oublié et pardonné.

Rien ne justifie la violence physique, disait Julia. *Pourquoi voudrais-je que ma propre fille me craigne ?*

Il pensait que le mot *violence* était exagéré, mais il savait qu'il serait incapable de taper Maeve et de la regarder ensuite dans les yeux. John avait-il craint sa mère ? Oui, évidemment, sans aucun doute.

Durant toute l'enfance de Maeve, la seule forme de discipline était le coin. Rien à voir avec une chambre des tortures. Maeve devait rester assise sur la dernière marche de l'escalier avec un livre pendant cinq minutes. Il avait remarqué une expression sur son visage durant cette punition. Elle semblait dire : *C'est pour rire et on le sait tous les deux. Ça ne sert à rien.*

Sa mère avait peut-être raison.

Maintenant, Maeve vivait à l'intérieur de son téléphone mobile, constamment en train de rire ou de soupirer en réaction à ce qu'elle y voyait. Quand Julia lui demandait de quoi il s'agissait, Maeve répondait immanquablement : « Rien. »

Elles avaient été proches à une époque, mais désormais Julia disait que le seul moment où elle apprenait des choses sur la vie de sa fille était quand elle conduisait Maeve et ses amies à l'entraînement de football ou au centre commercial. Sur la banquette arrière, elles racontaient à grand renfort de détails avec qui elles étaient fâchées, qui leur en voulait, qui avait embrassé un garçon. Les filles disaient « pelleter » au lieu d'embrasser afin qu'elle ne sache pas de quoi elles parlaient. Julia brûlait d'envie d'en savoir plus. Mais son seul superpouvoir de parent était l'invisibilité. Si elle posait la moindre question, elle rompait le charme.

L'adoption de Maeve avait pris une nouvelle dimension. Là aussi, elle trouvait qu'ils avaient failli. Il y avait eu cette dispute terrible où il pouvait presque voir les mots se former dans sa bouche. Au moment où John se demandait comment les arrêter, ils étaient sortis.

Tu ne peux pas me dire ce que je dois faire. Tu n'es pas ma vraie mère.

Depuis quelques mois, Julia s'était mise à consulter l'historique de navigation sur l'ordinateur portable de Maeve pour s'assurer qu'elle ne développait pas de troubles alimentaires ou ne discutait pas avec des hommes de quarante ans. John s'y opposait. Il disait qu'elle découvrirait forcément quelque chose d'horrible à force de chercher.

Mais voilà que la nuit dernière, pendant que Maeve dormait, Julia avait trouvé le navigateur ouvert sur une page appelée Retrouvailles. C'était un groupe en ligne offrant aux jeunes filles de retrouver leur mère biologique. Il y avait des sujets de discussion tels que *Ne pas sentir vraiment appartenir à un monde ou à l'autre* et *Était-ce une adoption légale ou du trafic d'enfants ?*

Julia avait apporté l'ordinateur et le lui avait mis sous le nez comme une preuve relevée sur une scène de crime. Ils en avaient discuté pendant trois heures, temps qu'il comptait consacrer à la préparation de sa réunion d'aujourd'hui. Ils n'avaient pas encore révélé à Maeve qu'ils étaient au courant. Ils lui diraient ce soir, à son retour.

John voyait que Julia était angoissée. Il voulut la réconforter. Mais le moment était mal venu. Il avait besoin de se concentrer. Il avait besoin de l'argent que ce voyage d'affaires pourrait potentiellement rapporter. Autrement, il faudrait faire des sacrifices.

Son téléphone vibra sur le comptoir.

Julia était plus près.

— C'est le taxi ? demanda-t-il.

Elle baissa les yeux.

— C'est ta mère.

C'était comme s'il l'avait fait apparaître par ce mot : *taxi*. Comme si Nora avait senti qu'il ne se rendait pas à l'aéroport avec sa voiture (seul choix financièrement raisonnable, puisqu'il ne partait que pour quelques heures), mais qu'au lieu de cela, John préférait débourser cent dollars en taxi juste pour pouvoir lire le *New York Times* sur son BlackBerry dans les embouteillages.

— Je la rappellerai, dit-il.

Le téléphone de Julia se mit à sonner. Elle le sortit de sa poche et fronça les sourcils.

— Encore Nora.

— C'est à propos de l'article. Laisse la messagerie s'enclencher.

Il s'attendait à ce qu'elle l'appelle hier, pour le féliciter sur le bon papier du *Boston Globe*. Le gros titre faisait la une du cahier *Sunday Metro : Sénat de l'État – l'élu Rory McClain fait le serment de lutter contre les abus d'opiacés, en souvenir de la longue bataille d'un ami d'enfance.*

Il lui avait fallu manœuvrer pendant des semaines pour parvenir à ses fins. Il pensait que c'était une excellente façon de faire taire les opposants qui prétendaient que Rory avait perdu le contact avec ses racines. Essayez de l'ouvrir une fois que vous savez que l'un de ses meilleurs amis du lycée, devenu aveugle à l'adolescence, avait fini par abandonner ses études pour vivre avec les drogués dans les rues de Portland, dans le Maine, pendant des années et des années. Jusqu'à ce que Rory décide de s'en occuper et le ramène chez lui à Dorchester, lui paie un appartement et lui trouve un boulot de plongeur dans le café de son cousin à Adams Village.

Le journal avait mis une photo de Rory et sa famille en première page de la section. À l'intérieur, en page huit, on voyait une petite photo noir et blanc des deux amis, Rory et Peter O'Shea, enfants. Ils étaient en maillot de bain à Carson Beach, et se tenaient par les épaules.

John était cité au troisième paragraphe. Toute la journée d'hier, on l'avait appelé pour le lui signaler. Mais Nora était restée muette.

Elle n'aimait pas Rory, pour une raison qui échappait à John. Peut-être que, comme beaucoup de gens, elle ne faisait pas confiance à un républicain irlandais. Ou peut-être trouvait-elle Rory imbu de sa personne. Mais cela ne pouvait pas être plus éloigné de la vérité. Il n'avait même pas voulu cet article. John l'avait entendu raconter l'histoire de Pete O'Shea lors d'une petite collecte de fonds. Lorsqu'il lui avait suggéré de la faire relayer par la presse, Rory avait protesté que cela le mettrait mal à l'aise – que n'importe qui aurait pu faire ce qu'il avait fait pour aider ce type. Du pur Rory McClain. La modestie incarnée.

Rory était plus vieux que John de quelques années, il avait l'âge de son frère Patrick. Patrick ne le supportait pas non plus. *Il* était de la mauvaise graine au lycée, avait dit Pat la première fois que John lui avait demandé s'ils se connaissaient. John pensait que c'était parce qu'il empiétait sur le territoire de Patrick, ou une ineptie machiste du même genre, non la faute de Rory lui-même. Son animosité avait explosé le jour de la confirmation de Maeve il y a huit mois ; Patrick avait fait un esclandre d'ivrogne. Ils ne s'étaient plus parlé depuis.

Le jour de la confirmation, Pat s'était énervé quand il avait vu Rory et sa femme dans l'église.

— Que fout cette enflure ici ?

— Tais-toi, murmura John. Tu sais que je travaille pour lui, maintenant. Quel que soit ton problème, Patrick, garde-le pour toi.

Pendant le déjeuner au country club de John, Pat prit une cuite. À un moment donné, un ancien client de John le prit pour un collègue de Julia.

— Alors, vous êtes avocat aussi, dit le type.

Patrick partit d'un rire grailleux, un rire insultant d'ivrogne.

— Il tient un bar, dit John, et s'il y avait un soupçon de mépris dans sa voix, tant mieux ; Patrick le méritait.

Son frère le regarda dans les yeux.

— On ne peut pas tous être des vendus.

Le client de John sourit d'un air gêné et se leva pour remplir son verre.

— Je t'emmerde, siffla John dans sa barbe.

Le repas se déroula normalement. Soupe, salade, puis saumon ou poulet, au choix. Les serveuses étaient en train de servir le café quand il y eut de l'agitation dans le hall d'entrée. John fit un geste intimant à tout le monde de rester assis, puis il quitta la table et tomba sur Patrick et Rory qui sortaient en chancelant des toilettes pour hommes.

Chip, le directeur de l'établissement, s'interposa entre eux.

— Il a essayé de le frapper, dit un vieil homme en chandail, l'air abasourdi, pointant Patrick du doigt.

Chip posa les yeux sur Pat.

— Monsieur, ce n'est pas le genre de comportement que l'on tolère ici, dit-il d'une voix tranchante. Je sais que vous êtes un invité de M. Rafferty, mais…

John vit un gyrophare rouge et bleu clignoter à travers les portes vitrées. Quelqu'un avait appelé la police. Son cousin Conor surgit derrière lui la minute d'après. Il traversa le hall et poussa les portes d'entrée. John savait que Conor allait à la rencontre des policiers, leur expliquerait qu'il était lui-même flic à Boston, que c'était juste une histoire de famille.

— Ce n'est vraiment pas nécessaire, dit Rory à Chip. C'était un simple malentendu.

Nora déboula de la salle à manger, le visage décomposé.

Pat sortit, Nora sur les talons.

— Je suis désolé, dit John à Rory. Tu vas bien ? Je ne sais pas quoi dire. Je suis mortifié.

— Ne t'inquiète pas, répondit Rory en lui tapotant le dos. Moi aussi, j'ai des alcooliques dans ma famille. Il est dans un mauvais jour, c'est tout. Viens, allons manger une part de gâteau.

Rory ne lui en reparla jamais, même si ce souvenir consumait John de honte. Il savait depuis longtemps que Patrick le détestait. Mais qui faisait une chose pareille ? Qu'avait-il fait à Patrick pour qu'il veuille ainsi humilier son propre frère ?

Patrick envoya des roses d'un fleuriste renommé de Boston à Julia le lendemain, et à Maeve, un billet neuf de cent dollars glissé dans une carte de félicitations. Mais rien pour John.

Nora refusa de prendre parti, signifiant ainsi pour John qu'elle défendait Patrick, car ce dernier était clairement dans son tort. Elle déclara qu'il était impensable que des frères se fâchent pour un incident si dérisoire. Elle dit à John que les McClain étaient des gens mauvais. Qu'il n'aurait pas dû s'engager auprès d'un membre de cette famille. Mais Nora n'apportait aucune justification, seulement une intuition. Elle avait déménagé il y a trente ans – ce qu'elle avait contre eux n'était que de l'histoire ancienne.

Il était possible que Rory, comme Patrick, fût un peu indomptable à l'époque. Mais comme John, il avait fait quelque chose de sa vie. Ils avaient beaucoup en commun. Le père de Rory avait été un grand ponte chez Edison. Il était mort la même année que Charlie. Rory n'était pas le plus gros client de John, loin de là, mais sa victoire assez improbable en novembre avait marqué le coup. Même alors, Nora ne l'avait pas félicité. John pensait que Patrick finirait par présenter des excuses : à lui, à Rory. Mais Patrick n'en fit rien.

Au cours de leur vie, il leur était arrivé fréquemment de ne pas se parler pendant des semaines ou des mois. Une fois, John avait emmené les filles déjeuner à Castle Island durant l'une de ces brouilles. Ils avaient stationné la voiture sur le parking devant chez Sullivan's et contemplaient Pleasure Bay. Patrick était arrivé et s'était garé à côté d'eux, une blonde mal fagotée sur le siège passager. Julia n'avait même pas remarqué leur présence. John et Patrick s'étaient assis et avaient mangé leur hot-dog côte à côte, faisant mine de ne pas se voir.

Après que Julia fut partie déposer Maeve à l'école, Nora appela de nouveau.

John se trouvait dans l'allée, en costume et pardessus, son attaché-case posé par terre devant lui, attendant le taxi. L'air était si froid qu'il était presque douloureux de respirer. Il jeta un peu de sel sur le sol pour faire disparaître le verglas dans l'allée, en prenant bien garde d'éviter ses élégantes chaussures. Il ne répondit pas au téléphone. Il rappellerait sa mère de l'aéroport pour tuer le temps. Il préférait profiter de ce rare moment de solitude pour réfléchir à sa stratégie pour cet après-midi. Il voulait bien faire comprendre au client que, même si sa prestation était la plus onéreuse, il en aurait pour son argent. Accepterait-il son tarif ?

Il regarda le voisinage, toutes ces maisons semblables à la sienne. Les premiers mois où ils vivaient ici, il se garait devant la mauvaise maison au moins une fois par semaine.

Le lotissement avait huit ans. Des maisons neuves construites pour paraître anciennes dans des rues qui n'existaient pas il y a dix ans, avec des noms comme route du Fût de Chêne et allée de la Colombe Blanche. La leur s'appelait promenade de la Vallée Cachée.

Ta rue porte le nom d'une sauce salade[1], avait dit sa sœur, Bridget. *Tu devrais en acheter.*

Elle était obsédée par la taille de la maison. *Qu'est-ce qui t'arrive, Johnny Boy ? Tu n'as pas trouvé plus grand ?*

Que répondre ? À un certain stade de leur vie, une demeure coloniale en brique de six chambres leur avait paru normale. Une fois sur dix, il pouvait rentrer du bureau et s'émerveiller comme un gamin. Un *manoir*, l'aurait-il nommée quand il était jeune. Sa mère l'appelait encore ainsi. Deux fois sur dix, quand la maison arrivait en vue, sa poitrine se serrait, il songeait à ce qui arriverait s'il avait un revers de fortune et perdait tout. Sa famille pensait qu'il était riche, mais Julia et lui ne possédaient rien, comparés à la plupart de leurs relations.

Il ne pouvait se défaire de l'impression d'avoir fait croire à Julia qu'il était quelqu'un, alors qu'en réalité il était un autre. Vous pouviez vous faire passer pour n'importe qui à l'université, loin de la famille. Julia et lui étaient si jeunes. Elle était la femme la plus incroyable qu'il ait jamais rencontrée. Il était prêt à dire n'importe quoi pour la séduire. Aujourd'hui, la peur qui le tenaillait la nuit était qu'un jour elle le découvre et se rende compte qu'il était un imposteur.

La peur le motivait. Cela, et la pensée de ses parents, qui avaient tout mis en œuvre pour offrir à leurs enfants une bonne éducation. Aucun d'entre eux n'avait rien fait pour égaler les sacrifices consentis par Nora et Charlie. Sa mère n'avait même pas suivi

1. La marque américaine de sauces Hidden Valley.

d'études secondaires. Son père, tout juste. Pourtant, ils avaient subvenu aux besoins d'une famille de six personnes dans un pays qui n'était pas le leur. Par un mystère que personne n'avait jamais élucidé, ils avaient quitté Dorchester et emménagé avec leurs enfants dans la plus belle et la plus grande maison de Hull quand John avait onze ans. Hull n'était pas une ville chère comme celle où il vivait aujourd'hui. Mais tout de même.

Durant quarante ans, Charlie avait tenu boutique à la quincaillerie Doyle de Quincy Center. Il travaillait sans relâche comme peintre en bâtiment. Les mois d'hiver, il posait du papier peint et faisait des petits boulots. Mais quand il n'avait pas de chantier, il était chez Doyle. Les gens venaient lui demander des conseils sur les couleurs à privilégier, comment réparer une fuite au robinet de l'évier. Charlie aimait être l'expert. Les vendeurs de Doyle lui envoyaient leurs clients. Quand vous achetiez un bidon de peinture chez Mike Doyle, Charlie Rafferty était celui qui l'étalait sur vos murs, à tous les coups. Quand un Home Depot ouvrit à Quincy, Doyle fut contraint de fermer. Charlie continua de travailler, mais, sans sa tribune au magasin, ses affaires s'essoufflèrent. Il se rendit chez Home Depot un samedi matin et écouta discrètement les vendeurs, puis il dispensa aux clients des conseils que personne ne lui demandait.

Pendant un temps, il avait voulu que John monte une entreprise avec lui. Charlie semblait presque chagriné quand John avait décroché une bourse d'études à l'université de Georgetown, même s'il s'en vantait auprès de toutes les personnes qu'il croisait.

John voulait entrer en politique depuis l'âge de cinq ans. Après avoir obtenu son diplôme, il participa à des campagnes mineures : il travailla pour un candidat au conseil municipal de Cambridge, puis pour la première femme trésorière de Rhode Island. Les aider à gagner les élections le faisait vibrer. Les soirées interminables, tout le monde sur le pont. Il croyait en leurs promesses. Sa vie avait un sens du seul fait de faire partie de l'entourage proche d'une telle personnalité, d'aller lui chercher un verre d'eau ou de lui appeler une voiture. Son père était si fier. Il vint écouter un discours dans le gymnase d'un lycée, à soixante-quinze kilomètres de la maison, juste pour voir John à l'œuvre.

À vingt-huit ans, il entra au service d'un conseiller démocrate, un type connu pour courir toutes les grandes campagnes électorales de Boston. Son patron se contentait le plus souvent de l'envoyer dans les meetings de campagne dans les coins perdus. Des dizaines de meetings, il voyait à peine sa femme.

John voulait à tout prix se faire remarquer. Il travaillait comme un dingue. Il postulait à des postes plus ambitieux. Mais les jeunes types comme lui étaient légion. Il était impossible de les battre. Il essaya de jouer la carte irlandaise, mais même une histoire de parents débarquant en Amérique ne valait pas grand-chose. Le gamin dans le bureau voisin du sien à la State House avait une mère originaire de Donegal qui vivait à Hyde Park depuis quarante ans et parlait exclusivement en irlandais.

Quand John demandait à son patron et à d'autres figures plus âgées du parti pourquoi il ne s'élevait pas aussi vite qu'il devrait, ils lui tapaient dans le dos et lui disaient d'être patient. *Tu es l'un des jeunes opérationnels les plus talentueux que nous avons*, disaient-ils, avant de l'écarter pourtant d'une nouvelle promotion.

Après avoir fini son droit à l'université de Boston, Julia suggéra qu'ils prennent un nouveau départ ailleurs. Cette idée le terrifiait. À Boston, John croisait des gens qu'il connaissait partout où il allait. Il aimait cela. Il connaissait chaque raccourci dans la ville, chaque détour. Il connaissait les meilleurs bars et restaurants, la moitié des flics et tous les politiciens. Il était fait pour vivre ici, attaché à cette ville. Il ne saurait pas à quelle porte aller frapper dans un autre endroit.

Julia fut embauchée dans une bonne entreprise. Chaque année, elle gagnait plus que lui. Elle prétendait trouver ridicule qu'il en soit gêné, mais John sentait qu'elle perdait patience. Il n'était pas à la hauteur de la promesse qu'elle avait vue en lui jadis. Alors il fonda son propre cabinet, dont il était le seul employé, avec un seul client : l'outsider dans la course au conseil municipal. C'était un risque qu'il regretta immédiatement. Mais six mois après avoir ouvert son bureau, la veille de son trente-huitième anniversaire, John fut contacté par un républicain, un riche homme d'affaires mormon qui ambitionnait de devenir gouverneur du Massachusetts. Il lui dit qu'il avait besoin d'un homme connaissant les rouages de l'intérieur pour diriger sa campagne, quelqu'un considéré comme l'un des leurs par les ténors du parti afin que ses différences ne les effraient pas autant.

John lui demanda deux jours de réflexion. Il était mal à l'aise. Un républicain. Un mormon. Il ne croyait pas à la moitié des propositions du type. Et si le grand tournant – la chance de sa vie – se trouvait là ? Quand il demanda à ses parents ce qu'ils en pensaient, Charlie fut horrifié. Nora, sous son insistance, finit par s'exprimer : « Qu'est-ce que ça peut faire ? Ils sont tous corrompus, de toute façon. »

Mais l'argent était un argument de poids. Et la vie était décevante parfois. Il pouvait avancer, suivre un cours différent. Ou alors finir comme ses frères, à ressasser toujours les mêmes histoires, passer sa vie à regretter ses hésitations. John accepta. Il essaya de ne pas penser à combien d'autres gars avaient refusé cette offre avant lui.

Sa prise de risques fut payante. L'homme remporta l'élection, contre toute attente. Il travaillait désormais pour un gouverneur. Grâce à un portrait flatteur dans un magazine, écrit par l'ami d'un ami de Julia et dénoncé par la moitié de ses pairs, John acquit la réputation d'accomplir des miracles pour le GOP (parti républicain) dans les États bleus (démocrates). Il fut approché par des républicains dans tout le pays qui voulaient son aide pour se présenter aux élections de la Chambre des représentants et du Sénat. À trente-neuf ans, il était l'un des consultants politiques les mieux rémunérés. Il ne se faisait pas autant que les traders de Wall Street, mais c'était plus qu'il n'avait jamais gagné dans sa vie.

Cela s'amplifia encore quand le gouverneur décida de se présenter à la présidence, les propulsant tous les deux sur la scène internationale. La dernière fois,

John avait dû vendre son candidat au Massachusetts comme un républicain ayant des idées à gauche sur les questions sociales. Désormais, il était le catholique irlandais qui parcourait le pays en réconciliant les gens de droite, croyants, avec le mormonisme et les positions libérales sur le mariage gay et l'avortement. La présence de John, son seul nom, semblait dire qu'il ne soutiendrait pas un candidat qui ne serait pas aussi conservateur qu'eux.

John les faisait changer d'avis. Il envoya cinq anciens ambassadeurs au Vatican pour soutenir son poulain publiquement face à deux rivaux catholiques dans la primaire du New Hampshire. Il aimait être utile. Au final, le gouverneur fut le finaliste du parti pour la magistrature suprême de la nation. Ils posaient déjà les bases de la campagne de 2012.

John avait quinze employés. Des bureaux magnifiques et spacieux dans le Government Center à Boston. Une grande partie de ses revenus provenait désormais du lobbying, et d'une clientèle croissante d'entreprises. Il savait qu'il flirtait avec le conflit d'intérêts, mais il ne laissait pas les propos de ce genre le déranger. Son seul regret était que son père n'ait pas vécu assez longtemps pour le voir arriver au sommet.

S'il lui arrivait d'éprouver un pincement au cœur, il faisait un gros chèque au refuge pour chiens de Bridget, ou à la Maison des Petits Vagabonds. John ne pouvait pas s'arrêter maintenant, même s'il l'avait voulu. Julia s'était habituée à l'argent. Jeunes, quand ils n'en avaient pas, elle jurait qu'elle s'en fichait. Mais plus il en avait gagné, plus ses goûts étaient devenus extravagants. Un sac à main sans marque ne lui convenait plus. Il lui fallait un Chanel. Ils avaient été surclassés en première classe sur un vol, et depuis ce jour la deuxième classe lui semblait un cauchemar abyssal.

Maeve fréquentait une école privée et prenait des leçons d'équitation. Elle avait des coupes de cheveux à cent dollars sur Newbury Street depuis ses neuf ans. Ils avaient une maison secondaire sur la plage maintenant. Les deux villas étaient meublées d'antiquités alors que du mobilier standard de chez Habitat aurait suffi. Bien que sa mère, Nora, pensât que même Habitat était une terrible escroquerie. «J'ai de très belles choses à la cave, tu devrais jeter un coup d'œil», disait-elle à Julia chaque fois que celle-ci mentionnait leurs derniers achats. Ce qui était de plus en plus fréquent. Elle avait le chic pour se lasser rapidement des meubles, et donnait des choses en parfait état à Bridget ou à des voisines du quartier.

À la décharge de Julia, celle-ci avait compris que sa belle-mère n'avait aucun goût esthétique et n'appréciait que les bonnes affaires. Quand Nora demanda où ils avaient déniché un bureau de campagne géorgien à dix mille dollars, Julia répondit sans ciller qu'elle l'avait acheté chez Roche Bobois.

Il arrivait à John de penser que si sa mère voyait ses relevés de cartes de crédit, le montant de son prêt immobilier, elle en perdrait l'usage de la parole. Il dépensait chaque centime qu'il gagnait, sans mettre un sou de côté. Le contraire de la manière dont il avait été élevé.

Il avait baptisé son entreprise Miltown Strategies, du nom de la ville natale de ses parents, un hommage à l'histoire des immigrants américains. Sa mère n'avait pas été émue. *Les gens ne sauront pas comment l'écrire, John. Personne n'a jamais entendu parler de ce village. Tu devrais l'appeler d'un nom plus accrocheur.*

Rien de ce qu'il faisait n'était jamais assez bien pour Nora. Parfois, il semblait qu'elle avait à peine enregistré l'existence de John, même si, comme sa femme aimait à le lui rappeler, il avait façonné sa vie entière dans l'espoir d'obtenir son approbation. Son crédit n'avait augmenté que lorsqu'il lui avait donné une petite-fille.

Elle était bien plus fière du bar de Patrick que de tout ce que John avait accompli.

Depuis toujours, le grand rêve de Pat était d'ouvrir son propre bar sur Dorchester Avenue. Comme si Dorchester avait besoin d'un autre bouge sordide. Il en parlait tout le temps lorsqu'il travaillait sur les docks du terminal de Conley, dans le port de Boston, chargeant et déchargeant des conteneurs – ils étaient remplis de fruits de mer un jour, de bière un autre, de ferraille le lendemain. Il semblait que l'idée du bar ne dépasserait jamais le stade du fantasme, jusqu'à ce qu'il arrive à Patrick un accident qu'il qualifierait ensuite de «la chance de ma vie».

Alors qu'il travaillait, une élingue se rompit. Une caisse s'écrasa au sol, lui tranchant deux orteils. Si Patrick avait été trois centimètres plus à gauche, elle aurait pu lui amputer le pied. Quelques centimètres plus loin, et il était un homme mort. Mais, si douloureux que cela soit, il pouvait vivre avec deux orteils en moins, surtout après avoir touché deux cent mille dollars de dommages et intérêts. Pat utilisa l'argent pour ouvrir son bar.

Nora le félicita comme s'il s'agissait d'une formidable réussite, alors que Patrick n'avait réalisé son rêve que grâce à un procès injustifié. Il ne faisait pas attention. Il était probablement ivre au travail. Désormais, son meilleur ami et son petit frère tenaient le bar. Fergie et Brian. La Dream Team.

La berline de luxe noire arriva juste à temps.

John vit le chauffeur s'apprêter à descendre pour lui ouvrir la porte.

Il fit signe à l'homme de rester assis.

— C'est bon, dit-il.

Il se glissa sur la confortable banquette arrière.

— Comment ça va, mon ami ?

Le chauffeur hocha la tête pour toute réponse.

John se vit dans les yeux de l'homme et sentit le besoin de dire quelque chose. Chaque fois qu'il embauchait quelqu'un pour un service, il ressentait le besoin pathologique de faire comprendre à l'autre qu'ils n'étaient pas si différents, et qu'il en avait conscience. *Mon oncle Lawrence conduisait un bus*, songea-t-il à dire. *Puis il est devenu chauffeur. Il racontait toujours des anecdotes incroyables. Je parie qu'il y a des personnages hauts en couleur qui se sont assis dans votre voiture, non ?*

Il y avait deux petites bouteilles d'eau enfoncées dans la poche du siège arrière.

Il en prit une et, au lieu de parler, dévissa le bouchon.

Son téléphone sonna.

— Ma mère, dit-il au chauffeur.

John décrocha, s'attendant à ce qu'elle lui dise qu'elle avait vu son nom dans le journal.

— Où étais-tu ? dit Nora d'une voix lasse. J'ai essayé de t'appeler sans arrêt, toi et Bridget. Et Julia. Personne ne décroche. Il y a eu un accident, John.

— Oh, mon Dieu, tu vas bien ?

— Ce n'est pas moi. C'est Patrick.

Il se raidit.

— Est-ce qu'il va bien ?

— John. Il est mort.

— On rentre, dit John au chauffeur avant de répondre. Faites demi-tour.

8

Bridget ne vit pas que sa mère avait appelé ce matin-là parce qu'elle était au lit avec Natalie, puis elles avaient promené le chien, et s'étaient arrêtées en route pour boire un café. Elle se brossa les dents au-dessus du lavabo pendant que Natalie prenait sa douche et s'attarda dans la salle de bains emplie de vapeur, plongée dans une conversation sur le patron de Natalie. Elle respira l'odeur savonneuse du shampoing et écarta le rideau de douche pour lui faire un baiser. Elles mangèrent du yaourt grec et des fraises dans la cuisine. En bruit de fond, la voix métallique d'un journaliste de la BBC rapportait des atrocités qui se passaient dans des contrées lointaines qu'elles auraient sans doute du mal à situer sur une mappemonde.

Bridget était vêtue d'un jean, de baskets et d'un pull ras du cou bleu marine. Le même uniforme qu'elle portait depuis le CE1. Natalie avait des bottes noires à talons hauts s'arrêtant juste sous le genou, une robe grise cintrée et un long manteau noir ouvert. Du rouge à lèvres rubis, un fin foulard en soie. Ses cheveux roux tombaient sur ses épaules.

Elles avaient toujours l'air de personnages jouant dans deux pièces de théâtre différentes. Quand elles sortaient le samedi soir, Bridget passait dix, quinze minutes maximum à repasser une chemise et à peigner ses cheveux courts châtains. Habillée et assise sur le canapé, elle avait le temps de regarder quatre manches de base-ball avant que Natalie soit prête.

Elles se dirent au revoir à la porte.

— Je t'aime.

— À ce soir.

Après que Natalie fut partie, Bridget se servit une autre tasse de café.

La lumière du soleil inondait les fenêtres et le parquet en bois dur, donnant l'illusion qu'il ne faisait pas un froid glacial à l'extérieur. L'appartement était celui de Natalie. La décoration était à son image. Bridget la retrouvait dans le soin des détails. Les aquarelles abstraites sous cadre sur les murs, achetées dans la galerie d'un ami à Williamsburg. Différents bols en céramique dans les placards pour les pâtes, le yaourt, les céréales. Un bol plus grand au centre de la table de cuisine, vide, purement décoratif. Une paire de serre-livres anciens en cuivre en forme de chien de chasse sur la cheminée, cadeau de Natalie à Bridget à l'occasion du dixième anniversaire du refuge.

Avant d'emménager ici il y a trois ans, Bridget vivait en célibataire endurcie. Ses frères plaisantaient qu'elle avait fait vœu de pauvreté. Elle ne se souciait pas des biens matériels. Elle avait des meubles dépareillés, plus beaux que ce à quoi on aurait pu s'attendre, fournis par sa belle-sœur à chaque changement de décor. Mais ses biens les plus précieux étaient un vieux vélo Trek Bicycle, deux caisses de lait remplies de disques, et tous les matchs des Celtics de Boston de la saison 1986 enregistrés sur VHS.

Sa vie de célibataire consistait en quelques rendez-vous ici et là, une brève liaison de temps à autre. Des visites à sa mère à Boston pendant les vacances. Le travail, essentiellement. Sa maison était son territoire exclusif et celui de Rocco, un pitbull vieillissant avec qui elle partageait un appartement sombre. Un couple heureux de vieux ronchons, jusqu'à ce que Natalie arrive et laisse entrer la lumière.

Elle essayait maintenant d'imaginer une chaise haute en bout de table, des jouets de bébé éparpillés sur le tapis. Un avenir où les matins tranquilles comme celui-ci feraient partie du passé.

À l'aube de son trente-cinquième anniversaire, Natalie avait déclaré que le cadeau qu'elle désirait n'était pas un bijou ou des billets pour un spectacle de Broadway, mais un bébé.

Bridget ne s'était jamais considérée comme particulièrement maternelle. Elle avait du mal à s'extasier devant des photographies de bébé, ou à s'émerveiller qu'un être humain de plus ait appris à identifier correctement la lettre D. Quand elle songeait à la maternité, elle pensait à sa propre mère et à ses tantes qui, dans son enfance, aimaient rester traîner sur la véranda d'une voisine les soirs d'été, à jouer aux cartes, à fumer et à boire du whisky canadien. La vie de mère avait toujours paru les ennuyer, elles se plaignaient de leurs enfants, mais, plus tard, toutes ne parlaient que de leur désir d'avoir des petits-enfants. Elles avaient tout sacrifié à leur progéniture. Le moins que leurs filles pouvaient faire pour les remercier était de connaître semblables épreuves.

Bridget n'était pas encore totalement convaincue. Mais elle pensait que Natalie méritait d'être mère, si tel était son désir. Et, à sa grande surprise, à quarante-quatre ans, l'idée d'avoir un bébé avec Natalie l'enthousiasmait autant qu'elle la terrifiait.

Une année s'était écoulée depuis que Natalie avait soulevé la question. Il lui semblait parfois que depuis ce jour, elles n'avaient parlé de rien d'autre.

Bridget pensait qu'elles devraient envisager l'adoption, comme son frère John. Mais Natalie avait réfléchi un cran plus loin. Elle expliqua à Bridget que les couples homosexuels étaient interdits d'adoption dans la plupart des pays étrangers et dans plusieurs États. Et de toute façon, elle voulait un enfant de son sang. Elle voulait donner la vie, pour des raisons que Bridget ne pouvait pas comprendre.

Natalie avait déjà des idées de prénoms, et elle avait trouvé une clinique huppée pour l'insémination. Elles avaient choisi un donneur, bien qu'elles n'aient pas encore acheté son sperme. Elles l'appelaient par le nom de son profil officiel : Archéologue international. Un mètre quatre-vingts, soixante-dix-neuf kilos, cheveux blonds et yeux bleus.

Passions : capoeira (art martial brésilien) et course à pied (35 km par semaine).

Origine : suédoise.

Ressemblances : Paul Bettany, Paul Newman («Mais ces deux-là ne se ressemblent pas du tout», disait Bridget).

Personnalité : son optimisme est contagieux !

Bridget se demandait ce qui pourrait empêcher la banque du sperme de raconter tout cela alors qu'en fait le type était petit, dépressif, et avait abandonné l'école pour travailler chez Burger King. Elle gardait ce genre de réflexions pour elle.

Il leur avait fallu des mois pour choisir. Des soirées entières, allongées dans leur lit, à faire défiler les profils. Vous pouviez partir de n'importe quoi. La couleur des yeux, le groupe sanguin, et même le son de la voix d'un homme, enregistré dans un court clip audio, ou l'âge de son parent le plus vieux encore en vie. Elles s'enivraient d'exigences particulières.

— Il doit avoir eu au minimum une mention bien au bac, dit Natalie un jour.

— Tu es consciente que si tu avais utilisé ce critère pour trouver une partenaire, je serais disqualifiée. De beaucoup, ajouta Bridget.

— Bon joueur de golf ! déclara Natalie à un moment donné. (Puis à un autre :) Éliminé ! Son animal préféré est le chat.

Bridget refusait de sélectionner quiconque avec un nom de profil glauque. Il y avait un Tout Doux, un Dr Feelgood. Un autre s'appelait Juste De l'Eau («Traduction : alcoolique», dit-elle).

Elle se demandait ce qui obligeait un jeune homme à choisir cet étrange moyen de se faire un peu d'argent. Combien d'entre eux considéreraient la chose différemment dans dix ou quinze ans ? Une nuit, elle resta éveillée en pensant à son plus jeune frère, Brian. Toutes les dettes qu'il avait accumulées avant ses trente ans, à poursuivre un rêve qui avait mal tourné, vivant une grande partie de l'année sur la route, et qui habitait aujourd'hui chez leur mère parce que, supposait-elle, il était fauché. Elle lui envoya un texto : *Si tu as besoin d'un peu d'argent, demande-moi, d'accord ? Ne fais rien de stupide.*

Brian répondit juste : *?*

Quand elles finirent par choisir un donneur, et que Natalie se retrouva carte de crédit en main, doigts posés sur le clavier pour valider l'achat, Bridget paniqua. Bien que cela soit une évidence depuis le début, elle se rendit compte pour la première fois qu'elle devrait le dire à sa mère.

Son cerveau tentait de trouver un autre moyen. Elle s'imagina arrivant à la maison à Noël avec un nourrisson dans un porte-bébé.

De qui est ce bébé, Bridget ?

Qui ? Lui ? Oh, peu importe.

— Avant d'acheter le sperme, je crois que je devrais prévenir ma mère, dit-elle.

Natalie, dont les parents étaient au courant depuis des lustres, cligna des yeux.

— Oh ! D'accord.

Trois mois s'étaient écoulés et Bridget n'avait encore rien dit. Il y a quelques semaines, alors qu'elles étaient chez Nora pour Noël, elle avait essayé. Natalie et Julia avaient arrangé un déjeuner au Four Seasons en le faisant passer pour une idée de Bridget. Mais c'était le genre d'endroit qu'elles appréciaient, pas Nora.

Quand Bridget invita sa mère, cette dernière sembla sceptique.

— Uniquement nous deux ? Pourquoi diable irions-nous là-bas ?

— Je voulais te faire plaisir, c'est tout.

Aucune des deux n'était à l'aise. Bridget portait un vieux pantalon noir habillé et un chemisier en soie noire. Elle ressemblait à une serveuse de cocktail sur le retour. Elle avait du mal à respirer. La cuisine était trop maniérée, la salle trop étouffante. Quand le serveur apporta une bouteille de champagne après avoir desservi leurs assiettes, Nora regarda autour d'elle comme si l'endroit était truffé de micros.

— Grand Dieu, que se passe-t-il ? s'exclama-t-elle.

La première fois que Bridget avait amené Natalie à la maison, sa mère avait dit : « Natalie, tu as tellement de style. Tu devrais emmener notre Bridget faire les boutiques. »

Elle se rendit alors compte que Natalie était la fille que sa mère appelait de ses prières tous les soirs quand ils étaient enfants, toute la famille agenouillée face au canapé, récitant le rosaire en écoutant le cardinal Cushing à la radio.

Nora essayait depuis toujours d'inciter Bridget à être plus féminine, enveloppant le plus souvent ses critiques dans ce qu'elle considérait comme un compliment.

Tu as un si joli visage. Pourquoi ne te maquilles-tu jamais ?

Laisser ces pommettes à nu est un péché contre Dieu. Sais-tu comme tu serais belle si…

Si tu t'épilais les sourcils. Te laissais pousser les cheveux. Mets un peu de rouge à lèvres, Bridget, ça ne te tuera pas.

Au réveillon de Noël qu'elle organisait chaque année, Nora présenta Natalie à ses cousins et voisins comme «l'amie de Bridget à New York» ou, à quelques occasions regrettables, «la colocataire de Bridget».

— Ta mère ne peut décemment pas penser qu'à ton âge, tu as décidé de prendre une colocataire, bon sang, avait sifflé Natalie après l'une de ces soirées, recroquevillée dans le petit lit de Bridget, un matelas pneumatique gonflé et inoccupé sur le sol.

— Je pense que c'est ce qu'elle veut croire.

— Alors elle ne sait pas que tu es homosexuelle ?

— Peut-être que ça n'a rien à voir avec l'homosexualité. Peut-être qu'elle pense seulement que tu es trop bien pour moi et ne peut imaginer pourquoi tu vivrais avec moi pour une autre raison que diviser le loyer par deux.

Elle prit Natalie dans ses bras, espérant que la plaisanterie adoucirait l'amertume de son propos. Bridget pensait parfois que Nora le savait et préférait l'ignorer. Sa mère avait le don de refouler les vérités qu'elle ne voulait pas voir. À d'autres moments, elle pensait que Nora ne savait vraiment pas, même si Bridget le lui avait dit.

En deuxième année à UMass, l'université du Massachusetts, elle avait fait l'amour avec une femme pour la première fois. Cela avait eu lieu la veille de son retour à la maison pour la fête de Thanksgiving, et Bridget n'arrivait à penser à rien d'autre ; elle revivait ces moments en passant la sauce aux airelles, en regardant la parade de Macy's à la télé ou en parlant football avec son père.

Elle avait décidé de révéler son homosexualité à sa mère durant ce séjour. Une fois tout le monde couché, alors que Nora ramassait les restes de légumes dans un immense plateau de service et les agençait pour former un drapeau irlandais – une bande épaisse de haricots verts, puis de la purée de pommes de terre, puis des courges –, Bridget se lança.

— Maman, j'ai quelque chose à te dire. Je ne veux pas que tu te fâches.

Nora leva les yeux vers elle, une cuillerée de pommes de terre suspendue en l'air.

— Je fréquente surtout des femmes en ce moment. Je crois que c'est ma préférence.

Bridget se mordit l'intérieur de la joue, attendant la réaction de sa mère. Mais l'expression de Nora était indéchiffrable.

— Est-ce que tu comprends ? demanda Bridget après un long silence.

— Oui, répondit sa mère.

— Vraiment ?

— Oui.

Nora n'ajouta pas *je t'aime*, mais elle ne le disait jamais.

Bridget n'arrivait pas à croire que cela avait été si facile. Elle se sentit soulagée d'un énorme poids jusqu'au dîner de Noël un mois plus tard, quand Nora lança :

— Bridget, Tommy Delaney est de retour ! Tu devrais descendre la rue et aller le voir. Eileen prétend qu'il a toujours le béguin pour toi.

Quand elle était en seconde au lycée, elle avait essayé de fréquenter un garçon, le seul à le lui avoir demandé. Un gamin du quartier. Le fils de l'amie de sa mère. Ils étaient sortis ensemble pendant environ un mois. Nora n'avait jamais renoncé à l'idée de les marier.

Bridget regarda sa mère avec de grands yeux.

— Quoi ? dit Nora. Je ne dis pas que tu devrais l'épouser. Simplement… une romance hivernale, ça pourrait être agréable.

La matinée filait, comme tous les matins au refuge, avec son cortège de routine et de surprise. Bridget fit entrer les trois enfants assignés aux tâches bénévoles : arroser au jet les caisses, remplir les gamelles d'eau, promener les chiens. Elle ne prenait que des garçons courageux et forts, mais aussi gentils. Des garçons qui lui rappelaient ses frères quand ils étaient jeunes.

Elle et sa directrice adjointe, Michelle, se relayaient tôt le matin. Arrivée dès six heures du matin, Michelle venait de partir pour rencontrer un éventuel donateur, ce que Bridget détestait faire. Elles formaient une équipe idéale : Michelle était douée pour parler avec des gens qui aimaient les animaux. Bridget était douée pour parler avec les animaux eux-mêmes.

Un chœur cacophonique d'aboiements et de cris s'éleva quand elle ouvrit la porte du fond. Elle salua par leur nom les dix-huit chiens, les neuf chats et les deux lézards. Cet après-midi, elle conduirait trois Cane Corso chez le vétérinaire pour les faire castrer. Elle les regarda, se sentant désolée pour eux, pour ce qu'ils ignoraient de leur propre destin. Elle nota mentalement de leur acheter des tranches de dinde à l'épicerie du coin, maigre consolation.

À neuf heures trente, elle reçut un appel d'un ami des services de police. Un accumulateur compulsif dans le Bronx, trente-neuf cochons d'Inde. Pouvait-elle les prendre ? Oui, elle les prendrait. Elle n'avait jamais refusé un animal quand elle avait la place de l'accueillir. Il le savait, tout le monde le savait. C'était pourquoi ils l'appelaient en premier.

C'est seulement lorsqu'elle fut seule dans son bureau, peu avant dix heures, que Bridget sortit son téléphone de la poche de son manteau et vit que sa mère avait appelé sept fois. John avait envoyé un texto également : *Appelle-moi ASAP.*

— Oh ! soupira-t-elle. Merde.

Bridget retint son souffle en composant le numéro. Elle savait ce que ça signifiait. Elle avait dix-neuf cousins germains. Dix oncles et tantes. Ils étaient tellement nombreux dans la famille que lorsqu'une tragédie survenait, au lieu d'être choquée par le drame, sa plus grande stupéfaction était de se rendre compte qu'ils avaient tous, tant bien que mal, réussi à traverser indemnes tant de jours et d'années. Puis vous receviez un appel, et la face du monde changeait.

Elle se prépara à entendre Nora lui dire qu'une vieille tante était morte dans son sommeil, tout en cultivant l'espoir qu'il s'agissait d'un de ces prétendus appels urgents de sa mère pour lui annoncer en fin de compte l'ouverture de la semaine du blanc chez Macy's.

Au bonjour de Nora, où pointait une grande lassitude, Bridget comprit qu'il s'agissait d'une mauvaise nouvelle.

— Est-ce tante Kitty ? dit-elle pour inciter sa mère à parler, quel que soit le drame.

— C'est Patrick, souffla Nora.

Patrick. Bridget eut l'impression que sa poitrine allait éclater.

Jamais de la vie.

Nora parlait, mais Bridget percevait ses mots dans un brouillard.

Il a tapé contre un mur. Il est mort sur le coup. Il n'a pas souffert.

Déjà, les consolations.

Ses jambes tremblaient. Elle s'appuya contre une chaise pour se stabiliser, puis décida de laisser son corps glisser au sol.

Même si sa mère disait que la veillée funèbre aurait lieu le lendemain après-midi, avec l'enterrement à suivre mercredi matin, l'esprit de Bridget cherchait une échappatoire. Cela devait être une erreur, une plaisanterie. Il y avait forcément un moyen de le sauver.

Ses dents claquaient. Son corps se révoltait.

— Je serai là dans quelques heures, dit-elle.

— Pourquoi ne viens-tu pas demain matin ? Ce n'est pas une bonne idée de faire un trajet si long en voiture après avoir reçu un choc émotionnel.

Sa voix était calme, détachée, comme si elle ne participait pas à la tragédie, dispensait seulement des conseils routiers.

— Tu es sûre de vouloir faire la veillée si vite ? demanda Bridget. Tu pourrais attendre un jour ou deux. Te donner une chance de…

— J'ai besoin que ce soit fini au plus vite, dit Nora.

— Je comprends. Comment puis-je aider ? De quoi as-tu besoin ?

— J'ai besoin de raccrocher maintenant. Je dois aller chez Patrick et trouver son costume.

— Toute seule ?

— Évidemment.

Bridget hésita à lui dire que ce n'était pas une bonne idée.

— Ce n'est rien, ajouta Nora avant qu'elle puisse ouvrir la bouche.

Elle réagissait toujours comme si exprimer ses émotions était la chose la plus dangereuse au monde. Quand Bridget, petite, tombait, sa mère la relevait et lui disait qu'elle n'avait rien. Un vœu pieux, en réalité. Elle ignorait ses éventuelles blessures, comme si ne pas en parler suffisait à les faire disparaître. À l'âge adulte, le même réflexe prenait des proportions différentes.

La mort de son père, elle aussi, était survenue brutalement. Un cancer foudroyant, dont ils n'avaient toujours pas assimilé la réalité quand Charlie était décédé. Bridget se souvenait de Nora, marchant calmement au bras de Brian et de Patrick vers la chambre funéraire, intimant à ses enfants l'ordre de ne pas pleurer.

De retour chez elle, Bridget entreprit de faire sa valise. Mais elle semblait avoir oublié comment s'y prendre. Elle sortait des vêtements un à un des tiroirs et les jetait sur le lit, où s'empilaient aléatoirement ses affaires. Elle voulut appeler John, mais elle savait qu'une fois qu'elle aurait entendu sa voix, tout deviendrait réel. Alors elle préféra s'asseoir sur le canapé et fixer le mur, le chien couché à ses pieds. Après un moment, elle se leva pour faire du thé parce que c'était ce que les gens de sa famille faisaient quand un malheur arrivait. À la dernière seconde, elle y versa du bourbon au lieu du lait.

Bridget appela Natalie à deux reprises sans réussir à la joindre. Elle ne laissa pas de message. Ce n'était pas le genre de choses que vous pouviez dire sur la messagerie de quelqu'un. Et pour être honnête, elle voulait être seule. Elle aurait détesté que Natalie vienne maintenant, la prenne dans ses bras et lui dise que tout irait bien. Je suis bien la fille de ma mère, pensa-t-elle. Revêche quand elle avait le plus besoin d'affection.

Elle imagina le corps de Patrick sur une civière quelque part. Elle n'arrivait pas à imprimer cette vision dans son esprit.

Son frère buvait. Comme la moitié des gens qu'ils connaissaient, à vrai dire. Ils étaient tous censés admettre que ce que Pat faisait sous l'emprise de l'alcool ne comptait pas. Ce n'était pas un comportement réaliste. Quand il était jeune, Pat faisait tout le temps des choses stupides. Il se bagarrait. Il conduisait trop vite. Mais elle croyait que ces errements appartenaient au passé, maintenant.

Bridget caressa le cou de Rocco. Son pelage blanc partait par plaques, ses yeux étaient couverts d'un vernis laiteux, presque aveugles. Avant, il tirait si fort sur sa laisse qu'il pouvait la faire tomber si elle ne faisait pas attention. À présent, Bridget devait parfois le porter pour monter les trois étages jusqu'à l'appartement.

Quand la fille de John et Julia, Maeve, avait six ans, il la terrifiait. Bridget emmena le chien à Boston un week-end. Lors d'un barbecue dans le jardin de ses parents, elle prit la main minuscule de Maeve et lui fit caresser le dos de Rocco.

— Il y a des gens qui sont méchants, parfois, avec des chiens comme lui, mais il est gentil, tu vois ? Ce n'est pas sa faute.

Maeve hocha la tête d'un air sérieux. Nora écarquilla les yeux, et les regarda avec une expression signifiant que c'était sans doute vrai, mais que régulièrement, on lisait que l'un de ces chiens avait mordu un enfant au visage, et que, si cela arrivait à sa petite-fille unique, elle tuerait Bridget.

Patrick était là, une bière à la main.

— Du calme, m'man, dit-il en riant.

Personne d'autre n'oserait parler à Nora comme ça. Mais Patrick n'avait aucun défaut à ses yeux.

Les quatre enfants Rafferty avaient chacun son rôle. Patrick, l'indiscipliné, le chouchou de leur mère. John, le brillant élève, le préféré de leur père. Bridget, la fille (être une fille suffisait en soi, aucun trait de personnalité particulier n'était nécessaire ni remarqué, sinon qu'elle n'était jamais assez féminine). Brian, le bébé.

Quand il était né, Bridget avait dix ans. Tout le monde pensa qu'elle voudrait s'occuper de lui, promener Brian dans sa poussette en faisant comme s'il était son bébé. Mais Bridget préférait sortir, jouer sur la plage, faire du vélo. Elle ramenait constamment des animaux blessés à la maison : des chattes gravides, des couleuvres, et des oiseaux aux ailes brisées.

C'était Patrick, âgé de seize ans, qui aimait le plus Brian.

Bridget s'imagina, avec John et Brian, sur le banc au premier rang de l'église Sainte-Anne dans deux jours. Tête baissée tandis qu'un prêtre aspergerait d'eau bénite une boîte en bois. Patrick serait à l'intérieur, alors qu'il aurait dû être assis à côté d'eux.

Patrick détestait les prêtres. Quand ils étaient plus jeunes et se rendaient à la messe en famille, Charlie leur donnait un dollar chacun pour la quête. Pat faisait semblant de mettre le sien dans le panier alors qu'en fait il le froissait dans sa paume et le glissait dans sa manche. Il disait que les prêtres ne méritaient pas cet argent.

« Ils dépensent tout en picole, déclarait-il. Et dans leur maison en bord de mer. Le père Riordan roule en Cadillac. Vœu de pauvreté, mon cul ! C'est ce que dit Fergie. »

Des années plus tard, Patrick confia à Bridget ce qu'un prêtre avait fait à son ami Fergie quand il était enfant. Ils étaient dans le bar de Patrick, à critiquer l'Église, dont ils étaient les seuls de la famille à avoir déserté les bancs. Patrick fit un signe en direction de son vieux pote qui versait une bière de la tireuse.

— Fergie a vécu l'enfer, dit-il. Sa mère n'a rien fait pour l'empêcher. Le pauvre ne peut rien faire de mal après cela.

Patrick ne voulut pas dire le nom du prêtre. Fergie l'avait fait jurer de garder le secret. Mais Bridget pensait le savoir. Son frère avait été renvoyé du collège Saint-Ignatius à la fin de la troisième pour avoir craché au visage du principal, le père McDonald. Un incident si ahurissant qu'on leur interdisait de le mentionner à la maison.

Il ne retourna jamais à l'église à l'âge adulte. Mais maintenant qu'il était mort, c'était Nora qui décidait. Et donc, ce serait un prêtre qui accompagnerait Patrick hors de ce monde.

John appela quelques minutes après quatorze heures.

— Bordel de merde, dit-il en guise de bonjour.

— Je ne comprends pas, dit Bridget. Je n'arrive pas à comprendre. Il est rentré dans un mur, et c'est tout, il est mort ? Que s'est-il passé ? Est-il possible que la voiture ait eu un problème ? Quelqu'un a vérifié ?

— Bridget. Il buvait. Il est mort en faisant ce qu'il aimait.

— Ce n'est pas drôle.

— Je suis sérieux. Ce connard ne s'est jamais soucié de ce qu'il faisait endurer à maman. Ni à n'importe lequel d'entre nous, d'ailleurs. Et maintenant, il va falloir qu'on paie les pots cassés.

— Tu ne peux pas traiter un mort de connard.

Elle savait qu'il ne le pensait pas. C'était sa façon de réagir. La colère d'abord, puis la tristesse. Il ne le dirait qu'à elle. Pas à Julia. Encore moins à Nora.

— Comment va-t-on l'expliquer à Maeve ? On a une réunion de famille ce soir. Ou plutôt, on devait en avoir une, mais pas à ce sujet. Je suis censé être à Chicago en ce moment et, au lieu de cela, je dois écrire à la demande de maman l'éloge funèbre d'un type que je ne supportais pas.

Il le ferait. John était celui qui se chargeait des éloges et autres discours parce que Bridget était trop maladroite et Brian, même s'il adorait Patrick, préférerait plonger dans le cercueil avec lui plutôt que de parler en public.

Bridget et John avaient un an d'écart. Ils s'étaient toujours bien entendus, même s'ils avaient des personnalités radicalement différentes. Enfants, ils pouvaient passer en un instant d'une discussion légère et insignifiante à la bagarre. Sans que personne s'y attende, ils se retrouvaient sur le sol de la cuisine à se frapper, à se rouler par terre, à se donner des coups de pied jusqu'aux pleurs ou aux rires, ou que Nora se mette à les frapper avec un balai, comme si elle pouvait balayer ce vilain désordre.

Bridget connaissait John mieux que personne. Aujourd'hui, il était riche comme Crésus, vivait dans un manoir cossu à Weston et avait adapté sa personnalité au nouveau décorum. Mais elle pouvait toujours le remettre à sa place comme avant.

Quand ils étaient enfants et que les hommes politiques locaux serraient des mains à la parade, John n'avait pas peur de leur dire : « Je veux être comme vous un jour, monsieur. » Les yeux de Billy Bulger, Joe Moakley, ou même du maire, Kevin White, s'illuminaient. « C'est vrai ? » s'étonnaient-ils.

Par ce moyen, il avait obtenu des visites guidées du State House, des centaines de badges et de lettres personnelles, et des interventions dans sa classe de CE2. Il était devenu accro aux marques d'attention.

Bridget se demandait ce que tous ces braves démocrates irlandais avaient pensé quand John avait fait fortune en conseillant l'autre camp.

Elle avait été choquée quand il lui dit lors d'un dîner sept ans plus tôt qu'après quinze ans de bons et loyaux services pour les démocrates, il avait accepté un bon poste, un super poste même, auprès d'un républicain.

— Honnêtement, ils sont tous pareils, dit John. Plus je vieillis, plus je le vois. Alors, je veux travailler pour un gars qui me respecte et qui mettra mes talents à profit.

Bridget ne répondit pas. Elle songea qu'elle avait lu quelque part que lorsque quelqu'un commençait sa phrase par *honnêtement*, ça signifiait en général qu'il mentait.

— Je ne suis pas républicain pour autant, continua John. Si tu travailles dans un magasin de chaussures, est-ce que cela veut dire que tu es une chaussure ?

Bridget faillit recracher sa bière.

— Tu n'as pas fait cette comparaison débile ?

Son entreprise était florissante maintenant ; des clients conservateurs et optimistes le payaient une fortune, comme si la récente élection n'avait jamais eu lieu. Elle se demanda si, l'histoire étant écrite, son frère regrettait son choix. Et surtout ce qui, en son for intérieur, l'avait poussé à le faire.

— Que suis-je censé raconter sur Patrick ? demanda John à l'autre bout du fil. Ça fait huit mois qu'on ne s'est pas parlé.

Parfois, Bridget l'oubliait. Ses deux grands frères étaient souvent fâchés, mais ils paraissaient étrangement bien ensemble. On ne remarquait pas qu'ils ne s'adressaient pas la parole directement à moins d'y regarder de près. Aux réunions de famille, tout le monde parlait vite, souvent en même temps, finissait l'histoire qu'un autre avait commencée, en contredisant systématiquement la chute : « Ce n'est pas vrai ! Ce qu'il a dit était… » Ils riaient tous avant que le conteur puisse finir, sachant ce qui allait suivre. Avec bienveillance, presque comme des termes affectueux, ils se traitaient de *crétin, imbécile, nigaud, tapette.* Ils accordaient peu de poids aux mots.

— Comment Brian prend-il la chose ? demanda-t-elle. Il faut que je l'appelle.

— Je ne sais pas. Il a disparu dans la nature après que maman le lui a appris. Il a filé tout de suite, apparemment.

— Seigneur. Il devait être avec Patrick hier soir, non ? Ils travaillaient sans doute ensemble au bar.

— Et Brian est certainement retourné là-bas. Je ne m'inquiète pas pour lui. Mais maman flippe complètement, bien sûr.

— Tu l'as vue ?

— Oui, nous sommes à la maison en ce moment. Julia, moi et Maeve. Nous lui avons apporté à déjeuner. Des sandwichs de chez Victoria. Elle ne veut pas manger.

Bridget visualisa Nora, abattue, assise dans la cuisine.

— Parle de quand nous étions petits, dit-elle. Nora préférera cela.

— Hein ?

— L'éloge. Raconte de vieilles anecdotes. Raconte l'histoire des homards.

Durant le « Blizzard de 1978 », quand tous les magasins étaient fermés et l'électricité coupée, Patrick était rentré en pleine tempête de neige avec une brassée de homards qui s'étaient échoués sur la plage, les bottes dégoulinantes d'eau sur le carrelage de la cuisine. Son beau visage, ses cheveux noirs, ce sourire. Toute la famille avait applaudi. Ils avaient festoyé ce soir-là et le suivant, conservant les homards au froid dans une congère près du porche.

Quand Natalie la rappela finalement, elle paraissait distraite, occupée.

— Désolée, chérie, j'étais en réunion et j'ai eu ce déjeuner avec mon patron. Quoi de neuf ?

C'était comme si elle appelait d'une autre planète. Où les réunions et les déjeuners avaient encore un sens. Où le temps ordinaire ne s'était pas arrêté. Au fond d'elle, Bridget avait envie de la protéger, de la laisser dans son monde.

Lorsqu'elle lui apprit ce qui s'était passé, Natalie répondit : « Je rentre tout de suite. »

Dès qu'elle passa la porte, elle serra Bridget contre elle, l'odeur du froid imprégnant ses cheveux. Bridget s'effondra dans ses bras, regrettant maintenant de ne pas l'avoir prévenue plus tôt.

Natalie se précipita dans la chambre sans enlever son manteau, puis passa une tête par la porte.

— Il me faut cinq minutes pour faire un sac. Donne-moi cinq minutes et on y va.

Bridget la suivit.

— Ma mère m'a dit d'arriver dans la matinée.

— Mais on ne devrait pas faire quelque chose ? Elle n'a pas besoin d'aide ?

— Tu connais ma mère.

Nora ne faisait confiance à personne pour les tâches ménagères, comme si cela allait affaiblir son pouvoir. Si elle mourait demain, personne n'aurait la moindre idée d'où elle rangeait l'aspirateur ni de comment cuire un rôti.

À Noël, quelques semaines plus tôt, Bridget buvait un mimosa assise à la table de cuisine pendant que Nora préparait la sauce brune. Elle avait pensé en silence : *Observe-la. Tu pourrais avoir besoin de savoir comment la faire un jour.* Mais elle n'avait pas regardé. Elle avait préféré faire un tour au salon où ses frères regardaient un match de football. Elle s'était enfoncée dans les sables mouvants des coussins du canapé et avait mangé du fromage, des crackers et des dips à l'oignon jusqu'à ne plus avoir faim pour le dîner. Il avait fallu que Brian et Patrick la tirent pour la lever quand Nora avait crié : « À table ! »

Bridget se souvint que c'était la dernière fois qu'elle avait vu Patrick vivant.

Natalie fit leurs valises. Elle commanda des plats thaïs chez le traiteur favori de Bridget, mais aucune d'elles ne mangea.

Elles allumèrent la télé, juste pour le bruit de fond, et se blottirent ensemble sur le canapé. À plusieurs reprises, Bridget eut l'impression d'oublier un moment, avant d'être terrassée par le terrible souvenir de ce qui s'était passé, où elles étaient.

Alors qu'elles étaient assises, les nouilles refroidissant sur la table basse, son regard ne cessait de se poser sur les sacs dans un coin. Une pensée s'insinua dans son esprit.

— Je sais que j'ai promis de parler du bébé à ma mère la prochaine fois que je la verrais, mais tu comprends que je ne peux pas le faire maintenant, n'est-ce pas ? dit Bridget. Ce n'est pas le moment d'annoncer la nouvelle.

— Bien sûr, répondit Natalie, mais elle ajouta : Ce n'est pas un cancer, tu sais. Un bébé est une bonne nouvelle. Cela pourrait même rendre ta mère heureuse une fois qu'elle aura eu le temps de s'habituer à l'idée. Elle doit souhaiter ton bonheur. Je suis sûre, en définitive, qu'elle préférerait que tu lui dises la vérité.

Le bonheur était un état auquel Nora n'avait jamais aspiré. Elle avait toujours répété à ses enfants que les personnes de sa génération ne se souciaient pas d'une chose aussi futile qu'être heureux ou non.

Quant à la vérité… Bridget voulut répondre que c'était de Nora qu'elles parlaient. Nora qui, quand ils se demandaient comment annoncer à Maeve son adoption, avait déclaré à John et Julia : « Mais pourquoi faudrait-il lui dire ? J'ai une amie à l'église qui a deux fils adoptifs et ils n'ont jamais eu le moindre soupçon. » « Maeve est originaire de Chine, maman, aussi je crois qu'elle aura des soupçons », avait répondu John.

Natalie semblait prête à insister, mais elle dit :

— Entendu. Je comprends.

— Vraiment ?

— Oui. Prends le temps dont tu as besoin. Il n'empêche… que nous pourrions commander le sperme, histoire de savoir que nous l'avons.

— Non. Je dois lui dire d'abord.

Natalie essaya de masquer sa contrariété.

— Pourquoi ?

— Je ne sais pas. Je sens que je dois lui dire d'abord.

— Et tu es sûre que ce n'est pas ton échappatoire ?

— Bien sûr que non ! protesta Bridget, alors qu'en fait, elle n'en était pas si sûre.

Natalie était sa famille désormais, la personne qu'elle devait protéger en priorité. Mais Nora. Bridget s'inquiétait pour elle. Elle avait soixante-treize ans, ce qui n'était plus si vieux. Mais Nora lui semblait vieille. Bridget avait des amis dont les parents faisaient le tour de l'Europe à vélo et postaient leurs photos en ligne. Nora refusait même d'envoyer un e-mail. Elle disait qu'elle avait dépassé le stade où tout cela aurait pu avoir un sens pour elle. C'était du chinois. Que ferait-elle d'un bébé élevé par deux femmes, d'un père inconnu dont elles n'avaient vu le visage que sur une vieille photo d'enfance affichée en ligne ?

Ce n'était pas une réalité que Bridget aurait imaginée pour elle-même. Elle n'avait pas préparé sa mère à cela.

Natalie ne comprenait pas que l'amour de Nora comportait des conditions. Que selon sa foi, quelqu'un comme Bridget, comme Natalie, était un être inférieur. Leur enfant ? Qu'en dirait Nora ? Aux yeux de l'Église catholique, la naissance pouvait être un miracle ou un péché, selon le cas.

Bridget et Natalie avaient presque dix ans d'écart. Cela faisait une différence. Natalie était née à une époque de tolérance. Elle n'avait pas tout à fait pris conscience qu'en matière d'homosexualité, les souvenirs de Bridget étaient loin du tendre éveil sexuel dans une école de jeunes filles complaisante et des conversations à cœur ouvert avec des parents compréhensifs. La répression était à l'ordre du jour dans le foyer où elle avait grandi. Nora et Charlie faisaient chambre à part. Entre eux, Bridget et John les appelaient Ernest et Bart. Elle estimait tout à fait possible qu'ils n'aient eu de relations sexuelles qu'à quatre reprises, chacune se soldant par un enfant.

Chaque année pour l'anniversaire de sa mère, son père lui offrait une carte d'anniversaire de la droguerie avec deux mots écrits dessus : son nom à elle en haut et le sien en bas. Ils ne se disputaient jamais, mais les parents de Bridget vivaient dans des mondes séparés. Elle était certaine qu'ils ne s'étaient jamais regardés dans les yeux en se confiant leurs peurs et leurs rêves. *Nora* – Joyeux anniversaire ! – *Charlie.*

Bridget se souvenait, à l'époque où elle allait à l'école primaire, que deux femmes vivaient ensemble dans une maison au bout de Sydney Street. Leur pelouse était magnifiquement entretenue, elles avaient planté des pivoines et s'asseyaient sur la véranda les soirs d'été comme tous les habitants du quartier. Ses parents étaient cordiaux avec elles, ils les saluaient. Mais un jour, en passant devant chez elles en voiture, Charlie avait marmonné : « Lesbiennes. » Bridget n'avait jamais entendu ce mot avant. Mais elle comprit que cela désignait une chose honteuse, dégoûtante.

— Je croyais qu'elles étaient sœurs, dit Nora, et Charlie renversa la tête en arrière et éclata de rire.

Bridget avait sept ans à l'époque, et était amoureuse de sa meilleure amie, Molly Quinn, même si elle ne le voyait pas comme un amour romantique. Elle était seulement dingue de Molly – ses longs cheveux châtains qu'elle lui laissait brosser après l'école, l'odeur du savon Ivory sur sa peau. Quand Bridget dit un jour qu'elle voulait se marier avec Molly, Nora la regarda, choquée, puis elle tourna la tête, faisant comme si elle n'avait pas entendu.

Vingt ans plus tard, le jour de la Saint-Patrick 1992, Bridget était venue à Boston pour la grande parade et la fête annuelle organisée par sa tante Babs et son oncle Lawrence. Elle avait vingt-huit ans. Cette année-là, un groupe d'homosexuels avait exigé de défiler dans la parade. Cela avait provoqué un tollé, remontant jusqu'à la Cour suprême de l'État. Les homosexuels avaient obtenu le droit de défiler. Quand ils passèrent, les gens leur jetèrent des canettes de bière et des bombes fumigènes. Un grand type avec un pull irlandais en laine blanche tenait un enfant, vêtu du même pull en mini-version. Quelques minutes plus tôt, l'homme avait fondu en larmes en chantant *La Licorne* à son fils. Maintenant, il hurlait « les homos au ghetto ! ». D'autres voix se joignirent à la sienne. Une vieille dame avec un petit bouquet d'œillets verts épinglé à son manteau tenait une pancarte qui disait : le sida guérit les gays.

La famille de Bridget n'était pas de ceux qui insultaient et jetaient des pierres. Ils faisaient partie des gens massés de l'autre côté de la rue, qui ne faisaient rien pour l'empêcher.

Enfant, Bridget adorait l'Église catholique. Elle était jalouse que John ait obtenu une place d'enfant de chœur. Qu'il ait parfois le droit de manquer l'école pour participer à des funérailles. Les enterrements étaient mieux que les mariages, selon lui. Les pourboires étaient plus gros. Bridget idolâtrait les prêtres et imaginait qu'elle pourrait le devenir un jour, bien qu'elle ne sache pas comment. Mais depuis, cela avait changé.

Quand un prêtre déclara au journal télévisé ce soir-là qu'autoriser les homosexuels à défiler revenait à cautionner l'immoralité, elle ne put chasser son amertume de voir que cette institution qui avait régenté leur vie, ces hommes avec toutes leurs perversions, la jugeassent. Qu'après tant d'années en leur présence, elle se jugeât elle-même.

Sa mère opinait du chef devant la télé.

Et à ce moment-là, Bridget se promit de ne jamais forcer les choses avec Nora. Elle n'était pas une rebelle. Au fond d'elle, elle voulait plaire à sa mère. Elle voulait avoir sa reconnaissance aussi, mais dans une moindre mesure.

Aujourd'hui, la vie de Bridget était différente, et bientôt cela devrait changer aussi. Elle ne pouvait pas perdre Natalie. C'était une peur qu'elle ne voulait même pas entretenir. Mais avec Patrick disparu, sa mère bouleversée, comment aurait-elle trouvé les mots ?

Patrick avait été le premier de la famille à rencontrer Natalie. Ils s'étaient appréciés tout de suite. Ils formaient un duo improbable – son frère, toujours accroché à l'image du gros dur de Boston, un type qui tenait un bar et n'avait pas fait d'études. Et Natalie, la diplômée de Barnard, qui faisait du Pilates trois fois par semaine, qui parlait d'un ton très posé, la voix de quelqu'un qui méditait réellement, et non qui y pensait de temps en temps. Mais ils s'entendaient bien, réunis par les Red Sox et leur passion pour Frank Sinatra.

Bridget ne les avait pas présentés intentionnellement. Un vendredi soir d'octobre 2004, quand les Red Sox venaient de remporter la Série mondiale, elles s'enivraient à la margarita dans un restaurant mexicain de Midtown. Elles ne se fréquentaient que depuis quelques mois, mais elles sentaient déjà que c'était sérieux. Vers neuf heures, Natalie suggéra en plaisantant que, se trouvant à deux pas de la gare routière de Port Authority, elles devraient sauter dans un bus pour Boston et assister au défilé de la victoire. À deux heures du matin, la plaisanterie s'était transformée en plan.

Alors qu'elles roulaient sur l'Interstate 95 dans un bus bondé d'imbéciles heureux et ivres comme elles, Bridget songea qu'elle n'était jamais allée à Boston sans prévenir sa famille. Cela avait une dimension libératrice.

Elles firent une longue promenade à l'aube, puis prirent un petit déjeuner. Une heure plus tard, elles se retrouvèrent nez à nez avec Patrick, Brian et leurs cousins Matty et Sean qui sortaient d'une soirée près de South Station. Elle se souvenait que le dos de sa main frôlait le dos de celle de Natalie. Le regard de Natalie quand elle s'était écartée d'elle.

Elles discutèrent avec les garçons, qui avaient eu la même idée qu'elles. Ils allèrent tous les six boire une bière matinale dans un bar près du Government Center.

Alors que Natalie était aux toilettes, Pat dit :

— Une fille géniale. Et mignonne en plus. M'man la connaît ?

— Non.

— Tu as déjà songé à lui en parler ?

— Patrick, j'y ai songé toute ma vie.

— Dis-lui alors. Crois-moi, Bridget. Elle a des secrets intimes bien pires.

9

Un jour, Patrick avait accroché une pendule au-dessus du bar. Un dôme en verre éclairé de la taille d'un ballon de plage. À l'heure pile, les Clydesdales de Budweiser[1] défilaient en cercle autour du cadran.

Ils s'étaient moqués de lui à l'époque.

— Quoi ? avait dit Pat. Le type m'a fait un bon prix.

— Le seul prix acceptable, c'est s'il t'a payé pour s'en débarrasser, avait raillé Fergie.

Brian regardait à présent les Clydesdales faire leur tour du cadran et l'horloge sonner une heure du matin. Fergie et lui avaient décidé d'ouvrir pour honorer son frère. Le bar s'était rempli tôt. Debout, épaule contre épaule, les clients étaient venus rendre hommage au disparu. Devant la porte, quelqu'un avait déposé une grande bougie dont la flamme vacillait sur le trottoir.

---

1. Chevaux composant l'attelage de la marque Budweiser sur les événements promotionnels.

Il y avait quelques bouquets de fleurs. Des roses de l'épicerie, aux pétales virant au marron. Des tulipes dans un plastique transparent.

C'était l'heure de la fermeture, mais Brian et Fergie ne dirent à personne de partir. Le bar était une fournaise, même avec la porte entrouverte, même en janvier.

Les hommes avaient roulé leurs manches de chemise jusqu'aux coudes et les femmes relevé leurs cheveux au-dessus de la nuque. La sueur perlait aux tempes. Brian flottait au-dessus du brouhaha. Chaque fois que quelqu'un lui offrait un verre, il le sifflait comme si c'était l'antidote qui lui sauverait la vie. Pourtant, il n'arrivait pas à juguler le torrent de ses pensées.

Il sortit de derrière le bar et se dirigea vers le bureau de Patrick en jouant des coudes dans la foule. Toute la soirée, il s'était armé de courage pour entrer dans cette pièce. Dès qu'il fut à l'intérieur, Brian ferma la porte. Il alluma la lampe, regarda autour de lui. Il cherchait un mot, même s'il espérait qu'il n'y en ait pas. Un mot expliquerait tout. Il y avait un bout de papier jauni collé au bureau. Une impression des dernières lignes de l'acte de contrition : *Je prends la ferme résolution avec le secours de ta sainte grâce de ne plus t'offenser et de faire pénitence.*

C'était une blague. Ce que Fergie appelait parfois : les Prochaines Occasions de Péché.

Il y avait une bouteille de whisky dont il ne restait qu'un fond de liquide ambré. Brian la prit, la tourna dans ses mains.

La journée d'hier avait ressemblé à un jour normal. Mais désormais, son souvenir revêtait une importance particulière. Patrick encore vivant. Nora pas encore transformée en ce que sa douleur allait faire d'elle. Brian aurait dû insister pour reconduire son frère chez lui ou l'obliger à rentrer en taxi. Il le regretterait toute sa vie. C'était pour cela qu'il s'était enfui quand sa mère lui avait appris la nouvelle. Il n'aurait pas pu la regarder dans les yeux.

Comment un trajet que Pat avait fait des milliers de fois auparavant pouvait-il finir ainsi ? Comment un être si plein de vie pouvait-il simplement disparaître ? L'esprit de Brian n'avait pas encore accepté la réalité.

Il ferma les yeux, résolu à se concentrer. Il passerait au crible chaque seconde du dernier jour de Patrick, trouverait les signes, comme si le fait qu'il ait vu juste pouvait changer l'issue fatale.

— Commençons par le commencement, dit-il à voix haute.

C'était Fergie qui ouvrait le dimanche. Brian ne commençait qu'à dix-huit heures.

Il s'était réveillé hier avec la vague intention d'effectuer les corvées demandées par sa mère – elle le harcelait pour qu'il dépoussière les ventilateurs de plafond et range les boîtes des guirlandes de Noël au grenier. Il supposa que l'odeur de bacon montant du rez-de-chaussée était un encouragement à mener à bien ce projet.

Il se leva à neuf heures, se doucha, enfila un polo et un jean. Puis, comme chaque matin, il descendit à la cuisine pour se faire nourrir. Nora se tenait devant la cuisinière, dos à lui. Brian l'embrassa sur la joue, mit les pieds sous la table et prit le journal. Il l'ouvrit à la page des sports.

Elle posa une assiette devant lui.

— Tu m'accompagnes à l'office de dix heures ? demanda-t-elle. Ce sera le père Callahan, je crois.

— Pas aujourd'hui. J'ai trop de choses à faire.

Il évitait l'église depuis des semaines. Chaque fois qu'il y allait, il tombait sur son ancien entraîneur de l'école secondaire. O'Leary lui ferait un clin d'œil en tapotant sa montre. Référence à une conversation qu'ils avaient eue après la messe il y a quelques mois. *Quand prévoyez-vous de vous retirer ?* avait demandé Nora. *Dès que votre fils sera d'accord pour me remplacer*, avait répondu le coach O'Leary. Il le relança le lendemain par téléphone en disant que sa proposition était sérieuse. Brian n'était pas intéressé, mais Nora ne cessait de remettre le sujet sur le tapis. Elle avait même réussi à rallier Patrick à son avis.

Elle lança un regard désapprobateur à Brian, mais n'insista pas.

Pendant son absence, il se masturba. Il regarda le match des Celtics qu'il avait enregistré la veille au soir. Il fit une sieste. L'après-midi, il joua à *Grand Theft Auto* dans sa chambre pendant trois heures, jusqu'à ce que sa mère crie : « Quatre ! »

Brian appuya sur pause.

Il était le seul d'entre eux à avoir vécu seul avec Nora, son quatrième et dernier enfant. Le chiffre quatre était écrit sur toutes les étiquettes de ses vêtements quand il était petit, et même maintenant quand elle l'appelait, c'était : *Quatre ! À table ! Quatre, peux-tu changer l'ampoule dans l'entrée ?*

— Ouais ? répondit-il.

— As-tu rangé les boîtes ?

— Ouaip !

Il s'était occupé des boîtes en se levant. Et des ventilateurs de plafond.

Avant qu'il parte travailler, ils dînèrent ensemble de restes de poulet.

— Tu fais la fermeture, ce soir ? demanda-t-elle.

Il hocha la tête. Il avait la bouche pleine.

— À quelle heure ?

— Une heure. On ferme toujours à une heure. Tu le sais très bien.

— Oui, mais ça ne me plaît pas.

— Donc tu espères que la réponse va changer à force de poser la question ?

— Sans doute.

Ils échangèrent un sourire.

Elle prit un morceau de poulet, le mâcha lentement, puis avala une grande gorgée d'eau.

— Je suis passée voir ta tante Kitty après la messe, dit-elle. Je lui ai apporté des courses. Elle m'a dit que ton cousin Conor lui avait rendu visite hier, avec Marie et les enfants. N'est-ce pas gentil ? Il est membre du Hoosic Club à Milton. Ils se sont arrêtés en allant y déjeuner. Sais-tu qu'il va prendre sa retraite cette année ? À cinquante ans ! Et avec une bonne pension. C'est ce que dit Kitty. Ça offre des avantages appréciables, d'être policier.

Il lui lança un regard.

— M'man.

— Quoi ? dit-elle. Je fais seulement la conversation.

Quelques minutes plus tard, il était installé au volant de sa voiture, attendant que le moteur chauffe. La voiture de Nora était garée devant la sienne dans l'allée. Brian remarqua pour la première fois la trace d'un autocollant arraché depuis longtemps, dont il ne restait que les lettres *nd In*.

Il tourna la tête et recula dans la rue.

Quand il arriva au bar, les clients étaient rares.

Joe, seul aujourd'hui. Il était habituellement avec George, Wally, Dick et Ed, une joyeuse bande de types aux cheveux blancs et aux rires tonitruants qui avaient vécu toute leur vie dans le quartier. Ils venaient ici quand le bar était le Dan O, ils venaient quand il était le Colony, ils venaient quand il était le Rafferty. Aucune allégeance à un nom particulier ornant l'enseigne, seulement une grande fidélité en amitié. À deux sièges de Joe se trouvait un autre vieux que Brian ne reconnaissait pas, un homme au crâne chauve portant un tee-shirt blanc, ce qui le fit penser à Monsieur Propre. Un jeune couple occupait un box. La fille tendait le cou pour s'appliquer du rouge à lèvres devant le miroir mural.

La porte des toilettes s'ouvrit et un gus avec un maillot de Tom Brady en sortit.

— Salut QB, gros match ce soir ? lança Fergie.

— Va te faire mettre, Ferguson, répondit-il.

Ils rirent.

Brian était venu relever Fergie, mais ce dernier ne rentra pas chez lui. Comme toujours. Au lieu de partir, il se servit une bière pression. Puis il sortit un *Boston Herald* plié de sa poche arrière, se posa sur un siège et étala le journal devant lui sur le comptoir.

Il était le meilleur ami de Patrick depuis la maternelle. Ils formaient un drôle de duo. Fergie était petit et costaud, avec des cheveux blonds en bataille dont il semblait ne jamais savoir quoi faire. À côté de Patrick (grand et beau, cheveux noirs épais et épaules larges), Fergie avait l'air d'un gamin échevelé. Patrick avait une moustache maintenant, choix étrangement peu flatteur.

À la fête trop arrosée de ses quarante-huit ans, Fergie était tombé ivre mort, tête la première, sur un tabouret de bar. Il en gardait une fine cicatrice au-dessus de la lèvre supérieure. Les cheveux devant son visage étaient censés la masquer, mais Brian pensait qu'il aurait été préférable de laisser sa cicatrice apparente. Fergie adorait railler Pat sur sa moustache, comme si elle les mettait sur un pied d'égalité, comme s'ils se ressemblaient pour la première fois de leur vie.

Une fille entra dans le bar. Elle avait l'air d'avoir douze ans, mais elle portait un sweat à capuche d'UMass. Vingt et un, vingt-deux au grand maximum, pensa Brian. Il s'apprêtait à lui demander sa carte d'identité quand elle demanda :

— Je peux accrocher un flyer pour les 5 000 mètres de Brendan Moynahan ?

— Bien sûr que tu peux, ma mignonne, dit Fergie sans lever les yeux de son journal, indiquant du doigt la porte par laquelle elle venait d'entrer.

Le dos de la porte était tapissé de flyers. *Tournoi de golf à la mémoire d'Eddie Farrel. Vente aux enchères de la Fondation Terry Sweeny. Barbecue au profit du Fonds funéraire des enfants des pompiers d'Éireann.*

Ils regardèrent la fille ajouter sa contribution au tableau.

— Il y a beaucoup d'Irlandais morts, quand on y pense, déclara Fergie.

À dix-huit heures trente, Patrick arriva. L'énergie changea, comme chaque fois qu'il arrivait quelque part. C'était comme si une célébrité venait d'entrer dans la salle.

Pat passa derrière le bar et se servit un grand verre d'eau. La règle était qu'ils pouvaient (et ils ne s'en privaient pas) se bourrer la gueule n'importe où. Mais pas ici. Même quand ils n'étaient pas en service, bien que Pat l'ait rarement rappelé à Fergie.

— Tu as vu qu'un nouveau bar à vins a ouvert dans la rue ? dit Fergie. Chez Dottie.

Il leva une main en l'air puis pointa un index.

— J'ai vu, dit Patrick.

— Chez Dottie, reprit Fergie. Sur Dot Ave. Ils sont malins, non ? Ils ne tiendront pas six mois, crois-moi.

Patrick haussa les épaules.

— Bonne chance à eux. Peut-être que ça attirera les yuppies dans le coin.

Son bar était un bistrot à l'ancienne, à cinq rues de la maison où vivait leur famille avant la naissance de Brian. Les fenêtres étaient petites. La salle était aussi sombre à midi qu'à minuit. Pat l'avait aménagé exactement comme il le souhaitait. Un long comptoir en bois, des banquettes en cuir rouge, un sol en béton. Une table de billard et une cible à fléchettes dans le fond. Un bocal d'œufs au vinaigre sur le comptoir, que personne ne mangeait jamais. Paiement en espèces uniquement. Pat détestait tout ce qui était à la mode.

Sa devise : « Ni fioritures ni nourriture. » Il n'y aurait pas de sandwichs toastés ni de karaoké le mardi. Ils s'en tiendraient aux fondamentaux.

Brian mit trois mois à le convaincre d'avoir en stock une autre bière en plus des Bud, Bud Light et Guinness. Il proposa la Blue Moon. « Les filles en raffolent, dit Brian. Fais-moi confiance. » Pat n'accepta qu'au terme d'un bras de fer en trois manches qui endolorit l'épaule de Brian pendant une semaine.

Que Patrick ait obtenu l'endroit tenait du miracle. Il n'oubliait jamais la chance qu'il avait eue.

Lorsque leur père était encore en vie, il venait regarder les matchs des Patriots le dimanche après-midi. Parfois, Nora l'accompagnait et commandait un thé.

— Est-ce que ça ressemble aux pubs en Irlande, maman ? lui demanda un jour Patrick.

— Je ne saurais pas le dire, répondit-elle.

Mais Brian voyait bien qu'elle était fière.

Le bar était habituellement fréquenté par les vieux amis de Pat. Ils l'avaient connu au lycée, à la Little League[1], au Florian Hall, par un cousin de l'ami d'une cousine avec qui il était sorti en 1989.

— Bri, réveille-toi, l'interpellait maintenant Pat.

Joe avait levé son verre vide. Il était le seul client à commander du vin rouge, et Pat gardait une bouteille de cabernet sous le comptoir uniquement pour lui. Il avait une tendresse particulière pour l'homme. Joe avait deux fils adultes qui ne voulaient plus le voir. Lorsque sa vésicule biliaire avait éclaté, Pat avait été le seul à lui rendre visite à l'hôpital.

1. Championnat de base-ball pour les moins de 12 ans.

Brian trouva la bouteille et remplit le verre de Joe à ras bord comme l'aurait fait son frère.

— Désolé pour l'attente, dit-il.

— Qu'en penses-tu, Raf ? répondit Joe en montrant le téléviseur au-dessus du bar.

Brian détestait qu'on l'appelle Raf. Un nom d'une autre vie.

Il leva les yeux. Une présentatrice blonde en mini-jupe de la chaîne ESPN interviewait un lanceur des Red Sox qui venait de subir une opération Tommy John[1].

— Il est cuit. Il ne jouera pas de la saison, dit Brian.

Monsieur Propre, deux sièges plus loin, les regarda, désireux de participer à la conversation.

— Je n'en suis pas si sûr, dit-il. On est en janvier. Le gamin est jeune, il va reprendre du poil de la bête.

— Attention, l'ami, dit Patrick. Tu parles à un ancien joueur professionnel. Mon frère jouait chez les Indians de Cleveland.

Il en tirait encore une certaine fierté après toutes ces années.

Le type eut l'air impressionné.

— C'est vrai ?

— Pas tout à fait, répondit Brian.

— En ligue AA, précisa Pat.

Même cela était un peu exagéré. Brian n'y avait joué que deux saisons avant qu'ils redescendent en ligue A, où il était resté jusqu'à la fin de sa carrière.

— Tu jouais à quel poste ?

---

1. Intervention chirurgicale permettant la reconstruction du ligament latéral interne du coude en le remplaçant par un tendon venant d'une autre partie du corps.

— Deuxième base.

— Un joueur complet, le petit, dit Pat. Que du muscle. Tu avais quoi, huit pour cent de masse graisseuse ?

— On ne le dirait pas en me voyant aujourd'hui, dit Brian pour anticiper ce qu'ils devaient sûrement penser.

Il avait pris trente kilos depuis l'époque sportive. Il ne faisait plus aucun exercice. Il avait laissé son corps devenir flasque, accepté la bedaine du buveur de bière comme un risque du métier. Il avait cru un jour qu'il ferait carrière dans le base-ball, mais cela n'avait été qu'une période de sa vie, rien de plus. Il aurait préféré ne plus jamais en parler, mais les types du bar étaient obsédés par son passé de joueur. La plupart du temps, il les laissait dire. Quand vous aviez vécu le rêve auquel chacun aspire, vous n'étiez pas censé leur dire la vérité. S'ils pensaient que vous aviez eu le meilleur et que vous n'arriviez quand même pas à être satisfait de votre sort, que diable leur resterait-il à espérer ?

Brian avait été recruté en sortant de l'université. La première année, il avait savouré chaque minute. Dix heures par jour dehors, par cinq degrés à Akron en avril et il était aux anges. Il gagnait moins que le salaire minimum. Il n'avait qu'un jour de repos par mois. Voyageait en car. Habitait dans une chambre de motel sans frigo ni réchaud. Il mangeait essentiellement du fast-food et des sandwichs au beurre de cacahuète ; comme tous les autres. Ils se nourrissaient d'espoir. Ils se trouvaient au purgatoire, mais ils pouvaient d'un moment à l'autre monter au paradis.

La ligue AA rassemblait des jeunes talents en route vers les grandes ligues, ainsi que des joueurs professionnels rétrogradés le temps de se remettre d'une blessure. Il y en avait quelques-uns qui redescendaient plus bas, mais Brian n'y prêtait pas attention. Pour lui, il ne pouvait aller que vers le haut. Puis il s'était déchiré le talon d'Achille lors du deuxième match de sa troisième saison. Ils l'avaient fait redescendre. « Temporairement », avaient-ils dit.

Cinq ans à Peoria, en Illinois. Cinq ans à dormir sur un canapé dans un deux pièces partagé par sept types. Cinq ans à s'entendre dire que son corps était une machine qui exigeait le carburant de la meilleure qualité alors qu'il pouvait à peine se payer un Big Mac. Il réglait tout le reste par carte de crédit. Il s'en soucierait quand la saison serait terminée.

Brian aimait encore jouer, mais il n'y avait plus de dignité. La ligue A remplissait les sièges à grands coups de promo. Une fois par saison, l'équipe faisait venir un chameau dans le stade. Les soirs de match, entre les troisième et quatrième manches, quatre gars habillés en hot-dog, *relish*, ketchup et frites faisaient maladroitement un tour de terrain, conclu par un sprint final. Les spectateurs hurlaient le nom de leur favori, criant bien plus fort que lorsqu'ils encourageaient un joueur.

Quand les enfants l'attendaient à l'extérieur du stade pour avoir un autographe, ou debout derrière le banc de touche, gants en l'air, leurs visages l'implorant de leur envoyer la balle comme si rien ne pouvait les rendre plus heureux, alors Brian avait l'impression d'avoir réussi. D'être arrivé. Mais les gadgets le ramenaient sur terre. Ils n'étaient pas là pour lui. Ils étaient là parce que c'était la soirée Bob l'éponge.

Quand il rentrait à Boston, tout le monde voulait des détails. Ils lui demandaient quel surnom lui donnaient les autres dans le club et, quand il répondit Raf, ils se mirent tous à l'appeler ainsi. Son père, ses oncles et tous les types au bar de Patrick y allaient de leurs conseils.

— Dis à l'entraîneur qu'il doit te faire monter de catégorie.

— Garde le moral. T'es fait pour la Ligue majeure. Tu vas y arriver.

Ils n'avaient aucune idée de ce qu'il fallait pour y arriver, à quel point était haute la marche entre un bon joueur et un excellent joueur.

Au cours de ses quatrième et cinquième années, Brian enchaîna les blessures. Il se fit un claquage à la cuisse, se blessa le dos. Pendant un temps, il aimait un peu trop son Oxy. Quand Pat le surprit en train de gober des pilules en dehors de la saison, il lui dit : « Pourquoi tu prends cette merde ? Arrête ça. » Et Brian l'écouta. La désapprobation de son frère était plus efficace qu'un programme de désintoxication en douze étapes.

Quand le club l'avait libéré, sept ans plus tard, il en avait assez. Son seul regret était pour Patrick et Nora. Les deux personnes qui avaient assisté à tous ses matchs en Little League, tous ses matchs à l'école de base-ball de Hull High. Il avait peur de les décevoir.

Entre deux saisons, Brian vivait chez ses parents et aidait Charlie à faire des travaux de peinture pour gagner un peu d'argent. Quand sa carrière en baseball professionnel fut terminée, il retourna à la maison. C'était censé être temporaire, le temps qu'il rembourse sa dette de carte de crédit. Mais la paresse ou le confort de la situation, ou les deux pris ensemble… eurent raison de sa volonté. Puis son père tomba malade. Après la mort de Charlie, Brian ne pouvait pas laisser Nora seule dans la maison. Alors il était resté.

Pat l'embaucha au bar, à temps complet.

— Jusqu'à ce que tu reprennes ton souffle, dit-il.

Sept années s'étaient écoulées depuis.

Les clients du bar associaient toujours Brian au base-ball. Ils voyaient en lui leur expert maison. Ce qu'il aurait aimé dire à Joe à cet instant était que chaque mention d'un joueur en activité le remplissait de jalousie, lui rappelait qu'en fin de compte, il n'avait pas été assez bon. Mais il n'en fit rien. Il y avait tellement de pensées détestables qu'il n'exprimait pas. Le pire était qu'il avait adoré jouer au base-ball depuis sa plus tendre enfance, et que le simple fait de penser à ce sport aujourd'hui l'insupportait.

Patrick héla un type qui s'installait au bar.

— Mulcahey !

Il fit le tour du comptoir pour venir l'étreindre en grande démonstration d'affection.

Brian ne le connaissait pas, mais c'était fréquent. Le bar était le territoire de Patrick.

— T'es revenu, dit Pat.

— Seulement quelques jours pour voir ma mère. Elle a dû se faire poser une prothèse de hanche.

— Seigneur. Désolé de l'apprendre. Tu lui feras mes amitiés. Dis-lui qu'elle m'appelle si elle a besoin de quoi que ce soit après ton départ.

— Merci, mon vieux. Elle est en rééducation en ce moment. Je me suis échappé pendant une heure. Ils passent plus de *Judge Judy* qu'un homme peut en supporter.

Patrick se tourna vers Brian.

— Mulcahey a grandi sur Crescent Avenue avec nous. Il a déménagé à Atlanta quand il s'est marié. Est-ce que vous vous êtes rencontrés lors de sa dernière visite ? Ça remonte à quand, Mulcahey ? Cinq ans ? Six ? Tu étais là pour la remise de diplômes de ta petite sœur.

— Exact. Bonne mémoire.

Le gars avait un accent bostonien, comme Patrick, comme la plupart des clients du bar. Leurs parents avaient un accent irlandais, Patrick avait un accent bostonien et Brian n'avait aucun accent. La famille avait emménagé à Hull l'été précédant sa naissance. Enfant, il se tenait debout devant le miroir et se parlait à lui-même, en imitant leur accent.

— Comment va ta sœur ? demanda Mulcahey. Ma frangine voulait avoir de ses nouvelles.

— Elle va bien. Elle est toujours à New York, elle dirige un refuge pour les animaux.

— Que Dieu la bénisse.

— Elle est spécialisée dans la réhabilitation des pitbulls. Tu sais, ceux qui viennent du circuit des combats de chiens et autres.

— Seigneur.

Après l'université, Bridget était partie à New York pour l'été avec quelques amis. Elle n'était jamais revenue. Au début, elle sortait tous les soirs avec un groupe de flics retraités, une bande de vigiles tatoués qui s'étaient surnommés les Angels. Ils sauvaient des animaux de l'ignominie humaine. Brian avait dû quitter la pièce une fois alors qu'elle parlait à John d'un cocker anglais que son propriétaire avait attaché devant l'épicerie le temps d'acheter du lait. Les Angels l'avaient retrouvé mort plus tard, la gueule fermée par du ruban adhésif. « Il a servi d'appât dans un combat de chiens, avait dit Bridget. De vrais malades, ces salauds. »

Parfois, un toxico volait un chien de race de deux kilos dans une voiture en stationnement, puis il le vendait dans la rue. Les Angels récupéraient le chien. Si quelqu'un laissait un chien dehors dans le froid, ils lui construisaient une niche. Quand les Angels sauvaient un animal, ils l'émmenaient à la fourrière. Ils ne savaient pas quel sort lui était réservé par la suite. Bridget disait que certaines fourrières accueillaient dignement les bêtes, mais il était plus facile de faire adopter un chiot adorable qu'un chien adulte qui avait souffert. Elle voulait ouvrir son propre refuge, où les cas désespérés bénéficieraient de l'attention qu'ils méritaient. Elle économisa jusqu'à ce qu'elle puisse réaliser son projet. Nora semblait quelque peu embarrassée par le travail de Bridget, mais Pat s'en vantait. Il organisait une levée de fonds pour le refuge tous les ans dans son bar.

— Comment va John ? demanda Mulcahey. Est-ce qu'il amène le gouverneur ici pour qu'il paie sa tournée ?

Brian savait que Pat ne lui avouerait pas qu'il ne parlait plus à son frère depuis un moment. Chaque type qui entrait dans le bar pensait que Patrick était son meilleur ami. Mais il ne leur racontait rien de sa vie. Il ne faisait confiance à personne.

— Mon frère John est trop bien pour les gens comme nous, dit Patrick. Mon frère John appartient au milieu social qui fréquente le Dottie.

Mulcahey s'esclaffa. Il commanda une Guinness. Pat le servit lui-même.

— Tu sais que John est cité dans le *Boston Globe* d'aujourd'hui, non ? dit-il en buvant une gorgée de la pinte que Patrick lui avait tendue.

Pat secoua la tête.

— Tu ne l'as pas vu ?

Fergie leva le *Boston Herald*.

— Personne ne lit ce torchon ici.

— C'était un article sur ce type – comment s'appelle-t-il ? McClain ? dit Mulcahey. Celui qui vient juste de remporter le poste de sénateur. Toute cette histoire au sujet de son meilleur ami qui s'est fait attaquer au lycée et est devenu aveugle. Vous vous en souvenez ? Oh, mec, un truc horrible. Il marchait dans la rue en plein jour et boum, ces sales cons sont sortis de nulle part. Je crois qu'ils l'ont poignardé dans les yeux. Ou tiré dessus ?

— On les a attrapés ? demanda Brian.

— C'était une bande de jeunes Blacks de Mattapan, dit Fergie.

— Je croyais que c'était Whitey Bulger[1] et ses mafiosi. Le père du gamin leur devait du fric. C'est bien ça, Patrick ?

---

1. Chef présumé d'une branche de la mafia irlandaise basée à Boston.

Patrick haussa les épaules.

— Je ne m'en souviens pas, à vrai dire. Je pense qu'on avait déjà déménagé à l'époque.

— Exact, dit Mulcahey. J'avais oublié. Tu es parti en soixante-quinze.

— Ouais. Comment tu te souviens de la date à brûle-pourpoint ?

Il haussa les épaules.

— La moitié du quartier a déménagé cette année-là.

La famille était partie peu de temps après qu'un juge eut décidé de mettre fin à la ségrégation dans les écoles publiques de Boston en faisant venir en bus les petits Noirs pauvres de Roxbury à Southie et les petits Blancs pauvres de Southie à Roxbury. Aucun des deux quartiers ne le voulait. La plupart des enfants qui vivaient sur Crescent Avenue à Dorchester se retrouvèrent scolarisés à Southie High. Patrick fut l'un d'eux. Il prit le bus pendant un an, puis ses parents déménagèrent à Hull.

D'après ce que Brian avait entendu, cela avait provoqué des troubles graves la première année. Des émeutes dans les rues, des gens sortis de force de leur voiture et battus à mort. Il était honteux d'admettre aujourd'hui que c'était la raison pour laquelle ils étaient partis, avaient abandonné leur ancien quartier. La famille n'en parlait jamais.

— Et quel est le rapport entre cet enfant aveugle et Rory McClain ? demanda Pat.

— Je crois qu'il est devenu SDF. Pas facile pour le pauvre bougre de trouver du boulot après ce qui s'était passé. Il est tombé dans l'héroïne. Mais Rory a essayé de l'aider à s'en sortir. Et il fait de la lutte contre les opiacés le fer de lance de son programme une fois qu'il sera au pouvoir. Un mec bien, je pense. Ma mère est folle de lui. Même s'il est républicain. Sa sœur était propriétaire d'un immeuble de trois étages dans la même rue que les parents de Rory pendant des années.

— Alors, laissons à Rory la mission de sauver le monde, dit Patrick, avec un regard étrange.

Tout boute-en-train qu'il était dans les fêtes, Patrick avait de la colère en lui.

Il aimait la bagarre. Un jour, dans un bar bondé de Faneuil Hall, la fille qui l'accompagnait lui dit qu'un type lui avait touché les fesses. *Qui ?* demanda Patrick. Elle le montra du doigt et il lui envoya une droite, sans autre forme de procès. Plus tard, la fille lui dit que ce n'était peut-être pas lui, elle ne savait plus.

Rory McClain avait raconté cette histoire le jour de la confirmation de Maeve. Pat s'était énervé pour une raison qui échappait à Brian. Il supposa que cela avait plus à voir avec les sentiments de Pat envers John qu'avec la personne de Rory. Ensuite, Pat avait bu toute la journée.

— Bon, si vous voulez bien m'excuser. Je dois aller régler quelques factures, dit Patrick. Les clients préfèrent qu'on allume les lampes. Ravi de t'avoir vu, Mulcahey. Repasse par ici avant de quitter la ville.

— Promis.

Ils s'étreignirent et Patrick se dirigea vers son bureau, claquant la porte derrière lui.

Quelques minutes plus tard, Mulcahey finit son verre et partit.

Fergie fixa la porte close du bureau de Patrick. Puis il se décida enfin à y aller et à frapper, mais Patrick ne répondit pas, et Fergie savait mieux que personne qu'il ne fallait pas insister. Par moments, Patrick devenait sombre. Il se retranchait dans un endroit où nul ne pouvait l'atteindre. Dans ces moments-là, il fallait mieux le laisser tranquille.

Quand Patrick réapparut, il était presque huit heures. Le bar s'était rempli. Un groupe de jeunes d'une vingtaine d'années, vêtus de leur tenue de football, venait juste de commander une tournée de Blue Moon.

Fergie sourit alors que Brian les servait.

— Ah, la spécialité de Brian, dit-il.

Pat vint derrière le bar. L'un des joueurs de foot lui tendit sa bière, encore mousseuse.

— Pardon, monsieur ? dit-il. Auriez-vous par hasard une tranche d'orange ?

Patrick regarda autour de lui comme s'il se trompait d'interlocuteur.

— Non, finit-il par lâcher. Je n'ai pas de putain de tranches d'orange. Fous-moi le camp d'ici.

Brian fronça les sourcils tandis que le gamin regagnait sa table. Fergie éclata de rire.

— Bon Dieu, jura Patrick. Génial. Maintenant, je ne sais plus pourquoi je suis venu au bar.

Il retourna dans son bureau.

— Il est bourré ? demanda Brian.

— Quoi ? Non. Je pense qu'il est seulement énervé.

Une heure plus tard, à neuf heures pile, Brian appela à la maison pour vérifier que tout allait bien, comme il le faisait chaque soir. Il s'inquiétait pour sa mère quand elle était seule. Il l'imaginait dans sa chambre, lisant un roman policier sans se douter qu'un maboul essayait d'entrer par effraction en bas.

— As-tu fermé à clé ? dit-il quand elle décrocha.

— Évidemment.

— Qu'est-ce que tu fais ?

— Je lis, répondit Nora. Ou plutôt j'essaie. Il y a quelque chose qui cloche avec la chaudière. Tu voudras bien regarder demain matin ?

— Bien sûr. Pourquoi tu parles tout bas ?

— J'ai une légère migraine, mais tout va bien.

Patrick sortit de nouveau du bureau en appelant Brian.

— Il est au téléphone avec sa chérie, dit Fergie.

Brian lui fit un doigt d'honneur tout en parlant à sa mère.

— Pourquoi tu ne prends pas un Advil ?

Pourquoi prenait-il la peine de lui dire cela ? Il savait qu'elle réagirait comme s'il venait de lui conseiller de fumer de la méthamphétamine.

— Tu sais que je n'aime pas prendre ces trucs, dit Nora. Je ne veux pas devenir dépendante.

— Dis-lui que je lui donnerai mon repassage à faire demain, dit Patrick.

— Bon Dieu, vous devez être les deux plus vieux fils à sa maman de la planète, railla Fergie. On devrait appeler les types du *Livre Guinness des records*.

— Elle fait les plis de pantalon comme personne, dit Pat.

Il semblait moins préoccupé que plus tôt. Il s'assit au bar à côté de Fergie et leva les yeux vers la télé.

Quand Brian dit bonsoir à Nora, il remarqua que les yeux de Patrick se fermaient, comme s'il s'assoupissait.

— Tu as bu un coup avant d'arriver ici, mon pote ? demanda Fergie.

Patrick ne répondit pas.

Fergie monta d'un ton.

— Hé, Tom Selleck. Je te parle.

Brian n'entendit pas la réponse de son frère, car, à cet instant, Ashley Conroy entra dans le bar. Elle vint droit vers lui, se pencha sur le comptoir et l'embrassa. Fergie et Patrick, et même le vieux Joe poussèrent des petits cris et glapirent comme des fillettes de sixième.

Brian se sentit rougir. Il lui servit un rhum Coca.

Ashley était une jolie blonde, un brin vulgaire, et bien plus jeune que lui. Ils s'étaient rencontrés il y a quatre mois au bar, alors qu'elle faisait la tournée des pubs pour l'enterrement de vie de jeune fille d'une amie. Ce soir-là, il l'observait évoluer dans la salle, ses formes rebondies mais fermes, l'énergie de la jeunesse. Le temps que ses amies s'envoient une tournée de shots de tequila, elle avait récolté cinq cartes de visite à la suite, convaincu un type de sortir un préservatif de son portefeuille et de le lui donner, et dessiné une ancre sur le bras d'un autre gars avec un feutre Sharpie. Après chaque épreuve, elle faisait une croix sur un bout de papier dans sa main. Elle remarqua que Brian la regardait et se dirigea vers lui. Il détourna la tête et fit semblant d'essuyer le bar avec un torchon. « Donne-moi ton caleçon » furent les premiers mots qu'elle lui adressa.

— Pardon ?

— Ou laisse-moi prendre une photo de ton ventre ? C'est pour une course au trésor. Je suis arrivée en retard, alors mes copines m'ont donné une avance de dix minutes ici. J'essaie d'en profiter au maximum. Tu ne t'appellerais pas Jordan, par hasard ?

Il rit, déstabilisé.

— Non.

— Bon, puis-je au moins avoir ton numéro de téléphone ? C'est une épreuve facile. Elle ne te demande aucun effort, mais elle rapporte sept points.

— Pourquoi pas, dit-il.

Il finit la nuit chez elle ce soir-là.

Brian ne pensait pas qu'elle fût très intelligente. Mais personne ne l'avait jamais pris lui non plus pour… l'un des grands esprits de notre époque. Il n'avait jamais réussi à trouver les bons mots pour exprimer ses pensées. Les clients du bar plaisantaient qu'il était taiseux parce que Patrick parlait pour deux.

Peut-être qu'Ashley en avait autant dans le crâne que lui, même si elle ne lui parlait que de célébrités dont il ignorait l'existence et des secrets de copines qu'il n'avait jamais rencontrées. Elle voulait une relation sérieuse. Deux fois, elle lui avait demandé un « état de l'union ». Les deux fois, Brian avait réussi à esquiver.

Il n'était pas aussi beau que Patrick, loin de là, mais Brian n'avait pas de mal à rencontrer des filles. Le fait qu'il vivait chez sa mère rebutait la plupart des femmes de son âge. Mais son passé de joueur de base-ball l'aidait. Cela, et son côté silencieux. Une fille dotée d'un peu d'imagination pouvait projeter tout ce qu'elle voulait sur lui.

Les femmes étaient dingues de son frère. Dès qu'il en avait harponné une, Pat était déjà sur la suivante. Brian supposait qu'il avait pris, inconsciemment, cette tactique pour modèle, du moins de façon temporaire. Quand il jouait au base-ball, il n'avait jamais vécu suffisamment longtemps au même endroit pour entretenir une relation sérieuse. Mais un jour, il fonderait un foyer. Il était encore jeune. Trente-trois contre les cinquante de Pat et Fergie. Quand il prenait un an, eux aussi. De sorte que Brian avait toujours l'impression d'être un gamin par rapport à eux.

La fin de la soirée fut calme. À un moment donné, il remarqua que Patrick n'était plus là. Il pensa que son frère était parti sans dire au revoir ou sorti s'acheter une tranche de pizza au coin de la rue.

À onze heures et quart, Ashley dit :

— Est-ce qu'il va bien ?

Il se tourna et vit Patrick surgir en trébuchant de son bureau, manteau sur le dos et clés de voiture en main.

Pat se retourna et regarda le sol avec dédain, comme s'il lui avait fait un croche-pied intentionnellement.

— Chris ! Fergie ! Nettoyez ça.

— Nettoyer quoi ?

— Il y a des saloperies sur le sol. J'ai failli me rompre le cou.

— Je ne suis pas de service, protesta Fergie.

— Je m'en fous, nettoie cette merde quand même.

Fergie regarda Brian. Il fit une grimace que Patrick ne pouvait pas voir.

— Je m'en vais aussi, dit Fergie. Je vais te ramener.

— Non. Je vais conduire. J'ai ma voiture ici.

— Pat, intervint Brian. Laisse-moi te ramener. Je rapporterai ta voiture devant chez toi plus tard. Vas-y, donne-moi tes clés.

— J'ai besoin de mes clés pour faire démarrer ma voiture, dit Patrick en prononçant ces mots lentement, comme s'il avait une révélation.

Il laissa tomber les clés par terre.

— D'accord, mon vieux, dit Brian. Il n'est pas question que tu conduises.

— Putain, de quoi vous me parlez ? Je n'ai pas bu une seule goutte.

Patrick semblait indigné, au point que Brian se demanda si c'était vrai.

Avant que quiconque ne puisse répondre, Pat ramassa les clés et sortit en trombe.

Fergie le suivit.

— À demain, lança-t-il à Brian.

Une minute plus tard, il était de retour.

— Cet enfoiré m'a poussé, dit Fergie avec un mélange d'amusement et d'incrédulité. Ton frangin est têtu comme une mule, je te jure. Bon. Heureusement qu'il n'a pas loin à aller.

Ils rirent. Il se faisait tard.

Alors que Brian nettoyait le bar avant de fermer, il remarqua de la lumière sous la porte du bureau. Il entra pour éteindre. Il y avait une bouteille de whisky vide sur le bureau, mais il n'en fit pas grand cas.

À ce moment-là, Patrick était mort.

L'espace entre deux jours pouvait contenir toute une vie.

Vingt-quatre heures plus tard, Brian était seul dans le bureau, une bouteille de whisky à la main, essayant d'étouffer le brouhaha des amis du défunt dans le bar.

Il ne rentrerait pas chez sa mère ce soir. Après la fermeture, il irait chez Ashley, dont la présence lui serait à peine plus supportable. Ashley et ses colocataires se morfondraient, lui demanderaient à maintes reprises s'il avait envie de parler.

La seule chose qui pourrait le soulager serait de baiser Ashley dans le noir, l'odeur de bonbon de sa crème ; oublier pendant quelques minutes. Après, il devrait rester allongé à côté d'elle, à écouter ses petits ronflements, se rappelant de nouveau, mais cela valait mieux que rentrer à la maison. Il savait qu'il pourrait le regretter, qu'elle y verrait un signe d'attachement. Mais Brian s'occuperait de cela le moment venu.

QUATRIÈME PARTIE

1958-1967

10

Dans les mois précédant son mariage, Nora aurait aimé pouvoir confier à Oona tout ce qui s'était passé depuis leur arrivée à Boston. Elles avaient promis de s'écrire tous les jours et, au début, elles le firent. Mais par la suite, leurs courriers s'espacèrent. Le temps leur manquait. Une lettre mettait des semaines à arriver. Entre l'envoi et la réponse, tout ce qu'elles avaient écrit avait cessé d'être important.

Il y avait des choses qu'elle n'osait pas écrire. De vive voix, Nora aurait parlé à Oona du baiser sur le bateau. Elle lui aurait dit combien elle se méfiait des hommes depuis lors, et lui aurait raconté sa dernière soirée de bal sur Dudley Street. Comment un marin l'avait tirée de sa chaise, refusant d'entendre qu'elle n'avait pas envie de danser. Quand ils avaient évolué sur la piste, il lui avait envoyé des décharges dans tout le corps, sensation qu'elle n'avait jamais ressentie avec Charlie. Elle savait que c'était mal. Elle s'était confessée. Elle avait arrêté d'aller au bal.

Nora se sermonnait – elle était timide et ennuyeuse, et elle aurait dû se réjouir qu'un homme veuille bien l'épouser. Mais quand elle se retrouva seule avec Charlie dans le couloir chez Mme Quinlan et qu'il lui bécota le cou d'un mouvement rapide, comme un pic-vert martèle un tronc, son corps se raidit en refus.

Jusque-là, elle pensait qu'avoir un mari était secondaire dans une vie remplie, mais quand elle vit la façon dont Lawrence et Babs se regardaient, riaient entre eux, Nora comprit qu'elle s'était trompée. Autour d'elle, les jeunes gens semblaient s'aimer naturellement. Elle ne savait pas que cet amour-là existait ailleurs qu'au cinéma. Elle était furieuse contre son père de l'avoir fait venir ici. Furieuse contre elle-même. Elle n'aurait jamais dû accepter. Sa raison d'être avec Charlie avait disparu, et son aversion pour lui se renforçait à chaque blague de mauvais goût, chaque rire sonore. Son estomac se serrait dès qu'il parlait de mariage. Mme Quinlan ne comprenait pas pourquoi ils traînaient tant. Elle était embêtée qu'un couple non marié vive sous son toit, même à des étages différents. Malgré cela, Nora ne cessait de retarder, prétextant le mal du pays, et plus tard sa nervosité à l'idée que tout le monde la regarde marcher vers l'autel.

Elle savait qu'elle le quitterait. Elle se convainquait même que ce serait mieux pour lui. Charlie n'était pas un mauvais bougre. Il pourrait trouver une autre femme, une fille plus gentille. Il prétendait vouloir épouser Nora. Mais elle ne croyait pas qu'il lui trouve un attrait particulier. C'était simplement un projet planifié et il aurait l'air ridicule s'il ne se réalisait pas.

Nora ne pouvait pas partir maintenant, bien sûr. Mais elle imaginait en secret le jour où, Theresa installée et enseignante, elle ne rentrerait pas du travail et s'évanouirait dans la nature. Elle avait vingt-deux ans. Elle pourrait changer de vie.

En attendant ce jour, elle s'efforçait d'être reconnaissante. Sa sœur travaillait bien à l'école et serait bientôt institutrice. Theresa avait eu cette chance uniquement grâce à Charlie. Elles vivaient dans sa famille, travaillaient pour sa famille.

Quand Kitty leur révéla le pétrin dans lequel Theresa s'était fourrée, tout changea. Ce soir-là, quand Nora vit sa sœur dans la chambre, semblable à elle-même, elle eut envie de la gifler. Sa rage l'effraya. Elle eut peur de parler. Tout ce qu'elle avait fait, elle l'avait fait pour Theresa. Comment était-il possible qu'il en résulte cette situation ?

La colère de Nora était un bouclier protecteur contre la culpabilité qui menaçait de la ronger. Theresa se trouvait dans ce pays à cause d'elle. Elle avait voulu que Nora vienne au bal, et Nora avait refusé pour des raisons purement égoïstes. Un marin. Imaginez un peu. Si elle l'avait accompagnée, rien de cela ne serait arrivé.

Pendant quelque temps, elle se convainquit qu'ils pourraient continuer ainsi, sans autre conséquence qu'un léger retard dans leurs plans. Mais le jour où elle emmena Theresa à Sainte-Marie, alors qu'elles étaient assises dans ce bureau surchauffé, en face de la sœur qui serait la surveillante de Theresa, Nora fut bouleversée. C'était la manière dont la religieuse parlait de la bonne famille catholique qui prendrait le bébé. Jusqu'alors, elle n'avait pensé qu'à sa sœur, qu'à elle-même. Elle prit conscience à cet instant qu'un enfant allait naître.

Elle eut honte d'avoir emmené Theresa dans un tel endroit. Si leur mère les regardait de là-haut, que penserait-elle de Nora ? Les paroles de la religieuse semblaient n'avoir aucun effet sur Theresa. Elle ne se souciait que de Walter, d'oublier cet incident et aller le retrouver.

Nora aurait aimé être aussi égoïste, aussi irresponsable que sa sœur. Abandonner le bébé. Les laisser partir tous les deux. Elle avait consacré suffisamment d'années de sa vie à s'occuper des enfants des autres. Mais elle pleura toutes les larmes de son corps dans la voiture. Hystérique comme Charlie ne l'avait jamais vue.

— Je n'aurais jamais dû venir ici, dit-elle. Je déteste cette ville, je déteste tout ici. Je déteste ces gens.

Elle s'arrêta juste avant de dire qu'elle le détestait.

Charlie lui adressa un sourire triste.

— N'y a-t-il pas au moins une chose que tu aimes à Boston ?

Nora réfléchit.

— La crème glacée à la vanille de Brigham, dit-elle. C'est tout.

Charlie promit qu'il irait trouver Walter, le convaincrait de faire ce qu'il faut. C'est ainsi qu'ils apprirent que Walter McClain avait déjà une femme et un enfant.

Nora ne dormait plus. Elle pensait à sa mère, à sa culpabilité. Aux regrets que Theresa aurait plus tard si elle laissait cela se produire.

Elle en pleurait, mais elle savait qu'elle devait le faire. Il n'y avait pas d'autre solution.

Elle aborda Charlie avant le petit déjeuner.

— Je veux bien t'épouser maintenant, dit-elle. À une condition.

À son grand étonnement, il accepta.

Les religieuses rechignèrent. C'était peu orthodoxe, et elles avaient déjà choisi la famille d'adoption.

— Il y a le problème des frais à régler, ajouta sœur Bernadette.

— Nous les paierons, quel qu'en soit le montant, dit Nora.

Ils se marièrent à l'église le lendemain matin, avec le bedeau pour seul témoin. Ils dirent ensuite à tout le monde que la timidité de Nora était incompatible avec la moindre extravagance. Debout devant l'autel dans une robe du dimanche bleue, elle ne pouvait regarder que le prêtre, pas Charlie. Elle pensait à Lawrence et Babs, inséparables le jour de leur mariage. Aux cris de ravissement de Babs quand on avait sabré le champagne pour porter un toast.

Nora et Charlie emménagèrent au dernier étage d'une maison à trois niveaux sur Crescent Avenue. Le loyer était de cent dollars par mois. Mme Quinlan leur dénicha des meubles d'occasion. Chaque objet était imprégné d'une odeur venue d'une autre maison. Le canapé fatigué sentait le tabac à pipe. Le tapis élimé ressemblait à un vieux chien.

Leurs voisins du dessous étaient des cousins de Charlie. Le vieux M. Fallon, le propriétaire de la maison, vivait au rez-de-chaussée. Les Sheehan occupaient le deuxième étage. L'épouse, Christine, était la fille de M. Fallon. Elle n'était mariée que depuis cinq ans et avait déjà quatre enfants. Ils laissaient les portes de leur appartement ouvertes en permanence. Chaque fois que Nora descendait l'escalier commun, elle devait les saluer, sourire à leurs plaisanteries et accepter leurs invitations à prendre le thé.

Le cellier attenant à sa cuisine avait été transformé en salle de bains. Nora grelottait de froid quand elle sortait de la baignoire. Leur chambre était également à côté de la cuisine. Il y avait une deuxième chambre le long du couloir étroit menant à la porte d'entrée, face au salon. Ils devaient la laisser disponible pour la famille venant d'Irlande. Et il y avait une petite salle à manger, avec des portes coulissantes.

— Vous pourrez la transformer en chambre lorsque vous aurez un bébé, déclara M. Fallon avec un clin d'œil.

Nora prit soin de ne pas regarder son mari.

La première nuit, Charlie voulut faire l'amour, mais elle refusa. Ce mariage avait une seule raison d'être. Les conséquences de ce qu'il demandait étaient trop incertaines. Cela aurait risqué de compliquer encore plus les choses.

— C'est ce que font les gens mariés, dit Charlie.

— Je sais, mais je ne peux pas.

— Nous pourrions laisser la lumière.

— Oh Jésus, Marie, Joseph !

— Ou nous pourrions l'éteindre !

— Demain, dit-elle.

Mais le lendemain arriva, puis le surlendemain, et elle était loin de se sentir prête. Les semaines passèrent. Plus ils attendaient, plus cela devenait une torture pour elle.

Ils dormirent dans des lits séparés par une table de chevet. Elle resta allongée de nombreuses nuits à penser à l'Irlande, espérant pouvoir y retourner. Pas seulement dans sa maison et dans sa famille, mais dans son enfance.

Dès qu'ils furent mariés, Nora se mit à porter les robes sacs amples que Babs avait mises durant toute sa grossesse. Au travail, elle se plaignait de nausées à Mme Byrne. Elle posait une main sur son ventre, les yeux dans le vide, quand elle savait qu'on la regardait. Nora envoyait Charlie seul aux fêtes de famille, en lui faisant promettre de dire qu'elle était fatiguée ces derniers temps et ne se sentait pas bien.

— Tante Nellie a demandé si tu étais enceinte, rapporta-t-il un soir, et elle comprit que son plan allait marcher.

Elle rencontra par hasard Mme Quinlan à la pharmacie.

— Mme Byrne me dit que tu ne te sens pas bien, déclara-t-elle.

— Je suis au lit tous les soirs à six heures, dit Nora. J'ai constamment la nausée depuis que nous sommes mariés.

— Tu dois voir le docteur, dit Mme Quinlan d'un air entendu.

Tu ne mentiras point, avait-elle appris enfant, et depuis, Nora s'était pliée à cette règle. Mais elle ne savait pas alors comme il était facile de mentir. Comment un mensonge en entraînait un autre, puis un autre, et un autre.

Chaque fois qu'elle rendait visite à Theresa et regardait le ventre arrondi de sa sœur, Nora se sentait mal. Elle savait qu'elle devait lui dire la vérité : que Walter était marié, qu'ils allaient garder l'enfant. Mais c'était si difficile à dire. Finalement, ils emmenèrent Theresa à Hull, petite ville balnéaire, pour lui annoncer la nouvelle. C'était une belle soirée, et Theresa était de si bonne humeur que Nora ne put se résoudre à le lui dire. Elle attendit la dernière minute, juste avant que Theresa rentre à Sainte-Marie. Le trajet du retour fut un supplice, sachant ce qu'elle devrait annoncer quand ils arriveraient. Charlie était nerveux, il pestait contre Bobby Quinlan, dont ils avaient emprunté la voiture pour l'après-midi.

— Tes pneus sont plus lisses que ton crâne, Bob, maugréa-t-il.

Nora parla seule à Theresa. En haut de l'escalier, sous la lumière du perron, avant que la plus affable des religieuses ouvre la porte et déclare qu'il était l'heure du coucher.

Chaque soir, Charlie la cajolait. Il suppliait, il plaisantait, il tapait du pied.

— C'est naturel, disait-il. Tout le monde le fait. S'il te plaît. Pour l'amour de Dieu.

Nora avait envie de mourir quand il abordait le sujet. Elle voulait traverser le plancher, atterrir dans la cheminée de M. Fallon et disparaître. Elle voulait dire à Charlie qu'elle n'avait jamais entendu une seule bonne chose sur le sexe. Oona disait que c'était horriblement douloureux, et les religieuses à l'école du couvent prétendaient que cela menait la femme à sa perte. Il n'y avait qu'à voir Theresa.

Nora n'avait jamais passé autant de temps seule avec Charlie. Ses blagues l'exaspéraient. Tout comme son besoin de discuter toute la nuit alors qu'elle aurait aimé un peu de paix et de silence. Elle était gênée par sa présence quand elle était en chemise de nuit ou se brossait les cheveux – des moments d'intimité qu'elle chérissait avant de vivre avec lui.

Une ou deux fois par jour, il n'était pas loin de lui provoquer une crise cardiaque par ses mugissements. Il hurlait et elle accourait, craignant qu'une chose terrible ne soit arrivée. À ses cris de goret, elle pensait qu'il s'était coupé un doigt, alors qu'en réalité il s'était cogné l'orteil ou avait lu dans une lettre d'Irlande que son équipe de football était hors course pour la saison.

Si elle avait pu s'asseoir avec Oona pendant une minute, Nora lui aurait demandé à quoi était censé ressembler le mariage. Si Oona ressentait la même chose qu'elle. Il n'y avait personne ici à qui elle pouvait poser ces questions. Nora se demandait si un autre homme la satisferait mieux, ou si elle était simplement trop exigeante. Peut-être était-ce toujours ainsi quand vous deveniez trop proche de quelqu'un. Elle imaginait un mari discret, aux attentions délicates, qui voudrait être seul avec elle le vendredi soir, et non pas un Charlie en sueur dans une pièce remplie de cousins qui riaient fort, buvaient et trouvaient toujours des choses à se raconter, comme s'ils n'avaient pas passé la soirée ensemble la veille.

Le visage qu'elle visualisait était celui de Cillian, le garçon qui l'avait embrassée sur le bateau. Il était timide comme elle, du moins à ses dires. Elle savait qu'elle ignorait tout de lui, en réalité. Mais parfois, Nora se demandait ce qu'il faisait, s'il avait trouvé une fille à aimer, si son mal du pays était passé.

Pendant l'absence de Theresa, Nora imaginait souvent son retour à la maison. Sa sœur, pleine de gratitude pour tout ce qu'ils avaient fait. Mais Theresa était en colère la plupart du temps. Elle n'avait pas l'air de comprendre. Elle ne voulait pas croire que c'était réglé, que le bébé était à Nora et Charlie désormais. Theresa déclara le jour de son retour à la maison qu'elle allait monter dans un bus avec Patrick et disparaître. Comme s'ils avaient un endroit où aller. Nora la rabroua et s'en voulut. « Nous allons l'élever ensemble », dit-elle.

Charlie lui lança un regard signifiant qu'elle avait fait une erreur en disant cela.

Theresa pensait que la naissance de Patrick était un miracle. Elle racontait des sornettes sur une apparition de la Vierge Marie, le fait que les infirmières aient épinglé la Médaille miraculeuse aux langes du bébé était un signe.

Même Nora avait le sentiment de bien faire au début, comme si tout n'était pas joué. Comme s'ils pouvaient s'arranger entre eux. Ils n'avaient toujours pas compris qu'il n'y avait aucun arrangement possible.

Ils installèrent Patrick dans la chambre du couloir. Ils transformèrent la salle à manger en pièce pour Theresa.

— Pour le moment, assura Nora.

Mme Quinlan insista pour organiser le baptême. Tante Nellie déclara que Nora devrait d'abord passer par l'amessement.

— Qu'est-ce que l'amessement ? demanda Theresa.

— Une cérémonie consistant à purifier une jeune mère. Le prêtre rend grâce à Dieu qu'elle ait survécu à l'accouchement. Cela a lieu dans l'intimité, mais tu devrais venir soutenir ta sœur.

Un samedi matin, dans une chaleur étouffante, Tante Nellie et Mme Quinlan retrouvèrent Nora et Theresa à l'église. Elles se recouvrirent toutes les quatre la tête de foulards de soie que Mme Quinlan avait apportés de chez elle.

Le ventre de Theresa bombait encore légèrement le tissu fin de sa robe. Son corsage était plus rempli qu'avant. Nora se demanda si les autres femmes le remarqueraient. Elle ne savait rien des transformations du corps. Elle portait encore les robes sacs qu'elle avait mises pendant des mois. Elle était restée mince, mais personne ne trouvait à y redire. On louait sa chance d'avoir une silhouette à peine marquée par la grossesse, l'accouchement.

Nora était en nage. Sa jupe collait à l'arrière de ses jambes. Kitty gardait le bébé pendant une heure. C'était la première fois en trois semaines que Nora était séparée de lui. Elle avait l'impression de s'être échappée.

Elles gravirent les marches de l'église et pénétrèrent dans le vestibule. Il faisait sombre et plus frais qu'à l'extérieur. Tante Nellie ouvrit la porte qui menait dans l'église. Mme Quinlan et Theresa entrèrent, mais, quand Nora voulut les suivre, tante Nellie la retint par la main.

— Non, dit-elle. Tu attends ici. C'est le principe. Tu ne peux pas entrer avant d'être purifiée.

Tante Nellie entra à son tour et la porte se referma derrière elle avec fracas. Quelques minutes plus tard, elle revint.

— Prends-le, dit-elle.

Elle tendit à Nora un cierge allumé et repartit.

Nora resta là, cierge en main, dans l'attente.

Enfin, le prêtre arriva. Nora lui avait souri bien des fois après la messe du dimanche, dans ce même vestibule, tandis que Charlie lui serrait la main. Mais là, il affichait un air solennel. Elle savait tacitement qu'elle ne devait pas dire un mot.

Il était vêtu de blanc et portait un calice en or. Il y plongea l'index et traça une croix sur son front; l'eau bénite fraîche coula sur son nez.

— À l'Éternel la terre et ce qu'elle renferme, dit-il. Entre dans le temple de Dieu, adore le Fils de la Bienheureuse Vierge Marie qui nous a donné le fruit de ses entrailles.

C'était un moment intime, le souffle de son haleine sur son visage. Nora songea que ce serait sa seule chance d'avouer qu'ils avaient menti. C'était une chose de mentir à la famille, une tout autre de mentir à Dieu lui-même. Mais elle ne pouvait pas le dire.

Il offrit le bord de son étole et elle le prit. Le prêtre la fit entrer dans l'église, froide, sombre et vide hormis les trois têtes au premier rang, les flammes vacillantes des cierges au fond de la salle. En silence, il conduisit Nora à l'autel, puis lui demanda de s'agenouiller. Alors qu'il priait au-dessus d'elle, elle leva la tête et vit les yeux de sa sœur scintiller à la lueur des bougies.

Nora dut arrêter de travailler pour s'occuper du bébé. Il y avait des jours où elle ne parlait à personne à part le livreur de charbon, et d'autres où des cousins de Charlie venus d'Irlande envahissaient les pièces de son appartement. C'était souvent des adolescents. Leur premier séjour loin de chez eux. Ils s'attendaient à ce qu'elle leur fasse la cuisine, range leur désordre. Quand leurs discussions tapageuses lui donnaient l'impression d'être de trop dans sa propre cuisine, l'esprit de Nora s'évadait à Hull. La soirée avec Theresa, la dernière fois qu'elle avait vu sa sœur heureuse. La plage, le cinéma, le grand huit, les maisons alignées sur les collines comme des rangées de dents, les gens à l'intérieur qui avaient le loisir de décider comment passer leur temps.

Elle pouvait pleurer pendant des heures, déroulant la pelote de ses rancœurs. Pendant la journée, elle pensait à quel point la vie de sa sœur n'avait pas changé. Nora était celle qui faisait tous les sacrifices. Elle était celle qui payait pour les péchés de Theresa.

Sa vie privée était à mille lieues de ce que les gens du quartier imaginaient d'elle.

— Nora, il est magnifique, disaient-ils lorsqu'elle promenait le bébé dans son landau. Ces cheveux noirs ! Ces yeux !

Elle souriait et les remerciait, sachant précisément à qui l'enfant ressemblait.

Les femmes parlaient de bébés faciles et de bébés difficiles. Nora était incapable de faire la différence. Patrick pleurait toute la journée. Elle était impuissante à le calmer. Le bébé, s'il n'était pas le sien, faisait partie de sa famille. Elle aurait dû l'aimer davantage. Mais elle ne pouvait s'empêcher de le considérer comme un enfant dont elle aurait la garde, attendant le moment où quelqu'un viendrait le chercher.

Le soir, Theresa s'occupait de lui. Nora savait mieux qu'elle comment prendre soin d'un nourrisson, mais Theresa connaissait mieux son bébé et, de toute façon, il préférait être avec elle.

Plusieurs fois par nuit, Nora était réveillée par ses pleurs. Immédiatement, elle entendait les pas de Theresa dans le couloir. Elle entendait sa sœur fredonner, lui parler. Elle ressentait une profonde tristesse alors, pour eux tous. Pour elle et pour Charlie, à qui on avait imposé cette épreuve. Pour Patrick, qui ne connaîtrait qu'une mère qui ne l'aimait pas. Surtout pour sa sœur, qui aimait tellement l'enfant, et qui n'était elle-même qu'une enfant.

Un matin, début novembre, le grille-pain prit feu. Nora poussa un cri et déversa un sac de farine pour éteindre les flammes. Une poussière blanche voleta dans la cuisine comme de la neige, avant de se déposer sur toutes les surfaces – le plancher, la table, les cils du bébé. Il lui fallut une demi-heure pour tout nettoyer, durant laquelle Patrick hurla sans arrêt. Il y avait une nouvelle machine à laver au sous-sol, mais pas de sèche-linge. Plus tôt, Nora avait étendu leur linge comme elle le faisait habituellement. Elle descendit le chercher dans l'après-midi, pendant que le bébé dormait, et trouva les vêtements congelés sur la corde à linge. Elle les ramassa néanmoins et remonta l'escalier quatre à quatre dans tous ses états.

Quand elle arriva devant la porte de son appartement, Mme Quinlan l'attendait, les joues mouillées de larmes. Pendant un instant, Nora crut que leur secret avait été découvert. Mais Mme Quinlan ferma les yeux et dit, la voix tremblante :

— Ma mère est morte.

Elle tenait une petite boîte rectangulaire.

— Ses cartes de prière, ajouta Mme Quinlan. Je pense qu'elle aurait aimé que Theresa les ait. Elle est la seule qui s'y intéressait. Ma mère vous apprécie tellement, les filles. Vous *appréciait*.

Nora prit la boîte. Elle avait souvent vu tante Nellie étaler les cartes sur la table de la salle à manger le soir. Il semblait impossible qu'elle puisse être partie.

— Je lui donnerai, dit Nora. Je suis vraiment désolée. Voulez-vous entrer ? Je peux vous aider si vous avez besoin de quoi que ce soit.

Le lendemain, elle se trouvait dans le salon mortuaire des Pompes Funèbres Murphy, impressionnée par le décorum et les monceaux de fleurs. Tante Nellie, étendue dans un cercueil, portait un tailleur élégant. Nora n'avait jamais rien vu de pareil. En Irlande, il n'y aurait eu qu'une couronne ou deux pour orner la tombe. La veillée funéraire aurait eu lieu à la maison.

Elle avait sept ans lorsque sa mère était morte. Des dames de la paroisse vinrent la vêtir d'une robe et de pantoufles neuves, l'allonger sur son lit, comme si elle faisait un somme. Ensuite, elles s'assirent à la table de la cuisine et burent le thé avec la grand-mère de Nora, qui ne cessait de répéter « ce n'est pas juste, perdre un enfant », comme si elle pouvait convaincre Dieu de Son erreur et récupérer sa fille. On laissa ouverte la porte de la maison. Toute la journée, les gens entraient et se rendaient dans la chambre pour la voir. Nora avait l'impression d'être un fantôme. Elle se demandait si elle était morte, elle aussi. On remarquait à peine sa présence, elle avait droit parfois à un froncement de sourcils et un « pauvre petite », ou « prends bien soin de ton père, maintenant. Occupe-toi de ton frère et de ta sœur ».

Les hommes vinrent dans la soirée. Ils avaient à boire et veillèrent le corps toute la nuit en compagnie de son père. Ils parlaient à voix basse. Au matin, elle eut le courage de s'approcher du lit. Son père n'essaya pas de l'en empêcher. Nora s'avança tout près. Elle toucha la joue de sa mère.

Les obsèques de tante Nellie se déroulèrent lors d'une grande messe solennelle. Alors que le prêtre discourait en latin, dos à l'assemblée de fidèles, Nora se souvint que tante Nellie lui avait dit que sa famille avait organisé avant son départ pour Boston une veillée américaine.

« C'était comme si j'étais morte pour eux, avait dit tante Nellie. Il sera plus facile pour une fille comme toi de retourner un jour là-bas. »

Nora s'était demandé pourquoi tante Nellie ne pouvait pas aujourd'hui rentrer en Irlande aussi facilement qu'elle-même pouvait le faire. Sur les bancs de l'église, la réponse arriva : tante Nellie n'avait plus personne chez qui retourner.

Elle aimait taquiner les jeunes de la famille sur la facilité à voyager de nos jours. Tante Nellie n'était pas passée par New York, mais arrivée directement de Cobh au Massachusetts. Elle raconta à Nora qu'à l'époque où elle avait débarqué avec sa famille dans le port de New Bedford, une femme n'avait pas le droit de voyager sans un parent masculin. Tante Nellie avait quinze ans. On avait demandé à son frère aîné : « Combien font deux plus deux ? Combien font trois plus cinq ? » Et à tante Nellie : « Tu laves un escalier de haut en bas ou de bas en haut ? »

Un de ses frères, âgé de douze ans, était tombé malade d'une infection à l'œil durant la traversée et on lui refusa l'entrée aux États-Unis. Il fut renvoyé seul en Irlande. La famille ne le revit jamais.

Nora dit qu'elle ne comprenait pas comment ils avaient pu le supporter, ni comment tante Nellie avait réussi à rester si pieuse.

Tante Nellie haussa les épaules et déclara : « Vis assez longtemps, et la vie t'apprendra que Dieu n'est pas une patte de lapin porte-bonheur. »

Nora pensait à cela, assise dans l'église, faisant sautiller l'enfant de sa sœur sur ses genoux. Le bébé se mit à hurler pendant l'éloge. Les gens se retournaient, et Nora sentit son visage et son cou virer au rouge. Elle essaya de le calmer. Elle jeta un coup d'œil à Theresa qui regardait droit devant elle.

Ils se rendirent ensuite chez Mme Quinlan.

Alors qu'elle remplissait une glacière Coleman de canettes de bière Narragansett, Mme Quinlan baissa la tête pour pleurer. Nora lui dit de s'asseoir et prit la relève ; elle aligna plusieurs bouteilles de whisky Seagram's Seven sur la table, y disposa le gâteau et la salade, le poulet rôti et les pommes de terre que Mme Quinlan avait préparés.

— Il n'y a plus d'amour dans sa cuisine, murmura Charlie, mais tout le monde mangea quand même.

La réception dura tout l'après-midi et jusque tard dans la soirée. On joua de la musique au salon. Des instruments que Nora n'avait pas vus depuis son départ d'Irlande furent tirés de sous les lits et des étagères hautes des placards, sortis de leur étui et joués à la perfection. Après cela, les femmes se rassemblèrent dans la cuisine comme de coutume.

Mme Quinlan demanda à prendre Patrick dans ses bras.

— Tu as là un beau garçon, Nora, dit-elle.

Tout le monde hocha la tête et gloussa en signe d'acquiescement. Nora croisa le regard de Theresa et sourit. Sa sœur baissa les yeux au sol.

Babs, appuyée contre l'armoire (elle avait bu du whisky), faisait rebondir son nourrisson dodu sur la hanche. Conor pesait cinq kilos à la naissance.

— Quel gros bébé ! dit quelqu'un en lui chatouillant le menton. L'accouchement a dû être très pénible.

— Non, répondit Babs. J'étais en sommeil crépusculaire. Je me suis réveillée, mes cheveux étaient coiffés et j'avais un bébé dans les bras. Ce n'est qu'après que j'ai eu mal.

Nora la fixait, se demandant ce qu'était le sommeil crépusculaire. Babs surprit son regard.

— Cela a été bien plus facile pour Nora, dit-elle. Son Patrick était déjà un petit prince à la naissance, nous le savons tous.

Nora essaya de sourire. Son mari avait inventé une histoire sur la naissance.

Quand Lawrence avait demandé combien de temps avait duré l'accouchement, Charlie avait répondu « quinze minutes ». Elle supposa qu'il n'avait aucune idée de la durée réelle de ce genre de choses. « C'est tout ? » avait dit Lawrence. « Oui ! Mon garçon était impatient de découvrir le monde ! »

Babs semblait en vouloir à Nora, qui en retour se sentait coupable de la facilité d'un accouchement qui n'avait jamais eu lieu.

— Mais Nora, tu as un secret, non ? reprit Babs.

Nora sut que son rougissement l'avait encore trahie. Elle croisa le regard de Theresa.

— Babs, laisse-la tranquille, dit Mme Quinlan.

— Je dis juste que… vous vous êtes mariés en avril. Et Patrick est né en août. Est-ce la raison pour laquelle tu ne t'es pas mariée en blanc ?

Les rires moqueurs des autres femmes firent comprendre à Nora qu'elles en parlaient entre elles. Elle était mariée depuis sept mois et encore vierge, et maintenant on allait l'accuser d'avoir fauté avant le mariage. Elle ne savait pas si elle devait en rire ou en pleurer.

Nora courut se réfugier à l'étage dans la chambre qu'elle avait occupée avec sa sœur. Kitty y vivait seule désormais, pour le moment. Elle entendit Babs crier : « Je te taquinais, c'est tout ! Reviens ! » Puis des bruits de pas dans l'escalier.

La seconde d'après, Kitty entra dans la chambre.

— Ne t'en fais pas pour elle. C'est une idiote, tout le monde le sait.

— Est-ce que tout le monde pense comme elle ? demanda Nora.

— Peu importe ce qu'on pense. Tu dois apprendre à te défendre, Nora. Cette famille a le don d'oublier ce qu'elle ne veut pas savoir. Dans un an, personne ne se souviendra de l'anomalie dans les dates.

Nora songea pour la première fois à une chose à laquelle elle aurait dû penser avant. Kitty savait tout. Elle eut soudain peur d'elle.

Et ressentit un pincement de jalousie : Kitty avait fui son mariage et, bien sûr, ces femmes dans la cuisine en parlaient à voix basse tout le temps. Mais Kitty s'en souciait-elle ? Non. Elle était libre.

Babs apparut à la porte.

— Ne sois pas fâchée contre moi, roucoula-t-elle. C'était une plaisanterie. Je t'envie, c'est tout. Parfois, je me demande comment toi et moi avons pu vivre la même chose. Je me traîne encore tous ces kilos en trop. Ça a été beaucoup plus facile pour toi. J'ai dit à Lawrence l'autre soir en te voyant : « Nora a-t-elle vraiment porté ce bébé ou est-ce une cigogne qui l'a déposé sur le pas de sa porte ? » Tu n'as pas pris un gramme.

Nora était lasse. Elle se demandait combien de temps encore elle pourrait continuer à mentir, même si elle avait conscience d'y être condamnée à vie. Elle avait voulu épargner le déshonneur à sa sœur et elle avait voulu que Theresa connaisse son fils. Elle n'avait pas pensé à elle. À la honte qui lui retomberait dessus.

Au fait que tout le monde ressentait l'incongruité de la situation.

— Tu n'as pas vu Nora à la plage, s'esclaffa Kitty. Elle était grosse comme une baleine quand elle enlevait sa robe sac. Deux poteaux à la place des chevilles. Mon Dieu. Pardon, Nora.

Nora lança un regard reconnaissant à Kitty.

— Je ne t'en veux pas, dit-elle. Tu ne fais que dire la vérité.

Sa sœur marcha en silence sur le chemin de retour. Elle refusait de regarder Nora dans les yeux.

Charlie partit se coucher en arrivant. Il n'y avait plus qu'elles deux, Nora et Theresa, debout dans la cuisine. Nora tendit Patrick à sa sœur. La sensation de son poids resta dans ses bras. Elle les secoua le long de son corps. Son dos lui faisait mal. Elle avait l'impression que sa tête allait exploser.

— Tu adores qu'ils pensent tous que tu es une bonne mère, dit Theresa. Tu biches quand ils te disent qu'il est beau.

— Parle moins fort.

— Pourquoi ? Tu as peur que quelqu'un entende ?

— Tu es ingrate, souffla Nora. Sais-tu ce qu'ils pensent tous de moi à cause de toi ? Je n'ai jamais voulu cela.

— Dis-le. Tu n'as jamais voulu de lui.

— Évidemment, je ne veux pas de lui.

Elle partit dans sa chambre et claqua la porte. Charlie ne dormait pas. Il la regarda. Nora voulait lui répéter les propos de Babs, mais elle ne pouvait pas. Elle se glissa dans son lit et ferma les yeux.

Vers minuit, elle entendit le bébé pleurer.

Les cris de Patrick ne se calmaient pas. Nora se retourna plusieurs fois dans son lit. Elle mit un oreiller sur sa tête. Le bébé hurlait toujours. Elle se demanda combien de temps il pouvait s'époumoner ainsi avant de suffoquer.

Charlie changea de position.

Nora soupira. Elle repoussa la couverture et se précipita dans le couloir vers la chambre de Patrick. Il était allongé dans son berceau, les yeux grand ouverts, le visage trempé de larmes, les bras tendus vers elle.

Nora le prit et l'embrassa.

— Ça va, dit-elle. Tout va bien maintenant. Où est ta folle de mère ? On va aller la réveiller, tu veux ?

Elle se dirigea vers la chambre de Theresa, sentit l'odeur que dégageait le bébé ; ce n'était pas son heure habituelle. Nora ne prit pas la peine de frapper. Elle ouvrit la porte et commença à parler :

— Le bébé a besoin…

La pièce était vide. Nora pensa à Walter, aux bals de Dudley Street. Sa sœur serait-elle assez stupide pour y retourner ?

Puis elle vit la feuille de papier sur le lit non défait. Elle s'approcha.

Nora baissa les yeux et lut le mot de sa sœur.

S'il te plaît, assure-toi qu'il sache combien il est aimé, jusqu'à ce que je revienne.

Elle se précipita dans l'escalier, appela les voisins, sans se soucier de les réveiller ou non. Elle n'était plus elle-même. Quelqu'un devait forcément savoir quelque chose. Mais personne dans la maison n'avait vu Theresa partir.

Dans les mois qui suivirent, Charlie passa ses soirées au pub la plupart du temps, et cela convenait à Nora. Elle n'était pas impatiente qu'il rentre du travail. La tension était palpable dans l'appartement lorsqu'ils étaient ensemble. Son humour s'étiolait. Sans le salaire de Nora, ils avaient juste assez d'argent pour payer la nourriture et le loyer, parfois moins certaines semaines. Elle sentait qu'il l'en tenait pour responsable.

Nora se demandait où était partie sa sœur. Elle ne savait pas quoi dire à son père. Theresa ne connaissait personne dans ce pays, à part eux. *Jusqu'à ce que je revienne*, avait-elle écrit. Quand serait-ce ? Au début, Nora la cherchait partout. Elle passait des heures à bercer Patrick devant la fenêtre du salon, espérant à tout moment apercevoir sa sœur dans la rue.

Elle se mit à imaginer un scénario. Quand Theresa reviendrait, elle lui donnerait Patrick. Nora s'en irait, laissant tout cela derrière elle. Elle ferait ce qu'elle aurait dû faire il y a longtemps, si elle en avait eu le courage.

Le bébé avait des coliques, des otites, des angines. Elle ne cessait d'appeler le médecin. Un matin où elle était restée debout toute la nuit avec lui, elle s'assit à table et pleura après que Charlie fut parti au travail. Sa sœur l'avait piégée, et elle ne pouvait rien y faire.

De quoi avait-elle si peur ? Pourquoi ne s'opposait-elle jamais à personne ? Elle aurait dû laisser la famille catholique adopter le bébé. En essayant d'arranger les choses, elle n'avait fait que les aggraver.

Elle alla chercher un cachet d'aspirine dans l'armoire à pharmacie de la salle de bains. Le rouge à lèvres rose de sa sœur gisait à l'abandon sur l'étagère du bas. Theresa lui avait fait essayer une fois, avant leur premier bal à Dudley Street.

Nora prit le tube et ôta le capuchon. Elle passa le bâton de couleur sur ses lèvres en se regardant dans la glace.

— Allons mettre ton manteau, dit-elle au bébé.

Elle poussa le landau à vive allure jusqu'à la centrale électrique Edison. Arrivée devant le bâtiment – massif, carré, sans fenêtres, gris fumée –, Nora poussa la lourde porte et roula le landau à l'intérieur.

— Je dois parler à Walter McClain, dit-elle à la secrétaire dans le bureau principal.

L'employée tiqua.

— Je ne sais pas qui il est, madame.

— Il travaille ici. Allez le chercher ou je hurle.

La femme jeta un regard alarmé. Elle se leva promptement.

Walter apparut quelques minutes plus tard.

— Bonjour, dit-il. Vous vouliez me voir ?

— Je suis la sœur de Theresa Flynn.

— Vraiment ? dit-il, essayant de paraître jovial comme s'ils étaient de vieux amis.

Il regarda en direction de la secrétaire.

— Allons dehors, voulez-vous ? ajouta-t-il.

Ils sortirent sur les marches du bâtiment.

— Theresa a disparu, dit-elle. Personne ne l'a vue.

— Je ne l'ai pas vue non plus, dit-il sur la défensive. Depuis…

— Oh, je le sais.

Walter pointa du doigt le landau et jeta un œil à l'intérieur.

— Est-ce le bébé ? Son bébé ?

L'enfant était très clairement le sien aussi, mais il n'osait pas le dire.

— C'est le fils de mon mari, Charlie. Et le mien.

Nora n'avait pas rougi. Sa sœur n'était pas là pour dire les mots à sa place. Elle parlait en son nom à elle.

— Vous me devez quelque chose, dit-elle. Patrick le mérite. C'est son nom. Patrick.

— Que voulez-vous ? demanda-t-il.

— Je ne sais pas encore. Mais un jour je saurai quoi, et vous le donnerez. Vous ne pouvez pas ignorer ce qui s'est passé. Je ne vous laisserai pas l'oublier. Je voulais juste vous prévenir.

Chère Oona,

Après avoir vécu tant d'années en ville, je me demande comment tu trouves la vie à la ferme. J'imagine qu'elle est à l'opposé de ma vie ici. Quand je suis arrivée, le plus étrange dans ce nouvel endroit était la lumière. Tout était si lumineux, même à minuit. Je fermais les rideaux, fermais les yeux, et pourtant il semblait ne jamais faire sombre. Je repensais à la maison, comme la nuit était noire, sans rien pour éclairer les objets, proches ou lointains. Tu fermais les yeux, puis tu les ouvrais, et tu voyais exactement la même chose. Les rues sont si animées ici. Il y a plein d'étrangers dans la maison. Pourtant, je suis le plus souvent seule. Une chose à laquelle on n'est pas préparée avec un enfant est la solitude. C'est curieux comme on peut être à la fois débordée et s'ennuyer autant ! Mais j'essaie de m'occuper et d'être heureuse. Le pays me manque, et toi aussi.

Bien à toi,

Nora

Chère Nora,

La grande nouvelle ici est que la manufacture de Malbay m'envoie avec d'autres filles mariées à Shannon suivre une formation de surjeteuse. Ils m'installeront une machine à coudre spéciale à la maison à mon retour, pour que je puisse faire les ourlets et les coutures les plus difficiles assise à ma table de cuisine. Il était pénible au début de me retrouver à la campagne et, comme tu le sais, j'avais bien d'autres problèmes. Je t'avoue que j'étais bien malheureuse. Mais après ton départ, ma mère m'a dit que je devais faire mon bonheur ici. La plante fleurit où elle est plantée, m'a-t-elle dit. J'ai essayé de mon mieux. J'espère te voir dans pas trop longtemps, DV.

Toute mon affection,

Oona

Nora passa son doigt sur les initiales *DV, si Dieu le Veut*.

Elle fit la même prière.

Theresa avait laissé les cartes de prière de tante Nellie sur le rebord de la fenêtre de la cuisine. Chaque fois qu'elle avait un moment libre, Nora les sortait et essayait de parler à Dieu à la manière de tante Nellie. Certains jours, elle aurait juré que ça marchait.

D'autres fois, ses prières n'étaient que des souhaits, adressés au néant.

En grandissant, Patrick pleura moins. Elle arrivait à le raisonner, à le faire rire. Elle commença à prendre plaisir à la façon dont il s'émerveillait de tout : une voiture, un oiseau, un pissenlit jaune poussant dans une fissure du trottoir. Elle trouvait presque magiques les premières fois où il faisait ce que font tous les enfants. Ses premiers pas, ses premières dents.

Je suis ta mère maintenant, disait-elle. Essayant de le convaincre, de s'en convaincre elle-même. Sa propre mère manquait à Nora d'une manière qu'elle n'avait pas ressentie depuis l'enfance. Elle se souvenait de sa sévérité, de son habileté, et essayait de les reproduire. Les années passées à s'occuper de son frère et de sa sœur l'avaient préparée à être mère. Elle songeait à la pauvre Theresa, qui n'avait jamais eu de mère, sinon elle.

La vivacité de sa sœur lui manquait. Seul Patrick mettait de la couleur dans sa vie désormais.

« Mama », l'appelait-il, et son cœur se gonflait. Son premier mot, répété en boucle comme une prière.

Un samedi matin, quand elle se réveilla, le soleil brillait déjà dans le ciel. Nora n'en revenait pas. Le bébé avait dormi plus longtemps qu'elle !

Elle entra dans la cuisine.

Charlie donnait le biberon à Patrick en lui racontant l'histoire d'une cliente difficile comme s'il était un vieux copain.

— Et je lui ai dit : pêche n'est pas une couleur pour une maison, madame. Je lui ai conseillé le jaune paille. Voilà une couleur que vous regretterez de ne pas avoir choisie si vous ne le faites pas maintenant. Elle a pris la peinture couleur pêche.

Il leva les yeux et vit Nora dans la porte, souriante.

— Tu t'es levé en même temps que lui ?

— On s'est dit qu'on allait te laisser dormir et avoir une conversation matinale entre hommes.

Elle montra le biberon du doigt.

— Comment sais-tu faire un biberon ?

— Quoi ? Chauffer un peu de lait une minute sur le feu ? Je le faisais tout le temps pour mon petit frère. Jack est devenu obèse uniquement à cause de moi et de ma façon de préparer le biberon.

Nora fut submergée par un élan d'affection pour lui. Elle était surprise de découvrir une facette de Charlie qu'elle ne connaissait pas.

Cela devint leur rituel du samedi matin. Quand Nora sortait de sa chambre et les voyait tous les deux attablés, elle ressentait quelque chose comme de l'amour.

Chaque fois que Charlie touchait sa paie, il laissait un pot de crème glacée à la vanille de chez Brigham dans la glacière et, quand elle le finissait, il le remplaçait par un nouveau. Elle remarqua que son rire revenait naturellement quand il racontait des histoires idiotes à leur fils. Il se remit à faire des blagues de mauvais goût, et Nora essayait d'en sourire.

Ils trouvèrent une forme d'acceptation pacifique. Ils avaient pris une décision qui les liait jusqu'à la fin de leur vie. Ils pouvaient choisir de s'en contenter, ou non.

Deux ans après leur mariage, Nora lavait la vaisselle dans l'évier quand Charlie rentra du pub. Elle l'entendit enlever son manteau dans le couloir, puis marcher sur la pointe des pieds pour ne pas réveiller Patrick. Elle allait lui dire que son dîner était sur le comptoir quand il entra dans la cuisine. Mais, avant qu'elle puisse parler, Charlie lui sourit bizarrement, s'avança jusqu'à elle et l'embrassa, l'enlaçant plus longuement que d'habitude.

Nora lui prit la main, le conduisit dans la chambre à coucher. Si elle ne le faisait pas maintenant, elle pourrait ne jamais le faire. Elle n'alluma pas la lumière. Quand ils firent l'amour, il la toucha comme s'il avait peur qu'elle se brise, ou sans doute change d'avis.

Après, il lui caressa la joue.

— Nora Flynn, dit-il, s'adressant à elle par son nom de jeune fille, qu'elle considérait encore comme son vrai nom. La seule fille que j'aie jamais aimée.

— Oh, tais-toi, dit-elle.

— C'est la vérité. Je t'ai aimée depuis la première fois où je t'ai vue.

Sa sœur se moquerait d'elle. Toutes les fois où elle s'était demandé pourquoi Charlie l'avait épousée, avait consenti tous ces sacrifices, Nora n'avait pas pensé une seule fois que l'amour pût en être la raison. Était-ce vrai ? Il n'exprimait pas son amour comme les acteurs au cinéma. Pourtant, il avait fait une chose extraordinaire pour elle.

À partir de ce jour, ils continuèrent à dormir dans des lits séparés, mais de temps en temps, l'un des deux se glissait discrètement entre les draps de l'autre.

La plante fleurit où elle est plantée, se disait-elle, chaque jour. Peu à peu, cela porta ses fruits.

Depuis le jour où Patrick avait eu un mois, les gens lui demandaient quand elle aurait un autre enfant.

Pendant longtemps, cela n'arriva pas, et Nora croyait qu'elle n'aurait pas d'enfant. Elle s'était inquiétée de tomber enceinte trop vite, mais maintenant, sa peur lui semblait ridicule.

Patrick avait quatre ans lorsqu'elle sut qu'elle attendait un bébé, et sa première pensée la surprit : elle craignit de ne pas pouvoir aimer un autre enfant autant qu'elle aimait Patrick.

Quand elle vit John à l'hôpital, une petite bouille rouge enveloppée dans un linge blanc, le bonheur dans les yeux de Charlie l'effraya. Elle savait ce qu'il pensait.

— Il est mon portrait craché en bébé, dit-il, rayonnant.

Elle songea à Patrick ; il ne ressemblait pas du tout à son mari.

Quand elle le mit au lit, le soir de sa sortie de l'hôpital, Nora dit :

— Sais-tu pourquoi tu t'appelles Patrick ? Parce que c'est le deuxième prénom de mon frère, Martin. Et la première fois que je t'ai vu, j'ai pensé que tu ressemblais beaucoup à lui. Vous pourriez être jumeaux ! Bien sûr, il est bien plus grand que toi. Il a vingt-cinq ans !

— Vingt-cinq ! glapit Patrick, émerveillé par un nombre si grand.

Il lui demanda une photo de Martin. Elle répondit qu'elle en chercherait une, espérant qu'il oublierait. Ainsi fut plantée la graine que, de temps à autre, elle arrosait, lui rappelant une ressemblance imaginaire qui devint vérité à force de l'évoquer.

À un moment donné, Nora arrêta de s'angoisser à l'idée que sa sœur ne revienne jamais et commença même à craindre qu'elle le fasse un jour.

11

Une semaine avant de quitter Boston, Theresa tourna au coin d'une rue après le travail et faillit rentrer dans Walter McClain, en promenade avec femme et enfant.

Elle venait de remarquer, en enfilant son manteau, qu'elle avait renversé quelque chose sur sa blouse. Elle essuya le liquide, qui laissa une tache sombre. Quand elle leva les yeux, il était là, riant d'une chose que venait de dire sa femme. Une grande brune mince, qui tenait un bébé aux cheveux drus et noirs, tout comme Patrick. Walter ne vit pas Theresa, ou alors il ne la reconnut pas. Il continua sa balade comme s'il n'avait croisé personne.

Dans cet instant d'incertitude, elle eut un déferlement d'émotions – *Je le reconnais. C'est lui. Oh, mon Dieu, lui. Va-t-il… ?* Non.

Soulagement qui vira vite au désespoir.

Elle comprit alors qu'elle n'avait rien renversé. C'était son lait qui s'écoulait à l'intérieur de sa chemise.

Elle sentait depuis quelque temps qu'elle allait craquer. Elle ne dormait plus. Elle était debout toute la nuit, cœur battant, à attendre que les cris de Patrick transpercent le silence. Elle était hantée par des visions. Allongée sur une table, laissée pour morte. Les infirmières ignorant ses hurlements de douleur. Tout le monde faisant comme si elle n'était pas là.

Elle trouvait des petites touffes de cheveux sur son oreiller quand elle se réveillait le matin. En se regardant dans la glace, elle apercevait des traces de pelade sur son cuir chevelu. Après l'accouchement, elle saigna pendant six semaines. Elle ne savait pas si c'était normal, et elle n'avait personne à qui poser la question. Nora était si remontée contre elle que Theresa n'osait pas lui en parler. Elle se demandait si elle allait mourir. Elle l'espérait presque. Ils entreraient dans sa chambre un matin et la découvriraient pâle et exsangue dans son lit.

Sa dernière matinée à Sainte-Marie flottait comme un rêve à demi oublié qu'elle n'arrivait pas à reconstituer, malgré tous ses efforts. Si seulement elle arrivait à s'en souvenir, pensait-elle, alors peut-être pourrait-elle comprendre ce qui s'était passé.

— Je pars maintenant, avait-elle dit après leur retour de l'hôpital. Je prends Patrick et je m'en vais.

Mais elle se sentait épuisée, étourdie. Son projet semblait irréfléchi. Où irait-elle ? Comment se débrouillerait-elle ?

Alors elle s'occupa du bébé la nuit, à la maison, quand personne ne pouvait la voir. Au début, cela lui suffisait. Elle voulait seulement le garder auprès d'elle. Elle ne cessait de se le répéter. Quand elle serait assez forte, elle l'emmènerait. Mais quand elle croisa Walter, Theresa douta de pouvoir redevenir forte un jour.

Quelques jours plus tard, tante Nellie décédait. Assise dans l'église pendant l'éloge funèbre, Theresa sentit quelque chose se briser en elle. Alors que Patrick hurlait, elle eut une montée de lait. Elle voulut l'arracher des bras de sa sœur. Mais tout le monde observait. Elle regarda droit devant elle pour ne pas pleurer. Mais des larmes jaillirent de ses yeux, des larmes et du lait, son corps se liquéfia, emportant ce qui restait d'elle.

C'était une torture d'entendre Charlie raconter l'histoire de l'accouchement de Nora. Quinze minutes ! Elle savait que Nora ne le supportait pas non plus. Nora détestait toute cette histoire. Elle détestait Patrick.

Les derniers mots que sa sœur lui avait adressés resteraient à jamais gravés dans sa mémoire.

Évidemment, je ne veux pas de lui.

Elle comprit alors qu'elle devrait partir sans le bébé. Ce serait mieux pour tout le monde. Si sa sœur arrivait un jour à aimer Patrick, ils ne pouvaient pas continuer ainsi. Elle savait où aller. Elle prit l'enveloppe dans un tiroir, l'adresse de l'expéditeur était griffonnée dans le coin en haut à gauche. Ce n'était pas une maison, mais une école. *Saint Hugo of the Hills.*

Theresa rassembla les vêtements que Babs lui avait donnés et l'argent qu'elle avait économisé, ce qui ne faisait pas grand-chose. Elle laissa un mot pour Nora. Puis elle se glissa dans la chambre de Patrick, son sac pesant sur son épaule. Pendant des années, elle se souviendrait de l'image du bébé endormi dans son berceau, un ange. Elle désirait l'emmener, mais elle ne pouvait pas encore l'assumer, elle en avait conscience.

Elle prit sa Médaille miraculeuse dans le tiroir de la coiffeuse, pour se souvenir de lui. Elle la glissa dans la poche de son manteau.

Theresa espéra qu'il sentait qu'elle reviendrait le chercher. Elle se demanda si elle devait ou non l'embrasser, cela risquait de le réveiller. Elle le fit quand même, savourant la sensation de sa peau douce, si douce, contre ses lèvres. Il commença à pleurer au moment où elle refermait la porte sur sa fuite.

Elle prit le métro pour South Station et s'assit sur les marches au milieu des clochards, des ivrognes, et des quelques voyageurs tardifs qui descendaient d'un bus. Elle ne se souciait guère de ce qui pouvait lui arriver, mais personne ne l'embêta. Par moments, elle voyait une silhouette se diriger vers elle et elle pensait qu'il s'agissait de Nora, venue la ramener à la maison. Mais alors, la femme se rapprochait et elle se rendait compte que c'était une inconnue.

Theresa sortit l'enveloppe de sa poche, relut la lettre. Elle datait de près d'un an. *Viens me voir si tu passes un jour dans le Queens.*

À l'aube, elle se dirigea vers le guichet et demanda un aller simple pour New York. Elle fit tout le voyage avec son sac posé sur le siège à côté d'elle pour décourager quiconque de s'y asseoir. Ils avaient fait ce trajet dans l'autre sens, deux ans auparavant, Nora et Charlie assis sur les sièges devant elle. Ils regardaient par la fenêtre, admiraient le paysage. Maintenant, elle regardait droit devant elle, les yeux plissés, presque fermés.

Theresa attendit la sortie des cours sur les marches de Saint Hugo of the Hills. Elle ne quitta pas la porte des yeux pendant près d'une heure, se demandant si son amie travaillait toujours là. Finalement, Abigail sortit, le visage encadré de boucles blondes bondissantes, des lunettes en écaille de tortue sur le nez, telle qu'elle était lorsqu'elles s'étaient rencontrées sur le bateau. Theresa se souvenait des heures passées à bavarder sur le pont, à fantasmer sur les garçons qui entraient dans la salle de bal.

— Abigail ! s'écria-t-elle en saisissant son bras alors qu'elle passait près d'elle.

Abigail, visiblement effrayée, s'écarta vivement.

Elle ne l'avait pas reconnue.

Theresa se souvint alors du jour où elle avait reçu la lettre. Sa sœur l'avait sermonnée. *C'est une formule de politesse, elle ne t'invite pas.*

— Je suis Theresa, dit-elle. Du transatlantique.

Abigail leva la tête. Enfin, elle sourit.

— Mais qu'est-ce que tu fais ici ? s'exclama-t-elle.

Elle étreignit Theresa, l'invita à prendre le thé chez elle. Tandis qu'elles marchaient dans une rue commerçante, Theresa surprit leur reflet dans une vitrine. Abigail avait peu ou prou changé, mais Theresa semblait une personne différente.

— Ma sœur est morte, dit-elle, inventant une histoire au débotté. Je me retrouve toute seule. C'est pour ça que je suis venue te voir. Je ne savais pas où aller.

Abigail parut bouleversée.

— La pauvre fille. Je me souviens, elle était souffrante.

Elle déclara qu'elle était fiancée et qu'elle partirait bientôt de New York. Ils avaient déjà acheté une maison dans le New Jersey, à côté de chez ses beaux-parents.

— La vie est injuste, ajouta-t-elle. Certains ont tellement de chance, alors que d'autres… Je veux t'aider. Tu es une fille bien, Theresa. Tu ne mérites pas ce qui t'arrive.

C'était la première fois depuis des années que les circonstances jouaient en sa faveur. Abigail s'arrangea pour que son poste d'enseignante en troisième soit attribué à Theresa après son départ. Elle emménagea dans le studio d'Abigail. L'immeuble était haut, terne et peu inspirant. L'appartement exigu se situait au quatorzième étage. Elle avait vue sur un panneau publicitaire des plateaux-télé surgelés Swanson. Sur l'illustration, une femme de six mètres de haut, et néanmoins délicate, vêtue d'une robe rose, souriait à une boîte de poulet aux légumes congelé comme s'il s'agissait d'un chiot. Derrière elle, un mari niais portant des clubs de golf faisait signe de rester à un copain sur le seuil de la porte. *Un invité inattendu au dîner ? Vous êtes prête à le recevoir !*

Abigail avait laissé le lit, la commode et la bouilloire, ainsi qu'une liste de tous les endroits où Theresa pouvait aller pour rencontrer des gens du pays. Ce quartier de New York abondait de clubs et de pubs irlandais, mais elle ne souhaitait pas les fréquenter.

Elle ne voulait rien avoir à faire avec les Irlandais ni avec personne.

Theresa croisait rarement les gens vivant dans les appartements voisins du sien. Mais elle sentait l'odeur de leurs cuisines bizarres imprégner les murs, entendait leurs voix tonitruantes, des mots prononcés dans des langues qu'elle ne comprenait pas. Elle sursautait chaque fois qu'une voix s'élevait ou qu'un objet tombait sur le plancher au-dessus de sa tête. Tout le monde lui était étranger désormais. Le monde extérieur représentait une menace, différente de ce qu'elle avait vécu jusque-là.

L'école ressemblait à une prison ou une usine. Elle songea aux écoles de campagne en Irlande, aux élèves qu'un enseignant suivait non pas pendant un an, mais connaissait depuis la plus tendre enfance jusqu'à l'âge de dix ou onze ans. Là-bas, un professeur avait un vrai rôle à jouer dans leur éducation, mais ici, ils étaient si turbulents, si âgés, déjà formés. Ils ne l'écoutaient pas, peu importe l'énergie qu'elle déployait.

Certains matins, elle rêvait d'embarquer sur un bateau pour l'Irlande. Elle s'imaginait se régaler du *barmbrack* de sa grand-mère, constellé de raisins secs. Elle pouvait presque en sentir le goût. Theresa se languissait du son de sa voix, sa façon de marmotter en irlandais quand elle ne voulait pas que les enfants comprennent ses paroles.

Mais elle n'écrivit pas à la maison pour leur dire où elle était. Elle se demandait ce que Nora leur avait raconté. À l'heure actuelle, ils devaient savoir qu'elle s'était enfuie. Theresa reprendrait contact avec eux quand elle serait prête, quand le moment serait venu de récupérer Patrick. Alors, elle leur dirait à tous la vérité.

Les repas animés autour de la table de Mme Quinlan lui manquaient. Et surtout, Nora lui manquait. Le sentiment d'être en sécurité avec elle, seul rempart au monde de Theresa.

Sa vie se confinait à ses cours et à son appartement. Elle ne pensait pas mériter plus. Dans la salle des professeurs, quand les jeunes femmes parlaient des hommes qu'elles fréquentaient et de leur demande imminente en mariage, Theresa aurait aimé s'immiscer dans leurs conversations. Mais alors elle se ravisait. Qu'aurait-elle pu avoir à dire ?

Theresa déjeunait seule à l'école, dînait seule chez elle, se forçait à avaler la nourriture. Elle mangeait des flocons d'avoine au dîner. Elle ne savait pas cuisiner. Quelqu'un d'autre avait toujours préparé les repas pour elle : sa sœur, Mme Quinlan ou sa grand-mère. Rien n'avait de goût. Il lui arrivait d'oublier de manger. Elle se regardait dans la glace et s'étonnait d'avoir autant maigri. Ses seins et son ventre pendouillaient comme des ballons de baudruche dégonflés, son corps était anguleux, les os apparents sous la peau.

Elle se rendait à l'église presque chaque soir et priait avec une dizaine de vieilles femmes. Elle récitait l'Ave Maria jusqu'à ce que les mots cessent d'avoir un sens.

Son chagrin était son seul compagnon, toujours présent, lui endolorissant les bras et les jambes comme si elle venait de gravir une montagne. Certains matins, elle avait du mal à se tenir debout et à s'habiller. Elle ne faisait que dormir, dormir, dormir.

Le week-end, elle dormait toute la journée, et elle restait éveillée la nuit, le cœur lui martelant la poitrine tandis qu'elle retombait dans la réalité, se demandait ce que faisaient Nora et Patrick à cette minute précise.

À plusieurs reprises, elle imagina se taillader les veines ou monter sur le toit et sauter dans le vide. Mais c'était un péché si grave qu'elle s'efforçait de bannir cette pensée de son esprit dès qu'elle apparaissait. Elle se visualisait alors en jeune communiante le jour de sa confirmation. L'évêque lui demandant ce qui arrivait quand on mourait en commettant un péché mortel – et Theresa récitait allègrement la réponse. *Vous allez en enfer*, disait-elle en souriant, croyant sincèrement qu'aucune circonstance ne pourrait jamais la conduire à un tel acte.

Elle portait en permanence la médaille de Patrick, la triturait entre ses doigts, priait pour lui.

Une autre enseignante de Saint Hugo vivait dans son immeuble. Pendant des mois, elles se croisèrent par hasard dans l'ascenseur le matin et marchaient à quelques mètres de distance l'une de l'autre jusqu'à l'école. Quand elle lui souriait, Theresa baissait les yeux.

Un matin, la jeune femme l'aborda.

— C'est idiot. Je m'appelle Cathy Tursi. Je suis professeur en première.

— Theresa Flynn, dit-elle timidement. Troisième.

Elles se mirent ensuite à faire le chemin ensemble, pour aller et revenir de l'école. Quand les portes de l'ascenseur ne s'ouvraient pas au quatorzième étage, Cathy attendait Theresa dans le hall. Leurs courtes promenades étaient les temps forts de sa journée, bien qu'elle laissât Cathy faire la plupart de la conversation. Elle avait quelques années de plus que Theresa. Cathy lui demanda d'où elle venait, si elle avait un petit ami. Theresa était naturellement encline à raconter sa vie à une nouvelle amie, mais maintenant, elle esquivait même les questions les plus élémentaires.

— Tu es très mystérieuse, dit Cathy sans se décourager. Pas de problème. Je finirai bien par comprendre qui tu es.

Theresa voulait qu'on la comprenne. Mais quand Cathy l'invita à dîner un mardi soir, elle refusa. Pendant des semaines, elle déclina les invitations de Cathy, même si son ancien moi souhaitait les accepter, désirait avoir une amie.

Puis un jour, Cathy frappa à sa porte et dit :

— Cette fois, c'est grave. Mon petit copain m'a posé un lapin. J'ai un rôti braisé au four et je ne suis pas d'humeur à discuter. Tu viens et c'est tout.

Ce fut le premier repas que Theresa partagea avec quelqu'un en sept mois.

L'appartement de Cathy avait la même disposition que le sien. En plus chaleureux. Elle avait accroché des photos, posé de la moquette, peint les murs en bleu clair. Les étagères ployaient sous les livres. Elle avait un vieux chat docile qui aimait se rouler en boule sur le rebord de la fenêtre et se prélasser au soleil. Le studio de Theresa était vide, un rectangle décoloré et un clou partout où Abigail avait accroché des photos, le sol nu et froid sous ses pieds le matin comme une sorte de pénitence. Elle eut envie de s'allonger sur la moquette de Cathy et ne plus jamais en partir.

Cathy rappelait à Theresa une version plus âgée de la jeune femme qu'elle avait été autrefois. Tout le monde l'appréciait. Et pour une raison inexplicable, elle aimait bien Theresa. Avoir une amie changeait bien des choses. Elle se sentait bien quand Cathy était là. Il était dans sa nature de rire, de flirter, de papoter, de s'intéresser à tout. Theresa avait peur d'être seule avec ses pensées.

Le petit ami de Cathy, Arthur, était chauffeur de camion. Il était sur la route cinq jours par semaine, y compris le week-end. Theresa et Cathy se rendaient ensemble à la messe de dix heures à Saint Hugo tous les dimanches, puis elles allaient prendre un café et des œufs sur Grand Street.

Un an et demi après l'arrivée de Theresa à New York, Arthur lui présenta un ami, Roger, un bel Américain qui travaillait pour la police municipale. Ils sortaient tous les quatre, allaient au dancing ou au cinéma en début de soirée. Theresa laissait Roger l'embrasser, mais pas aller plus loin. Il la prenait pour une fille innocente, une vierge.

Theresa ne parlait jamais de Nora ou Patrick, ne disait même pas qu'elle avait vécu à Boston. Le souvenir ne la quittait pas, mais il s'estompait un peu, assez pour qu'elle puisse respirer, pour que son cœur cesse de s'emballer à tout moment. Elle continuait de prier pour eux. Elle croyait encore qu'elle irait chercher Patrick, l'amènerait à New York.

Un matin de décembre, alors qu'elles se rendaient à l'école, Cathy déclara :

— Arthur dit que Roger t'adore. Il a passé de très bons moments ces derniers mois. Tu pourrais envisager un avenir avec lui ?

— Non, dit Theresa. Ni avec lui ni avec un autre.

— Oh !

Cathy parut surprise. Theresa elle-même fut surprise.

— Tu vas bien ? demanda Cathy.

Une question si simple que Theresa ne put s'empêcher de répondre « non ». Elle se mit à pleurer.

— Tu veux en parler ?

Elle secoua la tête.

Cathy passa un bras autour de sa taille, l'air inquiète.

— Je n'ai pas le moral ces derniers temps, dit Theresa d'une voix qui cherchait à dédramatiser son propos.

Elles marchèrent sans un mot, puis Cathy brisa le silence.

— Tu te souviens, je t'ai dit que ma mère et moi faisions une retraite dans un couvent du Vermont tous les deux ans ?

— Bien sûr, je m'en souviens.

— On était censées y aller un week-end cet hiver, mais avec ma sœur qui va avoir un autre bébé, ma mère ne peut pas s'éloigner. Je m'en faisais une joie, et on a réservé la chambre et tout. Je viens d'y penser. On pourrait y aller ensemble ? Un changement de décor te fera du bien. C'est un endroit magnifique.

— J'aimerais beaucoup, mais je ne peux pas. Je suis déjà prise.

Cathy laissa échapper un petit rire.

— Je n'ai même pas dit de quel week-end il s'agissait !

Theresa déglutit. Elle avait la gorge serrée.

Elle se revit en train de hurler aux oreilles de sœur Bernadette, cramponnée à son enfant. Une histoire qu'elle ne pourrait jamais raconter.

— J'ai un problème avec les bonnes sœurs.

— Ce sont des sœurs douces, des sœurs bienveillantes, je te promets. C'est l'endroit le plus paisible du monde. Quand tu arrives là-bas, un sentiment de quiétude absolue t'envahit.

— Non. Je ne peux pas.

— Tu adorerais, insista Cathy. Je te promets. Ce n'est pas du tout ce que tu imagines.

Theresa regarda son amie et sourit. Cathy avait le don de lui faire accepter des choses qu'elle pensait impossibles.

— Très bien, finit-elle par concéder. Juste pour une nuit ou deux.

Elles s'y rendirent en voiture un samedi matin. Theresa était nerveuse, mais elle essayait de se concentrer sur le paysage et la conversation. Le Vermont était une région magnifique – des rideaux de grands arbres à perte de vue. Elles quittèrent l'autoroute et traversèrent une place de village pittoresque, puis suivirent une route sinueuse à travers la campagne, au milieu de fermes et de champs, jusqu'à ce que Cathy annonce qu'elles étaient arrivées.

La première chose que Theresa remarqua fut l'emblème de la Médaille miraculeuse gravé sur le portail.

— Qu'est-ce que cela fait ici ? demanda-t-elle.

— C'est leur emblème, j'imagine qu'on appelle cela ainsi. Tu le verras partout ici.

Cathy franchit les grilles et arrêta la voiture devant un bâtiment massif en pierre.

— C'est une ancienne fonderie de cuivre reconvertie en couvent, dit-elle. Incroyable, non ?

Aux deux extrémités du bâtiment s'élevait une clôture en bois de plus de trois mètres de haut. Intriguée, Theresa se demanda ce qu'il y avait de l'autre côté.

Une salle aux murs en vitraux s'avançait à l'avant du bâtiment. Elles entrèrent. C'était une véranda. Il y avait une petite fontaine flanquée d'oiseaux de paradis, de pivoines, d'alliums et de cactus de toutes formes et de toutes tailles. Sur le mur du fond, une courte volée de marches menait vers une porte ouverte, un petit vestibule sombre. À l'intérieur se trouvait une autre porte, grillagée de bois dans sa partie supérieure. Une religieuse se tenait derrière. Elle avait l'air piégée à l'intérieur, une prisonnière, mais elle souriait chaleureusement. Il était impossible de lui donner un âge.

Elle les accueillit en latin. Theresa ne savait pas quoi dire, mais Cathy répondit par une brève formule d'usage, en latin également.

C'en fut fini des formalités. La religieuse serra la main de Cathy à travers la grille du parloir.

— Nous sommes si heureuses de te revoir.

— Sœur Ava, voici mon amie Theresa Flynn. Theresa vient d'Irlande, elle vit à New York.

— Ah ! dit la sœur. Avec ta famille ? Ton mari ?

— Seule, dit Theresa.

— Comme c'est courageux.

Personne ne lui avait jamais dit cela. Theresa et Nora étaient venues seules, comme des millions d'autres filles avant elles. Personne dans leur entourage ne semblait trouver cet acte courageux. Il était normal pour eux.

Sœur Ava leur dit que le déjeuner serait servi dans le réfectoire des femmes dans une heure. Ensuite, si elles étaient d'accord, les religieuses leur assigneraient un travail.

— Avec plaisir, ma` sœur, dit Cathy. Nous vous remercions.

Lorsqu'elles ressortirent du bâtiment, elle dit :

— Quand on travaille avec elles, on a le droit de franchir la clôture des moniales.

De l'autre côté de l'imposante barrière.

L'hôtellerie Saint-Grégoire était un vieux cottage vétuste au parquet craquant. La maison était vide quand elles arrivèrent. Theresa traversa le hall et entra dans un salon confortable avec deux canapés au motif floral et deux fauteuils, un bleu et un blanc. La pièce était éclairée par des lampes. Partout, des livres : sur la table à café, la table à manger, les tables basses, sur les étagères encastrées qui encadraient la cheminée en pierre. Des ouvrages religieux et d'autres non, laissés par les pensionnaires, supposa-t-elle. Des plantes vertes étaient posées sur les étagères et grimpaient le long des fenêtres garnies de rideaux en dentelle. Des poutres en bois sombre striaient le plafond blanc. Des tableaux de La Vierge et l'Enfant tapissaient les murs.

La lumière rose de l'après-midi qui éclairait la pièce procura à Theresa un sentiment de paix qu'elle n'avait pas ressenti depuis une éternité.

Cathy lui montra la salle à manger avec sa table en bois massif et ses chaises. Il n'y avait pas deux chaises identiques. Dans la cuisine, les assiettes aussi étaient toutes décorées de motifs différents, la plupart ébréchées. Le réfrigérateur était rempli de confitures maison, de pain et de lait cru provenant de la laiterie.

Chaque chambre portait le nom d'un saint. Un tableau noir indiquait leur attribution. Elles partageraient la Saint Laurent au deuxième étage. Une femme nommée Maura était dans la Sainte Agathe au premier. Il y avait quatre autres pièces occupées. Dans leur chambre, les matelas étaient si vieux, mous et minces qu'on pouvait sentir tous les ressorts. Des serviettes et des draps élimés étaient pliés au pied des lits.

Le déjeuner se composait de poisson pané et de frites avec de la sauce tartare. De la purée de pois cassés. Du lait cru. Il était servi dans le bâtiment en pierre que Theresa avait vu en arrivant, dont elle savait maintenant qu'il était la clôture monastique derrière laquelle vivaient les moniales. Cathy et elle y entrèrent par le côté public, une porte donnant sur une minuscule salle à manger sans aucune ouverture sur le reste du bâtiment à part une fenêtre de parloir quadrillée par un grillage en bois.

Les moniales qui avaient préparé le repas tendaient les plats à travers la grille. La vision furtive qu'elle eut des sœurs cloîtrées, en habit religieux, avec un bol fumant ou une cruche de lait dans les mains, bouleversa Theresa. Elle ressentit le désir aussi soudain qu'inexplicable de passer de l'autre côté du mur et de déjeuner à table avec elles dans leur quartier privé. Peut-être était-ce seulement l'instinct de curiosité que Nora avait toujours essayé d'étouffer en elle, le sentiment d'ignorance qui la poussait à vouloir à tout prix savoir. Les sœurs étaient amicales, elles souriaient. Elles semblaient tranquilles, satisfaites, pas pressées. Mais elles parlaient très peu et Theresa se demanda comment elles étaient arrivées dans un tel endroit.

L'après-midi, elle fut affectée au jardinage en compagnie de mère Lucie Joseph.

La religieuse devait avoir plus de soixante-quinze ans. Elle lui dit qu'elle s'était blessée récemment et ne pouvait pas faire grand-chose.

— Tu vas devoir faire le plus gros du travail, j'en ai peur.

Elle donna instruction à Theresa de couper les plantes, grandes et petites. Certaines étaient des mauvaises herbes, mais d'autres tenaient plus de l'arbuste. Theresa plaça les énormes cisailles autour d'une branche particulièrement épaisse et pressa les poignées de toutes ses forces. Les lames tranchantes entaillèrent la branche, révélant sa chair verte. Mais elle ne pouvait pas serrer les lames plus que cela.

— Laisse-moi te montrer, proposa gentiment mère Lucie Joseph.

Elle prit la cisaille, la serra d'un coup sec, et la branche tomba sur le sol.

— Ça alors, dit Theresa.

La sœur fit un clin d'œil.

— J'ai pas mal d'entraînement.

— Puis-je vous poser une question, ma mère ?

— Bien sûr.

— Quel âge aviez-vous lorsque vous êtes arrivée ici ?

La religieuse se redressa.

— J'étais beaucoup plus jeune que maintenant. Plus vieille que toi, cependant. J'ai été chanteuse d'opéra, dans une vie passée.

Theresa crut qu'elle plaisantait, mais la femme poursuivit :

— Je chantais à Carnegie Hall. J'ai eu le plus gros contrat discographique jamais signé par un chanteur d'opéra. Mais voilà. À un moment donné, j'ai commencé à me sentir superficielle. Il n'y avait rien derrière les paillettes. Voilà. Maintenant, je chante l'Office divin plus fort sans doute qu'on ne l'aimerait, et cela me va bien.

Un matou orange les observait.

— C'est Chester, dit la moniale.

Theresa vit une autre religieuse, une jeune fille, lancer une balle de tennis à un colley alors qu'elle sortait la poubelle en la traînant derrière elle.

Elle eut le sentiment que le présent immédiat, la tâche à accomplir, était tout ce qui importait ici. Elle pensa aux jeunes femmes dans la salle des professeurs à l'école, qui semblaient attendre quelque chose d'autre, un homme susceptible de changer leur vie.

À cinq heures trente, les sœurs chantèrent les vêpres dans la chapelle, isolées des bancs par une grille métallique noire.

Dans la demi-heure entre les vêpres et le souper, Theresa et Cathy firent un saut à la station-service en ville, à dix minutes de voiture. C'était le signe de civilisation le plus proche, et le seul trajet aller-retour possible pour rentrer à temps. Toutes les boutiques étaient fermées, mais l'enseigne de la station Gulf brillait.

— Ma mère et moi en avons fait notre rituel. On vient toujours à la station acheter une bouteille de Coca au distributeur. Il est rassurant de savoir que le monde extérieur existe encore et que nous allons bientôt y retourner, déclara Cathy.

Theresa acquiesça, même si elle s'était sentie transportée de joie pendant les vêpres, traversée par une sensation de légèreté.

Elles rentrèrent deux minutes avant le début du dîner. La seule autre personne à la table du réfectoire était Maura, dont elles avaient vu le nom au tableau. Elle était la mère d'une jeune postulante et semblait nerveuse. Elle était coiffée en carré court, argenté, aux mèches gonflantes et retournées aux pointes. Elle portait une robe noire, serrée à la taille par une ceinture. Theresa voulait lui poser une foule de questions, mais elle se retint.

Les religieuses chantèrent les complies à sept heures trente, marquant ainsi la fin des tâches de la journée. Les femmes devaient rejoindre l'hôtellerie du couvent pour la nuit.

Theresa et Cathy se mirent au lit avec une tasse de thé à la menthe poivrée et discutèrent de leur journée, des religieuses. Un souvenir remonta à la mémoire de Theresa. Cela faisait si longtemps qu'elle l'avait oublié qu'elle rit.

— Je voulais être religieuse quand j'étais petite, dit-elle.

— Moi aussi, répondit Cathy en souriant. Je pense que toutes les petites filles catholiques traversent cette phase, non ?

Le lit était inconfortable, mou. Theresa était sûre qu'elle ne fermerait pas l'œil de la nuit. Mais dès que sa tête toucha l'oreiller, elle s'endormit. Elle n'avait jamais aussi bien dormi depuis qu'elle avait quitté la maison. Depuis qu'elle avait quitté Patrick.

Le lendemain, les cloches la réveillèrent à six heures.

— Elles doivent encore prier ? murmura-t-elle.

— Oui. Et elles ont déjà prié à deux heures du matin ! Tu n'as pas dû entendre les cloches dans ton sommeil.

— On aurait pu y assister ?

— Non. Cet office a lieu à l'intérieur de la clôture monastique.

Une fois encore, la nature interdite de la chose l'intriguait. Elle avait l'impression qu'elle pourrait faire n'importe quoi juste pour être là, entendre les voix s'élever dans la chapelle sombre.

En théorie, les moniales ne devaient pas leur parler en dehors des parloirs ou des travaux effectués ensemble, mais elles trouvaient d'autres moyens. Après la messe de huit heures, une religieuse s'approcha et leur remit à chacune une feuille de papier. Il était écrit sur celle de Theresa que mère Monica viendrait la chercher à dix heures pour nettoyer une maison à l'autre bout de la propriété.

À dix heures cinq, la religieuse s'arrêta devant elle au volant d'un vieux break Ford.

— Qui es-tu ? demanda-t-elle en fronçant les sourcils par la fenêtre ouverte.

— Je suis Theresa Flynn, ma mère.

— Où est Maura ?

— Je ne sais pas.

La porte de la maison s'ouvrit derrière elle, et Maura en sortit.

— Maura ! s'exclama joyeusement la sœur, comme si elles étaient les meilleures amies du monde. Quel plaisir de te rencontrer !

Elle se pencha et ouvrit de l'intérieur la portière côté passager. Maura monta à l'avant, tandis que Theresa se glissait à l'arrière.

En chemin, mère Monica expliqua qu'une sœur avait prononcé ses vœux définitifs il y a quelques jours. Sa famille avait séjourné dans la maison d'hôtes Sainte Gertrude, et elles avaient pour mission de la nettoyer et de la remettre en ordre.

Elles passèrent devant des pâturages dont l'herbe sèche avait une teinte dorée. Ils étaient bordés de pins et de chênes qui, se dit-elle, devaient être magnifiques au printemps. Theresa ressentit de la tristesse à l'idée de ne pas être là pour les voir. Deux vieux wagons couverts se trouvaient dans un champ – la sœur leur dit qu'ils servaient d'ateliers, l'un de poterie et l'autre de vitrail. Un cabanon derrière eux abritait l'atelier du forgeron.

Elle expliqua que tous les biens de l'abbaye étaient des dons. D'où les vêtements en jean qu'elles portaient pour travailler dehors – quelqu'un leur avait fourni des mètres et des mètres de denim, auxquels les sœurs avaient su trouver un usage utile, comme pour tout le reste.

Sainte Gertrude était une ferme blanche avec un large porche. Elles entrèrent par la cuisine. Mère

Monica sortit les draps et les serviettes du sèche-linge, et les mit dans un panier d'osier.

— Theresa ? C'est cela ? dit-elle.

— Oui, ma mère.

— Va donc à l'étage passer l'aspirateur dans les chambres et nettoyer la salle de bains. Maura, tu restes avec moi pour plier le linge.

Il n'y avait pas beaucoup de linge à plier. Certainement pas assez pour les occuper toutes les deux. En silence, Theresa questionna l'intérêt de passer son week-end à nettoyer une salle de bains qui avait été salie par des inconnus. Mais loin d'elle l'idée de contredire la religieuse. Elle monta à l'étage, trouva l'aspirateur dans un placard à balais du couloir.

Les maisons d'hôtes étaient charmantes, mais, en y regardant de plus près, elle s'aperçut de leur vétusté. Dans les chambres, les plafonds étaient zébrés de fissures. Au-dessus des rebords de fenêtre, la peinture craquelée se détachait du mur et tombait en pellicules sur le sol. Les prises électriques ne fonctionnaient plus ou pendaient des plinthes. Rien ne marchait. Régulièrement, Theresa se postait en haut de l'escalier et écoutait.

— Sœur Jane se sent merveilleusement bien ici, entendit-elle déclarer la moniale. La mère abbesse prétend qu'elle n'a jamais vu une jeune fille s'adapter aussi rapidement à la vie monastique.

Theresa comprit que sœur Jane était la fille de Maura.

L'après-midi, Theresa et Cathy jardinèrent avec sœur Antonia la parcelle de terrain située devant la boutique d'artisanat monastique. Un jeune érable du Japon y était planté. Sœur Antonia expliqua que l'arbre était malade, et que le sel charrié chaque hiver par les chasse-neige aggravait son état. Elles devaient construire une barrière avec des pieux en bois qu'elle avait taillés plus tôt dans la semaine, et les faire tenir ensemble grâce à une longue feuille de métal fin et un rouleau de toile de jute. Elle avait l'aluminium depuis des années, et cette toile de jute dont elle ne savait que faire jusqu'à ce que l'idée lui soit venue ce matin. Rien ne se perdait.

— Ça n'a pas coûté un centime ! s'exclama la sœur.

Theresa se demanda quel âge elle avait, depuis combien d'années elle était ici. Elle mentionna à un moment donné qu'elle avait étudié la philosophie pendant douze ans. Elle avait le visage tout ridé. Son titre, sœur, indiquait qu'elle n'avait pas encore prononcé ses vœux définitifs.

Elles travaillèrent pendant des heures dans le froid, utilisant de lourds maillets pour enfoncer les pieux dans le sol. Theresa voyait la vapeur de son souffle. Cela lui rappelait un peu la ferme en Irlande, mais c'était totalement différent. Pas un seul homme ici.

Quand elles eurent presque fini, sœur Antonia se rendit dans la cuisine du couvent pour faire du thé pour les réchauffer. Elle en revint avec une théière en métal et trois gobelets en carton. Elle remplit les gobelets à ras bord, et leur en tendit un à chacune. Cathy et Theresa y trempèrent les lèvres. La porte de la boutique s'ouvrit et elles virent sortir la bénévole à la choucroute blonde qui tenait la caisse. Theresa l'avait entendue plus tôt babiller avec une cliente.

Sœur Antonia leva le dernier gobelet de thé, celui qu'elle avait prévu pour elle, et dit :

— Judy, un thé ?

— Ma sœur ! Merci ! répondit la femme. Il fait un froid de canard, non ?

Elle n'était dehors que depuis trente secondes, pensa Theresa. Elle allait monter dans une voiture chauffée et, sans aucun doute, rentrer dans sa grande maison chauffée elle aussi.

— Nous vous sommes tellement reconnaissantes pour les cinq cents dollars, déclara sœur Antonia. Nous les avons alloués au toit de la chapelle. Un vrai don du ciel.

— Bien, bien, dit Judy. Et qu'avons-nous ici ?

— Une barrière qui, nous l'espérons, restera debout quelques semaines, dit sœur Antonia. Ce n'est pas joli, mais elle fera l'affaire pour protéger l'arbre.

— Ce qu'il faudrait, c'est un muret en pierre, déclara Judy.

La religieuse rit comme s'il s'agissait d'un rêve bien au-dessus de leurs possibilités. Ce qui était sans doute la réalité, se dit Theresa.

— J'en parlerai à mon mari, ajouta Judy. Je suis sûre qu'on peut le financer.

Une fois qu'elle fut montée dans sa voiture, sœur Antonia s'adressa aux filles.

— Nous avons beaucoup de chance de l'avoir. Elle est merveilleuse.

Le pensait-elle vraiment ? En parcourant la propriété à pied ce matin, Theresa avait aperçu des groupes de femmes braillardes venues voir la crèche, assister aux vêpres et visiter la boutique. Sa propre réaction peu charitable à leur encontre lui avait fait douter de pouvoir devenir religieuse un jour.

Certaines sœurs semblaient être là sans motif. D'autres avaient un programme précis, une vision plus pragmatique. Mère Lucie Joseph était volubile, douce et chaleureuse. Mère Helena était sévère, mais elle avait bon cœur. Sœur Antonia avait le sens du commerce. Elles avaient besoin de tout cela. Elles avaient besoin de se vendre. Elles remerciaient leurs bienfaiteurs lors de la prière des fidèles. Elles avaient besoin d'argent et de recrues, et pourtant elles ne pouvaient pas se permettre de réclamer la moindre chose. Theresa repensa à l'accueil qu'elle avait reçu de la surveillante, lui demandant si elle était venue en Amérique avec un époux.

Alors qu'elles rangeaient les outils dans le break de sœur Antonia, cette dernière dit à Cathy :

— Nous sommes toutes ravies de te revoir ici. La mère abbesse espère que tu nous rejoindras un jour. Elle pense que tu as la vocation.

— Pas moi, ma mère, je serai bientôt fiancée.

Curieusement, Theresa fut surprise. Elle ne savait dire pourquoi, mais elle était blessée d'être exclue des réflexions de l'abbesse, bien qu'elle fût soulagée que la question ne s'adressât pas à elle. Elle se souvint qu'elle n'avait pas encore rencontré l'abbesse.

Ce soir-là, dans la salle de bains au dernier étage de l'hôtellerie, Theresa découvrit qu'elle avait vue sur le dortoir des moniales, de l'autre côté de la route. Elle ressentit un sentiment de désir mêlé de répulsion. Elle remerciait le ciel d'avoir encore la possibilité de partir à sa guise.

Avant leur départ le lendemain matin, Cathy suggéra qu'elles se rendent au parloir chacune de son côté. Theresa se retrouva face à mère Lucie Joseph, la religieuse avec qui elle avait jardiné. Elles étaient assises dans des pièces séparées, communiquant par une grille comme celle de la salle à manger. Theresa essayait de voir ce qu'il y avait de l'autre côté. Elle aperçut une croix de bois sur le mur, une pile de livres sur une étagère dans le coin.

— Tu as été d'une grande aide, dit mère Lucie Joseph. Comment as-tu trouvé ton séjour ici ?

— Oh, j'ai beaucoup aimé. Je ne veux pas rentrer à New York, dit Theresa.

Elle émit un petit rire pour dédramatiser ses paroles, mais mère Lucie Joseph ne répondit pas ; elle laissa la phrase suspendue entre elles.

— Je ne suis jamais entrée dans un parloir, reprit Theresa. De quoi est-on censé parler ? De Dieu ?

Mère Lucie Joseph s'esclaffa.

— Tu peux parler de ce que tu veux. Dis-moi ce qu'il y a dans ton cœur.

Theresa s'entendit lui confier qu'enseigner était souvent épuisant et qu'elle se demandait si ce métier, qui l'avait toujours attirée, servait vraiment à quelque chose.

— Mes élèves ne semblent pas tirer grand-chose des leçons, dit-elle. Mais c'est sûrement ma faute.

— Pourquoi serait-ce ta faute ?

— Peut-être que je suis trop distraite.

— Par quoi ?

Elle avait le choix. Garder la conversation à un niveau superficiel, ou aller plus loin. Elle ne s'était jamais confiée à une sœur avant. Mais elle était impressionnée par mère Lucie Joseph, sage, imperturbable.

— Il y a des choses que je regrette profondément, ma mère, avoua-t-elle. J'ai blessé des gens que j'aime. Mais j'essaie d'aller de l'avant. J'essaie de garder mes sentiments à distance.

— Pourquoi ? demanda mère Lucie Joseph.

— Que voulez-vous dire ?

— Que tu dois t'autoriser à ressentir les choses. N'aie pas peur de tes émotions.

Dans la voiture sur le chemin du retour, Theresa raconta tout à Cathy. Elle lui parla de Walter, du dancing et des religieuses de Sainte-Marie. De Nora et Charlie. De Patrick. Après avoir tout dit, Theresa se sentit aussi légère que si on avait insufflé de l'air dans son corps, là où il n'y avait auparavant que du plomb. Elle eut l'impression de flotter, de s'envoler par la fenêtre et de monter haut, très haut dans le ciel.

Theresa et Cathy retournèrent à l'abbaye environ un week-end tous les deux mois, où elles prirent leurs habitudes. Elles dormaient chaque fois dans la chambre Saint Laurent, et faisaient leur virée du soir à la station-service acheter une bouteille de Coca-Cola, pour se rappeler qu'elles étaient libres.

Ce fut à sa cinquième visite que Theresa posa enfin à mère Lucie Joseph la question qui la préoccupait. Les religieuses apportaient une grande paix à leurs hôtes, mais la ressentaient-elles elles-mêmes ? Une telle chose était-elle seulement possible ?

Elles nettoyaient les outils de jardinage dans une bassine métallique remplie d'eau tiède et savonneuse.

Essuyaient les râteaux, sarcloirs et pelles avec un torchon imbibé d'huile de moteur. Dans la grange derrière elles, un tracteur John Deere trônait au milieu de brouettes, bâches et cageots.

— Tous nos actes sont guidés par la conscience d'agir pour quelque chose de plus grand, déclara la religieuse. À l'extérieur, tu te sens soulevée par cette énergie de paix. Une fois à l'intérieur, tu comprends que c'est à toi de la créer. Si tu es frustrée, tu ne peux pas simplement partir. Il m'intéresse, ma chère, de savoir pourquoi tu poses cette question.

Theresa répondit qu'elle était curieuse, rien de plus.

Les sœurs invitèrent Theresa et Cathy à passer le mois de juillet à l'abbaye, une fois l'année scolaire finie.

12

Cathy et Arthur se fiancèrent début juin. Il lui offrit une bague ornée d'un minuscule diamant, qu'elle ne quittait pas, inclinant sa main à tout propos pour admirer l'éclat de la pierre dans le soleil. Theresa craignait que Cathy ne veuille plus retourner à l'abbaye désormais. Mais le premier juillet, elles partirent comme prévu.

Dès qu'elles arrivèrent devant le portail, Cathy retira sa bague et la rangea dans la boîte à gants.

— Par sécurité, dit-elle.

Sœur Ava les salua en latin avant de s'écrier :

— Félicitations ! As-tu déjà choisi ta robe de mariée ?

Les deux premières semaines passèrent dans une occupation bienheureuse, où elles participaient aux tâches et rituels quotidiens des religieuses. Puis, comme prévu, Roger et Arthur vinrent leur rendre visite. Pour la première fois depuis qu'elles avaient quitté New York, les filles bouclèrent leurs cheveux et se poudrèrent le visage. Cathy remit sa bague de fiançailles.

Les moniales leur accordèrent un week-end de congé. Les quatre jeunes gens passèrent leurs journées à se baigner dans un lac voisin et à explorer les magasins d'antiquités hors de portée de leurs bourses. Theresa s'amusait, mais elle ne se sentait pas bien. Elle avait mal au crâne, l'estomac barbouillé.

Le dimanche soir, les couples se séparèrent. Roger et Theresa dînèrent, puis ils roulèrent jusqu'à ce qu'ils trouvent un chemin tranquille au bord d'un ruisseau. La lumière du soir se fondait dans l'obscurité tandis qu'ils marchaient, main dans la main. Il l'embrassa, glissa la main le long de son dos jusqu'à ses fesses, et la laissa posée là, comme un point d'interrogation. Elle avait une envie folle de lui demander de lui faire l'amour, mais elle ne dit rien. De façon inexplicable, elle pensait que ce serait la dernière fois de sa vie.

Elle pleura lorsqu'ils se dirent au revoir devant les portes de l'abbaye. Il essuya une larme sur sa joue et l'embrassa en disant : « Petite idiote, on se reverra bientôt. »

Elle vit au-dessus de lui la Médaille miraculeuse en fer forgé. Ce fut à cet instant qu'elle comprit. Elle avait cru que la Vierge Marie la guidait vers Patrick. Mais maintenant, elle savait que la médaille l'avait conduite ici.

Les jours suivants, Theresa fut plus silencieuse que d'habitude. Elle craignait que Cathy ne trouvât son comportement étrange, mais son amie était distante elle aussi. Elle ne semblait pas le remarquer. Une nuit, Theresa n'arrivait pas à dormir. À trois heures du matin, elle se leva et se posta devant la fenêtre de la salle de bains pour observer le bâtiment où les moniales dormaient. Une seule lumière brillait au troisième étage. Elle vit une ombre traverser le halo. Ici, dans ce lieu, à travers ces femmes, Theresa ressentait la présence divine de Dieu, telle qu'elle l'éprouvait dans son enfance. Elle se demanda si sa dévotion était réelle, capable de la sustenter jusqu'à la fin de sa vie. Ou si un jour, le charme serait rompu et qu'elle comprendrait alors qu'elle avait seulement cherché à fuir la réalité.

En délibérer d'ici, de l'extérieur, lui semblait inutile. Elle savait qu'il n'y avait qu'un moyen de le savoir. Elle se sentit transportée de joie. Elle n'arriva pas à dormir, tellement elle était impatiente de les informer de sa décision.

Quelques heures plus tard, Cathy et Theresa s'élancèrent à travers les grosses gouttes de pluie pour rejoindre le réfectoire, col de veste relevé sur leur tête pour protéger leurs cheveux.

— Je veux devenir religieuse. Je veux rester ici pour de bon, déclara Theresa.

Elle retint son souffle, dans l'attente de la réaction de Cathy. Elle pensait que son amie chercherait à l'en dissuader. Elle espérait presque qu'elle le ferait.

Mais Cathy s'arrêta et resta plantée sous la pluie comme si elle ne la sentait plus. Elle prit les mains de Theresa dans les siennes.

— Moi aussi, dit-elle. Je ne pense qu'à cela depuis le début de l'été. Un peu avant, même. Oh, Theresa. Comment vais-je lui expliquer ?

Finalement, Theresa se décida à écrire à sa grand-mère. Elle lui demanda pardon de n'avoir pas écrit plus tôt. Elle lui raconta qu'elle avait enseigné à New York, fait plusieurs séjours chez les religieuses, et qu'elle vivait désormais avec elles.

Sa grand-mère lui répondit : *Ton père et moi ne comprenons pas. Qu'est-ce que tu fais dans un couvent ?*

Jeunes postulantes, elles portaient la robe noire et le voile blanc. Elles apprenaient à parler latin et à chanter les psaumes. Elles devaient lire *La Règle de saint Benoît* tous les jours et retenir par cœur ce texte d'une centaine de pages. Theresa y prenait du plaisir. C'était comme retourner à l'école.

Elles devaient renoncer à toute possession matérielle. Cela fut assez facile pour Theresa. Elle avait déjà laissé ses biens derrière elle, une première fois, puis une deuxième. Elle pensait à l'appartement de Cathy. Ses livres et son petit téléviseur noir et blanc. Son chat adoré, qui était allé vivre chez ses parents. L'homme qu'elle avait prévu d'épouser. Si Cathy pouvait le faire, alors elle pourrait elle aussi.

Elles apprirent rapidement qu'il existait un fossé entre faire un séjour au couvent et entrer dans les ordres. Il n'y avait plus d'échappatoire, plus de virées à la station-service pour respirer un peu.

Leur vie était uniquement constituée de règles. À certains moments de sa vie, Theresa s'était sentie sous la coupe d'autrui – essentiellement de Nora –, mais elle s'était toujours débrouillée pour y échapper en partie. Désormais, elle veillait à faire disparaître ses propres désirs. Renoncer à son libre arbitre.

Les postulantes ne devaient pas se confier leurs inquiétudes, bavarder, muser. Parler à des visiteurs sans autorisation était interdit, tout comme les rires inutiles. (*Mais le rire peut-il avoir une utilité ?* se demandait-elle.) Elles devaient remettre leurs lettres à une supérieure, décachetées, avant d'avoir le droit de les expédier.

Ora et labora. Prie et travaille. Toute sa vie ici se résumerait à ces deux verbes.

Theresa découvrit que les religieuses marchaient lentement, les mains dissimulées, les yeux baissés, non par choix, mais par obligation. Elles ne devaient pas se précipiter ni hâter le pas. Cela lui donnait envie de courir autour de la propriété, les bras ouverts.

Toute infraction était sévèrement punie. Si vous étiez en retard d'une seconde, vous étiez obligée de vous agenouiller et de baiser le sol. Elle pensait à l'usine en Irlande, où elle avait une retenue sur sa paie si elle embauchait avec plus de trois minutes de retard. Elle trouvait cette règle très stricte à l'époque. Aujourd'hui, Theresa considérait ces trois minutes comme une bénédiction. Une reconnaissance de la nature humaine.

Elle avait même perdu Cathy, du moins leur ancienne complicité. Elles ne pouvaient désormais échanger que de rares mots chuchotés en se croisant.

Lorsque Cathy attrapa la grippe et garda le lit pendant une semaine, Theresa lui apporta une citronnade chaude. Quelques heures plus tard, elle fut convoquée dans le bureau de l'abbesse.

— Est-il vrai que tu es entrée dans la cellule d'une autre religieuse ?

— Pardon, ma mère ?

— Une postulante t'a vue et l'a signalé. Tu sais que les amitiés particulières sont interdites.

— Les amitiés particulières, ma mère ?

— Tu vas devoir être punie.

Elle s'en voulait d'avoir la larme si prompte dès qu'on la réprimandait pour une faute, ce qui arrivait presque tous les jours. La seule personne qui lui avait déjà parlé durement était Nora, mais elle le faisait avec amour et une résignation presque amusée. Ce n'était pas le cas ici.

Le dortoir était silencieux, mais parfois la nuit on entendait les pleurs étouffés d'une fille. Cela lui rappelait Sainte-Marie, l'époque où Patrick était à elle, bien qu'elle n'ait pas voulu de lui alors. Elle se le reprochait aujourd'hui. Mais elle ne disposait pas des informations requises au moment où ça l'aurait aidée. Elle priait pour lui à la première heure le matin et chaque soir avant le coucher. Vivre ici, dans le silence absolu, le ramenait au premier rang de ses pensées – place qu'il n'avait pas occupée depuis la nuit où elle l'avait abandonné.

Cathy confia à Theresa, dans un moment volé, que sa famille était dévastée. Ils la suppliaient de revenir. Ils furent autorisés à venir lui rendre visite par deux fois. Son père pleura lors des deux entrevues au parloir. Arthur lui écrivait sans relâche. Sa mère rapporta qu'il était venu les voir et leur avait dit que les religieuses lui avaient fait un lavage de cerveau, et qu'ils devraient contacter la police, le Président, le FBI. Cathy était surprise par le désespoir de ses parents. Elle avait trois tantes et une grand-tante, toutes les quatre religieuses. Mais c'était différent. Aucune d'elles n'était cloîtrée.

Le père de Theresa lui écrivit qu'elle prenait la mauvaise décision. Cela la blessa profondément jusqu'à ce qu'elle comprenne que le cloître signifiait pour lui qu'elle ne reviendrait jamais à la maison, et qu'il en éprouvait du chagrin.

Au bout d'un an, Theresa et Cathy entrèrent au noviciat. On leur donna leur habit et leur nom de religieuse lors d'une cérémonie commune, par un après-midi ensoleillé. La mère abbesse leur coupa les cheveux et plaça les longues mèches dans un calice doré. S'ensuivit une fête dans la Grange du Jubilé. La seule festivité de l'année. Des gâteaux, de la crème glacée et des fleurs sauvages sur toutes les tables. Cathy reçut le nom de sœur Placide, et Theresa celui de sœur Cecilia. Les anciennes les prévinrent qu'une année passait vite. Que l'une ou l'autre, sinon les deux, partirait sans doute avant.

Ce fut donc l'année canonique, période sans contact avec le monde extérieur. Quand elle s'acheva, Arthur avait disparu. Il avait épousé une autre fille. Lorsque les parents de sœur Placide vinrent lui rendre visite pour la première fois après cette longue séparation, sa mère fit comme si rien n'avait changé. Elle persistait à l'appeler Cathy et à lui donner des nouvelles de tout le monde : sa sœur était de nouveau enceinte, de sept mois. Mme Kennedy avait organisé une visite de la Maison-Blanche, qui était passée à la télévision, et son goût était impeccable. Le monde vivait en 1962. Mais ici, rien n'était différent d'il y avait un an ou dix ans.

Sœur Placide rapporta que son père ne pleurait plus. Désormais, il était contrarié.

— Il n'a pas arrêté de parler de l'état des murs, du fait que la peinture se décolle partout, que ce n'est pas sain, dit-elle.

Une semaine plus tard, en se rendant à la chapelle, sœur Placide vit son père sur une échelle en train de peindre la grange.

— Il s'est proposé de tout repeindre gratuitement, lui dit l'abbesse. Il ferait n'importe quoi pour être près de toi, je suppose.

La famille de Theresa était si loin qu'il était impossible de dire s'ils approuvaient son noviciat. Son père et sa grand-mère finirent par accepter sa décision et se montrer bienveillants envers elle. Elle n'avait pas écrit à Nora. Toutes les lettres de sa grand-mère mentionnaient ce fait et insistaient pour que les deux sœurs se parlent. Sœur Cecilia comprit alors que Nora n'avait pas avoué la vérité à leur famille. Grand-mère pensait qu'elles avaient simplement eu une dispute.

Après deux ans de vie à l'abbaye, il arrivait encore souvent à Theresa de pleurer dans la journée. Mère Lucie Joseph lui dit que c'était normal, que toute jeune fille traversant cette période avec le sourire se mentait à elle-même, et aux autres.

Leur quiétude apparente ne reflétait pas leur agitation intérieure. Elle pensait que si elle avait pu entendre tous leurs tourments secrets en même temps, le bruit serait assourdissant. Ses propres doutes créaient un flot ininterrompu de voix dans sa tête, toutes se résumant à une seule question : s'était-elle cachée ici ou était-ce son véritable foyer ?

Parfois, elle pensait qu'elle était folle de rester ici alors qu'elle pourrait vivre à New York, admirer les robes dans les vitrines, se rendre en métro au Metropolitan Museum of Art. Elle songeait toutes les nuits à partir. Longer le couloir du dortoir, descendre les trois étages et sortir par la porte principale. Elles n'étaient pas enfermées. Elle pouvait faire ce qu'elle voulait. Elle pouvait se glisser dehors, faire du stop jusqu'à un bar en ville, se saouler et monter dans un autocar pour Boston, où elle pourrait prétendre que tout cela n'avait été qu'une lubie.

Mais jamais elle ne partit. Jamais elle ne se faufila entre les grilles de l'abbaye pour marcher seule sur la route sombre à minuit, comme quelques autres novices avouaient le faire. Elle resta enfermée, même quand elle avait l'impression de se noyer dans de la mélasse, même quand elle ne pouvait plus respirer. Derrière les doutes qui faisaient rage, une petite voix calme lui disait de tenir bon. Elle fit une longue liste des choses dont elle ne pourrait jamais se passer : le rouge à lèvres, les bavardages, l'odeur de l'océan. Puis elle s'aperçut qu'elle pourrait vivre sans, après tout.

L'une des nombreuses tâches de sœur Cecilia consistait à répondre au courrier des demandes de prières et aux lettres de remerciement pour les prières dites par les religieuses. Cette mission lui permit de comprendre l'importance de leur rôle, elles faisaient quelque chose de bien, même si ce n'était pas visible.

Elle invoquait les saints de son enfance pour se donner du courage. Elle trouvait à l'époque tant de romantisme dans leurs combats. Elle récitait à l'envi le même verset de la Règle : *Mais ne te laisse pas tout de suite troubler par la peur et n'abandonne pas le chemin du salut. Au début, il est toujours étroit.*

Le troisième hiver fut glacial, sombre. Une semaine avant Noël, un colis arriva. Il était adressé à Theresa Flynn. On avait raturé le nom et écrit *Sœur Cecilia Flynn* au-dessous. Elle déchira le papier d'emballage et découvrit un lainage mauve. Sa grand-mère avait envoyé ce chandail magnifique qu'elle avait passé l'automne à tricoter. Theresa n'aurait même pas pu payer l'affranchissement.

Elle porta le pull à son visage et jura qu'elle pouvait y sentir l'odeur du feu de bois dans la cuisine de la ferme. Elle imagina sa grand-mère assise à table à la lueur du feu, qui tricotait en marmonnant. Elle ressentit un désir puissant de rentrer au pays. Cette nuit-là, elle dormit avec le lainage pressé contre sa joue.

Le lendemain matin, la maîtresse des novices lui confisqua le chandail.

— Il ira à une religieuse plus âgée, dit-elle. Saint Benoît considérait la propriété privée comme un vice. Il demandait à ses disciples de dépendre du monastère pour tout. Il est trop tôt pour que tu aies un tel cadeau.

À l'arrivée du printemps, l'abbaye devint soudain magnifique, avec ses jardins et ses arbres en fleur. Ce changement d'atmosphère lui remémora la signification particulière qu'avait toujours eue le printemps dans sa vie, jusqu'à aujourd'hui. La possibilité d'un nouvel amour. L'odeur de la peau d'un bel inconnu au bal. Les jolies robes, les sourires charmeurs dans la rue. Elle ne connaîtrait plus jamais cela.

Des choses qu'elle n'aurait jamais remarquées auparavant pouvaient lui tirer des larmes de joie. Un rouge-gorge dans un arbre, un grand buisson de rhododendron aussi haut que son père. Mais chaque instant de joie était suivi de nouveaux doutes. Parfois, elle craignait que son amour de Dieu ne soit pas aussi fort que son amour pour cet endroit, et que cette triste vérité finisse par la contraindre à partir.

Elle confia ses sentiments à mère Lucie Joseph alors qu'elles jardinaient ensemble un matin.

— Je ne pense pas à Dieu à chaque instant de la journée, dit-elle.

— Et que crois-tu que Dieu est ? répondit mère Lucie Joseph. Tu ne passes pas tes journées à penser à un homme vêtu d'une longue tunique blanche, c'est ça ? Eh bien, ce n'est pas Dieu, de toute façon.

Elle fut surprise quand mère Lucie Joseph lui prit la main.

— Dieu est ici, dans les callosités de tes mains qui témoignent du travail que tu accomplis pour que nous puissions manger.

— Saviez-vous dès le départ que je me joindrais à vous ?

— Cela m'est venu à l'esprit le jour où nous nous sommes rencontrées.

— Mais vous n'avez rien dit.

Mère Lucie Joseph rajusta son chapeau de paille sur son front.

— De mon point de vue, ce n'est pas à autrui qu'il revient d'exprimer ce qu'il y a en toi.

Theresa eut soudain envie de lui raconter son histoire. De lui parler de Patrick, de Nora. Elle savait que si elle restait, il faudrait qu'elle le confesse un jour ou l'autre. Mais cela faisait si longtemps qu'elle n'avait pas ressenti de chaleur humaine. Elle ne voulait pas perdre l'affection de cette femme.

Tout ce qu'elle et Nora savaient de leurs vies respectives, elles l'apprenaient par des membres de la famille restés dans l'autre monde. Les nouvelles venant de l'une ou de l'autre devaient d'abord traverser l'océan avant de revenir vers elles. Leur grand-mère les tenait informées avec beaucoup de détails dans l'espoir de leur réconciliation. Elle lui parlait dans ses lettres de Patrick, le fils bien-aimé de Nora. Et plus tard, de la naissance d'un autre garçon, puis d'une petite fille.

Un jour, alors qu'elle nourrissait les veaux avec sœur Placide, elle se rendit compte qu'elle avait cessé de penser à elles par leur prénom. Pendant très longtemps, elle avait voulu appeler son amie Cathy et avait dû se reprendre chaque fois. Son propre nom, sœur Cecilia, lui semblait être un habit qu'elle pouvait enlever à tout moment. Mais sans s'en apercevoir, cela avait changé. Elle était ici, intérieurement.

Les règles s'adoucirent lorsque son dévouement se fit incontestable. La petite voix en elle devint de plus en plus forte tandis que ses doutes se réduisaient à un faible murmure. Elle tenait des autres religieuses qu'ils ne disparaîtraient jamais totalement. Mais c'était un progrès.

Pourtant, elle ne savait pas si elle resterait pour de bon. Quelques femmes partaient après plusieurs années de vie au monastère. Sœur Anne était entrée à l'abbaye à vingt-sept ans. Elle partit un matin en pleurant ; elle avait quarante ans. Quelle vie aurait-elle maintenant ? Elle semblait si désemparée, et pourtant elle savait en son for intérieur qu'elle devait s'en aller.

— Comment ? demanda sœur Cecilia à mère Lucie Joseph.

— Le moment venu, tu le sais, c'est tout.

Quand une sœur qui vivait ici depuis bien plus longtemps qu'elle partait, tous ses doutes réapparaissaient. L'ancienneté n'apportait aucune certitude. Les choses pouvaient s'effondrer tout aussi rapidement.

— Mais c'est vrai pour tout le monde, dit mère Lucie Joseph. Regarde le mariage, mari et femme. Le bout de papier, la robe blanche... ils ne promettent rien. Rester marié exige de se battre pour cela, tous les jours.

Sa dernière hésitation à prononcer ses vœux définitifs concernait Patrick. Elle l'imaginait toujours avec son visage de poupon, même si elle savait qu'il avait grandi. Tous les ans, elle allumait un cierge dans la chapelle le jour de son anniversaire et contemplait la flamme en pensant à lui. Il avait eu quatre ans, puis cinq, six, sept. À quoi ressemblait un jeune garçon de sept ans ?

Elle devrait l'abandonner, une fois pour toutes, si elle restait. Elle avait conscience de l'avoir déjà fait.

Il n'était plus qu'un souvenir. Un médaillon dans sa poche. Pourtant, elle pensait à lui, et à Nora, en permanence. À une époque, elle croyait que les femmes se réfugiaient au couvent pour échapper à une vérité indésirable. Mais son expérience lui avait prouvé tout le contraire. Rester seule si longtemps avec ses pensées, dans le silence, obligeait à les affronter. L'apaisement ne venait pas du fait de revêtir l'habit, mais de conjurer ses tourments et de redresser la tête.

Après des heures de prières, et avec les encouragements de sœur Placide, elle écrivit enfin à Nora. Nora lui donna en retour des nouvelles de ses enfants. Ensuite, elles correspondirent régulièrement, une fois par mois. Leurs lettres au début étaient froides et formelles. Dépourvues de leur complicité d'antan. Mais elles devinrent plus chaleureuses au fil du temps.

Au cours de leur sixième année à l'abbaye, sœur Placide prononça ses vœux définitifs et devint mère Placide. Sœur Cecilia n'était pas encore sûre de rester. Elle pensait de plus en plus à Patrick. Elle avait cru avoir tourné la page, mais son désir était revenu. Elle rêvait de lui. Finalement, elle s'ouvrit de sa lutte intérieure à mère Lucie Joseph.

Elle avait toujours craint que la révélation d'un tel secret lui vaille une sanction ou un renvoi de l'abbaye. Mais il y avait des religieuses ici, essentiellement des veuves, qui avaient élevé des enfants. Mère Lucie Joseph, avec son calme habituel, déclara que si l'enfant était en sécurité et heureux, si elle avait demandé le pardon de Dieu pour toutes les fautes qu'elle avait commises, alors elle devrait se sentir pardonnée.

— J'ai toujours eu la conviction que je rentrerais pour lui un jour, dit-elle. C'était peut-être un fantasme dès le départ, mais, si je reste ici, cette possibilité disparaîtra.

— Tu as peut-être besoin de le voir une fois pour être certaine, dit mère Lucie Joseph.

Alors, elle écrivit à Nora : *Si tu as envie de visiter l'abbaye, tu pourrais venir avec tes enfants à notre fête annuelle le mois prochain. Je ne pourrais pas passer beaucoup de temps avec vous, mais on pourra au moins se dire bonjour.*

Elle le tourna de cette façon, *tes enfants*, pour ne pas effrayer sa sœur.

Nora mit deux semaines à répondre. Elle écrivit qu'elle ne leur avait jamais dit qu'elle avait une sœur. Elle était désolée, mais c'était la vérité. Sœur Cecilia répondit tout de suite. *Inutile qu'ils sachent qui je suis. J'aimerais simplement poser les yeux sur eux.*

Sur lui.

Finalement, Nora promit qu'ils viendraient.

Sœur Cecilia guetta le portail toute la matinée, attendant de les voir arriver en voiture. C'était le seul jour de l'année où l'abbaye était ouverte au public ; une collecte de fonds où les gens venaient voir comment fonctionnait l'exploitation agricole. Mais les moniales devaient observer le silence. Elle savait qu'elle n'aurait qu'une minute.

Quand elle les vit sortir du parking, elle vint à leur rencontre sur le chemin de terre qui longeait la bergerie. Nora portait un tailleur élégant et des talons hauts, du rouge à lèvres rose comme celui qu'elle mettait autrefois. Elle avait l'air d'une vraie femme maintenant, toute sa candeur de jeune fille avait disparu.

Les enfants aussi portaient leurs beaux habits, les garçons en veston et pantalon à plis, la fillette de deux ans avait une belle robe jaune et des babies, un chapeau de paille blanc et des socquettes jaunes bordées de dentelle.

— Bonjour, dit sœur Cecilia en croisant les yeux de Nora.

Nora ne la reconnut pas.

— Bonjour, ma sœur.

Lentement, elle vit le visage de Nora changer. Elle laissa échapper un petit rire.

— Theresa ?

Pendant un instant, elle crut que Nora allait s'effondrer, mais elle resta debout.

— Voici mon amie, sœur Cecilia, dit-elle. Dites bonjour, les enfants.

— Bonjour, répondirent-ils à l'unisson.

Elle fut surprise que les enfants de Nora et Charlie aient l'accent américain. Il lui semblait impossible qu'ils aient pu l'un et l'autre engendrer de vrais petits Américains.

John et Bridget se ressemblaient. Ils ressemblaient à Charlie. Patrick était grand et beau. Il lui rappelait un homme auquel elle n'avait pas pensé depuis des années. Theresa n'arrivait pas à détacher les yeux de l'enfant. Elle voulait ébouriffer ses cheveux noirs et brillants. Lui manger les joues de baisers.

— C'est un endroit magnifique, dit Nora. J'espère que tu es heureuse ici.

— Je le suis. Comment va Charlie ?

— Il va bien. Il emmène les garçons faire du camping la semaine prochaine.

Leurs yeux restèrent accrochés un long moment, jusqu'à ce qu'une dispute d'enfants les sépare. Patrick et John se battaient en se roulant dans la terre, en riant.

— Des frères, soupira Nora en levant les yeux au ciel.

La petite fille en profita pour se jeter sur eux.

— Bridget ! cria Nora d'une voix sévère. Ta robe !

Elle secoua la tête.

— Celle-ci ne me laisse pas un seul instant de répit. Elle me fait penser à toi.

Elles sourirent en même temps.

— Allez, debout ! Tous les trois ! ordonna Nora.

Elle n'était plus la sœur timide et bégayante qu'elle avait connue. Nora était devenue une mère autoritaire. Les enfants lui obéirent.

Elle regarda son fils. Patrick avait une famille. Un frère et une sœur, une mère et un père. Ce qu'elle n'aurait jamais pu lui donner. À cet instant, elle comprit qu'ils avaient tous les deux trouvé l'endroit où ils devaient être.

— Je ferais mieux d'y aller, dit-elle. J'ai du travail. J'espère que vous allez profiter de la journée. Il va y avoir des courses en sac et des démonstrations plus tard avec les vaches et les chevaux. Et si vous vous dépêchez d'aller à la laiterie, vous apprendrez comment on fabrique le fromage.

— Dites au revoir, maintenant, intima Nora aux enfants.

Ils se mirent en rang, et sœur Cecilia les enlaça un par un. Une étreinte rapide pour Bridget et pour John, et une plus longue, plus appuyée pour Patrick. Elle se pencha pour sentir ses cheveux, seul petit plaisir qu'elle ne pouvait pas se refuser.

Elle serra Nora dans ses bras. Elle avait eu l'intention de s'excuser, mais, au lieu de cela, elle dit tout bas : « Merci. »

Un mois plus tard, elle prononçait ses vœux définitifs.

CINQUIÈME PARTIE

2009

13

Nora avait toujours organisé les veillées. Elle était celle qui passait les coups de fil et sollicitait le prêtre, convenait avec les pompes funèbres de l'habit que porterait le défunt et des lys à placer auprès du cercueil. Elle décidait qui serait convié plus tôt à prier sur la dépouille avant l'arrivée des autres invités. Elle confiait à une personne la responsabilité du livre de condoléances et à une autre le soin de disposer des photographies encadrées dans la pièce, sur la cheminée et sur les tables basses, même si elle en changerait la disposition plus tard quand personne ne regarderait.

Nora recevait tout le monde chez elle ensuite, à la bonne franquette : de la charcuterie et des lasagnes, du whisky-soda et de la bière. Ils resteraient aussi tard qu'ils le souhaitaient. Pourtant, lorsque les funérailles seraient finies le lendemain matin, elle aurait réussi à préparer un festin. Du jambon glacé au miel, du gratin de pommes de terre, des petits pains et des haricots verts. Des cookies, des biscuits ermites et des tartes. Ces dernières années, certains s'étaient mis à suspecter que les desserts provenaient d'une pâtisserie, ce que Nora niait farouchement. Une équipe d'intervention avec des chiens n'aurait pas réussi à trouver la moindre boîte à gâteaux dans sa poubelle de cuisine ni dans les bennes à ordures derrière le garage.

Ses propres funérailles étaient déjà organisées et payées. À l'aube de la cinquantaine, par un samedi matin ensoleillé, Charlie et Nora étaient allés choisir deux cercueils assortis. Ils avaient acheté une concession si prématurément que l'homme à laquelle ils l'avaient réglée disparut avec l'argent, et ils durent la payer une deuxième fois. Nora avait précisé – non par écrit, mais en le déclarant à plusieurs reprises depuis que ses enfants étaient jeunes – qu'il ne devrait y avoir que des fleurs blanches, que sa messe funéraire commencerait par l'*Ave Maria* et se conclurait par une interprétation émouvante de la chanson de Michael Joncas *On Eagle's Wings*.

Quand Charlie mourut, elle organisa l'enterrement elle-même, bien que tout le monde ait offert de l'aider, la priant de se ménager. La routine était un confort. Elle ne savait pas être veuve, mais elle savait préparer une sauce à base de crème aigre et d'oignons en poudre dans laquelle plonger des pommes chips. Elle savait exactement le nombre de verres qu'ils saliraient. Elle savait que si quelqu'un renversait du vin rouge sur le canapé, une vigoureuse poignée de sel absorberait la tache.

La mort de Patrick était un événement totalement différent. Et pourtant, elle n'alla pas se réfugier dans son lit ni ne réclama un somnifère pour s'endormir et oublier. Elle passa simplement à l'action.

Il était midi et la veillée débutait à seize heures. Elle avait épluché sept kilos de pommes de terre, mis deux plats de lasagnes au four et trois douzaines de champignons farcis au frigidaire. Elle s'était levée à cinq heures pour frotter les sols, laver les légumes, cuire les ermites, remonter les seaux à glace de la cave, rouler cinquante fourchettes et couteaux en plastique dans des serviettes en papier mauve, qu'elle avait ensuite entourées d'un fin ruban blanc.

Toute la matinée, les voisins défilèrent, apportant des gâteaux et des ragoûts. Eileen Delaney mit un point d'honneur à être la première à se présenter à la porte, dans la lueur bleutée de l'aube, les bras chargés de plats. Un manteau noir molletonné l'enveloppait du menton aux chevilles, comme si elle était sortie de chez elle dans un sac de couchage.

Lors de leur première rencontre, Nora avait pris Eileen pour une fouineuse, une peste, une femme dont il fallait se méfier. Mais c'était il y a trente-cinq ans. Et Eileen était aujourd'hui sa meilleure amie. Elles avaient l'une et l'autre perdu leur mari, situation qui inspirait la pitié ou la crainte. Dire que l'on était veuve rappelait aux autres qu'un jour, ils seraient seuls eux aussi – ou morts, le cas échéant. Il était terrible de penser que c'était là l'issue de tout mariage, même le plus heureux. Ce n'était pas un sujet à évoquer au club de lecture, mais Nora et Eileen en parlaient parfois entre elles, et cela les aidait.

Eileen allait sur les sites de rencontres. Elle pensait que son amie devrait essayer aussi, mais Nora s'imaginait mal ce qu'elle pourrait raconter à un homme à ce stade de sa vie. Encore moins ce qu'elle ferait du corps d'un inconnu, ou lui du sien. Eileen avait toujours aimé flirter, bavardant plus longtemps que nécessaire avec Charlie quand elle lui prenait son manteau à une réception, vantant son élégance. Vieillir l'avait réduite à sa plus pure essence – comme chacun d'entre nous, supposait Nora.

Eileen voulut entrer, insista pour lui tenir compagnie, mais aujourd'hui Nora ne voulait voir personne dans sa cuisine. Elle la pria de la laisser seule.

— Mes fils t'embrassent. Ils seront tous les deux présents cet après-midi, déclara Eileen, s'attardant sur le perron. Le divorce de Tommy a été prononcé hier, au fait. Ça reste entre nous. Ne lui dis pas que je t'en ai parlé.

— Bien entendu, dit Nora.

Elle était révoltée d'avoir la force de sourire, mais son visage s'éclaira, imperceptiblement.

Tommy avait été l'unique petit ami de Bridget à sa connaissance, et encore, parce qu'Eileen les avait surpris en train de s'embrasser dans la salle de jeux au sous-sol en descendant faire une lessive. À la même époque, Babs découvrit que sa fille Peggy prenait la pilule. Nora fut terrifiée à l'idée que Bridget puisse tomber enceinte. Elle fouilla dans ses tiroirs pendant qu'elle était en cours, mais ne trouva rien. Elle interdit à Bridget d'inviter des garçons à la maison. Plus tard, Nora craignit d'avoir enfoncé le clou trop loin. Depuis ce jour, Bridget n'avait plus jamais ramené d'homme à la maison.

L'idylle entre Tommy et Bridget remontait à des années. Au lycée. Mais Nora s'y accrochait désespérément. Penser à Tommy Delaney la réconfortait quand un doute indicible bourdonnait au fond de son crâne.

Alors qu'elle faisait bouillir les pommes de terre, Nora imagina l'employé des pompes funèbres O'Dell, en train de préparer Patrick.

Elle était passée en coup de vent chez lui hier, avec un sentiment de culpabilité, comme si sa présence était une intrusion. Ce qui était absurde. Les morts n'avaient pas d'intimité. Elle devrait nettoyer et vider l'appartement dans la semaine. Pourtant, elle s'était dirigée droit vers son placard, en gardant la tête baissée. Elle avait trouvé le costume qu'il portait pour les mariages et les veillées, une chemise, un caleçon propre, des souliers et des chaussettes, puis elle était ressortie de la chambre immédiatement.

Sa grand-mère disait toujours que l'esprit d'un mort ne quitte pas sa maison avant que son corps soit en terre. Une superstition absurde de vieille paysanne. Toutefois, Nora aurait pu jurer que les pièces vibraient encore de la présence de Patrick, comme s'il avait pu surgir à tout instant de derrière une porte, avec son sourire espiègle – *Surprise ! Je t'ai bien eue, m'man.*

En partant, elle jeta un regard dans son minuscule salon en ordre, les télécommandes alignées sur la table basse. Dans la cuisine, pas de vaisselle sale dans l'évier. Nora n'était venue ici que sur l'invitation de Patrick. Sa poitrine se gonfla de fierté en voyant qu'il gardait son appartement propre, juste pour lui. Cela en disait long sur sa personnalité.

Elle aurait aimé pouvoir lui demander ce qui s'était passé. Elle comprenait déjà que ne pas savoir lesterait sa douleur aussi longtemps qu'elle vivrait. Elle se demandait ce qu'en pensait Brian, mais il n'était pas rentré la veille au soir. Ne répondait pas au téléphone.

Quand Nora avait reçu l'appel de l'hôpital, Brian se trouvait au travail. Il était rentré entre-temps, et avait supposé que sa voiture était dans le garage et qu'elle dormait. Il s'était couché en ignorant que rien ne serait plus jamais comme avant. Le choc de la réalité l'attendait au réveil.

Elle l'avait vu pour la dernière fois la veille au matin. Ce matin, il était assis à table, une serviette en papier coincée dans son col de chemise, et levait vers ses lèvres un chapelet de saucisses qu'il tenait à deux doigts. Cela aurait été un autre jour, Nora lui aurait dit de manger avec une fourchette. Mais là, elle déclara : «J'ai quelque chose à te dire. J'aimerais ne pas avoir à le faire, mais il le faut.» Brian suspendit son geste, une saucisse à mi-chemin de la bouche tandis qu'elle parlait, le visage sans expression, figé. Quand elle eut fini, il la laissa tomber dans l'assiette et s'en alla. Il n'était pas rentré depuis.

Elle savait qu'il ne dormait pas toujours à la maison, mais, jusqu'à la nuit dernière, il avait eu au moins la décence de lui faire croire le contraire. Parfois après l'aube, Nora était réveillée par le cliquetis rassurant de la serrure de la porte, le bruit étouffé de ses pas dans l'escalier. Cette nuit, elle n'avait pas fermé l'œil jusqu'au matin, guettant ces bruits. Elle se demandait avec qui il était, comment il surmontait cette épreuve.

Elle avait été égoïste de vouloir le garder avec elle à la maison. Elle lui faisait souvent part de ses propres inquiétudes sur son travail, son manque d'ambition. Quand son ancien entraîneur de base-ball avait évoqué à l'église que Brian pourrait reprendre son poste, elle avait appelé l'homme le lendemain pour lui demander s'il était sérieux. Quand il lui confirma qu'il l'était, tout bien réfléchi, elle le pria d'insister auprès de Brian, il avait parfois besoin qu'on le pousse un peu.

Mais Nora n'avait jamais suggéré qu'il déménage. Dans son esprit, sa présence était la seule chose qui l'empêchait de vieillir. Elle avait encore quelqu'un sur qui veiller. Brian était calme. Il était facile de l'ignorer, comme le faisaient Bridget et John. Mais il était très sensible. Un observateur. Nora parlait beaucoup à Brian. Il répondait à peine, mais elle savait qu'il l'écoutait – elle ne pouvait pas en dire autant des deux autres.

John était venu la voir hier, avec Julia et Maeve. Ils avaient apporté des sandwichs et parlé de tout sauf de Patrick : la vague de froid, la pièce de théâtre à l'école, la nourriture. Nora voulait qu'ils reconnaissent la perte douloureuse. Elle voulait qu'ils prononcent son nom.

La brouille sans raison valable entre John et Patrick la rendait malade. Elle avait plaidé auprès de John pour qu'il arrange les choses. C'était à lui de faire le premier pas, car c'était lui qui avait instauré le silence entre eux. Si seulement il disait bonjour à son frère. Était-il si difficile de dire bonjour ? Elle pouvait à peine regarder John maintenant.

Mais Nora était heureuse de voir sa petite-fille. Ils étaient allés la chercher à l'école avant l'heure de la sortie, ce qu'elle n'aurait jamais fait. Que ce fût ou non une bonne idée, elle leur en était reconnaissante. Maeve grandissait. Nora aurait voulu qu'elle reste plus longtemps dans l'enfance. Les petits embellissaient la vie – aucun intérêt à offrir des cadeaux de Noël sans la magie d'y croire, aucune raison de prendre des photos d'un groupe d'adultes au teint terreux avec un léger embonpoint. Brian était son dernier espoir d'avoir d'autres petits-enfants, mais Brian n'était pas pressé.

Quand Maeve se rendit aux toilettes, Julia confia à voix basse qu'elle ne savait pas si sa fille supporterait la journée du lendemain et cela l'angoissait.

Nora leur avait conseillé plusieurs fois d'emmener Maeve assister à la veillée d'un inconnu pour s'entraîner, mais Julia trouvait cela traumatisant. C'était le mot qu'elle avait employé.

Au fil des ans, Nora et Eileen étaient devenues championnes dans l'art de critiquer leurs belles-filles. Elle regrettait maintenant certains propos qu'elle avait tenus. Au début, elle ne savait pas quoi penser de la femme de John. Ils ne s'étaient pas mariés à l'église et Julia prétendait qu'elle n'était pas sûre de vouloir des enfants. Nora avait dit à John que si ce n'était ni pour Dieu ni pour avoir des enfants, alors pourquoi se mariaient-ils ? « Pour nous », avait-il répondu, comme si c'était une évidence.

Les premiers temps, Julia et Nora communiquaient principalement par le biais du chien de Bridget lors des réunions familiales. Elles avaient passé des vacances entières sur ce mode. Julia disait par exemple : « Qu'est-ce que tu regardes, Rocco ? » Alors Nora s'exclamait : « Tu as vu un écureuil, Rocco ? Dis à mamie. Il est où ? »

Le temps aidant, après Maeve, c'était devenu plus facile. Mais certains détails lui rappelaient encore que John avait épousé une femme qui n'était pas tout à fait comme eux. Il était vrai que John lui-même n'était plus tout à fait comme eux.

Julia avait suggéré que Nora fasse appel à un traiteur. *Ne t'occupe pas de tout. Repose-toi un peu.* Elle ne comprenait pas qu'accompagner un défunt n'était pas une responsabilité qu'on confiait à des étrangers.

Il y a des années, les belles-sœurs de Nora l'auraient aidée un jour comme aujourd'hui. Babs se serait vantée de ses enfants, et Nora aurait été agacée, jalouse que la progéniture de Babs semble ne jamais lui causer la moindre inquiétude. Kitty se serait versé un verre de gin en équeutant les haricots verts, ce qui aurait embarrassé Nora. Leur compagnie lui manquait. Babs était morte il y a cinq ans. Kitty finissait ses jours dans une maison de retraite à peindre des aquarelles, jouer au bingo, flirter avec les rares hommes survivants.

Quand le téléphone sonna, Nora ressentit un léger soulagement.

— Brian ? dit-elle, certaine qu'il s'agissait de lui.

C'était une voix de jeune femme qu'elle ne reconnut pas.

— Madame Rafferty ?

Nora faillit raccrocher. Un télévendeur dans un moment pareil.

Puis la femme ajouta :

— Je suis sœur Alma, de l'abbaye de l'Immaculée Conception. Nous nous sommes parlé hier.

— Oh ! déclara Nora. Oui.

Elle avait regretté immédiatement d'avoir appelé. Ce n'était pas gentil de sa part. Une envie impulsive de se défouler sur Theresa après toutes ces années.

— Je suis désolée de vous déranger. Vous devez être très occupée. Mais mère Cecilia m'a demandé de vous prévenir qu'elle arrivera à trois heures.

— Arrivera ?

— Elle descend à Boston pour être aux côtés de votre famille lors de la veillée et des funérailles.

— Puis-je lui parler ? demanda Nora.

Le sang pulsait à toute allure dans ses tempes.

— J'ai peur qu'elle ne soit déjà en route. Elle l'a décidé à la dernière minute. C'est pourquoi elle m'a demandé de vous prévenir. Si vous pouvez m'indiquer le nom du funérarium, je le lui transmettrai quand elle appellera.

Nora lui donna l'adresse précise des pompes funèbres O'Dell, comme si sa sœur était la bienvenue. Elle la remercia et raccrocha, puis elle s'assit pour reprendre son souffle. Elle se demanda si elle allait faire une crise cardiaque et mourir.

Ce ne serait pas si terrible. Mieux que d'affronter la réalité, probablement.

Elle regarda la pièce en l'imaginant pleine de monde, essaya de visualiser Theresa au milieu d'eux. Pendant une seconde, Nora se demanda ce qu'elle penserait de la maison. Soudain, sa cuisine lui fit horreur. Vieillotte et défraîchie. Les plans de travail en formica jaune et les placards en érable étaient à la mode quand ils avaient emménagé. Elle ne les avait jamais changés. Chaque fois que John et Julia venaient, ils faisaient remarquer qu'il serait très facile de lui donner un coup de neuf. Et c'était vrai, n'est-ce pas ? Pourquoi ne l'avait-elle jamais fait ?

Elle repensa à la Médaille miraculeuse de Patrick. Elle la lui avait donnée il y avait des années, en lui faisant promettre de la porter pour être protégé. Il lui arrivait encore de la mettre, pour lui faire plaisir. Mais il ne l'avait pas sur lui quand il était mort. Theresa avait envoyé la médaille à Nora, l'été des dix-sept ans de Patrick. Nora éprouva la nécessité que Theresa la voie sur lui, comme pour lui signifier que son absence n'était pas la cause de ce drame.

Elle prit le téléphone et essaya de nouveau de joindre Brian. Sans succès. Elle appela ensuite John.

Vous êtes sur la messagerie de John Rafferty, fondateur de Miltown Strategies. Je suis indisponible pour le moment, mais je ne manquerai pas de répondre à votre appel. Veuillez laisser un message et je vous recontacterai dès que possible.

La communication était censée être la grande révolution de notre époque. En théorie, vous pouviez joindre n'importe qui à n'importe quel moment. Quand Nora voyait ses enfants, ils avaient en permanence leur téléphone à la main. Quand elle appelait ses enfants, ils décrochaient rarement.

« John, dit-elle. J'ai besoin que tu passes chez Patrick en venant ici avant la veillée et que tu m'apportes sa médaille. Il faut absolument qu'il porte sa médaille. Elle est en argent avec un contour bleu. Sur une longue chaîne en argent. Elle se trouve probablement dans la boîte sur sa commode. Ou peut-être dans un tiroir. Ou… oh, je n'en sais rien. Regarde partout. Il y a une clé sous le paillasson. Appelle-moi pour que je sache que tu as eu mon message, s'il te plaît. »

À cette heure, la médaille lui semblait être la chose la plus importante au monde.

Nora se leva. Elle prit une laitue iceberg dans la passoire à côté de l'évier et la posa sur une planche à découper. Elle choisit un couteau sur le bloc, bien trop tranchant pour la tâche à effectuer. Un couteau qui pourrait couper à travers un os.

Elle croyait que Theresa n'avait pas le droit de sortir du couvent jusqu'à la fin de sa vie. Nora l'avait appelée en quelque sorte pour la punir, pensait-elle, brisant le silence qui avait prévalu jusqu'alors. Elle n'avait pas imaginé un seul instant la possibilité que Theresa vienne assister à l'enterrement.

Quand les enfants étaient devenus adultes, elle avait songé plusieurs fois à leur dire la vérité. Du moins partiellement. Elle leur dirait qu'elle avait une sœur. Mais l'histoire était trop complexe pour qu'on la révèle en partie seulement. Si elle avait une sœur, pourquoi n'en avait-elle jamais parlé ? Pourquoi ne l'avaient-ils jamais vue ? Si Nora leur disait qu'elle les avait emmenés à l'abbaye une fois, que Theresa et elle avaient correspondu pendant des années, alors ils voudraient savoir pourquoi elles avaient cessé de s'écrire. Et elle ne pouvait pas leur avouer la raison. Elle n'en avait même jamais rien dit à Charlie.

Elle coupa l'iceberg en deux, chaque moitié retombant dans un bruit sourd. On aurait dit la tête décapitée d'un enfant.

C'était du Theresa tout craché de décider de son propre chef de venir et de faire appeler une inconnue pour annoncer son arrivée. Sans se soucier des sentiments de Nora. Elle se rappelait encore le goût amer de sa colère pour ce que sa sœur lui avait fait.

Elle trancha, trancha, trancha, tandis que des gouttes d'eau jaillissaient de la salade et éclaboussaient le plan de travail.

À certains moments, elle avait considéré le point de vue de Theresa, s'était demandé si le raisonnement de sa sœur aurait amélioré la situation. Mais Nora oubliait alors tout ce qui pouvait se retourner contre elle comme un boomerang. Elle avait menti toute sa vie. Avait posé des petites bombes sans comprendre qu'elles étaient susceptibles d'exploser des années plus tard.

Malgré ses efforts, sa sœur n'était jamais loin de ses pensées. Nora pensait à elle chaque fois qu'elle était obligée de passer en voiture par Dorchester ou Dudley Street. Elle la voyait en Bridget, qui était aussi jolie que Theresa, même si Bridget gâchait cette chance en s'enlaidissant volontairement. Elle coupait à ras ses cheveux bruns, de sorte que de dos, Nora la prenait parfois pour l'un des garçons. Elle refusait de porter du maquillage, ou une jupe. Depuis quatre ans,

Nora avait renoncé à attaquer le physique de Bridget pendant le carême. Mais parfois, ça lui faisait mal de regarder sa fille. Nora savait comme son visage pourrait être magnifique si seulement elle s'arrangeait un peu.

Bridget préférait les chiens aux gens. Elle pardonnait tout à un chien. Elle était aussi dévouée aux pauvres animaux pitoyables que saint François en personne. C'était admirable, d'une certaine façon. Mais elle n'était pas adulte. Elle n'était pas féminine. Elle montait sur les toits pour sauver des écureuils piégés dans les gouttières. Elle tenait tête à des hommes qui organisaient des combats de chiens et à de vieilles dames qui voulaient empoisonner des chats sauvages. Elle partageait un appartement avec une colocataire et un pitbull dans ce que Nora considérait comme le pire quartier de Brooklyn, bien que Bridget affirmât qu'il n'y avait plus de bons et de mauvais quartiers. Elle avait quarante-quatre ans et ne voyait rien qui clochait dans sa vie.

Nora retrouvait surtout Theresa en Patrick. Il lui ressemblait dans ses meilleurs comme dans ses pires côtés. Charmeur, séducteur. Aimant et aimé. Il avait le caractère insoumis, l'impulsivité et l'obstination de Theresa. Nora n'aimait pas y songer, mais il y avait aussi en lui un peu de Walter. Patrick pouvait être sournois. Il pouvait semer le désordre sur son passage puis continuer sa route. Rien à voir avec Nora ou Charlie, respectueux jusqu'au bout de leurs obligations.

Et Patrick ressemblait à Walter comme deux gouttes d'eau.

Tous les enfants dans l'entourage de Nora pouvaient passer pour le frère, la sœur ou le cousin d'un autre. À l'exception d'un rouquin étrange et d'une fausse blonde, tous les gens qu'ils connaissaient à Dorchester avaient des cheveux sombres et des yeux bleus – Nora, Charlie, le pharmacien au coin de la rue, le vieux M. Fallon au rez-de-chaussée. Et les enfants de Nora. En regardant de plus près, cependant, on s'apercevait que les cheveux de Patrick n'étaient pas bruns et ondulés comme ceux des autres, mais noirs et bouclés. Ses cils étaient plus épais, ses joues moins écarlates. Il était grand comme eux, mais ses membres étaient longs et fins.

Avant de s'installer à Hull, il leur arriva à de rares occasions de croiser Walter McClain dans la rue avec sa femme et ses enfants. Nora retenait son souffle, attendant que quelqu'un fasse le lien. Mais personne ne l'avait jamais fait. Personne ne prêtait attention à un jeune garçon en famille.

Quand elle eut fini de trancher la laitue en fines lamelles, elle la transvasa dans un saladier en verre. Elle coupa un oignon rouge, dont l'odeur lui emplit les narines.

Elle songea à Maeve, qui fréquentait une école privée coûteuse depuis l'âge de cinq ans.

« C'est une école quaker », se plaisait à dire Julia, mais aucun quaker à la connaissance de Nora ne facturerait vingt mille dollars une scolarité en maternelle.

Ses propres enfants avaient fréquenté l'école catholique. On leur avait inculqué la discipline, l'obéissance et la crainte de Dieu, jour après jour. À l'école de Maeve, on leur apprenait à être créatifs. À être de bons amis. Le programme D.E.A.R *(Drop Everything And Read)*, Laisse Tout Tomber et Lis.

Depuis que Maeve avait cinq ans, Nora allait la chercher à l'école le mardi et le jeudi et la gardait jusqu'à ce que John ou Julia rentre du travail. Elle essayait de compléter l'éducation de Maeve en lui apprenant les bonnes manières. Elle l'emmenait occasionnellement à la messe de l'après-midi, sachant que John et Julia n'y allaient jamais. Elle lui offrait des boîtes de papier à lettres à ses initiales pour l'inciter à écrire des cartes de remerciement. Julia ne connaissait pas les rituels de politesse, mais Nora y accordait de l'importance.

Nora se souvint de Maeve, à six ou sept ans, assise sur le canapé dans le bureau du bas, répétant quelque chose que sa maîtresse avait dit ce jour-là : *Un secret n'est pas amusant, à moins d'être connu par tout le monde.*

— Mais si tout le monde le sait, ce n'est plus un secret, dit Nora en fronçant les sourcils.

— Nana, répondit Maeve, exaspérée. C'est le but.

Quand Nora était jeune, les anciens ne confiaient jamais rien à un enfant – même aux plus grands. Ce n'était pas un secret. Ils n'avaient simplement pas le droit de savoir. La conviction de cette croyance s'était transmise de génération en génération comme un héritage précieux. Elle sentait que c'était en train de changer, que le monde s'ouvrait à toutes sortes d'idées qui lui semblaient parfaitement effrayantes. Mais Maeve avait peut-être raison. Les secrets n'avaient jamais rendu personne heureux. Ils avaient rongé Patrick, distordu la réalité, engendré la situation qu'ils vivaient aujourd'hui.

Malgré toutes ses orchestrations habiles, il avait toujours des soupçons.

La nuit suivant la mort de Charlie, Patrick lui avait demandé : « Qui est mon vrai père ? Je sais que ce n'était pas papa. » Nora n'avait pas su comment répondre. « Pas maintenant, avait-elle dit. S'il te plaît. »

Plus tard, elle avait eu honte. Elle avait agi comme s'il n'en coûtait rien à un enfant de poser une telle question. Mais elle ne fit rien pour réparer les dégâts. Elle se dit que s'il lui reposait la question, elle rattraperait le coup. Mais Patrick ne le fit jamais.

Nora couvrait la salade d'un film plastique quand elle entendit la porte de la maison s'ouvrir. Elle se précipita dans l'entrée, où se tenait Brian, habillé comme la veille.

Il sentait comme s'il s'était roulé sur le sol d'un bar. Elle se demanda s'il avait dormi là-bas. En voyant son visage, elle se sentit plus soulagée que la situation ne le justifiait, comme si Patrick lui-même venait d'entrer.

— Brian Rafferty ! Dieu merci. Tu m'as fait une peur bleue. J'ai essayé de te joindre.

— Je n'avais pas mon téléphone.

Elle allait lui dire. De tous, il serait celui qui la jugerait le moins.

Il était son bébé. Rien de ce qu'elle faisait ne pouvait être mal à ses yeux.

Mais les mots ne sortirent pas. Elle avait besoin de plus de temps.

— Va te débarbouiller, dit-elle. Je t'ai repassé une chemise. Elle est sur ton lit.

Il se dirigea vers l'escalier, puis il la regarda par-dessus son épaule.

— Je suis désolé de t'avoir inquiété, m'man.

Il avait l'air si sincère, comme Patrick quand il était adolescent. Nora ne doutait jamais de la sincérité de leurs excuses.

Si elle ouvrait la bouche et parlait, elle pourrait pleurer pendant des mois.

Nora pointa le menton en direction de l'étage, puis elle offrit un sourire à Brian.

14

John, Julia et Maeve partirent de chez eux avec dix minutes de retard.

Toute la famille se retrouverait chez Nora, d'où ils se rendraient en groupe à la veillée. Ils dormiraient tous chez elle ce soir et iraient ensemble aux funérailles demain. John ne pouvait pas expliquer pourquoi cela devait se dérouler ainsi, sinon qu'ils avaient toujours fait comme ça.

Julia était assise sur le siège passager, deux immenses plateaux sur les genoux.

Il lui avait dit de ne rien commander, tenté de lui faire comprendre que Nora n'apprécierait pas. Elle jugerait la présentation sophistiquée du traiteur comme un défaut, non une qualité.

Malgré cela, un jeune livreur avait sonné à la porte de John ce matin, tenant en équilibre deux plateaux recouverts de film plastique. *Plateau de brie et dattes fourrées, et gâteau de crabe avec shumai crevette ?*

avait-il annoncé en lisant le bordereau. L'adolescent était en tee-shirt blanc par – 1 degré. Sa voiture tournait au ralenti dans l'allée, un nuage gazeux s'échappant du pot d'échappement. John avait soupiré et glissé la main dans sa poche pour le pourboire.

Il aurait aimé que Julia comprenne sans qu'il ait à lui expliquer. Sa femme avait étudié le droit à Georgetown et à la faculté de Boston. Ce que sa mère passait des heures à préparer, Julia l'obtenait en un coup de téléphone. Il savait déjà que lorsqu'il serait mort, de jeunes hommes sveltes en uniforme noir circuleraient parmi les invités avec des plateaux garnis de canapés et de brochettes de poulet. Qu'y avait-il de mal à cela ? Il ferait la même chose dans la même situation. Mais cela avait pour John le goût d'une tradition perdue.

— Pourquoi un mort qui n'a jamais mis les pieds dans une église aurait-il soudain besoin d'une médaille religieuse ? déclara Julia. Ta mère cherche-t-elle à faire croire à Dieu que Patrick était un fervent catholique ?

Elle prononça le mot *Dieu* comme s'il était entouré de guillemets.

J'ai besoin que tu passes chez Patrick en venant ici, disait Nora dans son message, comme si cela n'avait rien d'extraordinaire. *Il faut absolument qu'il porte sa médaille.*

L'appartement de son frère à Dorchester n'était pas sur sa route et elle le savait. Le détour ajoutait quarante minutes au trajet jusqu'à sa maison, à Hull, au bout du monde. Et John n'avait aucune envie de fouiller dans les affaires de Patrick. C'était une mission pour Brian. Pour n'importe qui, sauf lui.

Julia tendit la main et monta le chauffage. On se serait cru dans un four. Elle avait toujours froid. John la regarda furtivement. Elle portait des boucles d'oreilles discrètes en diamant, une robe noire sobre et cintrée qui s'arrêtait juste au-dessus des genoux. Classique, mais sexy à sa manière. Il savait que dans ses escarpins noirs, ses ongles étaient vernis du rouge qu'elle choisissait lors de sa pédicure hebdomadaire, la même nuance depuis qu'il la connaissait. Une couleur appelée *roulette russe*.

Au milieu de tous les gens qu'ils verraient aujourd'hui, elle se distinguerait. La beauté des femmes avec qui il avait grandi était essentiellement intérieure. À moins de trouver un charme particulier aux gros bras laiteux, aux mollets épais, aux taches de rousseur. Il avait épousé une femme d'un autre genre. Tonique et bronzée, à la chevelure chatoyante des publicités pour shampoing. Parfaite sous tous les angles.

Julia pencha la tête vers le siège arrière.

— Je me fais du souci, chuchota-t-elle, bien qu'elle n'ait pas besoin de parler bas.

Maeve avait des écouteurs, volume à fond. John pouvait entendre le bruit étouffé de sa musique malgré le son de l'autoradio, causant sans doute des dommages irréversibles à ses tympans.

— Je pense que tout cela l'affecte plus qu'elle ne le montre. Le cercueil ouvert, souffla Julia en frémissant. Elle n'a jamais vu de cadavre. Mince, je n'en avais jamais vu avant de t'épouser.

Julia considérait les veillées comme un rite barbare, indécent. Sa famille aurait déjà fait incinérer Patrick à l'heure qu'il est, et dispersé ses cendres au vent pendant qu'une femme en robe fluide jouerait du Joni Mitchell à la harpe.

Après quinze ans de mariage, elle était encore mal à l'aise avec les cérémonies, les rituels des Rafferty. Chaque fois qu'elle se trouvait avec toute la famille, il sentait qu'elle aurait préféré être en Californie chez ses parents. Là-bas, pieds nus devant le foyer, ils seraient en train de boire du vin en discutant d'un nouveau film ou roman. Et non pas assis autour d'une table avec une nappe en lin blanc, tête baissée, à réciter le bénédicité sous la direction de Nora.

La famille de Julia était plus décontractée. Quand ils séjournaient chez ses parents, sa mère n'était pas dans la cuisine toute la matinée à s'affairer aux fourneaux. Elle laissait des fruits sur la table, ou des muffins achetés en ville, avec un mot. *Suis au yoga ! Je rentre vers midi !*

Julia disait qu'enfant, elle aimait s'imaginer au sein d'une fratrie nombreuse et bruyante, où elle aurait dû se battre avec ses frères et sœurs pour avoir un jouet ou s'asseoir sur le siège avant. Elle rêvait d'une mère qui ne travaillerait pas, mais resterait à la maison et ferait des brownies. Cette maman ne serait jamais en retard et ne marmonnerait pas *merde* dans les embouteillages. Elle veillerait à ce que son réfrigérateur soit bien garni, et contienne des aliments comme du pudding à la gelée, du lait entier et de la mortadelle. Non seulement elle ne perdrait jamais ses clés, mais elle saurait en permanence où se trouvaient les clés de tout le monde.

Mais quand Julia rencontra cette mère dans la réalité, sous les traits de Nora, elle fut légèrement décontenancée. Elle lui posait des questions que John ne lui avait jamais posées. Il serait passé à côté de la vie sans sa femme. Il avait grandi à dix minutes en voiture du centre-ville de Boston et n'avait jamais mis les pieds au Wang Center ni au Symphony Hall. Aujourd'hui, ils emmenaient Maeve à la représentation de *Casse-noisette* chaque année en décembre. Ils avaient un abonnement à l'A.R.T.

John adorait partir en vacances avec les parents de Julia, dans la villa qu'ils louaient chaque été à Nantucket. Carol et Fred étaient faciles à vivre. Ils aimaient tous les mêmes choses. La seule fois où il avait invité Nora et Charlie, sa mère annonça d'emblée en descendant du ferry qu'elle avait apporté des sandwichs emballés dans du papier ciré pour économiser l'argent du déjeuner. Lorsqu'ils sortirent boire un cocktail au White Elephant, ses parents eurent une attaque en voyant les prix. Ils firent tout un foin pour ne commander que du thé glacé. Deux jours plus tard, alors qu'ils étaient tous allongés sur la plage, détendus, Charlie hurla sans crier gare : *Seize dollars pour une margarita ! Je n'en reviens toujours pas.*

Son père était déjà mort au moment où John et Julia avaient acheté la maison à Cape Cod, il y a quatre ans. Les parents de Julia envoyèrent du champagne. La première réaction de Nora fut : *Avez-vous fait réaliser un diagnostic technique ? Quelqu'un a-t-il vérifié l'état de la toiture ?*

Non, maman, elle va probablement s'effondrer sur nous, dit-il.

Mais John eut à ce moment-là la sensation qu'il était comme elle. Angoissé par nature. Le toit allait peut-être s'effondrer. La maison disparaître. Il se trompait s'il pensait qu'il pourrait se transformer en un type dégagé de toute préoccupation financière juste en signant un contrat d'achat-vente.

Au lieu de la réunion de famille qu'ils avaient l'intention d'avoir la veille au soir, ils se retrouvèrent tous les trois assis au salon, à parler de Patrick.

— As-tu des questions à nous poser ? dit Julia. Qu'aimerais-tu savoir, ma puce ?

— Il s'est passé quoi exactement ? demanda Maeve, d'un ton étrange, détaché, comme s'ils discutaient de la mort brutale d'un acteur de seconde zone qu'ils avaient vu un jour dans un film.

— Il buvait et conduisait, résuma John. Ton oncle a fait beaucoup de mauvais choix dans sa vie.

Plus tard, Julia lui dit qu'il avait été un peu dur.

— Je croyais qu'on devait lui dire la vérité, se défendit John. Ça la fera réfléchir la prochaine fois qu'elle envisagera de monter en voiture avec un salopard ivre mort.

— Chéri, elle a treize ans. Elle ne fait pas encore de virée en voiture avec des types qu'elle ne connaît pas. Que crois-tu qu'il se soit passé ? Pourquoi maintenant ? ajouta-t-elle.

— Je pense qu'à force de conduire bourré, on finit un jour par se prendre un mur.

— Aurions-nous dû le mentionner dans le faire-part de décès ? Au lieu d'envoyer des fleurs, faites un don aux Mères Contre l'Alcool au Volant ? Quelque chose comme ça ?

— Non.

Sa mère n'attachait pas d'importance à la vérité. Elle n'avouerait jamais, encore moins à elle-même, comment Patrick était mort.

John avait entendu Maeve parler au téléphone, après leur réunion à trois. Elle n'était pas dévastée.

Mon oncle est mort. Je ne crois pas que j'aurai à rattraper le contrôle d'algèbre de demain. Quoi ? Je sais. Ma tante vient de New York. Ma mère dit qu'on ira sans doute à l'enterrement tous ensemble dans une limo.

Ses paroles le glacèrent. Son ton frivole. Les choix d'éducation qu'ils avaient faits avaient peut-être été une erreur monumentale, la transformant en ce monstre qu'il avait sous les yeux. *Une limo.* Mon Dieu.

— Elle connaissait à peine Patrick. Ils n'avaient aucune relation, lui fit remarquer Julia quand il lui demanda s'il était normal que Maeve ne soit pas plus bouleversée.

Cette réalité incontestable le fit se sentir encore plus mal. Depuis tout petit, Patrick et lui ne s'étaient jamais entendus. Patrick et Maeve se voyaient rarement, essentiellement à Noël quand ils étaient entourés d'autres personnes dont ils préféraient la compagnie. Patrick lui demandait comment se passait l'école, ce qu'elle allait faire pendant ses vacances d'été. Les questions générales que l'on pose à un enfant que l'on connaît mal.

Quand Bridget et Nora évoquèrent avec John ce qui s'était passé, il sentit poindre sous leurs paroles une accusation : Évidemment, tu n'es pas triste. Tu ne l'as jamais aimé.

C'était vrai, il n'était pas triste. Il était en colère. Choqué. La première pensée de John avait été pour sa mère. La seconde pour son rendez-vous important à Chicago. Il devait l'annuler. *Mon frère est décédé*, avait-il dit au téléphone.

Oh, mon Dieu, je suis désolé.

Il avait eu l'impression de ne pas mériter cette sympathie, de devoir se justifier.

Il ne pensa à Patrick que bien plus tard.

Vers trois heures du matin, John renonça à essayer de dormir. Il décida de répondre à ses e-mails en retard, mais, quand il alluma son ordinateur portable, l'écran bleuté brillant comme un phare dans l'obscurité de la chambre, ses doigts cliquèrent sur Facebook. Patrick n'y était pas, mais le bar avait une page publique. Des dizaines de personnes, la plupart inconnues de John, avaient déjà laissé des commentaires.

Brian et Fergie, c'est une immense perte, je suis vraiment désolé. Accrochez-vous.

Toutes mes condoléances !!! RIP Pat.

La fête d'hier soir montre que tu es parti, mais pas oublié. Nous ne t'oublierons jamais. Xoxoxoxox.

Mon pote, on se reverra de l'autre côté. Je parie que tu es déjà en train de te boire du Jameson avec Hendrix et Sinatra. Garde-moi un siège ! [Quarante-deux « j'aime »]

John ferma l'ordinateur.

Ensuite, il erra dans les couloirs de la maison. Quand son orteil se prit dans le fil d'une lampe posée sur un bureau dans l'entrée, il enragea. Il frappa la lampe, qui se coucha sur le flanc, le pied en porcelaine se brisa, un morceau tomba sur le sol. Il ne le ramassa pas.

Il aurait préféré être franchement triste, comme il l'avait été à la mort de son père. Mais John avait haï

Patrick la majeure partie de sa vie. À quarante-cinq ans, il y avait encore des événements de son enfance qu'il ne digérait pas et qu'il n'accepterait sans doute jamais.

L'aîné donnait le ton. Et Patrick causait de la peine à sa mère, aussi John avait décidé très tôt d'être le bon garçon, le fils parfait. Ce n'était pas facile. On le comparait trop souvent à son frère aîné. À l'école, les enseignants s'attendaient à ce qu'il soit un mauvais élève. Même à l'âge adulte, la moindre bévue de Patrick bavait sur lui.

Nora lui avait demandé de faire l'éloge funèbre, car il était l'homme des discours. John avait accepté. Pas le choix. Il était la seule personne responsable de sa fratrie. Il aurait aimé être bourré et traîner dans les bars comme Brian. Ou vivre à plusieurs États de là et débarquer dans la matinée, comme Bridget. Mais au lieu de cela, il s'était retrouvé dans la cuisine de sa mère deux heures après avoir appris la nouvelle, à la regarder toucher à peine à la dinde qu'il avait apportée. Il était venu la soutenir, mais son visage lui renvoyait l'immensité de son chagrin. Il ne serait jamais le fils qu'elle désirait avoir à ses côtés.

Maeve ne voulait pas aller chez sa grand-mère quand ils étaient passés la prendre à l'école. Elle avait fait la tête durant tout le trajet en voiture. Quand Nora leur ouvrit la porte, elle écarta les bras et le cœur pathétique de John bondit en avant pour courir s'y réfugier. Mais Nora tendait les bras à Maeve, non à lui. Sa fille sauta dans les bras de sa mère et sourit, transformée en ange. Cela le rendit fou et le soulagea en même temps.

Alors qu'il naviguait dans la circulation de la 93 South, John regarda Maeve dans le rétroviseur. Il pensa à la discussion qu'ils auraient dû avoir la veille au soir. Il aurait préféré faire comme si Julia n'avait jamais vu ce site stupide. Ainsi Maeve faisait des recherches. Ce qui ne signifiait pas qu'elle pensait réellement qu'ils l'avaient enlevée. Ils avaient toujours su qu'un jour, selon toute vraisemblance, elle voudrait savoir qui était sa mère biologique.

Julia était enthousiaste à cette idée, du moins en théorie. Elle disait qu'ils retourneraient en Chine le moment venu. Ils le devaient à Maeve, et ils le devaient à sa mère biologique. Il était normal qu'elle sache ce qu'était devenue Maeve. Mais c'était à l'époque où ils pensaient qu'il serait difficile, sinon impossible, de la retrouver. Avant qu'Internet arrive et rétrécisse la planète.

Il savait qu'il en discuterait une fois la poussière retombée. La mort avait ce pouvoir. Reléguer les choses les plus importantes au second plan. Comme si tout le reste pouvait attendre.

Il se demanda si Julia parlerait du site web à sa mère, mais il en doutait.

Au début, ils n'avaient pas dit à leurs parents respectifs qu'ils ne pouvaient pas avoir d'enfant, qu'ils avaient tout essayé. Bridget était la seule de la famille à être au courant. Quand ils annoncèrent qu'ils avaient décidé d'adopter un bébé en Chine, les réactions furent prévisibles. Les parents de Julia envoyèrent un beau livre avec des photos en noir et blanc du Tibet, et des douzaines de pivoines, apparemment la fleur nationale de la Chine. Sa mère avait fait l'imbécile.

Julia expliqua la situation à Nora au cours d'un dîner – la politique de l'enfant unique, les mères forcées de laisser leurs bébés dans les parcs ou au bord de la route, les petites filles abandonnées par milliers. Nora semblait écouter avec compassion, mais ensuite elle déclara :

— Un enfant doit rester dans sa vraie famille. Personne ne peut l'aimer autant.

La voix de Julia retomba.

— Je suis sûre que les mères chinoises aiment leurs bébés. Mais c'est systémique. Ces femmes subissent une pression trop forte. On détruit leur maison si elles désobéissent.

— Alors on leur enlève ces bébés, dit Nora. Tu vas voler l'enfant d'une autre. Quand j'étais jeune, ils faisaient cela aux jeunes filles catholiques. Des adolescentes. Elles n'avaient aucune idée de ce qu'elles acceptaient.

Julia pleura et John eut envie d'étrangler sa mère pour être si intolérante, si bornée, si stupide. Elle n'avait pas compris qu'ils l'informaient de leur décision, non qu'ils lui demandaient son avis. Sans aucun doute, une partie de sa réticence venait du fait qu'ils faisaient entrer dans la famille un enfant qui ne leur ressemblait pas. Il trouvait cela exaspérant. Pourtant, cette nuit-là, il dit à Julia qu'il aimerait que le bébé porte un nom irlandais.

Quand ils rentrèrent de Pékin, Nora avait convoqué toute la famille à l'aéroport de Boston-Logan. Elle avait demandé à Bridget de venir en voiture de New York et convaincu Brian et Patrick de mettre des chemises à col pour les photos.

Julia se dirigea en premier vers Nora, le bébé dans les bras.

— Voici ta grand-mère, Maeve, dit-elle.

— Elle est immense, glapit Nora. Elle n'a pas un an, c'est impossible.

Mais ce fut sa dernière protestation. Ensuite, elle prit la petite fille dans ses bras et son cœur fondit.

Au bout de quelques semaines de nuits sans sommeil, Julia était devenue un zombie. Désemparée, elle se lamentait de son incapacité à calmer Maeve. Nora vint chez eux pour la seconder.

— Tu avais raison. Elle sent que je ne sais pas m'occuper d'elle. Je ne lui ai pas donné la vie et elle le sait, pleurnicha Julia.

Nora lui attrapa le menton et le tint fermement.

— Cela n'a rien à voir avec le fait de donner la vie, dit-elle.

John savait que ces mots avaient plus compté pour Julia que toutes les fleurs que sa propre mère pouvait lui envoyer.

Il se gara sur le parking de la pharmacie CVS sans mettre son clignotant. Il voulait acheter des cigarettes, mais Julia l'avait contraint d'arrêter de fumer il y a longtemps, avant Maeve, avançant la théorie que son tabagisme pouvait expliquer pourquoi elle ne tombait pas enceinte. (Pour la même raison, ils avaient renoncé à l'alcool pendant un an, ils avaient cessé de prendre des douches chaudes. Elle l'avait fait changer ses slips pour des caleçons, une taille au-dessus.)

— Je vais acheter des bonbons à la menthe, dit-il. J'en ai pour une minute.

Julia pointa le doigt vers Maeve.

— Elle a besoin de serviettes hygiéniques.

— Maintenant ?

— Tu en as besoin quand tu en as besoin, John. Tu veux que j'y aille ?

Il secoua la tête, entra dans le magasin.

Toutes les pharmacies CVS de la planète avaient la même odeur. Cela avait quelque chose de rassurant. Il se dirigea vers l'allée trois. Ce n'était pas son baptême menstruel. Maeve préférait la marque Always, ultra-mince, avec ailettes. John attrapa le paquet vert foncé, puis il retourna vers la caisse.

Son père ne se serait jamais retrouvé dans cette situation, pour rien au monde. Quand Charlie appelait pour commander une pizza, il offrait cinq dollars au livreur pour lui rapporter un pack de six bières et ce dont il avait besoin au magasin. John avait ouvert une fois la porte à un gamin qui tenait deux pizzas au pepperoni, une brosse à dents et une bouteille de Schoum.

Un jour, sa mère était partie au supermarché et son père la bipa parce qu'il avait oublié de lui demander d'acheter des chips. Nora, qui devait avoir cinquante ans à l'époque, n'entendit pas son pageur, mais elle vit une employée du magasin aborder une femme de quatre-vingt-dix ans par ces mots : « Excusez-moi, madame. Êtes-vous Nora Rafferty ? » Alors elle s'était identifiée : « Je suis Nora Rafferty. Quel est le problème ? » et la jeune fille avait dit : « Votre mari m'a dit de chercher une petite dame âgée irlandaise. »

Serviettes Maxi. Son père se serait retourné dans sa tombe en entendant ces mots.

Julia n'avait pas été éduquée pour s'occuper d'un homme. John devait participer aux tâches ménagères. Ils vidaient le lave-vaisselle à tour de rôle. Ils payaient quelqu'un pour nettoyer les salles de bains et passer l'aspirateur parce qu'ils ne voulaient pas le faire. La seule et unique fois où il avait commis l'erreur de dire à sa mère qu'il jouait le baby-sitter de Maeve un samedi soir pendant que Julia était sortie avec des amis, il eut droit à un sermon en quatre actes sur le fait qu'il était impossible de dire que l'on était le baby-sitter de son propre enfant.

John se mit dans la queue derrière une femme que son petit garçon essayait de convaincre de lui acheter un paquet de bonbons. Devant eux, un couple d'adolescents, sans doute en train de sécher les cours, achetait… pas besoin de faire un dessin. Un après-midi banal. Il avait envie de hurler : *Mon frère est mort !* Mais, au lieu de cela, il régla la caissière en souriant.

— Je vous souhaite une bonne journée, dit-elle.

John hocha la tête.

— Vous aussi.

De retour dans la voiture, Maeve dit :

— J'échange des SMS avec tante Bridget, papa. Elle me dit de te dire qu'elle arrivera avec Natalie et Rocco chez Nana dans une heure.

Plus de mots qu'elle ne lui en avait dits en une semaine. *Papa.* Pathétique comme cela le touchait. Comme s'il était un gros nul et que Maeve était la fille la plus populaire de l'école.

— Parfait, dit-il. Attends, Rocco est avec elles ? Elle vient avec un pitbull assister à une veillée et à un enterrement ? Totalement inapproprié.

— Papa. C'est son *enfant.*

— Je ne pense pas qu'elle l'emmènera à la veillée, intervint Julia.

Sa fille avait une relation à part avec Nora et avec Bridget, dont il était exclu. Cela faisait plaisir à John. Il appréciait le fait que Maeve aime aussi Natalie. Il était heureux pour sa sœur. Avant, Julia et lui s'inquiétaient que Bridget soit seule. « Bridget est mariée à son travail », disait Nora. Il se demanda si elle y croyait vraiment.

Natalie était la seule petite amie qu'elle leur avait présentée. John avait imaginé que Bridget fréquentait des filles qui lui ressemblaient, mais Natalie était une bombe. Le genre de filles qu'il ramènerait à la maison. Elle semblait folle amoureuse de Bridget, et réciproquement – bien que Bridget bannisse toute effusion en présence de sa mère. Quand Nora était là, on aurait pu croire qu'elles étaient de simples amies. Pour cette raison, il prétendait qu'on ne pouvait pas reprocher à Nora de n'y voir que du feu, même si Julia trouvait cela ahurissant.

L'été dernier, à Cape Cod, John et Maeve étaient assis sur la pelouse devant la maison, prêts à accueillir les deux filles pour le week-end. Il pensa qu'il lui devait une explication. Bridget et Natalie vivaient ensemble. Et Maeve était assez grande pour comprendre.

Tante Bridget et Natalie sont plus que des amies, dit-il en arrachant des brins d'herbe. *Des amies un peu particulières, en quelque sorte.*

Tu veux dire qu'elles sont en couple, dit-elle.

Oui. C'est ça. Il arrive que des femmes aiment des femmes, que des hommes aiment des hommes. Ils aiment une personne en fait, tu comprends. On tombe amoureux d'une personne. Je sais que ça peut te paraître bizarre, mais ça ne l'est pas. C'est une bonne chose. Tu as envie de me poser des questions à ce sujet ?

Elle le regarda comme s'il était débile.

Non.

Ne te gêne pas surtout. Je sais que c'est un peu bizarre.

Papa, il y a trois lesbiennes dans ma classe.

Vraiment. En cinquième.

En fait, l'une des trois est bi, si tu veux mon avis.

Quand ils arrivèrent à la sortie de Dorchester, Maeve se pencha en avant et dit :

— Passe devant ton ancienne maison, celle où tu devais partager ta chambre.

La façon dont elle avait évoqué la nécessité de partager sa chambre semblait un sort si cruel que cela n'arrivait qu'aux orphelins dans Dickens. Il en fut légèrement agacé, mais il l'avait modelée en la fille qu'elle était. Une maison grouillante d'enfants était un concept abstrait pour elle. Il y avait chez eux quatre chambres qu'ils n'utilisaient pas. Maeve aimait qu'on lui raconte que certains étés, John, Patrick et six cousins venus d'Irlande partageaient la chambre principale. Ce qu'elle préférait par-dessus tout était quand John racontait qu'il ne s'était jamais retrouvé tout seul dans une pièce, en dehors des toilettes, jusqu'en CM2.

Il n'avait pas très envie de rouler au volant d'un 4×4 flambant neuf dans son ancien quartier, même s'il répugnait à avoir ce genre de pensées. C'était la voiture en elle-même. Trois semaines et pas une rayure. Et puis, il y avait ce sticker qu'il avait collé sur le pare-chocs. Il l'aimait bien au début, mais il l'embarrassait maintenant. Trois lettres dans un ovale : ODD.

Originaire de Dorchester.

Quand l'un de ses clients avait vu l'autocollant, il avait dit : *Mes parents ont grandi là-bas eux aussi. Tout le monde aime être de Dorchester, à condition de ne plus y vivre ! J'ai raison, n'est-ce pas ?*

Cela l'avait piqué au vif, même si c'était vrai. John ne voulait pas vivre ici. Il avait effacé toute trace de Dorchester dans sa façon de parler. Il grimaçait quand il entendait quelqu'un – ses frères, ses cousins – prononcer patate *badade* ou dire *en aucun cas* ou *moi non plus*, quand ils voulaient dire *bien entendu, moi aussi.*

Il pouvait allumer ou éteindre son accent. Dans certains cercles, ne pas prononcer le *r* comme dans son enfance était un plus. Mais ce n'était plus le cas, majoritairement, dans les cercles qu'il fréquentait aujourd'hui. Il prenait garde à articuler chaque syllabe avant d'ouvrir la bouche.

John avait un don pour changer de personnalité en fonction de son interlocuteur. Il avait l'impression que Patrick restait le même homme, où qu'il soit. Lui-même, en toutes circonstances. Il enviait cela. John était un métamorphe, il voulait désespérément plaire à tout le monde, et cela lui convenait la plupart du temps.

Il devait sa carrière à cette faculté.

Il tourna dans Crescent Avenue.

— C'est ici, dit-il en ralentissant.

La façade jadis bleue avait été repeinte en blanc.

John leva les yeux vers la fenêtre d'angle. Il pouvait presque voir son frère et lui derrière la vitre, deux garçons serrés l'un contre l'autre regardant les éclairs zébrer le ciel, avant que les choses ne dégénèrent entre eux. Quelques années plus tard, Patrick se glissait dehors par cette fenêtre et tapait au carreau juste avant l'aube, John, endormi, se levait pour lui ouvrir, tout heureux de partager son secret.

Il était nostalgique en s'éloignant de la maison. Peut-être que Julia le sentit. Elle allongea le bras, prit sa main.

— Regardez ! s'écria Maeve.

John et Julia tournèrent la tête et virent le panneau *Rory McClain au Sénat* fixé sur un porche, et laissé là après les élections, il y a deux mois.

— C'est ton mec, non ? demanda Maeve.

— Ouaip, c'est mon mec.

— Cool.

Maeve acquiesça d'un signe de tête, puis elle s'isola de nouveau dans sa musique. John s'autorisa à savourer quelques secondes de fierté. Il pourrait se passer des mois avant qu'il n'entende un autre commentaire enthousiaste de sa fille à son sujet.

Deux minutes plus tard, ils fonçaient sur Morrissey Boulevard. Quand l'écriteau de Saint-Ignatius Prep fut en vue, Julia croisa son regard et il hocha la tête. Il lui avait raconté cette histoire tellement de fois.

John avait huit ans quand Patrick y était entré. Depuis lors, il rêva d'y aller. Il regrettait que cela l'affecte encore. Ce qui s'était passé n'avait en rien modifié le cours de sa vie. Mais cela faisait partie des souvenirs qui le blessaient encore, même après toutes ces années.

En première année, Patrick fut renvoyé de Saint-Ignatius.

Le lendemain, ils prenaient le petit déjeuner en silence jusqu'à ce que Nora déclare : « Nous n'avons pas traversé l'Atlantique pour vivre ça. »

C'était une réplique que leurs parents avaient prononcée à maintes reprises, censée jeter l'opprobre sur les enfants Rafferty pour qu'ils adoptent une bonne conduite. Eux qui dans leur petite vie ordinaire n'étaient jamais allés plus loin que le New Hampshire, et encore, pour assister au mariage de leur petit-cousin dans un motel.

— Finalement, dit Charlie, il est peut-être temps pour nous de retourner vivre en Irlande.

John ne savait jamais si son père plaisantait quand il tenait ce genre de propos.

— Nous n'allons pas en Irlande, déclara Nora. Franchement. C'est ce Michael Ferguson. Il a une mauvaise influence. Je le dis depuis le début. Je ne veux plus que tu traînes avec lui.

Patrick leva les yeux au ciel.

— Fergie n'était même pas là, m'man.

— Il n'avait pas besoin d'y être.

Après cet incident, ils inscrivirent Patrick à l'école publique. Southie High. Et alors que John s'attendait à ce qu'il participe au chahut lié au ramassage scolaire interracial, Patrick sembla se tenir à carreau. Jusqu'à la fin de la seconde, où deux policiers sonnèrent à la porte un matin. Il devait y avoir une fête familiale ce jour-là. John se rappelait qu'il portait un costume. Sa mère l'envoya dehors avec Bridget.

Peu après, Nora annonça qu'ils déménageaient. Non dans une proche banlieue – Quincy ou Weymouth –, mais à Hull, où les gens qu'ils connaissaient pouvaient louer une maison une semaine en août, mais certainement pas habiter. John se doutait qu'ils déménageaient à cause de Patrick, de la visite des policiers, sans toutefois en connaître le motif.

Tous les gens qu'ils connaissaient vivaient à Dorchester. Les membres de leur famille s'entassaient dans des maisons à trois niveaux, empilés les uns sur les autres. Ils se retrouvaient tous les week-ends les uns chez les autres et se croisaient sur le trottoir en allant acheter du lait. John ne connaissait personne à Hull. Son frère aîné avait fichu sa vie en l'air.

Nora déclara qu'ils allaient s'adapter et s'habituer à leur nouvelle vie. Ce qu'ils firent, plus ou moins. Assez vite.

Les parents de John parurent surpris quand, à l'aube de la quatrième, il leur rappela qu'il voulait être admis à Saint-Ignatius Prep à la rentrée. Chaque fois qu'il mentionnait l'école, Patrick se moquait de lui – *Pourquoi diable voudrais-tu aller là-bas ?* Aussi John arrêta d'en parler.

Son dossier de candidature fut prêt trois mois avant la date limite de dépôt. John était résolu à le délivrer en main propre. Mais sa mère ne cessait de repousser leur aller-retour à Dorchester. Finalement, elle accepta de l'y conduire la veille de la date limite. Il avait choisi la tenue qu'il voulait porter. Ciré ses chaussures. Mais à la dernière minute, il eut une gastro. Pat se rendait en ville de toute façon. Nora dit qu'il pourrait déposer son dossier de candidature au secrétariat, près de l'accueil.

Quand John protesta, elle leva un doigt et dit :

— Tu vas directement au secrétariat, et tu repars immédiatement, Patrick. Ne rentre pas dans l'école. Tu as causé suffisamment d'ennuis là-bas.

John fut nerveux toute la journée.

— Qu'a dit la secrétaire ? demanda-t-il quand son frère rentra à la maison ce soir-là.

— Le meilleur dossier qu'elle ait jamais vu.

— Vraiment ?

— Non. Elle n'a rien dit.

Il attendit en vain une lettre, un appel. Les mois passèrent. Finalement, son père téléphona pour connaître leur décision. Ce fut là qu'ils apprirent que l'école n'avait jamais reçu sa candidature.

Charlie se mit en colère contre Patrick. Ce dernier prétendit ne pas se rappeler s'il avait déposé le dossier ou non.

Il ne faisait aucun doute pour John qu'il l'avait fait à dessein. Pat ne montrait aucun remords. Il n'avait pas réussi à être diplômé de Saint-Ignatius, donc John ne le serait pas non plus. Et il était possible que Nora pense la même chose. Elle déclara que, de toute façon, il n'y avait pas de regrets à avoir.

— Le trajet en bus de Hull aurait été interminable, dit-elle. Peux-tu t'imaginer faire ça tous les jours, John ?

Une semaine passa et tout ce qu'elle put lui dire fut : « Va dire à ton père que tu n'es plus fâché pour qu'il laisse enfin ton frère tranquille. »

Après cela, John comprit que son frère ne l'avait jamais aimé. Il endurcit son cœur face à Patrick. Pourtant, en vieillissant, quand Patrick avait un problème, il n'hésitait pas à se tourner vers son frère. Il n'avait jamais demandé d'argent à Bridget ou Brian. Il savait qu'ils étaient fauchés. John avait cosigné des baux de location, prêté à Patrick des milliers de dollars en sachant qu'il ne les reverrait jamais. L'été où John s'était marié, Patrick n'avait pas de voiture. John lui prêta la sienne tout le mois de juillet, pendant que Julia et lui étaient en voyage de noces. Patrick prit Dieu sait combien de contraventions de stationnement, ce que John n'apprit qu'en septembre, où, au sortir d'un dîner avec un client, il découvrit un sabot sur sa Mercedes.

Il trouva le moyen d'en rire. L'histoire devint la bonne blague à raconter en famille.

Quand Patrick toucha cet argent tombé du ciel, il en investit la plus grande partie dans le bar, mais ne put s'empêcher d'en claquer bêtement un peu : un manteau de fourrure pour Nora, qu'elle ne porterait jamais. Une tondeuse autoportée pour Charlie, alors que la pelouse n'était pas si grande. Quand la loterie américaine atteignit le jackpot record de quatre cents millions, Patrick dépensa mille dollars en tickets et les lança en l'air comme des confettis à Noël, voulant que chacun participe au jeu. Il n'offrit jamais de rembourser à John l'argent qu'il lui devait.

Même alors, John réussit à rester cordial. Il pensait mériter de la reconnaissance pour cela. Quand Charlie tomba malade, John emmena toute la famille en voyage en Irlande. Il paya pour tout le monde, y compris Patrick, sans broncher.

Leur dispute la plus récente, remontant à huit mois, avait été la pire. Ils ne s'étaient pas parlé depuis. Bien sûr, il le regrettait maintenant. Il n'avait pas imaginé que Patrick allait foncer dans un mur et mourir. S'il l'avait su, peut-être que les choses auraient fini différemment. Mais il n'était pas question que John se sente coupable. C'était la faute de Patrick.

Tu devrais avoir de la compassion pour lui, John, disait Nora. *La vie a été moins facile pour lui que pour toi.*

Comme s'il n'avait rien fait pour réussir.

C'est ton frère, *John.*

Comme si la fraternité était sacrée. Comme s'il n'avait pas d'autre choix que de pardonner, encore et toujours, les crasses que son frère lui faisait.

Au cours de la dernière année, en dehors des fêtes familiales, ils s'étaient croisés par hasard à trois reprises. À une veillée. À une levée de fonds. Et à un match des Red Sox, assis tous les deux derrière le banc de touche. John était là avec des clients. Il avait payé le prix fort pour les billets. Patrick était avec Fergie, au sortir d'une nuit de beuverie. Il avait sûrement utilisé son charme ou la corruption pour obtenir une place devant.

Ce qui agaçait le plus John était que Pat semblait toujours s'amuser bien plus que lui. Il supposait que la vie ressemblait à une partie de plaisir quand on n'avait pas de responsabilités. Les gens que John connaissait de l'époque de Dorchester parlaient de son frère avec respect. *Un bon garçon*, disaient-ils, même aujourd'hui alors que Patrick avait cinquante ans.

John n'était jamais venu dans l'appartement de Patrick. Il se gara en double file à l'adresse que sa mère avait indiquée. Un petit immeuble miteux en brique.

Julia proposa d'y aller à sa place, mais il avait peur de ce qu'elle trouverait.

— Veille seulement à ce que personne ne tape mon pare-chocs.

— Promis, quitte à me battre à mort, dit-elle.

Alors qu'il refermait sa portière, son téléphone vibra dans sa poche. Il supposa que c'était Nora, mais, quand il sortit l'appareil, il vit le numéro du domicile de Rory McClain.

— Rory, dit-il en décrochant. Tu dois avoir les oreilles qui sifflent, je suis à Dorchester. Je viens de voir une de tes pancartes.

— C'est vrai ? Écoute, John, poursuivit Rory d'un ton hésitant, je ne te dérangerai pas longtemps. J'ai appris pour ton frère. Je voulais te présenter mes condoléances.

— C'est gentil. Merci.

John remarqua une femme de l'âge de Patrick qui fumait sur les marches. Elle portait un manteau d'hiver d'où dépassaient des jambes nues, chaussées de pantoufles blanches confortables. Elle avait des bigoudis en mousse dans les cheveux et des lunettes de soleil.

— Je ne vais pas pouvoir venir à la veillée, dit Rory.

— Oh, bien sûr, je comprends.

— J'ai quelque chose à te dire, continua Rory. C'est difficile à dire. Comment tourner cela ? J'aurais dû t'en parler plus tôt. Quand nous avons commencé à travailler ensemble, sans doute. Je te mentirais si je te disais qu'il ne m'est jamais venu à l'esprit que cela pouvait sortir un jour. Mais tu es le meilleur dans ton métier, John. Je voulais le meilleur.

— De quoi tu parles ?

Julia l'observait de la voiture, perplexe. Elle lui faisait des gestes pour qu'il entre dans l'immeuble au lieu de rester dans le froid, comme s'il avait oublié pourquoi ils étaient ici.

— Patrick et moi avons eu une histoire ensemble, dit Rory. Ce truc au country club n'est pas sorti de nulle part. C'est pour cette raison que je ne voulais pas que le *Globe* fasse un article sur Pete O'Shea et moi. Sur ce qui lui était arrivé. Voilà, c'est Patrick qui lui a fait ça. Qui l'a rendu aveugle. Ce n'était pas un cambriolage, John, mais une bagarre. J'y ai assisté. Juste avant que ta famille ne déménage.

Il revit les officiers de police à la porte. Il pensa à sa mère, brusquement déterminée à partir à Hull.

— Mon Dieu, souffla John.

— Je ne lui en ai jamais voulu, dit Rory. Personne n'a porté plainte. On a inventé cette histoire de cambriolage pour nous protéger. Nous étions tous coupables.

— Coupables de quoi ?

— C'était une sale affaire qui a dégénéré. Des bêtises de gamins. Mais je n'arrête pas de penser à l'article d'hier, je me demande s'il l'a vu. J'espère que cela n'a rien à voir avec…

Il s'interrompit.

— Je dois te laisser, déclara John. Mais je te remercie de me l'avoir dit. Je suis content que tu l'aies fait.

Il n'était pas content, mais que pouvait-il dire d'autre ?

John se faufila derrière la femme qui fumait sur les escaliers, avec l'impression d'être un visiteur venant d'une autre planète.

— Pardon, dit-il.

Il flottait à l'intérieur une odeur de cuisine. Huile de cuisson, graisse, toasts brûlés. Il suivit le couloir crasseux jusqu'au fond, selon les instructions de Nora. L'appartement était au rez-de-chaussée. *La dernière porte à droite*, avait-elle dit.

Sur le paillasson marron de Patrick était imprimé le mot « Bienvenue ». John ne savait pas pourquoi cela le surprenait. Il émanait de ce paillasson une profonde tristesse.

Il prit la clé sous le tapis et ouvrit la porte. Il s'attendait à trouver des boîtes de pizza et des bouteilles de bière jonchant le sol, vestiges d'une fête. Mais l'appartement était rangé, sobre. Sa mère avait-elle fait le ménage ? Sur le mur du salon, il y avait un poster du stade Fenway Park dans un cadre en plastique ordinaire. John continua sa progression, le couloir, la cuisine. Une petite pièce sordide avec des néons, des murs jaune vif, ce qui curieusement la faisait paraître encore plus triste. Il ouvrit le réfrigérateur. Il était vide, à part une bouteille entamée de Gatorade Bleu. Le freezer contenait de la vodka et trois plats surgelés.

Il visualisa sa maison dans un flash, l'imposante façade en brique à la colonnade d'un blanc immaculé. Les massifs de lilas blanc qui fleurissaient au printemps.

La certitude de John sur le fait que personne n'était responsable de la mort de Patrick, sinon son frère lui-même, se fissura à cet instant-là. Était-il en partie responsable ? Pour avoir poussé à la publication de l'article et, avant cela, pour avoir intégré l'équipe de Rory ?

Nora avait dit à John de rester loin de lui.

Patrick avait bousillé les yeux de quelqu'un. John ne pouvait pas imaginer que sa mère l'ait su, et ait gardé le silence toutes ces années. Son instinct maternel avait dû seulement l'alerter sur le fait que Patrick avait des ennuis, qu'ils devaient déménager.

Il devait le dire à quelqu'un. Bridget. Nora.

La vie a été moins facile pour lui que pour toi.

C'était vrai. Il avait eu une vie facile.

John suivit le couloir sombre jusqu'à la chambre.

Il était l'aîné maintenant.

Il s'approcha de la fenêtre, tira les stores merdiques, et contempla la vue sur ses femmes, son monde à lui, qui l'attendaient à l'extérieur.

15

Le récit du jour de la naissance de Patrick faisait partie des légendes de la mythologie familiale, répété inlassablement par leur père. Comme toutes les histoires de Charlie, il avait gagné en exagération, en drôlerie et en théâtralisation au fil des ans. Patrick était venu au monde quinze minutes après leur arrivée à l'hôpital, la naissance la plus rapide jamais enregistrée à St Margaret. Ils avaient foncé sur la route, Nora récitant l'Ave Maria en beuglant tout le trajet tandis que Charlie brûlait les feux rouges. Il n'avait pas eu le temps d'acheter des cigares, mais il se trouva que l'un des hommes les plus riches de Boston était dans la salle d'attente – selon le jour, Charlie prétendait qu'il s'agissait du maire, d'un avocat millionnaire ou d'un juge. L'homme lui offrit une boîte des meilleurs cubains. Charlie était tellement heureux d'avoir un fils qu'il insista pour que tout le monde fume un cigare, même les infirmières.

Le père de Bridget avait raconté cette histoire tous les ans à l'anniversaire de Patrick, jusqu'à sa mort. Cela faisait cinq ans qu'elle l'avait entendue pour la dernière fois.

Elle y repensait alors qu'elles suivaient l'avenue Nantasket menant à Hull, guettant le moment où la ville apparaîtrait au bout de la péninsule, une vue qu'elle avait aimée depuis le jour où sa famille s'était installée ici, l'été de ses dix ans. Elle pensait à l'époque qu'on lui avait fait le plus beau des cadeaux. Chaque jour, elle nageait dans l'eau glaciale jusqu'à ce que ses doigts soient fripés. Elle achetait un Bomb Pop au camion à glace et adorait les traînées rouges, blanches et bleues qui dégoulinaient sur son menton. Elle oubliait que septembre reviendrait.

La famille éloignée restée à Dorchester chuchotait qu'on ne savait pas où ses parents avaient trouvé l'argent pour la maison. Bridget entendit son oncle Jack dire que Charlie avait gagné au jeu. Les voisins du bas, des cousins éloignés, croyaient qu'ils avaient indûment détourné un héritage.

Charlie prétendait qu'ils avaient épargné cet argent. Mais Bridget et John soupçonnaient que tante Kitty avait aidé leurs parents. Au début des années soixante-dix, le mari dont elle était séparée depuis belle lurette était mort d'une crise cardiaque en faisant son jogging. Ils n'avaient jamais divorcé. Kitty hérita de tous ses biens. Bridget avait appris en même temps la mort de cet homme et son existence.

Cela expliquait peut-être pourquoi Kitty était si proche d'eux. Nora agissait comme si elle lui était redevable, écoutait son avis, ou du moins faisait semblant. Charlie prenait soin de sa sœur comme l'aurait fait un mari, mieux souvent qu'il ne le faisait dans sa propre maison – il ratissait, déblayait, réparait. Nora ne s'en plaignit jamais. Ces dernières années, elle s'était occupée de Kitty, lui faisait ses courses et lui apportait des bouteilles de vin, la conduisait à ses rendez-vous à l'hôpital et chez le coiffeur.

Hull était une ville estivale. La plupart des cottages de la baie n'avaient même pas d'isolation. Pendant neuf mois de l'année, seule une maison sur trois était occupée. Les jours gris d'hiver pouvaient être sombres, déprimants. Aujourd'hui, cela semblait approprié aux circonstances. Ils avaient enterré leur père par une magnifique matinée ensoleillée, décor qui avait semblé presque de mauvais goût.

Bridget se crispa quand Natalie mordit la ligne continue et dévia légèrement sur la voie en sens inverse avant de corriger sa trajectoire. Elle n'était pas habituée à conduire la camionnette. Pas habituée à conduire du tout. En général, Bridget prenait le volant, mais aujourd'hui Natalie avait insisté.

Tu es restée debout toute la nuit, ma chérie. Tu as besoin de te reposer.

Même si elle non plus n'avait pas dormi.

À la mort de Charlie, Bridget avait fait la route seule, les mains tremblantes agrippées au volant tout le chemin. Elle avait dû s'arrêter quatre ou cinq fois. C'était un tel réconfort d'avoir Natalie à ses côtés.

Elles passèrent devant la boulangerie Ahearn et Bridget aperçut le drapeau arc-en-ciel flotter au vent. Il était là depuis des années.

La boulangerie appartenait aux parents de Marie Ahearn. Elle était la première fille que Bridget avait embrassée. Elle savait par Facebook que Marie avait fait son *coming out* devant sa grande famille catholique depuis longtemps et que cela s'était passé comme dans un rêve. Les Ahearn s'étaient adaptés. Après ses études, Marie avait emménagé avec une femme qu'elle avait connue en travaillant à la State Street Bank. Elles s'étaient mariées. La mère de Marie leur avait confectionné une pièce montée à trois étages ornée au sommet de deux mariées en pâte d'amandes. Elles avaient maintenant une maison à Newburyport et une mascotte de Pat Patriot de six mètres de haut qu'elles gonflaient et installaient sur leur pelouse les jours de match.

Si on avait dit à Bridget quand elle était jeune que le Massachusetts serait le premier État américain à légaliser le mariage homosexuel, elle ne l'aurait jamais cru. Le monde s'était ouvert d'une manière qu'elle n'avait pas vu venir. Mais pas sa famille. Ils savaient tous que Bridget était gay, à l'exception peut-être de Nora. C'était une situation que ses frères acceptaient, mais ils ne s'en vantaient pas. Ni n'en parlaient d'ailleurs. Parfois, elle souhaitait que cette ouverture fondamentale n'ait pas eu lieu à une époque où elle était elle-même encore enfermée dans les convenances. Ce serait sans doute mieux, plus facile, si les gens s'accordaient à garder leur sexualité secrète.

Natalie penserait que Bridget était dérangée si elle l'exprimait à voix haute. Elles étaient sur le point de mettre un enfant au monde. L'enfant (un garçon, elle en était déjà sûre) les verrait de très près, comme elles observaient leurs propres parents. Cela la motivait à trouver un moyen de s'améliorer.

Avant qu'il naisse.

Elle se rendit compte qu'elles avaient raté la bifurcation.

— Bang ! On vire de bord, dit Bridget.

Natalie lui lança un sourire étonné.

— Pardon ?

— Fais demi-tour.

— J'adore quand ton côté bostonien s'exprime.

Bridget sourit. Enfant, elle n'aurait jamais cru en partir un jour. Même après, elle ne pensait pas rester éternellement à New York. Son foyer exerçait une force d'attraction constante. Chaque fois qu'elle entendait sonner les cloches de l'église du quartier, à Brooklyn, elle pensait à Nora. Par un bel après-midi de printemps, elle pouvait imaginer la foule à Fenway Park, les premières notes de *Dirty Water* lui serraient la gorge. Mais Bridget avait accepté l'idée qu'elle n'y retournerait jamais pour de bon. Elle avait écarté de son esprit cette possibilité.

En ville, Natalie s'arrêta à un feu rouge. Nantasket Beach était sur leur droite. Jadis, le parc d'attractions Paragon Park se trouvait de l'autre côté de la route, s'étirant le long de la mer ; les montagnes russes blanches occultaient l'horizon. De son point le plus élevé, on pouvait voir la *skyline* de la ville se découper au loin. Aujourd'hui, le parc avait disparu, remplacé par une barre d'immeubles. Il n'en restait qu'un manège et une salle de jeux, comme pour attester qu'il avait bien existé. Incroyable comme les gens et les lieux qui jadis comptaient le plus disparaissaient, sans que cela empêche quiconque de continuer à vivre.

Lorsqu'elles décidèrent d'avoir recours à un don de sperme, Natalie demanda à Bridget si l'un de ses frères pourrait être le donneur.

— Le bébé serait du même sang que nous, justifia-t-elle.

— Mon Dieu, non, répondit Bridget.

L'idée d'avoir une telle conversation avec l'un de ses frères était inconcevable.

Mais aujourd'hui, elle regrettait presque de ne pas l'avoir demandé à Patrick. Il était le plus beau des trois garçons. Jusqu'à la fin de sa vie, elle aurait pu voir son joli visage lui sourire au lieu de celui de l'archéologue international/numéro 4592.

Elles atteignirent Peachtree Street et Natalie accéléra brusquement pour grimper la colline, les projetant en arrière.

— Pardon, dit-elle.

— Vas-y doucement, lève le pied.

Quand elles arrivèrent à la maison, elle gara la camionnette derrière la voiture de Nora dans l'allée.

— Attends, j'appelle le refuge pour vérifier que tout va bien, dit Bridget en prenant son téléphone dans le porte-gobelet.

Natalie posa une main sur la sienne.

— Je suis sûre que Michelle se débrouille très bien, dit-elle. Bridget. Sois juste ici.

Elle acquiesça. Elles descendirent de la voiture.

Un 4×4 flambant neuf que Bridget ne reconnut pas était garé au bord du trottoir. Sur le pare-chocs arrière du véhicule, une BMW, un autocollant ovale avec les lettres ODD.

Originaire de Dorchester.

— Doux Jésus, John, souffla-t-elle.

Elle supposa qu'il devait être vu à Boston, devait défendre l'idée qu'il aimait Dorchester par-dessus tout, mais avait choisi d'habiter à Weston, choisi d'envoyer sa fille dans une école privée prétentieuse. N'empêche. Bridget allait le charrier à ce sujet. C'était tout ce qu'il méritait.

Elle déchargea les sacs de l'arrière de la camionnette tandis que Natalie emmenait le chien sur le perron.

Bridget les suivit, pensant à la façon dont elle entrait librement chez les parents de Natalie, comme un membre de la famille. Mais ici, Natalie – sa colocataire sympathique et sociable – attendait qu'on l'invite à entrer.

Quand Bridget ouvrit la porte, Rocco se rua dans la cuisine, sa laisse traînant derrière lui.

Elles entendirent des bruits de voix assourdis au fond du couloir.

— Prête ? demanda Natalie.

— Non. Rentrons à la maison.

Sur un socle dans un coin, l'Enfant Jésus de Prague les observait. La statue portait une robe de satin rouge, une couronne bleu ciel. Il avait été décapité à plusieurs reprises au fil des ans, par des battes de baseball et des coups de coude malencontreux. Chaque fois, Nora recollait consciencieusement sa tête.

Bridget laissa tomber les sacs devant l'immense portrait de mariage de Julia et John. Un ami de leur cousin, un photographe des scènes de crime de la police de Boston, avait pris les photographies ce jour-là. Il leur avait fait un prix imbattable, mais il n'avait aucune idée de la façon dont on photographie les êtres vivants. Les sujets étaient figés, les photos posées, ou alors il ne réussissait qu'à capturer une chaussure, une épaule.

Elles accrochèrent leur manteau, puis suivirent le chien dans la cuisine.

Brian était accoudé au comptoir, en costume. Il regardait dans le vide, l'œil vitreux. Perdu ou larmoyant, elle n'aurait su le dire. Il y avait trois bouteilles de bière vides alignées derrière lui et une pleine dans sa main. Chaque fois que Bridget l'imaginait, elle le voyait en pleine forme, tout en muscles, le corps d'un athlète. Elle fut surprise d'avoir oublié qu'il avait pris du gras. La vue de son double menton, la bedaine sous sa chemise la déprimèrent.

John et Maeve étaient assis à table, plongés dans l'écran de leurs téléphones respectifs. Julia était courbée devant le frigo, essayant de caser un grand plateau à l'intérieur. Elle soupira et tenta le congélateur, rempli de pots de crème glacée à la vanille de chez Brigham, le seul péché mignon de Nora.

— Hé, s'exclama Brian, en se penchant pour caresser la tête de Rocco.

— Salut, dit Bridget.

Elle voulut lui demander s'il allait bien. Patrick et lui étaient si proches. Mais Brian parlait peu et Bridget ne savait pas par où commencer. Surtout en présence de témoins.

— Vous avez fait bonne route ? demanda Julia. Nous venons tout juste d'arriver.

Elle s'approcha et étreignit Natalie, puis Bridget. Bridget la serra mollement. Par leur éducation, les Rafferty n'étaient pas des gens câlins.

Sa belle-sœur était parfaite, comme d'habitude. Elle portait des talons et des bas noirs. Sa petite robe noire parut toute simple à Bridget, mais plus tard Natalie lui révélerait le nom du couturier, son prix.

Bridget avait toujours considéré Julia comme une femme discrète, économe. Elle se vantait sans cesse à Nora des bonnes affaires qu'elle avait faites en rentrant des courses. Mais lorsque Natalie la rencontra pour la première fois, lors d'un barbecue décontracté, un seul regard à Julia lui suffit pour glisser à Bridget : «Je n'arrive pas à croire qu'elle joue au volley-ball avec ces sandales.» «Pourquoi pas ?» s'étonna Bridget. «Elles coûtent mille deux cents dollars.» L'information était comme un pétard dans sa poche qu'elle pouvait choisir d'allumer à tout moment pour faire exploser la tête de sa mère.

Maeve se leva pour les embrasser.

— Papa, allez, dit-elle. Viens embrasser tante Bridget.

John fit mine de se lever à contrecœur, et d'avancer en traînant les pieds vers elle. Ils firent semblant de se repousser d'un air dégoûté.

— Ce que vous êtes bêtes, s'esclaffa Maeve.

Bridget sourit.

Elle sentit une paroi se fissurer en elle quand elle serra John dans ses bras. Elle ne put retenir ses larmes. Son imbécile de frère, cette espèce d'idiot, son complice de toute une vie. Elle s'était toujours sentie en sécurité avec lui.

John avait l'air si abattu quand ils s'écartèrent l'un de l'autre. Elle ne put supporter la tristesse de son visage.

— Nouvelle voiture ? dit Bridget.

— Ouais. Sympa, hein ?

— Oh ouais. Sympa aussi l'autocollant. Bien qu'il serait plus efficace d'écrire un mot sur la vitre disant *Je suis un connard. Crevez-moi les pneus, SVP.*

Brian pouffa, recrachant sa bière par le nez.

— Je t'emmerde, dit John en souriant.

— Papa ! s'écria Maeve. Paie !

Elle les taxait de cinq dollars pour le mot de cinq lettres ou plus, comme elle l'appelait, et un dollar pour les autres gros mots. Elle ramassait gros aux fêtes de famille chez les Rafferty.

Elle avait confié un jour à Bridget qu'elle n'avait jamais gagné un centime dans la famille de Julia.

— Mets-le sur ma note, déclara John.

Maeve eut l'air de vouloir protester, mais elle se replongea dans son téléphone.

John avait offert à Maeve une bague de Claddagh[1] comme la sienne quand elle avait dix ans. Depuis, elle la portait tout le temps. Mais Bridget remarqua que la bague n'était plus à son doigt.

Récemment, Maeve lui avait envoyé un texto : *Je sens que mes parents ne veulent pas que je sois chinoise. Pas véritablement.*

Bridget lui répondit immédiatement ; elle aurait préféré l'appeler, mais elle savait que Maeve ne

1. Bague traditionnelle irlandaise, où deux mains tiennent un cœur orné d'une couronne.

décrocherait probablement pas. La fillette menait toute conversation sérieuse par texto. Bridget lui dit qu'elle ne pensait pas que ce soit vrai. Elle rappela à Maeve que John et Julia étaient restés en contact avec des familles qui avaient adopté en même temps qu'eux. Ils réunissaient les filles tous les ans. Elle dit à sa nièce que si elle avait été leur fille biologique, d'autres problèmes seraient apparus. Aucune fille n'avait le sentiment de faire partie de sa famille à treize ans.

Parles-en avec eux, conclut-elle.

En privé, elle pensait que John et Julia auraient pu faire certaines choses différemment. Natalie était d'accord. Elles auraient géré la situation avec une plus grande sensibilité.

Il était tellement agréable d'être à l'aube de la parentalité, de pouvoir juger les choix des autres avec certitude, n'ayant pas encore fait ses propres erreurs.

Quand Charlie vivait encore, John et lui parlaient à Maeve de la fierté irlandaise. Ils lui disaient qu'elle était chirlandaise – chinoise et irlandaise. Mais personne n'évoquait jamais la Chine.

Elle était la seule enfant de sa génération dans la famille. Nora et Charlie s'attendaient à avoir une dizaine de petits-enfants, mais ils n'avaient que Maeve pour perpétuer l'héritage irlandais. Même son prénom avait été choisi pour cette raison. Julia résista au début. Elle trouvait ridicule de lui fourguer un tel nom. Maeve Rafferty. Toute sa vie, à chaque entretien d'embauche, les gens s'attendraient à voir débarquer dans leur bureau une rouquine avec des taches de rousseur.

Bridget se souvint quand Maeve, en CE1, avait dû rédiger un devoir sur ses ancêtres pour l'école. La famille s'était réunie chez sa mère pour le dîner. Charlie était déjà malade, il ne lui restait que quelques mois à vivre. Pourtant, aussi exubérant qu'à son habitude, il examina l'arbre généalogique des Rafferty et des Flynn que Maeve avait dessiné sur une grande feuille verte.

Bridget avait trouvé bizarre à l'époque que Maeve ne sache rien de la famille où elle était née, ni même de la femme qui lui avait donné la vie. Mais elle pouvait énumérer les noms de ses arrière-arrière-grands-parents à la fois du côté de Charlie et de Nora. Elle se demandait si Maeve avait eu cette même pensée.

La fillette avait préparé une liste de questions sur la vie en Irlande.

Nora ne parlait jamais du passé. Aussi, ils se tournèrent tous vers Charlie, même quand Maeve demanda :

— Que portaient les filles pour aller à l'école là où tu as grandi ?

— Elles portaient un uniforme, dit Charlie, regardant Nora pour qu'elle complète sa réponse.

Nora soupira, comme s'il lui était pénible d'en parler.

— Un pull et une jupe, bleu marine. Nous n'avons plus jamais porté de bleu marine après l'école.

— Comment fêtiez-vous votre anniversaire, et Noël ?

— L'anniversaire était un jour comme un autre, dit Nora. À Noël, il arrivait d'avoir une poupée, ou une image sainte, ce qui était une vraie nouveauté alors. Nous avons été élevés très simplement. Nos parents étaient stricts, mais on ne s'en rendait pas compte. Pas du tout.

Elle l'avait dit comme un seul mot. *Padutout.*

Une telle sincérité de la part de sa mère surprit Bridget. Elle était sans doute disposée à parler de l'Irlande parce que c'était pour l'école. Ou parce qu'elle était plus douce avec Maeve qu'avec ses enfants. Ou peut-être que passer ses journées à s'occuper d'un mari mourant lui permettait de trouver ses souvenirs plus distrayants et plaisants qu'en temps normal.

— On avait l'impression que rien de mal ne pouvait nous arriver, continua Nora. À six ou huit ans, j'emmenais mon frère à la plage, toute seule. Mais la vie était dure. Ni les cajoleries ni les cadeaux auxquels tu es habituée. Les enfants devaient travailler.

— Tu avais de l'argent de poche en échange, au moins ? demanda Maeve.

— Grand Dieu non. De l'argent de poche !

Nora prononça cela comme si l'argent de poche était un bébé girafe ou une Lamborghini.

— Dans notre ville natale, ils n'ont pas eu l'électricité avant le début des années soixante. Et encore, il y avait une seule prise, dans la cuisine. Il a fallu attendre dix ans pour en avoir dans toutes les pièces. Et personne n'a eu de téléphone avant 1984. Ma meilleure amie, Oona Donnelly, a été la première à en avoir un. Les gens faisaient la queue devant sa porte le dimanche pour passer un appel. Bien sûr, deux ans plus tard, l'usine de textile de la ville a fermé. Un choc pour tout le monde. La pauvre Oona a perdu son travail. Beaucoup de gens ont dû partir. Ils sont allés à Shannon, Limerick ou Londres.

— Bon sang, maugréa John. Tu n'as rien de plus positif à lui raconter ?

Charlie s'éclaircit la voix.

— Maeve, on vient de l'ouest de l'Irlande. C'est Cromwell qui nous a envoyés là-bas. *En Connacht ou en enfer*, a-t-il dit. Ceux qui ont survécu avaient un courage et une résistance à toute épreuve. Ils ont forgé notre peuple. Ton peuple.

Ils l'avaient tous entendu un million de fois.

— À l'entendre, c'était formidable, dit Nora. Mais nous avons tous les deux grandi dans des fermes crasseuses, pour l'amour du ciel.

Impossible de l'imaginer, connaissant Nora comme il la connaissait. Une femme vivant dans une maison avec quatre chambres, tapissées de moquette. Une femme qui détestait la poussière et la saleté et classait les légumes surgelés au rang des plus grandes inventions de l'homme.

— Tu peux écrire ça dans ton devoir, dit Charlie. Ta grand-mère était si courageuse qu'elle est venue en Amérique toute seule, à vingt et un ans. Complètement seule.

Nora lança à Charlie ce regard noir qu'elle lui adressait une fois sur deux quand il parlait.

Bridget n'avait jamais pris conscience de cela avant, mais c'était frappant.

— C'était comment, Nana ? demanda Maeve.

Nora se força à sourire.

— J'ai rencontré d'autres filles. Nous avons dansé et chanté pendant toute la traversée. Nous nous sommes bien amusées. Il y avait même une piscine sur le bateau !

Bridget vit le visage de son père s'illuminer, son expression typique quand il était temps de passer du sérieux à la plaisanterie.

— Mon sort ne fut pas aussi plaisant ! dit-il. Nous étions dans l'entrepont, en dessous de tous ces riches passagers. Il y avait des rats et des cadavres dans la cale. Un jour, le bateau a pris l'eau. Nous savions que nous allions couler. J'ai jeté un coup d'œil dans le couloir et j'ai vu ce petit couple de vieux Irlandais, enlacés sur leur couchette, qui attendaient que la mort les ramène à Jésus.

— Papa, tais-toi, tu es en train de raconter l'intrigue du *Titanic*, dit John.

— Vraiment ? dit Charlie en faisant un clin d'œil à Maeve.

— Maeve et moi avons une annonce à vous faire, dit John. Tu veux leur dire ?

Maeve hocha vigoureusement la tête.

— Nous avons une brique à Ellis Island ! s'exclama-t-elle.

— Une brique ? répéta Bridget.

— Si tu fais un don d'une certaine somme, ils posent sur le mur d'honneur une brique avec ton nom de famille, pour rendre hommage aux parents qui sont arrivés par là, expliqua John. À partir de la semaine prochaine, les Rafferty auront leur propre brique. Nous allons la photographier pour la mettre dans le devoir de Maeve.

Nora et Charlie restèrent muets.

— Quoi ? dit John.

— C'est très gentil, dit Nora à Maeve.

— Mais personne de notre famille n'est allé à Ellis Island, ajouta Charlie.

— Quoi ? s'exclama John. Vous nous avez dit que vous aviez débarqué à New York.

— Oui, mais Ellis Island avait fermé à l'époque où nous sommes arrivés.

— D'accord, mais les gens de la famille qui sont venus ici au début du siècle ?

— Ils sont arrivés au Massachusetts, déclara Charlie. New Bedford. Et quelques-uns à Gloucester.

Le visage de John s'assombrit.

— Gloucester ? dit-il. Ce n'est pas très excitant.

Charlie fit semblant d'écouter une voix à l'intérieur du mur.

— Tes ancêtres disent qu'ils sont désolés de te décevoir.

Quand Nora entra dans la cuisine, elle ne vit pas tout de suite Natalie, cachée par la porte ouverte du réfrigérateur. Elle tentait d'aider Julia à caser les deux grands plateaux dans le réfrigérateur bourré à craquer.

— Julia, qu'est-ce que tu fais, bon Dieu ? s'exaspéra Nora. Bridget, tu n'es pas habillée !

— Bonjour, maman, dit Bridget.

— John, tu l'as trouvée ? demanda Nora.

Il fouilla dans sa poche et en sortit un objet minuscule.

— C'est ça ?

Nora plissa les yeux et se rapprocha.

— Oui ! jubila-t-elle. Dieu soit loué. Avant de partir, je dois vous parler à tous.

Natalie se redressa de toute sa hauteur. Nora la dévisagea comme si elle était une inconnue qui vendait des encyclopédies au porte-à-porte.

— Oh, dit-elle. Bonjour.

— Bonjour, Nora. Je suis désolée. Comment allez-vous ?

La mère de Bridget semblait avoir mille ans dans son tailleur noir. Elle ne portait pas son rouge à lèvres rose habituel. Sans maquillage, on voyait que ses lèvres n'étaient plus qu'un trait effroyablement fin, ou peut-être avaient-elles toujours été ainsi sous le fard.

— J'ai apporté des entrées, dit Julia. J'essaie seulement de faire de la place dans le frigo.

— J'aurais préféré que tu n'en fasses rien, la rabroua Nora. Fais attention, ne laisse pas sortir l'air froid. Les voisins n'ont pas arrêté de déposer des plats. Ils pensent qu'on va se laisser mourir de faim. Eileen a apporté de quoi nourrir une armée. Oh ! Bridget, Tommy sera là ce soir. Son divorce est enfin prononcé, mais n'en parle pas.

Il y eut un changement d'énergie dans la pièce. Julia fit un signe de tête compatissant à Natalie.

— Maman, dit John. Mais qui se soucie de Tommy Delaney ?

Il avait l'air sidéré. Bridget l'aima pour cette réaction.

Elle éprouva une brusque envie de s'enfuir.

— Je vais repasser ma chemise. J'en ai pour une minute, dit-elle en regardant Natalie.

Bridget se sentait mal de l'abandonner, mais elle avait un nœud à l'estomac qui ne se desserra que lorsqu'elle eut la chemise en main et descendit l'escalier du sous-sol, où se trouvait la planche à repasser, à côté de la machine à laver.

Nora faisait un vide-grenier quand un membre de la famille mourait et donnait ce qu'elle pouvait au

Morgan Memorial. Le reste finissait ici, peut-être – même si elle ne pouvait littéralement pas le jeter – quelqu'un pourrait-il en vouloir un jour. La table de ping-pong croulait sous les reliques. Elle était gondolée au centre, des deux côtés du filet, où d'énormes casiers en plastique s'entassaient, remplis à ras bord. Le visage souriant d'une inconnue sur une vieille photographie était posé contre un casier, comme si la pauvre femme essayait de s'échapper. On devinait qu'elle était dans une fête, la tête renversée en arrière par un éclat de rire.

Les proches de Nora en Irlande étaient morts depuis longtemps. La famille en Amérique était celle de Charlie, mais elle prenait soin d'eux. Elle leur rendait visite à l'hôpital dans leurs vieux jours, et s'occupait des démarches après leur décès. Si l'un d'eux n'avait pas mis d'argent de côté pour des funérailles décentes, Nora et Charlie payaient. Ils firent rapatrier de Seattle à Boston la dépouille d'un grand-oncle perdu de vue, à qui personne n'avait parlé depuis 1967, pour qu'il repose pour l'éternité avec le clan Rafferty, qu'il s'était évertué à fuir toute sa vie. « Ça t'apprendra, Seamus », avait dit Charlie à l'enterrement.

En attendant que le fer chauffe, Bridget enfonça la main dans le mystérieux casier. Une boîte qui contenait jadis des patins à glace débordait de photographies noir et blanc aux bords racornis. En soulevant le couvercle d'un casier à homard, on découvrait une poupée nue, le bras balafré d'une longue cicatrice tracée au Magic Marker rouge, et un gant de base-ball bleu pétant, avec son étiquette d'origine. Son père avait acheté le gant en solde chez Caldor. John avait fait remarquer qu'il était pour gaucher – aucun d'eux ne pouvait l'utiliser. Mais cela n'avait pas entamé l'enthousiasme de Charlie. *Il était soldé à soixante-dix pour cent !*

Bridget referma le couvercle. Elle s'interdit de fouiller et entreprit de repasser sa chemise. En fouinant au sous-sol, à douze ans et des poussières, elle avait trouvé au fond d'une boîte à chaussures ce qui semblait être une lettre d'amour, adressée à sa mère.

Personne ne doit jamais savoir ce que nous avons fait, disait-elle. *Ma femme ne le supporterait pas. Ni votre mari, j'imagine.*

Bridget avait montré la lettre à John, mais il n'en avait plus jamais parlé. C'était une information si dérangeante qu'elle n'avait pas eu d'autre choix que de l'enfouir dans un coin de sa tête et de l'oublier. Elle y pensait de temps à autre, furtivement, un flash de réminiscence désagréable.

Pourquoi les gens gardaient-ils ce qu'ils ne voulaient pas que l'on découvre ? Sans doute parce que personne ne s'imaginait mourir. Il serait toujours temps plus tard de se débarrasser des fantômes du passé.

Quand Bridget retourna à la cuisine, tout le monde s'était retiré dans ses quartiers, sauf Brian, assis seul, qui buvait une bière, perdu dans ses pensées.

Elle continua son chemin et croisa John qui descendait l'escalier.

— Hé, je dois te dire quelque chose, dit-il à voix basse. N'en parle pas à maman.

Il se tut, et c'était comme s'ils avaient de nouveau dix ans, et qu'il attendait qu'elle jure sur la Bible.

Bridget hocha la tête.

— Quoi ?

— Rory McClain m'a appelé tout à l'heure et…

Son expression inquiète se métamorphosa en un immense sourire. Bridget se retourna et vit Maeve derrière elle.

— Hé, ma puce, dit-elle.

Maeve lui fit la révérence.

— Mets-le dans tes favoris pour plus tard, dit John.

— Mettre quoi dans les favoris ? demanda Maeve.

— Juste un truc à propos de…, improvisa John (et Bridget vit qu'il patinait)… le marché boursier.

— C'est ça, soupira Maeve.

— À plus tard, alors, dit Bridget en se dirigeant vers sa chambre, où Natalie accrochait leurs vêtements dans la penderie.

Elle devina à son expression que Natalie était fâchée.

— Hé, désolée de t'avoir laissée seule avec les fous.

Il y eut un long silence, puis Natalie dit :

— Écoute, je sais que c'est un moment difficile. Mais nous avons décidé de devenir parents, je veux dire vraiment. Or je reçois un accueil glacial de la part de ta mère, et ensuite tu disparais. Une envie soudaine de repasser ? J'ai l'impression que je me mens à moi-même.

Bridget regarda Natalie, la seule personne qui l'avait acceptée avec ses bizarreries, ses chagrins. Quelque chose s'envola.

— D'accord. Je vais lui parler du bébé tout de suite.

Natalie écarquilla les yeux.

— Maintenant ?

— Oui. Maintenant.

Bridget l'embrassa et tourna les talons, tenant encore la chemise fraîchement repassée à cheval sur son épaule.

Elle trouva Nora assise seule au salon, attendant qu'ils soient tous prêts.

— Maman, dit-elle. On peut parler une minute ?

— Oui. Je veux te parler aussi. Viens t'asseoir. Il y a une chose dont on doit discuter. Je voulais vous le dire à tous en même temps, mais vous n'êtes jamais ensemble.

Ils étaient réunis il y a quinze minutes. Bridget pensa au show de sa mère dans la cuisine et se demanda si la présence de Natalie l'avait empêchée de dire ce qu'elle voulait.

Bridget s'assit à côté d'elle sur le canapé.

Elle eut soudain très peur que sa mère soit déjà au courant. Elle allait essayer de la dissuader d'avoir un bébé, lui monter la tête contre toute cette idée. Bien sûr, c'était difficilement concevable pour Nora. Comme lorsque John et Julia avaient annoncé qu'ils adoptaient. Nora n'aurait pas la chance d'avoir des petits-enfants simplement. C'était tellement facile pour sa génération. Il n'y avait pas à y penser. On se mariait et on avait des enfants par la bonne vieille méthode, point final.

— Il y aura sans doute une religieuse à la veillée, déclara Nora.

— C'est ce que tu voulais me dire ?

Sa mère acquiesça. Bridget redressa la tête. Que Nora mette sur la table le sujet du bébé, comprit-elle, n'était pas une peur, mais un fantasme. Celui que sa mère la voie telle qu'elle était.

— Bref, reprit Bridget.

Elle cherchait un moyen d'aborder le sujet. En quoi était-il si difficile de dire ça :

— Je pensais à toi, quand tu es devenue mère pour la première fois. Cela a dû être difficile pour toi.

Le regard de Nora lui sembla presque méfiant.

— Que veux-tu dire par difficile ?

— Eh bien, tu étais dans un nouveau pays, tu n'avais pas ta mère pour t'aider. Quand une femme a sa mère à ses côtés, alors…

— Ma mère est morte quand j'étais enfant, la coupa Nora, comme si Bridget pouvait l'ignorer.

Mince, elle se sabordait toute seule.

— Bien sûr. Je voulais simplement dire qu'elle a dû te manquer alors. Tu ne parles pas souvent d'elle.

— Je n'ai pas vraiment eu le temps d'y penser, dit Nora. J'imagine que c'était mieux comme ça.

— Peut-être. J'ai beaucoup réfléchi aux mères et aux filles. Disons plutôt aux mères et à leurs bébés. Parce que…

Nora avait l'air agacée maintenant.

— J'essayais de te dire quelque chose.

— Oh, d'accord. Continue.

Nora tapotait ses pouces du bout des doigts.

— Bien. Où en étais-je ? Ah oui. Te souviens-tu de ma sœur ?

— Quoi ?

— Ma sœur. Theresa. Elle s'appelle autrement maintenant.

Elle dit cela comme si Bridget l'avait tout simplement oubliée.

Bridget se crispa.

— De quoi tu parles ? Tu n'as pas de sœur.

— Si.

Sa mère avait un gros coup de déprime. Ou un début de démence sénile, déclenchée par le chagrin.

Bridget parla lentement.

— Non, maman, tu avais seulement un frère. Martin, en Irlande. Il est mort. Tu te souviens ?

— Je n'ai pas perdu la tête, Bridget, déclara Nora. J'essaie de te dire quelque chose. J'avais une sœur. Ou plutôt, j'ai toujours une sœur.

— En Irlande ?

— Non. Elle est ici. Nous sommes venues d'Irlande ensemble. Elle est religieuse. Elle vit dans un couvent dans le Vermont.

Bridget jeta un coup d'œil en direction du couloir. C'était un aveu trop étrange. Elle ne savait pas quoi penser. Elle voulait se lever et partir, ou crier à John ou Natalie de venir et de lui dire comment réagir.

Au lieu de cela, elle demanda :

— Pourquoi n'ai-je jamais entendu parler de cette personne ?

— Je vous ai emmenés la voir une fois, quand vous étiez enfants.

— Non, tu ne l'as pas fait.

— Si.

Nora fronça les sourcils.

— Nous avons eu une dispute, il y a des années. Mais je l'ai appelée hier et il semble qu'elle pourrait venir aujourd'hui. Je voulais juste te prévenir.

Bridget s'enfonça dans le canapé.

Elle savait depuis longtemps que, dans cette famille, la vérité éclatait tardivement, accidentellement, sous l'effet de l'ivresse, ou jamais. Pourtant, elle était blessée. Elle se souvint à cet instant de l'image que son père avait plantée dans sa tête, un mensonge incongru qui lui avait toujours semblé plus réel que sa mère en chair et en os dans la pièce. La jeune Nora sur un bateau pour l'Amérique. *Si courageuse. Toute seule.*

Mais Nora n'était pas venue seule.

Bridget pensa à ce que Patrick avait dit un jour sur leur mère. *Elle a des secrets intimes bien pires.* Elle ne lui avait pas demandé ce qu'il voulait dire par là. Peut-être qu'elle ne voulait pas savoir. Elle aurait aimé qu'il soit là pour le lui dire maintenant. Cette lettre qu'elle avait trouvée à douze ans au sous-sol resurgit, comme si elle était dépliée sur ses genoux.

— Une sœur, dit-elle.

Nora semblait soulagée d'être comprise.

— Oui.

Bridget ressentit un instinct protecteur pour sa mère. Pourquoi cette sœur voulait-elle débarquer dans leur vie maintenant, au pire moment pour Nora ? Le fait qu'elle vienne ne semblait pas être un réconfort pour sa mère. Pourtant, Nora avait dit qu'elle l'avait appelée. Bridget voulut lui demander la raison de leur brouille. Mais au ton de la voix de sa mère, elle comprit que le chapitre était clos. *Ce que Nora donne, Nora le reprend.*

Les discussions avec ses enfants n'avaient jamais été l'occasion de leur expliquer les complexités de la vie ou de leur inculquer les bases de la sagesse, mais plutôt le moyen le plus expéditif pour les faire taire. Enfants, quand ils avaient un problème, que ce soit une écharde ou un bras cassé, une offrande au Seigneur. Si Bridget se plaignait qu'un de ses frères, ou un enfant à l'école, lui avait fait mal, sa mère se contentait de répondre : « Dieu n'est pas une patte de lapin porte-bonheur. »

Une fois, John demanda pourquoi cela faisait des mois qu'ils n'avaient pas vu oncle Matthew et tante Joanne. Nora rit, comme si c'était évident. « Ils vivent à St William et nous sommes à St Margaret. » Personne n'osa dire à voix haute que les deux paroisses se trouvaient à Dorchester, à un kilomètre de distance.

Le sexe était le plus grand des mystères. Il n'en fut jamais question.

Quand Nora attendait Brian, Bridget lui demanda d'où venaient les bébés.

— On les achète au magasin, répondit sa mère sans même la regarder.

Bridget pensa que cela expliquait bien des choses sur les enfants Rafferty. Pourquoi Brian ne leur avait jamais présenté aucune fille, même pas sa cavalière au bal de fin d'année, qu'il avait insisté pour aller chercher seul, sans laisser Nora prendre la moindre photo. Patrick avait toujours une femme différente à son bras, jamais deux fois la même. Et il ne les ramenait pas à la maison. Seul John faisait cela – un long défilé de jeunes filles catholiques bon chic bon genre, qui s'était achevé par Julia, l'enfant de deux agnostiques, ce qui devait affliger sa mère. Bridget le savait, bien que Nora ne l'ait jamais dit.

Encore une chose qu'elle n'avait pas dite.

C'est pourquoi Bridget préféra taire ce qu'elle était venue lui dire. Elle n'avait pas besoin de l'approbation de quelqu'un qui refusait de la voir ou de se confier à elle. Il était plus facile d'aller de l'avant avec la bénédiction de sa mère, mais insensé de retarder sa vie en l'attendant, si toutefois elle venait un jour. Aimer et savoir n'était pas la même chose.

— Que voulais-tu me dire ? demanda Nora après un moment.

— Rien. Nous en parlerons plus tard.

SIXIÈME PARTIE

1975-1976

16

Le mardi matin, quand les enfants étaient à l'école, Nora se rendait à la Légion de Marie jusqu'à onze heures trente. Mais le premier mardi de mai, elle décida exceptionnellement de ne pas y aller pour faire ses courses plus tôt.

Elle recevait la famille pour un baptême le dimanche suivant et avait beaucoup à faire. Les bébés, des jumeaux (un garçon et une fille), étaient ceux du cousin de Charlie, Fergal, et de sa femme. Fergal avait vécu chez Nora et Charlie lorsqu'il avait débarqué en Amérique à dix-huit ans. Nora et lui s'étaient accrochés une fois ou deux, quand il rentrait ivre le samedi soir, excitait les garçons en leur racontant des histoires de fantômes, les mettait au défi de descendre en douce dans la cuisine pour lui remonter une part de gâteau.

Fergal avait vingt-cinq ans maintenant. Un adulte. Il s'était trouvé une jeune fille charmante.

Tout le monde déclara qu'il serait parfaitement fondé que Nora refusât d'organiser cette fête, étant donné qu'elle était à sept mois de grossesse. Elle se demanda si c'était la raison, ou s'ils pensaient qu'elle était déjà suffisamment occupée avec Patrick.

Elle insista, bien sûr. Elle avait été si timide autrefois, une étrangère dans la famille de son mari. Mais avec le temps, elle avait trouvé sa place. Quand Mme Quinlan vieillit et se fatigua plus vite, Nora reprit le rôle d'hôtesse, celle qui avait toujours son réfrigérateur plein et sa porte ouverte. Dans les premiers temps, les choses ne se passèrent pas toujours bien – elle fit brûler la dinde, le congélateur rendit l'âme et les glaçons fondirent. Mais maintenant, elle pouvait organiser une fête les yeux fermés. Durant le carême, elle s'occupait de la friture de poissons du vendredi soir à l'église. Elle organisait la chasse aux œufs de Pâques pour les enfants de la paroisse. Nora recevait pour les anniversaires et le réveillon de Noël. Il y eut tant de soirs, quand elle avait prévu de baigner les enfants et de les coucher tôt, où sa cuisine était investie par les proches de Charlie, qui chantaient et buvaient jusqu'à plus d'heure.

Il y avait des moments où elle aspirait au calme. Nora rêvait d'une maison loin d'ici. Tous les dimanches, elle regardait les offres immobilières à Hull. Il y avait quelques mois, elle avait déchiré une annonce dans le journal et l'avait scotchée au miroir de la chambre. Une photo en noir et banc d'une maison coloniale noir et blanc, avec un immense porche. Quatre chambres, trois salles de bains. Un petit bout de vue sur l'océan depuis la fenêtre en haut de l'escalier du grenier. La maison sur Peachtree Street semblait sortie d'un film. Elle lui évoquait l'image de la perfection américaine, de Donna Reed et de la tarte aux pommes. Elle vérifiait chaque week-end qu'elle était toujours à vendre. En se levant le matin, Nora songeait : *Un jour peut-être*. Ce n'était qu'un rêve. Ils ne pourraient jamais l'acheter.

Depuis leur mariage, ils avaient vécu aussi frugalement que possible. Ils ne dînaient pas dehors, ne prenaient pas de vacances. Ses enfants partaient tous les matins à l'école avec un sandwich au thon, même s'ils la suppliaient de leur donner cinquante cents pour payer le repas chaud. Ils avaient une seule voiture. Quand Charlie avait fini sa journée de travail, il téléphonait à la maison, laissait sonner trois fois, puis raccrochait pour économiser le prix de l'appel. Le signal reçu, Nora allait le chercher.

Maintenant, il y aurait un autre enfant et toutes les dépenses allant de pair avec son éducation.

Nora fut embarrassée quand elle découvrit qu'elle était encore enceinte. Elle avait presque quarante ans. Elle ne voulait pas d'un autre enfant. Elle était convaincue que Bridget serait sa dernière. Elle avait donné le berceau, le mobile, le landau. Cela faisait dix ans qu'elle n'avait plus lavé de langes de bébé ni senti l'odeur douce-amère libérée par un bol de Pablum quand elle versait le lait chaud sur les flocons de céréales.

Le médecin qui avait mis au monde John et Bridget avait pris sa retraite. Nora demanda un rendez-vous à son remplaçant. Elle prit l'homme qui entra dans la pièce pour le fils d'un patient. Quand il se présenta comme le médecin, elle songea à partir.

— Avant de vous examiner, je vais vous poser quelques questions, dit-il. À quand remonte votre première grossesse ?

Mille neuf cent soixante-trois, pensa-t-elle.

— Mille neuf cent cinquante-huit.

— Il y a dix-sept ans ! Beaucoup de choses ont changé depuis. Et vous avez eu trois enfants, c'est cela ?

— Oui.

— Tous nés ici au centre hospitalier Beth Israel ?

— L'aîné est venu au monde à St Margaret.

Toutes les femmes de Dorchester accouchaient à St Margaret. Mais Nora n'avait jamais pu y remettre les pieds après la naissance de Patrick. La famille de Charlie s'était moquée de son arrogance, elle était donc « trop bien » pour l'hôpital local ?

Le foyer des mères célibataires où Theresa avait passé tant de mois se trouvait toujours sur l'avenue Cushing. Chaque fois qu'elle passait devant, Nora retenait son souffle, comme elle le faisait enfant en longeant un cimetière.

— Avez-vous pensé à la méthode Lamaze ? demanda le docteur. La plupart de nos patientes la trouvent très relaxante.

— Je ne sais pas de quoi il s'agit, dit Nora.

— Et votre mari. A-t-il assisté à votre dernier accouchement ?

— Mon Dieu, non !

— Eh bien, cette fois, il sera présent, déclara le médecin, comme si c'était une conclusion logique.

Charlie dans la salle d'accouchement… Il s'évanouirait. Il finirait lui-même dans un lit d'hôpital.

— Je ne crois pas que ce soit une très bonne idée, dit-elle.

— Réfléchissez-y. De nos jours, nous le conseillons aux parents.

Elle en rit plus tard avec Kitty et Babs. Mais quand elle en parla à Charlie, il la surprit. Il lui dit qu'il aimerait être là. Nora avait besoin d'y réfléchir. Quand elle avait accouché de Bridget, Charlie se trouvait au pub irlandais avec ses frères. Un endroit plus approprié pour lui.

Au moment où elle sortait pour se rendre au marché, le téléphone sonna. Nora comprit qu'elle avait fait l'erreur de décrocher en entendant la voix de Babs. Une fois lancée, Babs ne s'arrêtait plus de parler.

Aujourd'hui, elle en avait après les bus de ramassage scolaire.

Lawrence et elle avaient déménagé à South Boston il y a des années. Ils vantaient le charme merveilleux de l'endroit comme s'il s'agissait d'un pays étranger et non simplement d'un autre quartier de la ville, à cinq minutes de la maison de Nora et Charlie. Ils habitaient si près que Patrick fut affecté au lycée de South Boston, où il allait désormais avec le fils aîné de Babs, Conor. « L'année scolaire est pratiquement terminée et ils sont toujours dehors à manifester, déplora Babs. Tout le monde doit se calmer. Et ces policiers qui laissent leurs chevaux faire leurs besoins dans la rue, sans se soucier de les ramasser. Quelle incorrection ! »

Nora étouffa un petit rire. Boston était en pleine émeute raciale et Babs s'inquiétait d'un peu de crottin sur ses souliers.

Bien qu'elle sût que ce n'était pas amusant. Cette année, elle avait vu la ville sous son pire jour. Elle avait appris à la connaître différemment. Nora était allée déjeuner chez Babs le jour de la rentrée des classes et, quand elle était repartie, une foule en colère déferlait dans les rues. Ils brûlaient des effigies du juge Garrity et du maire Kevin White, des mannequins leur ressemblant qu'on avait pendus aux réverbères.

Des garçons de l'âge de son John étaient dans la rue et lançaient des pierres à la police d'État et aux bus scolaires remplis d'enfants. Nora se faisait du souci pour Patrick. Elle priait qu'il ne se fasse pas arrêter dans une émeute comme tant d'autres, ignorant même pourquoi ils se battaient.

Babs ne devait pas s'inquiéter pour son Conor. Nora ne lui avait jamais confié ses peurs. La seule personne à qui elle en avait parlé était sa sœur.

Lorsqu'elle apprit que Theresa était entrée à l'abbaye, Nora y vit une couverture, un moyen de cacher son passé. Quand, après des années de silence, Theresa lui demanda de lui rendre visite avec ses enfants, Nora imagina en partie que sa sœur l'avait invitée pour qu'elle la convainque de sortir de là, et qu'elle rentrerait à la maison avec Theresa assise dans la voiture. Cette éventualité l'avait terrifiée.

Mais quand elle la vit en habit de religieuse, Nora eut un choc. Cela, et la façon dont Theresa parlait. Elle semblait si sage. Elle paraissait sereine. La colère de Nora, les sermons qu'elle avait répétés mentalement étaient sans importance. Elle n'était plus en colère. Égoïstement, elle se sentait soulagée. Sa sœur ne représentait plus une menace pour elle.

Après sa visite à l'abbaye, elles avaient correspondu pendant des années. Elles se parlaient sur un ton proche de la complicité de leur enfance. Nora guettait avec impatience l'enveloppe dans sa boîte aux lettres – le tampon de l'abbaye, la même image que celle imprimée sur la Médaille miraculeuse, estampillée au dos à l'encre violette, entourée d'une citation latine.

Quand Patrick avait onze ans, elle fit l'erreur de dire à Theresa qu'elle en avait assez de lui. Que les mesures disciplinaires qui faisaient trembler Bridget et John n'avaient aucun effet sur lui.

Dans sa lettre, elle raconta à Theresa qu'elle rentrait des courses un après-midi quand elle avait entendu des rires au-dessus de sa tête. Elle avait levé les yeux et vu Patrick et Michael Ferguson courir d'un toit à l'autre, en sautant la distance étroite les séparant. Sa poitrine s'était serrée. Elle avait voulu crier à Patrick d'arrêter, mais elle avait eu peur que sa voix le fasse sursauter et qu'il perde l'équilibre. Nora était restée immobile sur le trottoir, paralysée par la terreur. Dès qu'il était descendu, elle avait traîné Patrick à la maison et l'avait envoyé dans sa chambre, d'où elle lui avait interdit de sortir pendant une semaine.

Elle l'avait raconté comme une anecdote, celle d'une mère exaspérée. Quand elle reçut une lettre en réponse, elle la lut d'une main tremblante.

Chère Nora,

Essaie de ne pas être trop dure avec lui. Je sais que nous avons toutes les deux sacrifié beaucoup de choses pour Patrick, et que ton amour pour lui est immense. Sache que je prie pour lui tous les jours.

Nora n'avait pas compris jusqu'à présent que Theresa considérait encore Patrick comme son fils.

Elle priait pour lui. C'était touchant.

Nora voulut lui écrire qu'elle priait aussi. Et qu'en plus de prier, elle avait passé des années à changer des couches, lacer des souliers, marcher sur les bords tranchants des jouets, dire à des petits, puis à des plus grands, ce à quoi ils pouvaient et ne pouvaient pas occuper leur temps. Être mère consistait à répéter les mêmes gestes. Elle s'émerveillait des seuls sandwichs. Elle en avait fait des milliers à ce jour. Des dizaines de milliers.

Ses enfants étaient présents jusque dans les demi-lunes sombres cernant ses yeux, fruits d'insomnies dues aux coliques, aux angines streptococciques, à un adolescent qui faisait le mur une fois de plus. Elle avait mal au dos à force d'avoir porté des nourrissons et des petits à longueur de journée. Sa main droite portait une marque semblable à un film étirable plissé, souvenir de la brûlure d'une tasse de thé bouillant que Bridget avait renversée lors d'un petit déjeuner. Être mère était un acte physique autant qu'affectif. Cela exigeait chaque partie de vous.

Après cette lettre, elle communiqua moins avec Theresa pendant un certain temps. Nora envoyait à sa sœur la photo de classe de Patrick à chaque rentrée, avec des photographies de ses autres enfants. Mais elle ne lui racontait plus de détails de sa vie, s'en tenant à des généralités. Elle ne lui disait pas qu'elle obligeait ses fils à porter une veste et une cravate le jour de la photo de classe, même quand ils l'imploraient, pleuraient et protestaient que personne ne s'habillait plus comme ça. Elle écrivait que Patrick aimait le hockey et le base-ball ; qu'il était bon en maths ; qu'elle lui avait fait un gâteau d'anniversaire avec un B au milieu d'un glaçage noir et or, le logo des Bruins de Boston.

Pendant des années, Nora garda les zones d'ombre pour elle.

Mais quand Patrick fut renvoyé de Saint-Ignatius l'année dernière, elle fut tellement bouleversée qu'elle cessa les banalités et écrivit à Theresa pour lui faire part de ses inquiétudes. Le proviseur du lycée, le père McDonald, déclarait qu'il n'avait jamais vu un garçon si obstiné.

Nora les avait pris sur le fait, elle avait vu l'altercation de ses yeux, sinon elle ne l'aurait jamais cru. Elle était venue chercher Patrick ce jour-là parce qu'il pleuvait. Il se remettait tout juste d'un rhume. Elle ne voulait pas qu'il marche sous la pluie, dans le froid. Elle n'avait pas prévu de descendre de la voiture. Elle portait des bigoudis, recouverts d'un foulard de soie.

À trois heures, elle observa le flot des enfants sortant de l'école, qui ne fut bientôt plus qu'un mince filet. Pas de Patrick. Quinze minutes plus tard, lassée de pianoter des doigts sur le volant, Nora décida d'aller le chercher.

Elle monta l'escalier et ouvrit la porte principale de l'école. Elle suivit le long couloir en linoléum menant à l'accueil, dans l'espoir que la secrétaire pourrait le faire appeler. Il n'y avait personne au bureau, sur lequel était posée une coupelle remplie de caramels. Nora s'avança pour en prendre un lorsqu'elle vit, par la porte ouverte du bureau, le proviseur, le père

McDonald, empoigner son fils à la gorge à deux mains et le soulever du sol, ses jambes battant dans le vide.

Le prêtre avait le visage en sueur.

Nora se précipita dans le bureau et il relâcha Patrick immédiatement.

— Je suis au regret de devoir vous dire ce que votre fils a fait, déclara-t-il, s'essuyant les mains sur son pantalon.

Le père McDonald lui apprit alors qu'il avait donné une colle à Patrick qui, en réponse, lui avait craché au visage.

— Il ment ! hurla Patrick, et elle fut mortifiée.

C'était la première fois depuis qu'il était né que Nora pensa : *Cet enfant n'est pas le mien.*

Patrick fut renvoyé sur-le-champ.

Elle n'osa pas dire à Theresa qu'il avait craché au visage d'un prêtre. Nora n'eut pas le courage d'écrire ces mots. Mais elle lui relata tout le reste.

En réponse à sa lettre, Theresa l'appela au téléphone, pour la première et unique fois. Elle lui apporta son soutien avec une grande gentillesse. À force de silence, elle était devenue une oreille attentive. Elle avait mûri, songea Nora. Theresa lui confia qu'elle gardait un bon souvenir de Patrick. Elle le recommandait à Dieu. Tout finirait par rentrer dans l'ordre.

Nora dit ensuite à sa sœur des choses pour son propre bien, mais elle le fit aussi pour Theresa. Theresa ne pourrait jamais jouir des plaisirs simples de la vie. Elle s'était bannie elle-même du monde, avait choisi son châtiment. Parfois, Nora pensait que le mieux serait de l'aider à trouver un moyen de quitter le couvent. Mais Nora avait trop peur. Elle ne pouvait pas changer le passé. Elle ne pouvait pas rendre Patrick. Alors, elle rappela à Theresa que toutes les vies avaient leurs difficultés.

Elle avoua à sa sœur qu'elle trouvait Charlie irritant. Il était un bon père, mais il s'emportait facilement. Elle raconta dans une lettre à Theresa qu'il avait ramené des poussins à la maison à Pâques, un jour, sans lui demander son avis. Les enfants, petits à l'époque, furent fous de joie. Nora lui expliqua calmement qu'ils vivaient dans un appartement, et que les adorables poussins deviendraient un jour des poulets.

Pendant quelques semaines, elle laissa les petits poussins vivre sur le balcon exigu.

Un matin, alors que les enfants étaient à l'école, elle ouvrit la fenêtre de la cuisine ; les volatiles n'étaient plus dans leur caisse. Elle ouvrit la porte-fenêtre, sortit sur le balcon. La caisse était vide. Nora devina ce qui s'était passé avant de le voir. Elle se pencha au-dessus de la balustrade et aperçut des taches jaunes sur le pavé, trois étages plus bas. Elle allait avoir droit à une longue discussion, inévitable, avec M. Fallon, du rez-de-chaussée. Quand elle lui raconta ce qui s'était passé, il fit traîner la conversation, lui parla de sa dent gâtée et de la pluie dont ils avaient tant besoin, avant d'ouvrir la porte donnant sur la cour en disant : « Je vous laisse faire, alors. »

Nora portait des gants en caoutchouc au motif floral. Elle essaya de se concentrer sur les marguerites tandis qu'elle ramassait les petits corps flasques et les mettait dans un sac-poubelle.

Elle dit aux enfants qu'elle avait donné les poussins à un fermier. Ils seraient tellement plus heureux dans une ferme, à manger de l'herbe et à se promener au soleil.

— Comment s'appelle la ferme ? demanda Bridget.

— La ferme Jones.

— Pourra-t-on aller voir les poussins ?

— Bien sûr.

Sa fille sembla satisfaite de sa réponse, mais ensuite, une fois par mois pendant trois ans, Bridget demandait au cours du dîner : « Quand irons-nous voir les poussins ? » Nora tournait alors la tête vers son mari et lui adressait un sourire pincé.

Theresa trouva cette histoire horrible. *Oh, ma pauvre*, écrivit-elle. Et Nora eut l'impression d'avoir fait ce qu'il fallait.

Il y avait des choses qu'elle ne disait pas à sa sœur à propos de son mariage. Que le seul endroit où ils s'entendaient bien était la chambre. Là, c'était merveilleux. Au début, ils étaient pudiques. Ils n'avaient jamais fait l'amour qu'ensemble. Mais au fil du temps, ils avaient appris à cerner le corps de l'autre, mieux sans doute qu'ils ne comprendraient jamais son esprit ou sa nature profonde.

Nora ne disait jamais à Theresa qu'en dépit de tous ses défauts, elle ne pourrait jamais oublier ce que Charlie avait fait pour elle. Quand elle était jeune et pensait au mariage de façon abstraite, elle le concevait comme l'union de deux individus, qui vivaient chacun sa vie de son côté la plupart du temps. Maintenant, elle savait que le mariage s'apparentait à une course à trois jambes, que vous étiez attaché à la même personne pour le reste de votre vie. Vos espoirs, votre bonheur, votre chance, vos humeurs liés à ceux de l'autre.

Babs parlait encore à dix heures moins le quart.

Nora écoutait distraitement. Elle avait sorti sa liste de courses de la poche de son manteau et ajoutait des ingrédients qu'elle avait oubliés – *beurre (3), sucre roux.*

À ce rythme, elle aurait pu aller à la Légion.

— Conor a révisé toute la nuit pour l'examen trimestriel, dit Babs. Patrick aussi, je parie.

— Mmmm, marmonna Nora, car bien sûr, il n'en avait pas fait mention.

Elle crut entendre quelqu'un entrer dans l'appartement.

Elle retint sous souffle un instant. Puis elle se dit de ne pas être bête. C'était probablement le vent. Quand elle entendit des pas, Nora pensa qu'il devait s'agir de M. Fallon. Elle afficha un sourire, bien qu'agacée qu'il entre chez elle comme dans un moulin. Elle tira sur le cordon du téléphone pour traverser la cuisine et passer une tête dans le couloir.

Patrick était là, couvert de sang.

— Babs, dit-elle. Je dois y aller.

Elle raccrocha le téléphone.

— Je ne pensais pas que tu serais à la maison, dit-il, regardant vers la porte par laquelle il venait d'entrer, comme s'il envisageait de ressortir.

Ce n'était pas le sang qui l'effrayait. C'était l'expression de son visage.

— Que s'est-il passé ? demanda-t-elle en se précipitant vers lui.

Quand Nora se rapprocha, elle vit qu'il n'était pas blessé. Le sang n'était pas le sien.

— Oh, mon Dieu, qu'est-il arrivé ?

Il avoua tout d'une traite. Il avait séché l'école, était allé retrouver Michael Ferguson chez lui. Une bande de garçons étaient en train de frapper Michael quand Patrick était arrivé.

— Je ne savais pas quoi faire. J'ai paniqué. J'ai attrapé la première chose que j'ai pu trouver. Un manche à balai, avec une sorte de pointe de fer au bout. J'ai blessé quelqu'un, maman. Il y avait tellement de sang. Ils ont lâché Fergie, et se sont mis à me courir après.

Nora avait les jambes chancelantes. Elle marcha jusqu'au salon, s'assit sur le bras du canapé et baissa la tête.

Il la suivit.

— Ils vont me tuer, continua-t-il. Ils vont venir me chercher et ils vont me tuer.

— J'appelle la police, dit Nora.

— Non ! S'il te plaît. Cela les rendra encore plus furieux. Et je serai en plus grand danger.

— Je ne crois pas, déclara-t-elle.

La voix de Patrick ne fut plus qu'un murmure.

— Je l'ai sérieusement blessé. Il est peut-être mort à l'heure qu'il est.

— Patrick ! Comment as-tu pu faire une chose pareille ?

Il sanglota dans ses bras.

— J'essayais de défendre Michael. Je n'ai pas voulu que ça arrive. Mais je n'ai pas eu le choix. Aurais-je dû ne rien faire et les laisser tuer mon meilleur ami ? Après tout ce que Fergie a fait pour moi ?

Nora détestait entendre ce nom. Elle avait senti dès leur rencontre, quand les garçons avaient six ans, que Michael Ferguson allait lui causer des ennuis. Il était crasseux, la peau brunâtre, les cheveux gras. Sa mère avait l'alcool mauvais. Nora savait qu'elle aurait dû avoir de la compassion pour lui. Mais au lieu de cela, il lui faisait peur. Elle aurait aimé pouvoir retourner en arrière et interdire à son fils de six ans de le fréquenter. Maintenant, il était trop tard.

— Qu'est-ce que ce garçon a donc fait pour toi ? demanda-t-elle.

— Mieux vaut que tu ne saches pas.

— Dis-moi.

Alors, Patrick lui raconta que depuis l'école primaire, la même bande de gamins se moquait de lui, le provoquait, disant que Charlie n'était pas son père. Seul Fergie avait toujours pris sa défense.

— Et qui serait donc ton père, d'après eux ? s'enquit Nora, essayant de ne pas lui montrer qu'elle tremblait.

— Personne. Ils disent juste que… laisse tomber.

— Non. Dis-moi.

Il rougit.

— Ils disent que tu étais enceinte quand tu as épousé papa. Et que je ne ressemble pas aux autres. Je ne lui ressemble pas.

— Balivernes, déclara Nora. Je te l'ai dit. Tu tiens de mon côté. Tu ressembles à mon frère. Ces garçons voulaient juste te mettre en rogne.

Cet endroit stupide. Les histoires qui circulaient parce que personne n'avait rien de mieux à faire. Les ragots, les méchancetés que les gens racontaient juste pour se divertir. Ce n'était pas moins provincial que le village où elle avait grandi. Cela n'avait pas commencé avec les enfants.

Elle lui fit avouer qui étaient ces garçons.

— Pete O'Shea est celui qui a été blessé.

— Et les autres ?

— Matty McGinness. Owen Breen. Tom Cleary. Rory McClain.

Le fils de Walter McClain.

Elle n'aurait pas su dire s'il connaissait la vérité sur son père ou s'il sentait seulement quelque chose de bizarre, de manière intuitive.

— Il y a autre chose, dit-il. Mais je sais que tu ne me croiras pas.

— Quoi ?

— Quand le père McDonald a dit que je lui avais craché au visage.

— Oui.

— Je ne l'ai pas fait.

Elle secoua la tête.

— Je ne veux pas le savoir. Pas maintenant.

— Il a eu vent de ce que les garçons disaient sur moi et il a commencé à le dire aussi, quand nous étions seuls. Il venait me trouver dans les toilettes, ou au vestiaire, et il me disait : « Tu es un sale bâtard. » Il faisait bien pire à Fergie.

— Oh, Patrick.

— Je te jure. Il est tordu. Il essaie d'être copain avec les enfants. C'est pathétique.

Nora ne savait pas si elle devait le croire.

Par moments, elle pensait que tous les problèmes de son fils venaient du fait qu'elle ne l'avait pas aimé tout de suite. Évidemment, je ne veux pas de lui, avait-elle dit. Il se trouvait à ce moment-là dans la pièce, dans les bras de sa sœur.

— Promets-moi seulement que tu n'enverras pas John à Saint-Ignatius, dit Patrick. Il est déjà obsédé par l'idée d'y entrer et il n'a que onze ans. Ne le laisse pas y aller, maman. Je te promets, il est le genre de prêtre à…

— Patrick. N'essaie pas de changer de sujet.

Elle savait qu'elle devait aller à la police, que Charlie l'exigerait s'il était au courant. Mais elle sentait qu'il avait des remords. Elle dit à Patrick de prendre une douche, d'aller dans sa chambre et de fermer la porte. De ne raconter à personne ce qu'il lui avait dit, même pas à son père. Elle nettoya ses vêtements tachés de sang, les plia et posa la pile de linge propre sur sa commode. Elle sortit faire son marché et acheta tous les produits inscrits sur sa liste.

La police débarqua le matin du baptême, alors que Nora essayait de rassembler sa famille pour se rendre à l'église.

Elle ne les entendit pas frapper tout de suite. Elle criait à Bridget de se dépêcher. Elle devait toujours batailler pour faire enfiler une robe à cette enfant. Nora lui achetait des barrettes et des ballerines, un luxe qu'elle aurait adoré à son âge. Bridget ne les sortait même pas du sac. Elle préférait porter un jean et ses vieilles tennis sales.

C'était en partie la faute de Nora. Elle avait laissé sa fille unique jouer comme un garçon, avec les garçons, jusqu'à ce qu'elle n'ait plus une once de féminité. Elle n'aurait pas dû permettre à Bridget de passer ses étés avec Charlie, à l'aider à peindre des maisons avec ses frères. Elle aurait dû s'opposer à ce que Bridget ramène à la maison tous ces animaux errants. Elle était obsédée par les lapins, les chiens, les lézards et les vers de terre. Elle ne montrait aucun signe de maturité, même à un âge où elle aurait dû avoir grandi.

Tous les enfants de Nora étaient arrivés sur terre avec leur personnalité déjà définie. Plus ils grandissaient, plus cela se confirmait. Ils étaient si différents les uns des autres, et si différents d'elle.

Charlie criait quelque chose. Elle pencha la tête pour l'entendre.

— Comment ?

— J'y vais, dit-il.

Elle sortit dans le couloir et le vit guider deux policiers en uniforme vers la cuisine.

Au moins, ils n'étaient pas venus quelques heures plus tard, quand il y aurait plein de monde dans l'appartement.

L'un des policiers était grand et séduisant, avec des fossettes. L'autre, petit et trapu. Elle les vit prendre note de sa tenue : une robe et un chapeau, des gants blancs. Ils regardèrent la table, où s'empilaient des gâteaux et des muffins, salades de fruits, cinq livres de bacon en tranche entre des serviettes en papier.

— Puis-je vous offrir une tasse de café, messieurs ? dit Charlie d'une voix calme, bien qu'elle sente son inquiétude.

— Non merci. On dirait que vous attendez du monde. Nous serons rapides. Nous cherchons votre fils Patrick.

— Il n'est pas là, dit doucement Nora, comme si son cœur ne martelait pas sa poitrine. Il est sorti tôt ce matin me faire quelques courses.

— Êtes-vous au courant qu'il a manqué l'école mardi ?

— Non, dit Charlie.

Nora avisa John et Bridget dans la porte, les deux faisant semblant de ne pas écouter.

— Vous deux, attendez-nous dehors.

Ils obéirent.

Le policier attendit qu'ils soient partis pour continuer.

— Un jeune a été gravement blessé dans un cambriolage le même jour. Il est possible qu'il reste aveugle toute sa vie.

— Seigneur, s'exclama Charlie.

— Nous voulons parler à toutes les personnes impliquées.

— Vous pensez que Patrick est impliqué dans cette histoire ? dit Charlie.

Le policier a haussé les épaules.

— Le garçon qui a été blessé ne veut donner aucun nom. Nous enquêtons pour essayer de savoir qui était présent, en interrogeant en premier les élèves absents en cours.

— Patrick est resté à la maison avec moi toute la journée, mardi, déclara Nora. Il avait la grippe.

Les policiers parurent surpris.

— Oh ! Très bien, alors. Désolés de vous avoir fait perdre votre temps.

Nora les raccompagna à la porte.

Quand elle revint dans la cuisine, Charlie dit :

— Patrick a eu la grippe ?

— Oui. Une histoire de vingt-quatre heures, tu sais.

— Tu ne m'en as pas parlé. Y a-t-il une chose que tu souhaites me dire, Nora ?

Il avait toujours été indulgent avec Patrick, mais Charlie devait avoir ses limites.

Elle ne voulait pas qu'il cesse d'aimer le garçon.

— Il est déjà assez pénible de voir qu'ils l'accusent. Alors pas toi, dit-elle.

— Je n'accuse personne, se défendit Charlie. L'accuser de quoi ?

À l'église, une heure plus tard, elle se souvint que le policier avait dit que le garçon, Pete O'Shea pourrait perdre la vue. Il n'était pas mort. Son fils n'était pas un meurtrier. Pour cela, en dépit de tout, Nora remercia Dieu.

Elle regarda le prêtre asperger les jumeaux d'eau bénite, deux nouvelles vies au monde. Elle songea à ce que Patrick lui avait dit sur le père McDonald. Pour la première fois depuis des années, elle repensa au curé en Irlande, qui glissait sa main sur le devant de la robe de sa sœur, et de sa meilleure amie Oona, et de Dieu sait de combien d'autres fillettes. Elle n'aurait jamais osé le dire à son père. Le prêtre le savait bien.

C'était bien la partie la plus difficile du rôle de parent. Vos enfants évoluaient dans leur propre monde, où vous ne pourriez jamais les protéger. Ils vous appartenaient, sans pourtant être à vous.

Le lendemain du baptême, Nora réveilla Patrick à l'aurore.

— Nous allons faire un tour en voiture, dit-elle. Viens.

Il protesta, mais pas très longtemps.

Les rues étaient calmes. Ils s'engagèrent sur la voie rapide, puis prirent la sortie vers la Route 1. Les magasins et les immeubles s'effacèrent, laissant la place à des pins majestueux, dont l'uniformité hypnotisait presque Nora tandis qu'elle conduisait. Au bout d'une heure de trajet, il lui demanda où elle l'emmenait.

— Tu verras, répondit-elle.

— Le Vermont ? dit-il un peu plus tard en lisant un panneau. Mais qu'est-ce qu'on fout là ?

— Surveille ton langage, Patrick.

Elle le déposa sur la petite place du village. C'était une localité charmante et désuète, un endroit idyllique pour les jeunes amants souhaitant s'échapper un week-end. Nora lui indiqua du doigt la supérette. Un néon publicitaire sur la devanture annonçait un distributeur de boissons. Elle donna un peu d'argent à Patrick, lui dit de s'acheter un milk-shake. Elle le retrouverait dans une heure.

Puis elle tourna sur une route de campagne qu'elle suivit sur plusieurs kilomètres.

Aux portes de l'abbaye, Nora ralentit pour laisser deux jeunes nonnes traverser la route. Elles étaient accompagnées de deux adolescentes en jupe courte, dont les cheveux longs descendaient jusqu'à la taille.

Nora se gara devant le bâtiment principal et entra dans une salle aux vitraux imposants. Le soleil brillait au travers des vitraux – rouge vif, vert et jaune. La pièce était remplie de fleurs.

Une religieuse ouvrit une porte et prononça des mots en latin.

— Je viens voir mère Cecilia, dit Nora.

— Avez-vous réservé un parloir avec elle ?

— Non.

— Alors je crains que vous ne puissiez la voir.

— Dites-lui que Nora Rafferty est ici, s'il vous plaît.

— Elle est en compagnie d'autres visiteurs, encore pour une heure au moins.

— J'attendrai.

— Je ne peux pas vous garantir qu'elle pourra vous recevoir aujourd'hui, madame. Elle est très occupée depuis qu'elle a été élue prieure.

— J'attendrai, répéta Nora d'une voix ferme.

Elle resta assise en silence dans le vestibule pendant quarante-cinq minutes, jusqu'à ce qu'elle entende une conversation de l'autre côté de la porte. Elle ne distinguait pas les mots, mais elle aurait juré entendre la voix de Theresa. Elle s'attendait à voir apparaître sa sœur, mais ce fut la religieuse qui revint.

— Mère Cecilia dit qu'elle peut vous voir au parloir maintenant. Ressortez par où vous êtes entrée et prenez la troisième porte sur la gauche. Il y aura écrit *Saint Barnabé*. Elle vous retrouvera à l'intérieur.

En entendant le mot *parloir*, Nora visualisa un salon poussiéreux encombré de mobilier victorien. Mais la pièce ressemblait plus à un grand confessionnal, de la taille d'un garde-manger. Juste assez de place pour deux chaises en bois. Il y avait une ouverture quadrillée par un grillage en bois qui montait jusqu'au plafond. De l'autre côté, une salle plus grande, avec une seule chaise.

Nora resta assise un bon moment.

Finalement, Theresa entra dans la pièce de l'autre côté.

— Nora, dit-elle. Mon Dieu, quelle surprise ! Je suis contente de te voir.

Elle sourit en voyant le ventre de Nora.

— Regarde-toi ! Comment te sens-tu ?

— Oh, bien. Un peu fatiguée, mais ça va.

Il était si bizarre de la voir en personne pour la première fois depuis des années, et d'être obligée de lui parler au travers d'un grillage. Pas de contact, pas d'embrassade. Quand elles étaient enfants, Nora nettoyait les ongles sales de sa sœur, lui curait délicatement les oreilles de la cire qui s'y formait.

Elle alla droit au but. L'heure tournait et Patrick l'attendait.

Nora dit qu'elle avait des problèmes, et raconta tout à sa sœur. Elle lui dit se souvenir que Theresa lui avait écrit que l'abbaye invitait des jeunes gens à passer l'été ici, pour les faire travailler dans la ferme.

— J'ai pensé que tu pourrais le garder ici quelques mois jusqu'à ce que je décide quoi faire ensuite.

— Maintenant ?

— Oui, tout de suite. J'ai mis un sac d'affaires dans le coffre. Il n'est plus en sécurité à la maison.

— En ce moment, il n'y a pas de chambre disponible dans l'hôtellerie des hommes. Pas avant la fin de l'été.

Nora resta silencieuse un long moment.

— Je suis contente que tu sois venue, finit par dire Theresa. Vraiment. J'ai essayé de trouver le moyen de te dire une chose importante. J'ai beaucoup prié au sujet de Patrick. Nora, je pense que nous devrions lui dire la vérité. Le fait que tu sois venue ici renforce ma conviction. Je vais le prendre à l'abbaye. Je lui trouverai une place. Mais autorise-moi à lui dire pendant son séjour tout ce que tu as fait pour nous.

— Nous ?

— Lui et moi. Ou bien, on peut lui dire ensemble si tu préfères.

— Ce n'est pas à toi d'en décider.

— C'est à nous deux d'en décider.

Nora se leva. La colère bouillonnait en elle.

— C'était une erreur.

— Nora, s'il te plaît.

— Tu penses pouvoir te cacher ici et te sentir supérieure à nous. Faire de grandes déclarations en te dissimulant derrière ce costume ridicule. Je peux lire en toi, Theresa (elle appelait à dessein sa sœur par son prénom). Tu ne verras jamais mon fils.

Theresa garda une voix calme.

— J'ai appris ici qu'il est préférable d'être honnête. Avec soi-même, avec les autres. Avec Dieu.

— C'est si facile à dire pour toi, qui as fui tous les problèmes que tu as créés.

Elle semblait décontenancée. Sa peau était fine. Personne ne disait jamais rien de désagréable à une religieuse.

— Tu n'as pas idée de ce que je pense à toi, Nora. Je m'inquiète pour toi. Il n'est pas forcément bon de fermer les yeux. De se laisser accabler. Ou de se sentir accablée.

— De quoi tu parles ?

— Je veux t'aider.

— Je n'ai pas besoin de ton aide.

— Tu vois vivre avec tellement de mensonges. Tu as épousé un homme que tu n'as jamais aimé. Tu as le droit de t'en vouloir.

Nora se tourna vers la porte. Puis elle regarda de nouveau sa sœur.

— Je ne saurai jamais comment tu arrives à dormir la nuit. Ici, étrangement. C'est ici que tu as choisi de te cacher ?

— Je ne me cache pas. C'est un endroit à part, Nora. Tellement de belles choses se passent ici. Laisse-moi t'en parler.

Nora ouvrit la porte et sortit. Sa sœur l'appela, mais Nora savait qu'elle ne pouvait pas la suivre. À tout le moins, elle y trouva une maigre consolation.

Ce que Theresa avait dit sur Charlie l'avait piquée au vif. Le pauvre Charlie s'était sans doute sacrifié plus qu'aucun autre. Un soir de Noël, après beaucoup trop d'eau-de-vie, sa sœur Kitty avait déclaré à Nora, sans raison apparente : « Tu n'aimes pas mon frère, mais tu l'estimes, c'est déjà ça. Peut-être qu'un jour, après sa mort, après une longue vie agréable, tu vivras une grande histoire d'amour. »

Nora était morte de honte que quelqu'un sache cela sur elle, après qu'elle avait passé la moitié de sa vie avec cet homme.

Il était sans doute vrai que Nora avait épousé Charlie sans l'aimer, mais peut-être qu'il l'avait seulement courtisée au début pour la terre qu'elle apporterait en dot. Une terre sur laquelle ils n'avaient pas posé les yeux depuis vingt ans et ne reverraient sans doute jamais. Il n'était pas plus âgé à l'époque, prit-elle soudain conscience, que Patrick aujourd'hui. Charlie avait toujours prétendu l'avoir épousée par amour. Idée plaisante que celle-là. À laquelle elle croyait certains jours, d'autres non.

Leur mariage ne s'était pas construit sur l'amour romantique. Il s'était construit sur le sens du devoir. Il pouvait survivre au désenchantement. Ils avaient connu des moments difficiles et des moments heureux, essentiellement déterminés par les agissements des enfants. Elle pensait qu'un mariage qui tournait autour de deux êtres seulement, eux ou n'importe quel autre couple, était une trop forte pression. Vos enfants, votre famille vous donnaient une raison de continuer. Theresa ne pouvait pas le comprendre.

Quand Nora rentra chez elle ce soir-là, elle mit le dîner en route, puis alla se changer dans sa chambre. Elle se tenait devant la glace, fixant la petite annonce de la maison de Hull.

Une idée lui vint. Elle sortit de l'appartement et remonta Sydney Street. Walter McClain occupait maintenant un poste de direction à l'usine Edison, et il avait quatre ou cinq enfants. Elle savait où il habitait. Après quinze minutes de marche, Nora arriva en haut de l'avenue Savin Hill et aperçut l'immense demeure victorienne ocre, tapissée de lierre.

Elle le trouva en train d'arroser les plantes dans le jardin devant sa maison.

Il la reconnut immédiatement, bien qu'ils ne se soient pas parlé depuis des années.

— Tout va bien ? demanda-t-il.

Il regarda par-dessus son épaule.

— Non. Mon fils Patrick se retrouve dans une mauvaise situation. Nous allons partir d'ici, vous devez être heureux de l'apprendre. Nous déménageons.

— Vraiment ?

— Oui. J'ai besoin d'argent pour acheter une maison. Et vous allez me le donner.

— Pardon ?

Nora continua de parler calmement.

— Je vous avais prévenu qu'un jour viendrait où j'aurais besoin de quelque chose et que vous me le donneriez. Ce jour est venu. Ne m'en voulez pas. C'est votre fils qu'il faut blâmer.

— Ce n'est pas mon fils, dit-il, et Nora sentit sa haine pour lui grandir.

Il avait vécu toutes ces années, pensa-t-elle, en étant persuadé de cela. Il n'avait même jamais dû s'interroger ni s'inquiéter pour son fils. Il était un homme méprisable, et pourtant il paraissait probablement normal, même honnête, pour les gens qui croyaient le connaître. Pour sa propre femme. Les deux êtres responsables de la procréation de Patrick étaient incapables de l'aimer. Comment Dieu pouvait-il expliquer une telle aberration ?

— Je parlais de votre fils Rory, dit Nora. C'est à cause de vous deux que mes enfants doivent quitter leur maison. Aussi je vous conseille de m'aider, ou je vais détruire votre vie.

Il a ricané.

— Cela fait seize ans que je vis avec cette menace, n'est-ce pas ?

— Vous n'entendrez plus jamais parler de moi ensuite, dit-elle. Vous serez libre.

Une fillette d'une douzaine d'années apparut derrière la moustiquaire de la porte. Nora lui sourit, comme une voisine qui ferait un brin de causette. Puis elle partit.

Le lendemain matin, alors que Charlie était parti au travail, on sonna à la porte. Elle descendit les trois étages, le cœur battant. C'était Walter. Il lui tendit une enveloppe et s'en alla. Nora remonta dans sa chambre et la déchira. Il lui avait écrit un mot.

Personne ne doit jamais savoir ce que nous avons fait. Ma femme ne le supporterait pas. Ni votre mari, j'imagine.

Il avait écrit sur une feuille blanche, enroulée autour d'un chèque. Elle glissa le chèque dans sa poche. Elle entendait quelqu'un arriver. Nora fourra le mot dans une boîte à chaussures, qu'elle envoya d'un coup de pied sous le lit. John entra dans la chambre en râlant qu'ils seraient en retard pour l'école s'ils ne se dépêchaient pas.

Charlie gagnait l'argent du ménage, mais Nora s'occupait des comptes. Elle réglait les factures. Quand elle lui dit qu'elle avait économisé toutes ces années, et mis assez d'argent de côté pour payer l'acompte de la maison, il l'embrassa et lui dit : « Tu es une fille intelligente. » Pas un seul instant il ne se demanda comment elle avait réussi cet exploit.

Ils déménagèrent le lendemain du dernier jour d'école.

Une voisine sonna à la porte de la nouvelle maison moins d'une demi-heure après le départ des déménageurs.

— Eileen Delaney, dit-elle. J'étais en train d'arracher les mauvaises herbes quand j'ai vu le camion partir. Alors, j'ai pensé que je devrais venir me présenter.

Mais son geste n'avait pas pu être aussi spontané. Elle leur avait apporté un chlorophytum et un gâteau aux amandes.

Nora portait une robe de grossesse verte informe, et n'avait pas de chaussures. Elle était épuisée, mais elle sourit et insista pour qu'Eileen entre.

Eileen lui dit que le ramassage des ordures avait lieu le mardi et le samedi, que le facteur s'appelait Mort, et qu'il aimait qu'on s'en souvienne et qu'on l'appelle par son nom, sinon une facture par-ci, une carte postale par-là risquaient de disparaître.

Nora était debout au milieu des cartons tandis que Charlie était assis au salon, dans une chaise pliante face à la télévision. John et Bridget montaient et dévalaient les escaliers en courant, tout excités.

— Deux, et un troisième en route, dit Eileen. Vous avez de quoi vous occuper.

— En fait, un quatrième en route. Nous en avons un troisième qui boude dans sa chambre. Patrick. Il a seize ans.

— Ah ! Les miens ont huit et dix ans. J'ai prévu de m'enfuir quand ils seront en âge de faire des crises d'ado.

Elles rirent, comme s'il s'agissait de la chose la plus drôle au monde.

— Il nous en veut de lui avoir fait quitter un appartement minuscule à Dorchester pour ici, dit Nora. Sa propre chambre et un grand jardin. Vous vous rendez compte ?

Elle répéta ses paroles mentalement, se demandant si elles semblaient feintes.

— Dorchester, dit Eileen. Le cousin de mon mari y enseigne. Votre fils aîné était-il au lycée de Dorchester ?

— Non. Il est allé au lycée de South Boston. Il était plus près de chez nous, aussi la ville l'a envoyé là-bas.

— Oh ! South Boston ? Je comprends. Quel dommage, tout ce qui s'est passé.

Eileen pensait qu'ils avaient déménagé à cause des émeutes raciales. Tout le monde semblait le penser.

Nora était soulagée que Patrick soit envoyé dans une autre école. Elle lui dit de monter dans le bus scolaire pour Roxbury et d'oublier le reste. C'était une explication plus simple que la vérité. Elle savait déjà qu'Eileen était le genre de femme qui répéterait inlassablement cette histoire à tous les voisins. Elle n'aurait jamais à s'expliquer elle-même. Ils pourraient recommencer une nouvelle vie ici.

Quelques jours plus tard, Nora retourna dans l'appartement de Dorchester le nettoyer pour les nouveaux locataires. Dans la boîte aux lettres, elle vit l'enveloppe familière – une lettre de l'abbaye – et ressentit un élan de sympathie pour sa sœur, en dépit de ce qui s'était passé. Elle était surprise que Theresa ait trouvé en elle-même la force de s'excuser aussi rapidement pour les choses terribles qu'elle lui avait dites.

Mais elle vit alors que la lettre était adressée à Patrick. Nora déchira l'enveloppe.

Patrick, tu ne te souviendras pas de moi, mais je sais que tu souffres et que beaucoup de choses dans ta vie sont confuses. Si tu te poses des questions, je peux sans doute t'aider à y répondre. N'hésite pas à me contacter à l'adresse ci-dessus. Bien à toi, mère Cecilia Flynn.

P.-S. Voici une médaille que tu as reçue à ta naissance. J'espère que tu la porteras pour te protéger. Je crois en ses pouvoirs. Je n'aurais jamais dû la prendre. Je te raconterai toute l'histoire quand nous nous parlerons, si nous le faisons un jour.

La poitrine de Nora se serra. Elle chiffonna la lettre d'une main. Dans l'autre, elle tenait la médaille.

Elle n'avait eu aucune confiance en elle, aucune voix au chapitre étant jeune. Elle était timide. Theresa pensait sans doute qu'elle n'avait pas changé. Mais les enfants de Nora l'avaient endurcie. Dans leur intérêt, elle était capable de faire tout ce qu'il fallait.

Elle déplia la feuille et relut la lettre en pensant : *Je ne te laisserai plus jamais contacter ma famille désormais. Theresa, qu'as-tu fait ?*

17

Nora était sur le dos, ses jambes nues étendues devant elle, appuyée sur les coudes pour surveiller John et Bridget au bord de l'océan. À côté d'elle sur la couverture, le bébé était allongé sur le ventre, seulement vêtu d'une couche. Brian menaçait de marcher bientôt. Quand ce jour arriverait, elle savait qu'elle n'aurait plus un instant de répit.

C'était le 4 juillet, jour de la fête nationale. Charlie était en congé. Après le petit déjeuner, avant qu'il ne fasse trop chaud, ils avaient emmené les enfants à Paragon Park.

Patrick refusa de les accompagner. Mais John et Bridget jubilaient. Ils poussaient des cris de joie en faisant des tours de manège sur le Tilt-A-Whirl, s'élançaient des sommets du toboggan de la rivière enchantée, trempant leurs tee-shirts et leurs shorts. Ils leur laissaient dépenser chacun cinq dollars dans la salle de jeu. John mettait tous ses sous dans le Skee-Ball pour tenter de battre le meilleur score de Bridget, qu'il finissait par dépasser. Il fallait toujours qu'il soit le meilleur, trait de caractère que Nora n'aimait pas chez lui.

Charlie pensait que son garçon serait président un jour. Il disait que John était le plus intelligent de leurs enfants et, bien que Nora ne le contredise pas, elle n'approuvait pas les commentaires trop élogieux. Elle ne voulait pas qu'il prenne la grosse tête. Elle déclara à Charlie qu'il n'était pas juste de privilégier un enfant par rapport aux autres et il éclata de rire.

Quoi ? fit Nora.

Toi et ton saint Patrick, *répondit-il.*

Après la salle de jeu, ils allèrent à la plage. Nora avait acheté à Bridget un nouveau maillot de bain pour l'été, bleu avec des étoiles dorées étincelantes. Bridget passa le maillot sous un vieux tricot de corps de Charlie, le coton blanc la drapant comme une voile. Elle insista pour garder le tricot, même dans l'eau.

Nora soupira.

Elle prit son livre pour lire, puis une ombre apparut, lui masquant le soleil. Charlie. Il portait un pantalon kaki et une chemise à col boutonné sur son maillot de bain. Aux pieds, il avait une paire de sandales et des chaussettes noires épaisses. Il avait l'air d'un homme d'un autre siècle comparé aux baigneurs sur la plage, dans leur glorieuse nudité.

Charlie lui tendit une coupe de crème glacée.

— Pour toi, dit-il.

Nora la prit, lui sourit.

— Assieds-toi.

— Je pense que je vais rentrer à la maison et tondre la pelouse.

Ils savaient tous deux qu'il allait vérifier ce que faisait Patrick.

— Allons, insista-t-elle. Assieds-toi un moment.

Charlie se laissa tomber à côté d'elle et chatouilla la joue du bébé.

Ils étaient épuisés au début. Mais jusqu'à présent, ils s'amusaient plus qu'ils ne l'avaient fait avec les autres. Ils se sentaient à l'aise, ils savaient s'en occuper ; ils avaient déjà vécu cela trois fois. Ils n'auraient pas à le refaire, alors pourquoi s'inquiéter ?

Brian fut le premier bébé qu'elle ramena dans une vraie maison à sa sortie de l'hôpital. Cela faisait une grande différence de ne pas avoir à monter trois étages avant d'arriver devant sa porte.

À Dorchester, quand il neigeait, Charlie devait déblayer une place de stationnement dans la rue et y laisser une poubelle ou une chaise longue quand ils prenaient la voiture. Aux jours les plus froids, les gens étaient capables de lacérer vos pneus si vous leur voliez la place. Maintenant, ils avaient un garage, une allée et un jardin à eux, sans aucun vis-à-vis indiscret. Elle pouvait s'asseoir dehors en chemise de nuit et boire une tasse de thé avec le bébé sur l'épaule.

À Hull, la famille de Charlie ne pouvait plus débarquer à n'importe quelle heure, en allant à l'église ou en rentrant chez eux dans la soirée. Ils avaient moins d'invités, car peu de cousins acceptaient de loger si loin de la ville. Nora pouvait lire un roman après le dîner. Elle s'était approprié une petite pièce au deuxième étage. Elle avait songé au début à y installer le bébé. La maison disposait de quatre autres chambres. Mais dès qu'ils emménagèrent à Hull, Patrick voulut dormir au grenier. Sachant tout ce qu'il avait vécu et à quel point il ne voulait pas habiter ici, elle jugea préférable de le laisser faire à sa guise.

Ce qui devait être la chambre de Patrick devint donc la chambre du bébé et la petite pièce – qui n'était pas assez grande pour un enfant de toute façon – devint son boudoir. Chaque fois que Nora y entrait et fermait la porte, elle ressentait de l'excitation. Charlie avait compris qu'il ne fallait pas la déranger là-bas. Il regardait la télévision en bas une fois les enfants couchés.

Ils voyaient encore souvent la famille ; ils se rendaient à Boston presque chaque semaine pour un mariage, un anniversaire ou une première communion. Nora avait reçu trente-cinq Rafferty chez elle pour le réveillon de Noël. Quand elle descendit en robe de chambre le lendemain matin, la moitié d'entre eux étaient encore là. Une pile de cadeaux aussi haute qu'elle s'entassait sur la table de la cuisine ; plus de bouteilles de Baileys et de boîtes de chocolats qu'ils ne pourraient jamais en consommer. Elle eut soixante-dix personnes à déjeuner après le décès de l'oncle de Charlie au printemps. La famille s'émerveilla de l'espace dans ses placards, du grand jardin et de la taille des armoires de chambre.

Quand Nora et Charlie leur avaient annoncé qu'ils déménageaient, certains s'en étaient offusqués, se méfiant des membres de la famille qui se croyaient mieux que les autres.

— Comment peux-tu te payer une maison entière avec ce que tu gagnes ? demanda le frère de Charlie, comme si ça le regardait.

— Qui voudrait vivre aussi loin ? dit Babs.

John et Bridget n'avaient pas voulu quitter leurs cousins et leurs amis, mais ils s'étaient adaptés facilement à Hull. Patrick, moins. Il ne s'était pas fait d'amis à l'école. Nora acceptait son humeur sombre comme un désagrément qu'ils auraient à supporter pour le moment.

Elle-même était heureuse ici. Cela aurait pu être la période la plus heureuse de sa vie, s'il n'y avait pas eu les conflits incessants avec Patrick. Mais l'expérience lui avait appris que le bonheur sans nuages existe rarement. Il y avait toujours quelque chose pour venir vous tourmenter.

Elle n'avait pas parlé à sa sœur depuis plus d'un an. Nora savait que c'était à elle d'arranger les choses. Theresa n'avait aucun moyen de la contacter. Nora ne l'avait pas informée du déménagement. Par moments, elle se sentait prête, mais alors le souvenir de la lettre l'emplissait de colère. Laissons passer encore une semaine, se disait-elle. Encore un mois.

À midi, Nora leva les yeux de son livre de poche et vit John accourir vers eux.

Deux jeunes filles en bikini étalèrent leurs serviettes à quelques pas et badigeonnèrent leur corps svelte d'huile solaire. Nora portait le maillot de bain jaune avec un volant à la taille qu'elle mettait depuis des années. Il s'était distendu, mais son ventre aussi, avec Brian ; de ce fait, il lui allait encore.

John s'arrêta à leur hauteur, à bout de souffle, alors qu'elle arrivait au meilleur passage de son livre. Nora fit mine de ne pas le voir.

— Est-ce qu'on va voir le feu d'artifice à Boston ce soir ? demanda-t-il pour la centième fois.

— Si tu es sage, répondit-elle sans lever les yeux.

John était excité par le Bicentenaire depuis que le président Ford s'était rendu à Boston au printemps, pour allumer une lanterne dans la Old North Church. Il y avait une semaine, John avait insisté pour qu'ils accrochent des banderoles rouges, blanches et bleues sur le porche.

— Comment ils font les feux d'artifice, maman ? demandait-il maintenant.

Nora soupira.

— Ils les tirent du pont d'un navire afin que personne ne soit blessé. Tu ne dois jamais t'approcher d'un feu d'artifice à moins d'être un artificier. Les enfants se font arracher des doigts.

— Mais comment ils font pour que ça explose dans le ciel ?

— Ils utilisent de la poudre à canon.

En vérité, Nora n'en avait aucune idée. Elle pensait que la poudre à canon jouait un rôle, mais elle ne se rappelait pas lequel.

— Quelqu'un tire au fusil, dit John, les yeux écarquillés.

— Oui.

Il hocha la tête, puis il courut rejoindre Bridget dans l'eau.

Charlie la regarda.

— Ah, on fait comme ça, alors ?

Elle le tapa avec son livre.

— Tu aurais pu m'aider.

En fin d'après-midi, les gens commencèrent à rentrer chez eux et la plage se vida.

Les plus grands devaient prendre une douche avant de dîner et d'aller en ville. Le bébé avait besoin de faire une sieste.

Bridget et John approchèrent de la couverture.

— On s'ennuie, dit John.

— Comment pouvez-vous vous ennuyer avec tout ce qu'il y a autour ? dit Charlie. Mon Dieu.

— On s'ennuie, répéta John.

— Il est l'heure de rentrer à la maison, de toute façon, dit Nora.

— Non ! crièrent les enfants.

— Viens jouer dans l'eau avec nous, maman, dit Bridget.

— Elle est trop froide pour moi.

— Elle n'est pas froide une fois que tu es dedans. S'il te plaît ?

— Bridget, Dieu t'a donné des frères pour que je n'aie jamais à aller dans l'océan si je n'en ai pas envie.

— Papa ? fit Bridget. Tu viens avec nous ?

— Ah, je joue les seconds couteaux. C'est tentant, dit Charlie.

Il déboutonnait déjà sa chemise, dénudant le torse le plus blanc des États-Unis.

— Je fais juste trempette, dit-il. J'ai mes nippes en dessous.

— Nippes ! s'exclama John, gêné. Papa !

— Comment suis-je censé appeler ça ?

— Short ? Maillot de bain ?

Son mari fit semblant de réfléchir.

— Je préfère dire nippes, merci.

— Et ces sandales, intervint Bridget. Tu ne peux pas les porter avec des chaussettes. Aucun autre père ne fait ça.

— Vous avez des avis très arrêtés, aujourd'hui, dit Charlie en se mettant debout, après avoir enlevé ses chaussettes noires.

Ils coururent tous les trois vers les vagues. Les bruits du parc d'attractions lui arrivaient, portés par le vent – la musique des manèges, les cris de joie sur les montagnes russes.

Elle regarda Charlie éclabousser les enfants, qui criaient et riaient tous les deux.

Nippes.

Les enfants de Nora tenaient pour acquis ce qui était autrefois inconcevable pour elle. Ils étaient élevés comme des Américains, mais pas par des Américains.

Elle avait accepté l'Amérique pour pays. Ce que Charlie n'avait jamais fait. Depuis son arrivée à Boston, il disait qu'il retournerait un jour en Irlande. Il brodait des histoires sur le bon vieux temps. À l'entendre, ils n'avaient jamais eu une vie difficile.

Charlie refusait de s'intéresser au base-ball, malgré la passion de John et Bridget pour ce sport. Aux matchs de Little League, des pères encourageaient leurs fils des gradins par des cris frénétiques, le visage rouge. Charlie, lui, dormait. Nora cuisinait des gratins de spaghettis, des nouilles au thon, et du chop suey américain dont elle découpait les recettes dans *Good Housekeeping*. Son mari n'y touchait pas. Il allait au bal irlandais, le Céilí, deux fois par mois, danser sur de vieux airs irlandais avec des femmes d'un autre âge. Il rentrait à la maison en fredonnant *The Stack of Barley* ou *The Siege of Ennis*. Il insista pour que Bridget apprenne la gigue irlandaise quand elle était petite, même si elle alla en cours à peine un an.

Leurs nouvelles voisines, Eileen Delaney, Betty Joyce et Dot McGuire, dont les familles étaient en Amérique depuis deux ou trois générations, se disaient irlandaises plus que quiconque à sa connaissance. Elles collectionnaient les services en porcelaine Belleek décorés de trèfles peints et portaient des bagues de Claddagh. Elles passaient des disques des Clancy Brothers dans les fêtes. En tant qu'Irlandais pur souche, Nora et Charlie passaient pour des célébrités à leurs yeux. Charlie s'en réjouissait, mais cela mettait Nora mal à l'aise.

Quand elle était partie d'Irlande, elle ne pensait pas que ce serait pour toujours. Le souvenir de tout ce qu'elle avait perdu était trop douloureux. Son père et sa grand-mère étaient morts sans qu'elle les revoie. Ils n'avaient connu d'elle que la jeune fille timide. Nora leur avait menti pour protéger Theresa et, supposait-elle, se protéger elle-même. Sans le vouloir, elle avait érigé un mur entre la famille qu'elle avait construite et celle d'où elle venait.

Son frère vivait toujours à la ferme. Il ne s'était jamais marié. Martin avait dix-neuf quand elle était partie. Il en avait presque quarante maintenant. Cela lui semblait surréaliste. Il lui avait envoyé une photo et Nora avait pleuré de le voir chauve. Elle lui envoya en retour une photo de toute la famille le matin de Pâques. Son frère répondit qu'il était impatient de les voir. Nora fixa ses mots, doutant que cela arrive un jour.

Elle avait parfois la nostalgie de Miltown Malbay. L'odeur du vent, la vue des falaises de Spanish Point lui manquaient. Ils avaient tellement d'espace en Irlande. Elle pouvait passer plusieurs jours sans voir personne en dehors de sa famille. Maintenant, partout où son regard portait, elle voyait des troupeaux de gens.

Quelques cousins, qui avaient gagné en Amérique suffisamment d'argent, étaient rentrés pour de bon au pays. D'autres y étaient retournés en visite. Après avoir hérité, Kitty y faisait des séjours fréquents. Babs prétendait que Kitty rentrait au pays uniquement pour montrer qu'elle avait réussi. Elle portait un manteau en vison quand son frère était venu la chercher à l'aéroport de Shannon et refusa de l'enlever durant tout son séjour.

Oona Donnelly écrivit à Nora pour lui raconter.

J'ai vu une femme sur son trente et un dans le parc hier soir. J'ai dit aux enfants, regardez-moi ça. Puis je me suis rendu compte qu'il s'agissait de Kitty Rafferty, ta belle-sœur. On dirait une actrice de cinéma !

Charlie disait qu'il aimerait y aller, et Nora répondait que le voyage coûtait trop cher. Ils ne pouvaient pas laisser les enfants. Elle pouvait trouver une centaine de raisons pour justifier que ce n'était pas le bon moment, que l'Irlande n'était pas un pays où l'on allait en visite.

Ils quittèrent la plage à quatre heures. Les enfants avaient les joues roses, mouchetées de taches de rousseur. Elle avait pris l'habitude de laisser une bassine d'eau sous le porche derrière la maison, où ils rinçaient leurs pieds couverts de sable chacun son tour. Nora ouvrit la porte de derrière qui donnait sur la cuisine. Patrick était là, il buvait une bière à table.

— Qu'est-ce que tu fais ? dit-elle.

— Je trinque au 4 Juillet, répondit-il.

Il pencha la chaise en arrière, en équilibre sur deux pieds. Nora n'avait jamais vu un enfant comme lui. Un garçon sans aucune peur.

— Tu as dix-sept ans.

Il lui paraissait incroyable qu'elle soit arrivée dans ce pays à peine plus âgée qu'il l'était aujourd'hui. Theresa avait exactement son âge. Patrick désirait tellement être un homme, mais il n'était qu'un enfant sur bien des plans.

— Laisse-le boire une bière, dit Charlie. (Puis il leva un doigt vers Patrick :) Tu m'as entendu ? Une.

Charlie monta à l'étage se doucher. Brian tendit les mains vers Patrick, qui le prit des bras de Nora.

Il adorait le bébé, ce qui lui faisait dire qu'il avait un bon fond.

— Nous allons faire un barbecue dans le jardin ce soir, dit Nora. Puis nous irons à Boston voir le feu d'artifice. Viendras-tu avec nous ?

Patrick secoua la tête.

— M'man, j'ai des projets.

— Des garçons du lycée ?

Elle retint son souffle en attendant sa réponse.

— Nan, je vais à Castle Island. On va se balader avec Fergie et d'autres potes, et regarder le feu d'artifice de là-bas. J'irai en ville en voiture avec vous. Puis je prendrai la ligne d'Ashmont pour Fields Corner.

— Je veux que tu rentres à la maison tout de suite après.

— On a prévu d'aller au Lucky Strike.

— Au bowling ?

— Ouais.

Il pouvait mentir ainsi, en la regardant en face. Mais que pouvait-elle dire ? Si elle le lui interdisait, Patrick irait quand même.

— Je ne veux pas entendre parler de problèmes, dit Nora. Je veux que tu sois prudent.

Brian s'était endormi sur l'épaule de Patrick. Elle lui prit le bébé des bras et monta le coucher dans son berceau.

Elle avait besoin d'un miracle pour ce garçon. Elle repensa à la médaille ridicule de sa sœur.

Je crois en ses pouvoirs, avait écrit Theresa dans sa lettre.

Nora n'y croyait pas vraiment, cependant elle n'avait jamais pu la jeter.

Elle monta dans sa chambre, ouvrit sa boîte à bijoux. Elle trouva la médaille où elle l'avait laissée un an plus tôt, cachée dans un petit sac en satin, bourré de coton. Elle prit une vieille chaîne et l'enfila par le fermoir à son extrémité.

Nora retourna dans la cuisine, où Patrick était seul.

— Je ne te demande pas souvent quelque chose, n'est-ce pas ?

Il sourit, mal à l'aise.

— Non.

— J'ai besoin que tu fasses une chose pour moi. Si tu trouves ça absurde, peu importe. Tu vas être un bon garçon et faire plaisir à ta mère.

— Très bien, dit-il, juste avant qu'elle passe la chaîne autour de son cou.

— Tu dois maintenant me promettre que tu la porteras toujours.

Il rigola.

— Patrick, promets-moi, dit-elle de sa voix sévère, qui ne l'avait jamais impressionné.

Mais là, il leva la tête. Il la regarda dans les yeux.

— Promis, dit-il.

18

Mère Cecilia posa un soliflore en bout de table. Il en sortait la grosse tête dodelinante d'une pivoine blanche. Elle ajusta la tige à droite, puis à gauche, puis verticalement. Lorsqu'elle retira sa main, la fleur retomba dans sa position initiale.

Elle contemplait le résultat, tête inclinée, quand elle entendit la porte de la maison d'hôtes s'ouvrir et le bruit de plusieurs paires de pieds dans le hall d'entrée.

Tous les étés, les sœurs de Saint-Joseph venaient en retraite le temps d'un week-end. C'était toujours elle qui veillait à ce que leurs chambres soient rangées, les lits faits, les fenêtres ouvertes en grand pour laisser entrer l'odeur fraîche de l'herbe. Elle avait posé sur la table à leur intention un plateau de muffins tout juste sortis du four, et mis un pichet de thé glacé au réfrigérateur. Elle s'assurait que la cuisine était approvisionnée avec les meilleurs produits de l'abbaye : lait cru, fromage, confiture et plusieurs miches de pain frais.

Elle était prieure depuis plus d'un an, deuxième dans la hiérarchie après l'abbesse. Elle savait qu'elle devait désormais confier cette tâche à l'une des postulantes, mais elle l'appréciait trop. Leurs consœurs dans les ordres actifs s'usaient au contact du monde. Leurs communautés rétrécissaient, elles devaient s'occuper des religieuses âgées. Tout cela pesait sur leurs pensées. Elles venaient ici pour se ressourcer, respirer le bon air de la campagne, réfléchir aux événements de l'année passée. Elle considérait qu'il était de son devoir de les ragaillardir.

Elle les accueillit par des étreintes et des embrassades. Elles n'étaient plus en habit religieux. Elles portaient désormais une jupe unie et une veste, ou une salopette avec un chemisier en soie élégant. Il faisait vingt-six degrés dehors. Mère Cecilia, qui transpirait dans sa robe, se jura d'essayer de ne pas les envier.

Sœur Evangeline, la plus directe de toutes, lui tendit un petit drapeau américain.

— Pour la prieure, dit-elle.

Mère Cecilia le prit, d'un air qui devait refléter sa confusion.

Sœur Evangeline pouffa.

— C'est la fête nationale, le 4 Juillet !

— Vraiment ?

Les cloches de midi sonnèrent.

— Je vous laisse, dit mère Cecilia. Installez-vous. Je suis tellement contente de vous revoir.

— À bientôt, dit sœur Evangeline.

Mère Cecilia alla rejoindre les autres dans la chapelle, tenant toujours le drapeau à la main. Elle n'avait pas le temps de le ranger quelque part. Elle le cacha dans sa manche et prit sa place.

Elles chantèrent glorieusement pour leurs consœurs. Elle leva la tête et sourit aux religieuses en visite, alignées au premier rang des bancs de l'autre côté de la grille.

Les sœurs de l'abbaye déjeunèrent dans l'enceinte du cloître. Elles avaient préparé un délicieux repas pour les sœurs de Saint-Joseph, servi au réfectoire. Il fut suivi comme à l'accoutumée de deux heures de silence. Plus tard dans l'après-midi, mère Placide invita les sœurs à prendre le thé dans son salon privé avec mère Cecilia et elle. Juste avant leur arrivée, elles disposèrent sur la table des biscuits, du lait, du sucre en morceaux.

L'abbesse précédente, en poste pendant quarante-deux ans, avait plongé cette pièce dans la pénombre, la décorant de lourds rideaux et de meubles en velours, d'imposants canapés et fauteuils qui avalaient la personne assise dedans. Mère Placide y avait fait entrer la lumière en décrochant les rideaux. Désormais, le soleil éclairait les canapés écrus et les deux bergères à oreilles bleu pâle. Elle avait trouvé des coussins décoratifs, un tapis au motif floral. La première fois que mère Cecilia vit le salon, elle repensa à l'ancien appartement de mère Placide dans le Queens. Même là-bas, dans cet immeuble glacial et sans âme, elle avait réussi à créer un climat chaleureux.

— N'oublie pas, dit mère Cecilia. Nous devons faire attention à ce que nous leur disons. Notre position l'exige maintenant.

— Nous, hein ? répéta mère Placide.

— Ça va. Vous, mère abbesse.

Les sœurs de Saint-Joseph leur parlaient plus franchement que la plupart des gens. Mère Placide avait tendance à se laisser entraîner, et à dire des choses qu'elle regrettait par la suite.

Son amie sourit lorsqu'elles frappèrent à la porte.

— Entrez, entrez, dirent-elles.

Elles parlèrent de l'année écoulée. Des affaires du monde et des événements familiaux. De l'opération de collecte de fonds qu'elles avaient lancée pour leur retraite. Infirmières héroïques, elles s'occupaient des pauvres à Philadelphie. Au printemps, elles avaient perdu le bâtiment où leur ordre vivait depuis un siècle. Désormais, les religieuses vivaient dans des appartements disséminés dans toute la ville.

— C'est différent, dit sœur Émilie en avalant une gorgée de thé.

— C'est affreux, déclara sœur Evangeline. Ce n'est pas du tout ce pour quoi nous sommes entrées dans les ordres. Nous avons perdu notre communauté. À l'hôpital, il faut se battre chaque jour. L'évêché rend notre travail impossible.

Les autres baissèrent la tête, et observèrent une minute de silence.

— Et si on ouvrait une bouteille de vin ? proposa mère Placide, et elles applaudirent toutes.

Mère Cecilia secoua la tête.

Il y a deux hivers de cela, alors que mère Placide venait d'être élue abbesse, un blizzard priva d'électricité la moitié de l'État. Un foyer pour sans-abri de Manchester demanda si l'abbaye pouvait héberger trois ou quatre enfants pour une semaine. L'évêque Dolan, s'exprimant au nom du pape, refusa sous prétexte que ce n'était pas le rôle de l'abbaye. Il leur demanda de répondre au foyer qu'ils prieraient pour les enfants. « L'évêque a déclaré que nous ne pouvons pas vous en prendre trois ou quatre, avait dit mère Placide au téléphone, sous le regard de mère Cecilia. Il a été très clair, nous ne pouvons pas faire ça. Soit ! Aussi nous allons en prendre dix ou douze. »

— Racontez-nous, disait maintenant mère Placide aux sœurs.

Sœur Evangeline regarda les autres.

— Vas-y, l'encouragea sœur Rebecca. Nous savons toutes que tu as des choses à dire.

— Nous avons des ennuis. Surtout certaines d'entre nous, dont moi. On nous reproche de dire à certaines patientes qu'elles devraient utiliser un moyen de contraception, que ce n'est pas un péché, et que si nous ne pouvons leur en fournir, du moins nous pouvons leur indiquer où s'en procurer.

— Oh, encore cette histoire, soupira mère Placide. Elle s'était levée et sortait des verres du vaisselier, qu'elle distribuait aux sœurs.

Mère Cecilia se crispa.

— Il est impossible de discuter en face-à-face avec une femme qui ne peut plus nourrir ses enfants, et de lui dire que Dieu insiste pour qu'elle en ait plus, dit sœur Evangeline. Les évêques ne se retrouvent jamais dans cette situation.

— Mais nous devons faire ce que dicte l'Église, déclara sœur Émilie.

— Notre contribution à l'Église est de nous occuper des marginaux, des gens qui souffrent. On ne peut pas se permettre de voir les choses de manière binaire, dit sœur Evangeline. Nous sommes en 1976. L'avortement n'est pas le pire des maux. La guerre et la faim posent également le problème du droit à la vie.

— Nous savons ce que c'est, compatit mère Placide. Nous comprenons.

Elle remplit le verre de sœur Evangeline.

— Et pour cela, ils nous traitent d'extrémistes. D'hérétiques.

— Quelle absurdité ! s'exclama mère Placide. Mais il suffit de regarder dans nos livres d'histoire pour se rassurer ! Les religieuses ont déjà triomphé d'une autorité défaillante par le passé. C'est une erreur assez commune de croire que sa propre époque est plus progressiste, plus évoluée. Que la nature humaine s'améliore constamment. En vérité, l'histoire avance par cycles – du bon vers le mauvais, pour remonter vers le bon.

Mère Cecilia lui adressa un regard suppliant. L'évêque avait déclaré qu'elles ne pouvaient pas soutenir publiquement ces religieuses dans leurs actions, même si elles les soutenaient effectivement. Elles pouvaient les écouter, et encore, cela représentait un danger. Mais mère Placide n'était pas autorisée à prendre part à la conversation.

Même au sein de leur communauté, et sans doute plus qu'ailleurs, elles ne devaient pas perdre de vue qui elles servaient. Elles ne pouvaient parler librement qu'entre elles.

Il y a quatorze ans, le pape Jean XXIII avait demandé au clergé « d'ouvrir la fenêtre de l'Église », mais sans fournir d'autres orientations. Les membres étaient censés revisiter les intentions de leur fondateur, réviser leur constitution, moderniser. Les religieuses à l'extérieur reprirent leur prénom de naissance, cessèrent de porter l'habit. À l'intérieur du cloître, elles étaient censées être plus obéissantes, plus conservatrices que jamais.

— Je vous envie, dit sœur Evangeline. Vous n'avez pas à vous préoccuper de tout cela. L'aspect politique des choses.

— Il y a des gens qui pensent que nous ne faisons pas grand-chose ici, sinon prier toute la journée, répondit mère Placide, sur la défensive. Nous n'avons pas d'hôpital ni d'école, mais nos portes sont ouvertes et nous accueillons le monde ici.

— Je sais, dit sœur Evangeline. Je ne voulais pas…

— Depuis quelques années, vous avez tous ces jeunes gens qui viennent ici, ajouta une autre sœur. Cela surgit sûrement dans les conversations que vous avez avec eux. Peut-être qu'en étant si traditionnel, à l'abri des regards, c'est le seul endroit où quelque chose de vraiment radical peut se produire.

Mère Cecilia sourit, ne trahissant rien.

— En tout cas, ça marche, déclara sœur Émilie. Vous avez attiré tant de jeunes recrues. C'est une véritable réussite, et cela grâce à vous deux. Vous devez être les plus jeunes prieure et abbesse du pays.

Elles avaient respectivement trente-six et quarante-deux ans. Parfois, mère Cecilia pensait qu'une personne de trente-six ans ne devrait pas occuper une fonction d'une telle importance. Elle faillit le dire, mais alors sœur Evangeline déclara :

— Vous méritiez d'être élues. Vous avez sauvé cet endroit.

Au début des années soixante-dix, elles avaient manqué perdre l'abbaye. Après le décès de plusieurs moniales âgées, leur nombre diminua. Leurs réserves de trésorerie étaient au plus bas. Le toit fuyait. L'une des granges était sur le point de s'effondrer. Elles n'avaient pas les fonds nécessaires pour la réparer. Elles laissaient le chauffage et les lumières éteints dans l'église, même pendant l'office. En hiver, elles portaient des manteaux sur leur habit religieux. Elles faisaient de la buée en chantant. Leurs repas, jadis généreux, devinrent simples, frugaux. Elles devaient vendre tous les produits de leur laiterie. Elles se nourrissaient de bouillon clairet, de légumes et de pain. Elles perdirent toutes du poids. Sans les jardins potagers, elles seraient mortes de faim.

Mais alors, elles reçurent la visite de l'Esprit.

Elles avaient quatre cents acres. De temps à autre, des gens de l'extérieur s'appropriaient l'usage d'un bout de terre dans des coins éloignés de la propriété. En général, les religieuses les laissaient faire. Mais quand des groupes de jeunes gens commencèrent à installer un campement, planter des tentes et vivre là pendant plusieurs semaines, elles débattirent de l'idée de les chasser ou non.

Du dortoir, la nuit, elles entendaient des airs de guitare et des rires monter des champs. Dans la fraîcheur des soirs d'automne, les religieuses pouvaient sentir l'odeur du feu de camp en se rendant à la chapelle pour les vêpres. Les jeunes gens devaient penser qu'elles se cachaient. Quand une sœur les apercevait – les filles en jupe courte ou en robe flottante, les garçons bruyants, aux cheveux longs –, ils se figeaient un instant, comme les biches, puis s'enfuyaient en courant. Finalement, mère Placide alla les voir et leur dit qu'ils pouvaient rester à condition de travailler et de leur parler. Voilà comment tout avait commencé.

Ils étaient étudiants pour la plupart, ou jeunes diplômés. Intrigués par Daniel Berrigan et l'idée de prêtres brûlant des fichiers militaires. Écœurés par les assassinats de Martin Luther King et de Bobby Kennedy et, plus tard, par la fusillade de Kent State. Ils étaient las. L'abbaye leur offrait un refuge.

Les religieuses n'avaient pas vu de jeunes depuis des années. Leurs esprits redonnaient vie à l'endroit. Bientôt, ils arrivèrent par dizaines, hommes et femmes. Ils avaient soif de paix et de collectivité ; ils voulaient donner plus à la terre qu'ils ne lui prenaient. Ils voulaient apprendre à vivre en communauté, et qui de mieux placées qu'elles pour le leur enseigner ?

Les garçons peignirent les bâtiments, réparèrent le toit. C'était un spectacle étrange : des hommes jeunes et beaux en jean et tee-shirt dans un lieu où il n'y avait habituellement aucun homme. Certaines sœurs priaient pour avoir la force de résister à la tentation. Les jeunes filles travaillaient aux côtés des religieuses, à la laiterie et dans les jardins potagers. Mère Placide avait un don avec elles. La plupart n'étaient pas beaucoup plus âgées que les enfants à qui elle faisait la classe dans le Queens. Elles ne s'intéressaient pas particulièrement à Dieu au début. Aucune n'était venue avec l'intention de rester. Mais plusieurs d'entre elles le firent. Elles formèrent la nouvelle génération de l'abbaye, son repeuplement.

Comme lors de tout changement majeur, il y eut d'âpres débats. Les sœurs âgées craignaient qu'accepter de telles filles soit une folie, un acte désespéré. Mais mère Placide voyait que le monde changeait. Elles devaient suivre cette évolution ou elles disparaîtraient.

« Il y a autant de chemins vers Dieu qu'il y a d'âmes sur terre », déclara-t-elle lors d'une réunion avec la hiérarchie de l'abbaye. Cela sembla les toucher. « C'était très beau, la façon dont tu l'as dit », lui confia plus tard mère Cecilia. « Oui, mais ne sois pas trop impressionnée. Ce n'est pas de moi, c'est de Rumi. »

Mère Placide les convainquit, et plus encore.

Les jeunes défilèrent au parloir. Quand mère Cecilia les recevait en privé, elle était étonnée de leur ouverture d'esprit. Elles avaient besoin d'être écoutées. Les jeunes femmes de dix-huit, dix-neuf, vingt ans lui rappelaient elle-même lors de sa première visite à l'abbaye. Elle se souvint de ses propres réactions. La première fois qu'on parlait avec une moniale, on ne voyait que son habit religieux. Mais quand une relation se nouait, dès la deuxième ou la troisième conversation, vous ne le remarquiez plus. Vous pouviez parler pendant une heure, dire au revoir, et plus tard vous demander si elle avait seulement eu la tête couverte, tout en sachant qu'elle devait sans doute porter son voile.

Elles étaient surprises que les sœurs ne fassent pas de prosélytisme ou essaient de leur faire voir la lumière. Elles se contentaient d'écouter. Certaines ne venaient qu'une ou deux fois. Mais celles qui revenaient régulièrement comprirent toutes seules que les conversations parlaient de Dieu, bien qu'Il ne soit jamais mentionné. Dieu à travers le prisme de leur propre vie.

Leur expérience initiale avec l'Église, si elles en avaient eu, était sans doute très différente. Elle se souvenait très bien de sa peur lorsqu'elle arrivait en retard à Saint-Joseph à Miltown Malbay, où le père Donohue épinglait devant l'assemblée des fidèles toute personne qui entrait dans l'église une minute après l'heure.

Une poignée de parents en colère exigèrent de savoir ce que les moniales enseignaient exactement à leurs filles. Mais que représentait la foi pour eux ? Une robe blanche de communiante, un gâteau orné d'un crucifix en crème Chantilly. Simplement la religion dans laquelle on naissait. Mais ils y voyaient autre chose désormais. Les filles qui voulaient rester imploraient de rejoindre immédiatement les ordres, mais les sœurs leur disaient qu'il était trop tôt. Qu'il était préférable qu'elles vivent d'abord une expérience qui développe leur humanité, fasse d'elles des personnes à part entière, mais aussi qu'elles acquièrent des savoirs utiles pour la communauté. Elles repartaient, passaient des diplômes, travaillaient dans des organismes militants ou enseignaient les arts. Elles parcouraient le monde. Elles restaient en contact avec l'abbaye. Mère Cecilia savait qu'elles reviendraient au moment opportun. Et si certaines ne revenaient pas, leur décision aussi serait la bonne.

Sa toute première confidente, mère Lucie Joseph, mourut dans son sommeil au printemps 1967. C'était un jour d'avril où elles se préparaient à bénir les jardins pour la fête de saint Marc. Elles l'enterrèrent avec les autres sœurs, derrière la chapelle, sous les magnolias en fleur.

Mère Cecilia jurait qu'elle sentait son esprit chaque fois qu'elle mettait un pied dans le potager de l'abbaye, ou lorsqu'elle fleurissait sa tombe au printemps. Et surtout quand elle se trouvait en présence d'une âme égarée à qui elle tentait d'apporter du réconfort.

Autant de chemins vers Dieu que d'êtres humains sur terre.

Il y avait une jeune fille, prénommée Angela, aux longs cheveux lisses lui descendant jusqu'à la taille.

— J'adore être ici, déclara-t-elle au parloir, lors de leur troisième entretien. Il est si agréable de pouvoir passer du temps avec mes amies dans la maison d'hôtes, d'échapper au stress du quotidien. Nos copains sont là aussi, dans la maison des hommes. On peut se balader ensemble, travailler ensemble sans ressentir la pression de devoir décider tout de suite si on a envie de coucher avec quelqu'un, question qui devient de plus en plus névralgique. Je suis désolée. Je ne veux pas vous choquer. Ma mère dit que je suis une provocatrice, mais c'est faux, je vous jure. Je dis ce que je pense, c'est tout.

Il arrivait à mère Cecilia de rire, de sortir de son rôle, d'avoir envie de leur dire qu'elle avait été jeune elle aussi. Elle n'était pas vieille au point de ne pouvoir s'en souvenir.

— Je pense comprendre ce que tu veux dire, confia-t-elle.

Quand les jeunes filles posaient des questions sur la sexualité, elle était censée leur conseiller de s'abstenir. Mais elle aurait eu l'impression de mentir. Elle ne donnait pas d'avis, à moins qu'elles lui demandent tout de go si c'était mal. Dans ce cas, elle répondait que ça l'était et qu'elles ne devaient pas s'opposer au projet de Dieu. Chaque fois qu'elle le disait, elle avait une boule dans la gorge; le souvenir d'une chambre d'hôpital à Boston, des conséquences de son acte qui lui avait paru innocent à l'époque.

— Mes parents m'ont demandé ce que je fais ici, continua Angela. Je leur ai répondu : «Je parle à mère Cecilia. Elle m'apprend comment être heureuse.» Depuis le temps, vous devez avoir entendu les histoires de centaines de hippies débraillés. Vous connaissez tous les secrets. Qui a eu le coeur brisé, qui est tombé amoureux ou qui a abandonné l'école. Vous pourriez écrire un livre.

Elle avait commencé à voir des motifs récurrents d'angoisse chez les jeunes filles. Cela concernait bien souvent le sexe. Elles le regrettaient. Non l'acte en lui-même, mais ce qui venait après.

Bien que les jeunes soient responsables de son changement de mentalité, de l'ébranlement de ses préjugés, ce fut une femme, plus âgée qu'elle, qui modifia réellement sa façon de voir les choses. Jusqu'à maintenant, quand elles posaient des questions sur la contraception, mère Cecilia suivait la ligne du parti.

Mais un jour qu'elle se trouvait dehors dans l'allée et déchargeait les courses du coffre du véhicule de mère Annabelle, une femme passa lentement en voiture devant elle, en la dévisageant.

Elle fit demi-tour à l'entrée de la boutique de souvenirs. Mère Cecilia supposa qu'elle avait pris la mauvaise route.

Mais la femme la regardait toujours. Mère Cecilia lui fit un signe de la main.

Elle s'arrêta à sa hauteur, descendit la vitre.

— Je suis perdue, dit-elle.

— Je peux vous indiquer la direction pour rejoindre la route.

— Non. Je ne suis pas catholique. Du moins, je ne le suis plus. Je l'étais, jadis.

— Eh bien, peu importe. Nous donnons des directions dans bien des domaines !

Elle essayait de plaisanter, mais la femme ne parut pas comprendre.

— Quand j'ai vu l'abbaye, j'ai pris cela pour un signe. Je crois que je me demande si je pourrais parler à quelqu'un.

— Je suis très heureuse de vous parler.

— Les religieuses entendent-elles en confession ?

— Nous avons des parloirs. Nous ne pouvons vous absoudre de rien, mais nous pouvons vous écouter.

Quelques minutes plus tard, elles étaient assises dans l'une des petites pièces, chacune d'un côté du grillage.

— Doit-on dire une prière d'abord ? demanda la femme. Dois-je m'agenouiller ?

Elle rit.

— Grand Dieu, non ! Parlez, c'est tout.

Elle s'appelait Gloria. Adolescente, elle avait été envoyée dans un foyer pour mères célibataires. Après l'accouchement, quand vint le moment de se séparer de l'enfant, elle supplia qu'on l'autorise à le garder. Ses parents lui dirent que reprendre sa vie, oublier, était la seule option raisonnable. Mais elle ne put jamais oublier. Sa vie se délita. Elle épousa un homme violent, dont elle divorça. Elle sombra dans la dépression et ne trouva pas de travail pendant des années. Aujourd'hui, le bébé devait avoir dix-huit ans. Gloria pensait encore à elle. Ne pas savoir ce qui était arrivé à l'enfant la torturait. Elle n'avait aucune idée d'où elle vivait. Elle avait l'impression de voir sa fille partout, dans la rue, à la banque.

— Que Dieu me pardonne de dire cela, mais j'aimerais simplement trouver un moyen de ne plus retomber enceinte, dit-elle.

Un souvenir cueillit mère Cecilia. Kitty Rafferty. La sœur de Charlie. Dont elle partageait la chambre à Boston il y a des années. Kitty l'avait encouragée à suivre ce chemin. Elle comprenait ce qu'il en coûtait de perdre un enfant qu'on met au monde, qu'on tient dans ses bras.

— Savez-vous combien nous sommes dans ce cas ? reprit Gloria. Des milliers et des milliers. Forcées d'abandonner nos bébés. Comment peuvent-ils espérer qu'on continue à vivre comme si de rien n'était ?

— Je ne sais pas, dit mère Cecilia. Sincèrement, je ne sais pas.

— Et les enfants ? Une génération entière qui grandit sans jamais savoir qui était leur mère.

Elle aurait aimé pouvoir raconter son histoire à Gloria, traverser la grille et lui tendre la main. Dieu les avait réunies pour une bonne raison.

Elle s'était toujours sentie coupable, comme si elle était la seule à qui ce soit arrivé. Comme si elle l'avait provoqué. Mais à cet instant-là, elle revit ses camarades de chambre et toutes les autres filles à Sainte-Marie, alignées dans le hall d'entrée pour la visite du médecin.

Pour la première fois, elle ressentit de la colère. Pour les choix qu'on lui avait refusés, les choses qu'on lui avait imposées. Et à Nora aussi. Elles faisaient partie d'un système plus vaste dont elles ignoraient tout à l'époque. Sa sœur s'était sacrifiée pour toutes ces femmes. Elle espérait que Patrick apprendrait, un jour, à quel point Nora avait été altruiste.

Dès lors, quand les jeunes filles lui posaient la question, elle leur répondait de se protéger. Protéger leur cœur, en premier lieu. Mais aussi leur corps. Elle savait que c'était une prise de position radicale, pour laquelle l'abbaye pouvait être excommuniée. C'était très grave. Mais elle se rappelait qu'elles servaient une puissance supérieure à l'homme. Toutes leurs actions étaient dictées par l'amour : l'amour de Dieu, l'amour de cet endroit et l'amour de son prochain. Elles feraient ce qui était bon, mais en silence.

Une bénédictine prononçait trois vœux. Stabilité, obéissance et *conversatio morum*, conversion de vie. Ces trois vœux les obligeaient envers l'abbaye et leur communauté. Mais la *conversatio morum* demandait aussi aux religieuses de désirer le changement.

Elle croyait toujours que ce qui était arrivé à Patrick était un miracle. Elle savait que vivre avec Nora était ce qui était le mieux pour lui, même si elle était devenue nerveuse quand Nora lui avait confié ses difficultés.

Elle ne pouvait pas l'imaginer dans la maison d'un inconnu. Elle savait que la Vierge Marie était apparue dans cette chambre, lui avait donné la force et l'avait guidée jusqu'ici. Dieu vous trouvait là où vous étiez. Il vous montrait Son visage quand vous aviez le plus besoin de Lui. Elle priait pour que, le moment venu, Il trouve son Patrick.

C'était riche de ce savoir acquis et de son expérience qu'elle avait accueilli sa sœur il y a un an. Une rencontre que mère Cecilia avait appelée de ses prières. Elle appréciait les lettres, mais rien ne remplaçait la présence de l'autre.

Elle avait écrit à Nora quand elle avait été élue prieure, lui avait raconté la belle cérémonie tenue en son honneur. Mais Nora n'en avait fait aucune mention dans sa réponse. Elle voulait dire à Nora que le franc-parler de mère Placide l'embarrassait autant que Nora avait dû l'être quand elles étaient jeunes, et qu'elle disait tout ce qui lui passait par la tête. Elle voulait lui dire tellement de choses. Mais d'après ses lettres, Nora semblait anxieuse, surmenée, accablée. Mère Cecilia lui dit de venir faire une retraite, proposition que Nora balaya d'un revers de la main, comme s'il s'agissait d'une idée absurde et frivole. *Je ne peux pas laisser les enfants pour ça.*

Il y avait des choses qu'elle avait besoin de dire, face à face. Depuis que Nora avait commencé à lui parler des problèmes de Patrick, elle pensait qu'être honnête envers lui l'aiderait. Elle avait appris avec le temps que la vérité était supportable. C'était le secret qui était intolérable. Elle voulait libérer sa sœur de ce fardeau, et Patrick aussi. Il était presque un homme désormais. Le moment était venu.

Elle le pensait encore. Mais elle n'aurait pas dû parler ainsi. Elle avait senti en voyant Nora que sa sœur ne serait pas réceptive à l'idée.

Elle regrettait ses paroles sur le mariage de Nora. Un jour, il y a des années, elle avait dit à mère Placide : « Imagine, passer toute ta vie avec un homme juste parce qu'une fois, alors que tu étais toute jeune, il t'a embrassée en te ramenant du bal. »

Mais ses propres mots, tels qu'elle s'était entendue les prononcer, ne convenaient pas. Il lui était apparu que ce n'était pas la raison qui avait poussé Nora à épouser Charlie. Elle l'avait épousé pour elle, pour Patrick. C'était ce qu'elle voulait dire à Nora, qu'elle comprenait. Mais ses mots s'étaient déformés. Ils avaient jailli comme une accusation.

Ce que Nora lui avait dit restait ancré en elle.

Je lis en toi, Theresa.

Je ne sais pas comment tu peux dormir la nuit.

C'est ici que tu as choisi de te cacher ?

Elle était inconsolable, après le départ de Nora. Elle alla trouver mère Placide, lui raconta leur entrevue. Elle regrettait sa précipitation, ce manque d'écoute qui ne lui ressemblait pas. Du moins plus maintenant.

Au fond, elle aurait souhaité accueillir Patrick aux conditions de Nora. Elle aurait voulu dire à Nora que les sœurs priaient pour lui chaque matin à l'office, au cours de la prière des fidèles. Tous les jours à l'aube, elle glissait son nom dans la corbeille des intentions de prières. Quand le prêtre annonçait « pour Patrick Rafferty », l'assemblée entière répondait en chœur : « Seigneur, écoute notre prière. » Certains jours, mère

Cecilia aurait juré que leurs voix étaient assez fortes pour qu'il les entende.

Elle regrettait douloureusement la lettre adressée à Patrick, envoyée à la hâte, par désespoir, après le départ de Nora. Elle avait pensé sur le moment que la médaille pouvait être un moyen pour elle de l'aider. Elle voulait qu'il sache que Dieu s'en était servi pour les guider tous les deux là où ils étaient aujourd'hui. Elle pensait savoir ce qui était mieux pour lui.

Elle avait écrit sans relâche à sa sœur pour essayer de se faire pardonner, mais ses lettres étaient toutes revenues. Elle obtint la permission de passer un appel téléphonique, mais le numéro à Dorchester n'était plus attribué. Elle espérait que Patrick portait la médaille. Elle espérait qu'il allait mieux maintenant. Que cela n'avait été qu'un moment d'égarement, une erreur de jeunesse. Elle priait pour que Nora revienne vers elle et le lui dise. Chaque matin, avant toute chose, elle priait pour cela.

Mère Cecilia était au lit, depuis longtemps endormie, quand un bruit fracassant la réveilla en sursaut. Elle regarda dans le couloir silencieux, puis par la fenêtre.

Elle crut distinguer des silhouettes dans le jardin.

Elle enfila son peignoir et descendit.

Les sœurs de Saint-Joseph se tenaient sur la pelouse humide de rosée, pieds nus et en chemise de nuit, et regardaient en l'air.

Sœur Evangeline tendit un doigt vers le ciel.

— Feux d'artifice, dit-elle. Ils sortent le grand jeu pour le Bicentenaire.

— D'où les tirent-ils ?
— Probablement d'une ferme des environs.
— Des jeunes qui s'ennuient, dit l'une d'elles.
Cela la fit penser à Patrick. Et penser à lui la faisait penser à sa sœur.

Elle avait une vie bienheureuse, joyeuse. Elle était comblée, mais ils lui manquaient.

Parfois, elle ressentait le manque de ce bébé qui n'existait plus, devenu un homme maintenant, avec un désir si ardent qu'elle en était surprise. Parfois, elle se livrait à des suppositions. Si Patrick était né aujourd'hui, dans une époque plus compréhensive, elle l'aurait peut-être gardé. Si elle avait été un peu plus âgée, si elle avait eu un métier, elle se serait sans doute battue davantage. Elle savait qu'il était inutile de cultiver ces pensées. C'était arrivé quand ça devait arriver. L'époque dans laquelle naissait une femme déterminait ce qu'elle serait autorisée à devenir.

Mère Cecilia contempla le ciel noir constellé d'étoiles. Deux soleils jumeaux explosèrent en gerbes d'or, qui s'élancèrent du centre pour tomber au ralenti en une magnifique pluie étincelante.

Certaines moniales avaient été attirées vers les fenêtres et regardaient à travers les rideaux de tulle. Elle leur fit signe de la main. Après tant d'années, elles étaient les personnes qu'elle connaissait le mieux. Celles avec qui elle partageait le plus de souvenirs – un après-midi enneigé où elles avaient abandonné leurs tâches et dévalé en luge l'immense colline au bout de la propriété, en habit. Le mois de février où une grippe les avait toutes terrassées, mais où elles continuaient de chanter sept fois par jour. Le spectacle des postulantes, alignées dans la prairie, faisant leurs sauts en étoile du matin, sous les yeux des chiens qui aboyaient. Ou quand, par temps glacial, dix d'entre elles se regroupaient dans la grange pour remplir de foin les mangeoires en hauteur, accomplissant les tâches les plus pénibles dans un silence paisible.

Elles étaient celles avec qui elle riait et pleurait, celles dont les maux l'inquiétaient, celles dont les excentricités l'agaçaient ou la réjouissaient tout autant. Elles étaient ses sœurs désormais. Sa famille.

SEPTIÈME PARTIE

2009

19

Bridget resta à l'extérieur du funérarium, dans le froid, pour tenir compagnie à sa tante Kitty qui fumait une cigarette. Il y avait de l'audace dans ce geste, comme si Kitty faisait un doigt d'honneur à la mort. Plus personne ne fumait. Pourtant, elle était là, à fumer dehors, parce qu'elle avait quatre-vingt-deux ans, avait pétuné toute sa vie et était trop vieille maintenant pour changer.

Depuis quelques années, Kitty vivait dans une maison de retraite. Une résidence agréable, où chaque pensionnaire avait un petit appartement individuel. Ils faisaient du yoga et assistaient à des démonstrations de cuisine italienne le vendredi soir. Elle semblait toujours faire de nouvelles conquêtes. Sa vue baissait, elle ne pouvait plus conduire. Mais elle gardait sa vieille Cadillac garée sur le parking. *En cas d'urgence*, disait-elle.

Bridget et Natalie étaient passées la chercher. Natalie se trouvait à l'intérieur avec les autres. Le seul à manquer à l'appel était Brian.

Comme il semblait avoir un coup dans l'aile à la maison, Bridget avait insisté pour qu'il monte avec quelqu'un au lieu de conduire sa voiture.

— Je peux conduire, avait dit Brian.

— Il va bien, avait assuré Nora.

Elle se demandait pourquoi sa mère préférait risquer qu'un autre de ses fils percute un mur de béton plutôt que de passer un sale quart d'heure. Mais Bridget avait laissé tomber. Le fait est qu'ils s'étaient tous retrouvés un jour en voiture avec un conducteur aviné, sans même y penser. Quand elle avait six ou sept ans, lors d'une fête de famille, sa mère l'avait envoyée avec John et leurs cousins au magasin d'alcool, accompagner leur oncle Matthew. Il faisait des embardées sur le trottoir. Il grillait les feux rouges. « Il était rose », disait-il. Ce qu'ils avaient ri ! Une grande aventure.

Le cuir chevelu de Kitty apparaissait sous le plumet de ses cheveux blancs cotonneux.

— Tu devrais mettre un chapeau, dit Bridget.

Kitty la rabroua d'un geste.

— Il gâcherait tout mon style.

Sous son manteau de fourrure, elle portait un tailleur en velours noir piqueté de strass sur le devant. Une paire de chaussures plates en cuir verni noir.

Elle était autrefois une grande et belle femme, mais le poids des années l'avait voûtée. Bridget redressa le dos, en l'étudiant.

De près, les rides profondes de Kitty ressemblaient à une sanction. Son visage était fripé comme une coque de noix. Bridget l'avait vue à Noël, mais elle aurait juré qu'en l'espace de quelques semaines,

Kitty avait rapetissé. Pendant des années, au milieu de sa vie, on changeait à peine. Mais la vieillesse était comme l'enfance ; quand on restait un mois sans voir quelqu'un, on pouvait retrouver une personne très différente.

Malgré cela, Kitty restait une belle femme. Ses pommettes hautes, ses yeux pétillants l'attestaient. Elle mettait du rouge à lèvres rouge tous les jours.

Enfant, Bridget l'adorait. Kitty était l'opposé de sa mère. Insouciante, vivant seule grâce à l'argent de son défunt mari, sans enfant pour lui créer des soucis. Infirmière, Kitty avait pris une retraite anticipée. Elle faisait des voyages coûteux et portait de beaux vêtements. Sa maison était meublée d'une manière si féminine que chaque fois que Bridget y allait, elle avait l'impression d'entrer dans une maison en pain d'épice. Elle avait des rideaux à volants. Du papier peint rose et des fleurs en soie dans des vases transparents. Des coussins, une table basse en miroir, un lustre en cristal. Dans le minuscule jardin derrière la maison gargouillait une authentique fontaine où l'eau coulait en permanence.

En respirant le parfum de sa tante, Bridget revit Kitty jeune femme, assise dans la cuisine de sa mère en robe noire, un whisky soda à la main, ses cheveux auburn tombant sur ses épaules. Tout le monde riait de l'histoire qu'elle racontait.

Elle avait songé en venant ici que Kitty, ayant grandi aux côtés de sa mère en Irlande, le savait déjà. Lui dire ne serait rien trahir.

— Tante Kitty, je peux te demander quelque chose, juste entre nous ?

— Bien sûr.

— Ma mère m'a dit qu'elle avait une sœur.

Kitty eut un mouvement de recul, surprise.

— Elle te l'a dit ?

— Oui. J'imagine que tu le savais ?

— Je connaissais Theresa. Je partageais une chambre avec elle et ta mère dans cette maison sur Edison Green, peu après leur arrivée en ville.

Bridget la regarda. Tout cela était si bizarre et suspect. Il était sans doute puéril de réagir ainsi, mais elle eut un pincement au cœur en apprenant que Kitty ne lui avait rien dit. Pourquoi le taire, alors que depuis toujours, Kitty avait été la seule à combler les lacunes dans l'histoire familiale ? C'était celle qui avait dit à Bridget que l'oncle Lawrence était autrefois un alcoolique invétéré, qu'il n'avait arrêté de boire qu'après s'être endormi au volant d'un bus. Les enfants l'avaient toujours connu abstinent. Ils ne le voyaient boire que des sodas, auxquels il était visiblement accro. Il pouvait faire passer un sandwich en avalant une bouteille de deux litres de Coca comme si c'était un verre d'eau.

Une chose horrible avait dû se passer. Cette femme avait dû blesser sa mère au point de rendre tout pardon impossible.

— Comment était-elle ? demanda Bridget.

— Une vraie beauté, dit Kitty. Une fille magnifique. On aurait dit une star de cinéma.

Ses tantes irlandaises qualifiaient toute femme passablement jolie de star de cinéma, les qualificatifs généreux se chevauchant, les syllabes se démultipliant. *Sta-re.*

— Quoi d'autre ?

Elle se sentait bien plus libre d'interroger Kitty que Nora. Pour un certain type de fille, ayant un certain type de mère, une tante serait toujours la confidente privilégiée. Une tante pouvait vous voir comme vous étiez. Une mère ne voyait en vous que le reflet de ses souhaits ou fantasmes.

— Ça a fait un gros scandale quand Theresa s'est enfuie, dit Kitty.

— Enfuie ?

— Nous avons tous été surpris en apprenant qu'elle était devenue religieuse, crois-moi. Ta mère aussi, j'imagine, car nous n'en avons jamais discuté. Ta tante Theresa n'avait rien d'une fille pieuse. Clairement.

Ta tante Theresa. Une autre tante. Bridget n'y avait pas songé en ces termes. Qui sait comment elles se seraient entendues si on leur en avait laissé la chance ? Pas très bien, sans doute. Elle ne s'imaginait pas aussi proche d'une nonne qu'elle l'était de Kitty. Mais quand même.

— Ma mère prétend qu'on l'a rencontrée une fois, quand on était petits.

Kitty fronça les sourcils.

— Non. Je ne crois pas.

— Moi non plus. Cette histoire me laisse perplexe. Pourquoi n'avons-nous jamais entendu parler de cette sœur avant aujourd'hui ?

— Je n'ai jamais pensé que Nora avait raison de garder le secret. Mais bien entendu, je n'ai rien dit.

— Pourquoi ?

— Oh, Bridget. Tu ne peux décider que de ce qui se passe sous ton propre toit. Et encore, pas toujours.

Mais si tu veux mon avis, Patrick avait le droit de savoir.

— Pourquoi Patrick ?

Elle vit l'expression de Kitty changer.

— Vous tous, évidemment. Que t'a dit ta mère exactement ?

— Seulement qu'elle a une sœur, à qui elle a téléphoné et qui vient à la veillée.

— Non. Qu'a imaginé Nora ? Il est impossible qu'elle vienne. Ils ne les laissent pas sortir du genre d'endroit où elle vit.

Il y eut un long silence durant lequel elle attendit que Kitty en dise plus. Habituellement, Kitty était ravie qu'on évoque un secret. Elle s'empressait alors de dévoiler tous les mystères qui l'entouraient. À ses yeux, un secret était comme un diamant : longtemps enseveli, maintenu sous pression, puis déterré et transformé en quelque chose de bien plus précieux qu'il ne l'était à l'origine.

Mais pour une fois, Kitty ne donna pas plus de précisions.

— Je ne comprends pas, finit par dire Bridget. Pourquoi ont-elles cessé de se parler ?

Kitty secoua la tête, comme si elle ne s'en souvenait pas.

— C'était il y a si longtemps.

Bridget aperçut une blonde qui traversait le parking du funérarium et se dirigeait vers elles. Elle devait avoir dix-neuf ans. Elle leur fit un signe. Elle portait une minijupe noire avec un décolleté plongeant et des talons vertigineux.

Pas de manteau, malgré le froid.

Bridget était certaine de ne l'avoir jamais vue auparavant.

À ce moment-là, Brian entra sur le parking. Quand la blonde le vit, son visage se fendit d'un immense sourire. Un sourire à vous endolorir la mâchoire juste en le regardant.

Brian sortit de sa voiture et se dirigea vers les trois femmes, le dos voûté, les mains enfoncées dans les poches de sa veste.

— Bon, je vois que vous avez fait connaissance, déclara-t-il en arrivant à leur hauteur.

— En fait, non. Salut, je suis Bridget, sa sœur.

— Je te présente Ashley, dit Brian.

— Sa petite amie, précisa Ashley.

Kitty jeta sa cigarette et ils entrèrent à la file. Brian leur tenait la porte. Bridget fut la première à passer, ce qui lui permit de lever un sourcil interrogateur vers son frère.

Elle rejoignit Natalie.

— J'étais en train de parler avec Kitty de la bonne sœur, dit-elle.

Natalie opina.

Nora parlait à voix basse avec M. O'Dell au centre de l'immense chapelle ardente, bien que le bruit de leur conversation n'eût importuné personne. John et Julia étaient avec elle. Maeve arrangeait des photographies sur une table tout en pianotant sur son téléphone. Bridget se demanda ce qu'elle pensait de tout cela. Elle aurait tellement aimé que John et son frère aîné aient été plus proches afin que Maeve ait mieux connu Patrick, ses bons côtés si faciles à aimer.

Le cercueil ouvert était placé à l'endroit habituel, contre le mur du fond. On avait disposé des fleurs tout autour. De grands paniers de lys, de roses, de tulipes et d'orchidées, tous blancs. Un hortensia blanc en pot, destiné à rester sur la tombe. Sa mère avait besoin que tout soit parfait. Partout, mais surtout ici. Comme si elle pouvait changer la réalité même de la mort en contrôlant la situation dans ses moindres détails.

Bridget détestait cet endroit, le silence forcé qui étouffait la douleur. Les murs rose pâle comme la nacre d'un coquillage, couleur sans doute censée apaiser, mais qui avait l'effet contraire sur elle. Elle eut soudain envie de transpercer d'un coup de poing le psaume inspirant calligraphié sur un mur : *Remets ton sort à l'Éternel, et il te soutiendra. Il ne laissera jamais chanceler le juste.*

Elle se jura (et ce n'était pas la première fois) qu'elle n'imposerait jamais cela aux siens. Elle n'aurait pas de veillée mortuaire ; toute la famille accablée de chagrin, obligée de contempler le corps du défunt, ou non. Évidemment, elle ne serait peut-être pas en mesure d'en décider. Pat n'aurait jamais voulu cela. Elle expliquerait clairement à Natalie dès qu'elle serait rentrée chez elles que, si elle mourait, Nora ne pourrait rien organiser. Natalie devrait lui dire que le corps de Bridget s'était volatilisé.

Julia vint les rejoindre.

— Nora m'a dit un truc inouï dans la voiture en venant ici, chuchota-t-elle.

— Je sais. Elle me l'a dit aussi, souffla Bridget. Insensé.

Elles durent s'interrompre, le prêtre faisant son entrée.

— On en parlera plus tard, d'accord ? dit Julia.

— Oui. De long en large.

Ils convergèrent tous ensemble vers le cercueil, traversèrent la salle en suivant le prêtre comme s'il était le joueur de flûte. L'odeur douceâtre des lys donna un haut-le-cœur à Bridget. Elle avait depuis longtemps associé la senteur du lys à la mort. Elle les évitait à l'épicerie ou sur les tables de restaurant. Ils n'avaient rien à faire ailleurs qu'ici.

— Tout le monde est là ? demanda le prêtre.

Il se tenait dos au cercueil, tandis que le reste d'entre eux lui faisait face.

— Oui, dit Nora, puis elle hésita comme si elle les comptait. Toute la famille est là.

— Nous étions plus nombreux avant, dit Kitty.

Le passe-temps favori de tante Kitty consistait à raconter autour d'une tasse de thé comment chacun de ses frères était mort. Le lendemain, elle recommençait, si vous la laissiez faire. Elle semblait froissée d'avoir survécu à toute sa fratrie, un peu comme si Dieu l'avait snobée.

Bridget se demanda si sa mère s'attendait à l'arrivée de sa sœur, à cette heure-ci. Elle imagina ce qu'elles feraient en se voyant. Elles s'étreindraient, sans doute. Ou pleureraient. Expliqueraient à tout le monde pourquoi elles ne se parlaient plus depuis si longtemps.

Ses yeux se posèrent sur le visage de Patrick. Elle sentit un coup au cœur, et détourna le regard. Au-dessus de sa tête, posé contre le couvercle ouvert capitonné de soie, il y avait un portrait de lui. On y voyait un Pat bronzé et souriant, assis sur le porche en short et tee-shirt, les cheveux soulevés par la brise. Bridget se concentra sur cette photo.

Elle ne le regarda pas jusqu'à ce que le moment vienne de s'approcher chacun son tour du corps. Les membres de la famille formèrent un rang. Du coin de l'œil, elle vit Natalie regagner le fond de la salle pour les laisser entre eux.

Bridget s'agenouilla devant lui et se signa pour faire plaisir à sa mère. Les larmes suivirent automatiquement.

Patrick tenait un chapelet en cristal dans une main. Elle sut alors avec certitude qu'il était mort. Bridget avait envie de s'emparer de l'objet et de le fourrer dans sa poche. Il n'avait rien à voir avec lui.

Depuis quelque temps, Patrick portait une moustache. Nora s'en lamentait chaque fois qu'elle le voyait. Désormais, plus de moustache. Bridget présuma que Nora avait demandé qu'on la rase pour la veillée. Elle se demanda qui était chargé de préparer le mort de manière si intime. M. O'Dell, l'homme à la face de lune, serait-il la dernière personne au monde à avoir vu les genoux balafrés de Patrick, ses orteils blancs monstrueusement longs ?

Le *Je vous salue Marie* était une mémoire musculaire qui lui revenait dans de tels moments, même si elle n'avait pas prié depuis des années. Elle avait essayé une fois d'assister à un office de l'église unitarienne universaliste, mais elle n'avait pas réussi à situer Dieu dans ce monde d'arcs-en-ciel et de bienveillance. Elle trouvait tout cela suspect. En période de détresse, elle revenait au Dieu de son enfance, vengeur et cependant digne de confiance.

Elle récita toutes les prières qu'elle connaissait, juste pour rester plus longtemps avec Patrick. Les moments passés avec les morts s'apparentaient à une plongée sous l'eau. Les bruits alentour s'estompaient, et il n'y avait plus que vous et la personne gisant là.

Quand elle se releva enfin, Bridget se sentit désorientée. Elle se tourna vers les siens. Sa famille. Ce qui restait de sa famille.

Quand vint le tour de Nora de faire ses adieux, elle s'agenouilla devant Patrick et, bien qu'elle n'émette aucun son, Bridget vit son dos se soulever et s'affaisser, secoué par la houle silencieuse des sanglots. Elle s'éternisa devant le cercueil. Finalement, John s'approcha d'elle et lui frotta le dos, comme pour la faire sortir de sa transe.

— C'est bientôt l'heure, dit-il. Les gens vont commencer à arriver dans une minute.

Brian fut le dernier.

La petite amie lui emboîta le pas. Elle s'agenouilla à côté de Brian, mit un bras nu autour de lui, lui caressa le dos, comme s'ils allaient s'envoyer en l'air sur le prie-Dieu en velours. John lança à Bridget un regard déconcerté.

C'était du pur Brian de mettre au premier plan une fille qu'ils ne reverraient probablement jamais. Bridget chercha le regard de Natalie. Debout sur le côté, elle se tenait à une distance respectueuse. La femme qui serait la mère de son enfant. Bridget ne pouvait s'en prendre qu'à elle-même. Elle ressemblait plus à sa mère qu'elle voulait l'admettre. Nora était fermée, incapable de montrer ses émotions, et cela avait déteint sur Bridget, lui avait coûté très cher.

Quelques minutes plus tard, lorsque le prêtre demanda aux membres de la famille proche se mettre en ligne, Natalie murmura :

— Je vais tenir compagnie à tante Kitty.

— Non, dit Bridget. Reste avec moi.

Natalie acquiesça et Bridget lui prit la main pour se mettre en rang. Elles se placèrent à côté de John, Julia et Maeve. Nora et Brian se trouvaient de l'autre côté. Bridget ne tourna pas la tête pour voir l'expression de sa mère.

À eux sept, ils formaient un L avec le cercueil, aussi droits que des soldats ou les Rockettes. On avait disposé une rangée de tabourets hauts derrière eux, mais aucun ne s'assit. Les yeux et le nez du pauvre Brian étaient rougis par les larmes qu'il refusait de libérer. On aurait dit qu'elles allaient à tout moment jaillir de ses pores.

Ils reçurent les condoléances d'une longue file de parents et d'amis, d'étrangers et d'inconnus au visage plus ou moins familier. Des centaines de personnes étaient venues. Les cousins de Bridget, Matty, Sean et Conor furent les premiers, avec la femme de Conor, Marie, et leurs enfants. Ils ressemblaient aux familles photographiées dans les catalogues. Ses trois sœurs, Peggy, Patricia et Jane, toutes infirmières, suivirent – deux d'entre elles portaient une blouse blanche sous leur manteau d'hiver, s'étant échappées pendant leur heure de pause. Les parents de Bridget avaient pensé un temps qu'elle deviendrait elle aussi infirmière.

Il y avait les jumeaux, cousins au troisième degré de Bridget, une fille et un garçon de dix ans plus jeunes qu'elle. Elle se souvenait encore de leur fête de baptême, bien qu'elle ait oublié leurs prénoms. Ils avaient chacun deux enfants aujourd'hui.

Tous les gens qu'ils connaissaient de Dorchester étaient là, ainsi que les voisins de Hull. Des gars qui n'avaient pas revu Patrick depuis l'école secondaire étaient venus, ainsi que tous les habitués de son bar. Quand un fils ne se mariait pas, la famille n'avait aucune occasion de voir réunis en un même lieu tous les gens qui avaient compté aux différentes époques de sa vie. Cela avait quelque chose de beau. Elle aurait aimé que Patrick soit là pour le voir. Oh, ce défilé de femmes à sa veillée ! Elle se demanda s'il aurait pu un jour se mettre en ménage avec l'une d'entre elles.

Tante Kitty s'était assise près du foyer. De temps à autre, elle faisait à Bridget un signe plein de regrets.

Nora ne quittait pas la porte des yeux.

Une heure s'écoula. La salle bruissait de messes basses. Des dizaines de personnes discutaient en petits groupes. Une cinquantaine d'autres faisaient la queue pour présenter leurs condoléances. Eileen Delaney, la reine des fouines du quartier, se tenait près de Betty Joyce, sa voisine directe. Quand elles arrivèrent devant le cercueil, elles s'agenouillèrent ensemble, hanches et épaules à touche-touche.

Elles s'approchèrent ensuite de Bridget et Natalie, les premières de la haie formée par les Rafferty.

— Chérie, comment vas-tu ? demanda Eileen.

Sa voix dégoulinait de l'enthousiasme triste d'une accro aux drames. Eileen pouvait bavasser joyeusement pendant des heures de divorce, d'infarctus ou d'incendie. Elle vivait pour des journées comme celle-ci.

Betty étreignit Bridget ; l'odeur de son parfum lui donna envie d'éternuer. Quand elles s'embrassèrent, elle sentit la moustache piquante de Betty sur sa joue.

— Quelle foule il attire, dit Eileen. Le parking était plein quand je suis arrivée. Il y a encore une file de voitures qui attendent une place de stationnement.

Natalie fut légèrement surprise par la remarque, mais Bridget comprenait. Ils étaient venus si souvent dans cette chapelle ardente. Nul ne pouvait s'empêcher de comparer l'affluence à celle des veillées passées. Une mort prématurée attirait plus de monde – plus vous mouriez jeune, plus l'assemblée était nombreuse. Régulièrement, un adolescent en ville se tuait dans un accident ou se brisait la nuque en plongeant ivre mort dans la partie peu profonde d'une piscine. Il y avait alors une queue qui s'étendait sur des centaines de mètres. Généralement, lorsque le mort était jeune, on exposait un accessoire emblématique de son loisir favori : un maillot de base-ball étendu sur le cercueil ou une guitare électrique posée au milieu des gerbes de fleurs. Cela indiquait comment on se souviendrait du jeune : *Il était le capitaine de l'équipe*, diraient-ils pendant des années, même s'il avait passé son temps à chauffer le banc des remplaçants. *Il serait devenu le prochain Clapton*.

Patrick avait cinquante ans. Certainement plus un enfant, ni même un jeune homme, néanmoins trop jeune pour mourir. Quelques personnes présentes commençaient à peine à se sentir écrasées par un chagrin qui durerait des années. Mais beaucoup ne le connaissaient même pas. Ils étaient venus pour le spectacle, ou parce qu'ils avaient connu l'un des enfants Rafferty à l'école, ou encore parce qu'ils avaient un service à demander à John. Ils pensaient à l'endroit où ils iraient déjeuner après, ils se présentaient ou non comme un maillon important de l'histoire. Bridget aurait aimé pouvoir échanger sa place avec n'importe lequel d'entre eux.

— Patrick est tellement beau, soupira Betty.

— C'est vrai, dit Eileen. Il a l'air paisible. Même si Digger O'Dell a tendance à trop gonfler les cheveux, ajouta-t-elle à voix basse. Comme s'il pensait que le mort filait à un concert au Grand Ole Opry juste après. Bon, on se voit tout à l'heure chez ta mère.

Il n'y avait rien d'autre à dire, mais une petite vieille avait créé un ralentissement dans la queue. Elle tenait la main de John et lui racontait sans doute une histoire qu'il aurait oubliée dans une heure. Eileen sourit à Bridget, en la fixant pendant de longs instants inconfortables.

Quand Brian était né, Nora et Charlie étaient partis à l'hôpital au milieu de la nuit. Eileen avait remonté la rue en chemise de nuit et était venue dormir chez eux pour qu'ils ne restent pas seuls. Elle était là quand ils s'étaient réveillés, les avait informés de la nouvelle. Elle avait fait des pancakes, puis ils avaient accroché des ballons bleus au porche. C'était l'été où ils avaient emménagé à Hull, quand Patrick allait tellement mal. Lorsque Bridget avait vu Eileen dans la cuisine ce matin-là, elle avait cru qu'une chose horrible était arrivée à Patrick.

— Oh, s'exclama Eileen en lui tapotant le bras. Voilà mon Tommy !

Tommy Delaney se dirigeait vers elles d'un pas traînant, en lançant des sourires contrits à tous ceux qu'il doublait dans la file. Il arriva à la hauteur de sa mère et l'embrassa sur les joues. Il avait grossi. Son estomac bedonnait au-dessus de son pantalon, l'empêchant de boutonner sa veste.

— Salut, maman, dit-il. Madame Joyce. Bridget, bonjour. Mon Dieu, toutes mes condoléances.

— Merci, Tommy. Merci d'être venu.

Une fois qu'ils furent partis tous les trois, Natalie chuchota :

— Mon rival, je suppose ?

— Ouais. Je vois bien que tu trembles de peur.

Le meilleur ami de Patrick, Fergie, venait d'arriver, l'œil vitreux et ivre. Il prit place dans la queue. Bridget le surveilla. Quand il arriva près d'elle, ils bavardèrent un moment. Elle ne voulait pas qu'il avance avec les autres. Elle s'inquiétait de ce que Nora penserait en le voyant dans cet état. Sa mère n'avait jamais aimé Fergie. Il était plus facile de tenir autrui responsable de la mauvaise conduite de son enfant. Mais au bout d'un moment, Bridget ne trouva plus rien à lui dire. Elle le regarda présenter ses condoléances à chaque membre de la famille, jusqu'à Nora, en bout de ligne.

Quand Fergie dit quelque chose qui fit éclater de rire Brian, l'irruption soudaine de ce rire surprit Bridget. Les gens tournèrent la tête vers eux.

Elle regarda Julia de l'autre côté de Natalie. Elles se fixèrent, perplexes.

— Eh bien, c'était inattendu, murmura Julia. C'est quoi cette tenue que porte le rencard de Brian ? ajouta-t-elle.

Bridget songea que le mot *rencard* était déplacé, étant donné le contexte.

Natalie se pencha en avant.

— Elle a une audition pour devenir Laker Girl juste après.

Tout au long de l'après-midi, ils se relayèrent auprès de Nora pour vérifier qu'elle tenait le coup. Tous lui offraient un mouchoir, une chaise capitonnée, un verre d'eau – qu'elle refusait en bloc. « Je vais bien, ne cessait-elle d'affirmer. Inutile de faire des histoires. »

Au fur et à mesure que les heures passaient, les membres de la famille rompaient les rangs et se joignaient à la foule. Bridget et Natalie firent le tour des cousins, puis elles s'arrêtèrent discuter quelque temps avec Maeve et Julia.

— Mon père a donné un coup de poing dans une lampe hier soir, dit Maeve.

— C'est vrai ? demanda Bridget.

— Ouais. Vrai de vrai.

— Et à qui as-tu envoyé des textos toute la journée ? demanda Natalie.

Maeve prit son air innocent.

— Personne.

— À un garçon de sa classe, intervint Julia. Jacob Owens.

— Maman ! s'insurgea Maeve.

Elle était réellement indignée, et Bridget ne put s'empêcher de sourire. Elle pensa que sa belle-sœur était une mère extraordinaire. Julia connaissait bien Maeve, et elle connaissait tous ses amis. Contrairement à Nora, qui offrait toujours un cadeau standard à Bridget pour son anniversaire : une poupée ou une dînette, le genre de choses qu'on offrait à un enfant qu'on n'avait jamais rencontré, juste parce qu'elle était une fille. Quand Bridget était petite, elle ne s'amusait jamais avec sa mère. Nora était stricte, sévère, distante. Elle ne s'intéressait pas à la vie intime de Bridget.

Julia savait quels étaient les marques de vêtements, les émissions télévisées et les groupes musicaux que Maeve aimait. Elle savait quels membres des groupes étaient considérés comme les plus mignons et influençaient les opinions de sa fille. Elle savait que Maeve détestait les betteraves, aussi elle n'en faisait jamais, alors que Nora lui en aurait servi en guise de punition.

Il semblait injuste que Maeve déteste l'instinct maternel de Julia, comme si cela était écrit dans le code des ados de treize ans, et qu'aucun comportement maternel ne pouvait changer ce fait.

Julia observait Nora, qui s'entretenait avec le prêtre.

— Tu la trouves comment ? dit-elle.

— Je ne sais pas, dit Bridget. Elle ne montre jamais rien. Sa sœur fantôme n'est pas venue, finalement.

— Tu crois qu'elle aurait pu inventer toute cette histoire ? demanda Julia. Je ne l'accuse de rien, mais peut-être que son chagrin lui a fait perdre la tête. Pardon de suggérer une chose aussi terrible.

— Non, je pensais comme toi. Mais tante Kitty se souvient d'elle.

— J'ai toujours voulu une sœur, dit Maeve. Comment Nana pourrait-elle en avoir une et ne pas lui parler ? Je suis sûre qu'il a dû se passer un truc horrible entre elles.

Julia sourit, secoua la tête.

— Je suis d'accord, déclara-t-elle.

Une demi-heure avant la fin de la veillée, Bridget s'éclipsa aux toilettes. Elle fit pipi dans l'un des deux cabinets minuscules, puis se lava les mains dans un lavabo rose, encastré dans un comptoir rose. Il était moucheté de paillettes dorées. Les murs étaient carrelés des mêmes dalles roses que le sol. Sur le meuble-lavabo, un grand panier contenait des bonbons à la menthe, des paquets de mouchoirs et du démaquillant pour les yeux. Un kit de survie du deuil. Des haut-parleurs en hauteur diffusaient un air enjoué de musique classique.

Elle observa son reflet dans la glace, toucha les ridules sous ses yeux. Elle avait l'air épuisée.

La porte s'ouvrit en grinçant. Elle se crispa à l'idée d'être obligée de faire la causette à quelque vieille connaissance du passé. Mais quand elle se retourna, elle vit que c'était sa mère qui venait d'entrer dans la pièce.

Nora était dans un état second. Elle tenait dans la main tout un tas d'images pieuses que les gens lui avaient offertes, des témoignages de sympathie, des intentions de prières pour Patrick. Elle les tendit devant elle, et Bridget put lire.

Dans notre vie comme dans notre mort, nous appartenons au Seigneur.

C'est en mourant que l'on ressuscite à l'éternelle vie.

— Je n'en veux pas, dit Nora. Je ne veux pas les voir.

Bridget prit la pile de cartes et les fourra dans la poubelle.

— Voilà.

— On ne peut pas faire ça. Et si quelqu'un les voit ?

Bridget chiffonna en boule plusieurs serviettes en papier et les jeta au-dessus.

Pendant une seconde, Nora sourit.

Bridget se demanda si sa mère allait mentionner la présence de Natalie à ses côtés lors du défilé des condoléances à la famille.

Mais au lieu de cela, Nora déclara :

— À la mort de ton père, tout le monde avait son avis sur la question. On nous a posé tellement de questions. Si les médecins avaient fait tout leur possible, si on n'aurait pas dû essayer un autre traitement… Tous me parlaient d'un cousin, d'un ami ou d'un parfait inconnu qui était mort de la même maladie. Cela m'embarrassait. Je ne crois pas qu'il faille parler de ces choses-là.

— Oui, fit Bridget, ne sachant pas où elle voulait en venir.

— Mais là, personne n'a fait de commentaires sur ce qui était arrivé à Patrick. Ils pensent sans doute que c'est ma faute. Je l'ai laissé faire n'importe quoi en toute impunité toutes ces années. À quoi d'autre pouvais-je m'attendre ?

— Quoi ? Non, maman, il avait cinquante ans.

Elle supposa qu'il en était ainsi. Une mère penserait jusqu'au bout que c'était sa faute. Bridget aurait-elle le même sentiment envers son enfant dans cinquante ans ? Elle essaya de ne pas songer à l'âge qu'elle aurait alors.

Nora ramassa près du lavabo une carte de prière détrempée, que quelqu'un avait laissée là.

— Oh non, regarde ça.

La carte était imprimée sur du papier fin, la photo de Patrick d'un côté et une prière de l'autre. Nora en avait fait tirer deux cents. Bridget elle-même en prenait toujours une à la veillée par politesse, mais elle ne savait pas quoi en faire par la suite. Il lui arrivait de retrouver une carte de prière au fond de son sac ou sous le siège de sa camionnette, rappel brutal d'une personne à qui elle n'avait pas pensé depuis une éternité.

Nora avait une place pour tout. Chez elle, chaque objet disposait de son propre contenant. Elle ne laissait jamais une bague posée sur une table ni même en vrac dans une boîte à bijoux ; elle l'enfilait sur le doigt en cristal d'un porte-bagues de Waterford ou la rangeait dans son écrin de velours d'origine, vieux de plusieurs décennies. Elle gardait son rouge à lèvres dans un étui à fermeture magnétique. Quand ils étaient enfants, une poupée ridicule était assise sur l'abattant des toilettes, vêtue d'une énorme jupe bouffante comme Scarlett O'Hara. Sous le jupon, il y avait un rouleau de papier.

Une boîte en carton bleu effiloché contenait les cartes de prière de Nora. Elle comportait jadis les mots *Un saint pour chaque situation* gravés en feuille d'or sur le couvercle, mais, au fil des ans, les bouts de feuille s'étaient détachés, ne laissant que l'ombre des lettres. À l'intérieur de la boîte, le dessous de la pile était constitué des cartes les plus récentes, celles qu'elle avait recueillies lors de veillées. Les autres lui avaient été léguées par une parente morte depuis longtemps, dont Bridget n'avait jamais entendu parler.

C'étaient des cartes anciennes, abîmées et fragiles. Sa mère les conservait dans un ordre précis et savait si l'une d'elles avait été déplacée.

Quand ils étaient jeunes, Nora ne laissait jamais les enfants toucher les cartes à moins d'être assise avec eux et qu'ils se soient savonné les mains sous l'eau chaude. C'était un artifice astucieux, si c'en était un. Il nimbait les cartes d'une aura magique. Ils l'imploraient de sortir le jeu. Il y avait une carte de prière pour presque toutes les situations possibles. La préférée de Bridget était la *Prière à Marie qui défait les nœuds*. À l'adolescence, elle comprit que cela n'avait rien à voir avec les lacets ou les nœuds dans les cheveux, et elle ne l'en aima que plus.

Nora prit la carte ramollie et détrempée et l'exposa sous le sèche-mains, agitant vigoureusement la photo de son fils, comme si elle voulait sauver Patrick de la noyade.

Quand la soufflerie du séchoir s'arrêta, Nora dit :

— Elle n'est pas venue.

— Je sais. Je suis désolée.

— Tu ne comprends pas.

— Si, je comprends, déclara Bridget, irritée.

Elle essayait de se montrer compatissante, de ne pas poser de questions, car elle savait que c'était ce que voulait sa mère.

— Tu es déçue. Tu voulais qu'elle soit là.

— Non, je ne le voulais pas.

— Mais tu l'as invitée.

— Je ne savais pas qu'elle pouvait sortir. Les moniales ne sont pas censées quitter le cloître, tu devrais le savoir, Bridget.

— Seigneur, tu es impossible. Tu ne voulais pas qu'elle soit là et elle n'est pas là. Tu devrais être satisfaite, non ?

Nora ne répondit pas.

— Donc, après que ta sœur est devenue religieuse, tu ne lui as plus parlé ?

— Nous nous sommes écrit. Pendant des années. Puis nous avons cessé de correspondre.

— Pourquoi ?

— C'est une histoire trop longue pour que je te la raconte ici. Les gens vont se demander où on est.

— Pourquoi l'as-tu appelée alors ? demanda Bridget.

Mais sa mère avait déjà ouvert la porte pour retourner dans la salle.

Bridget suivit Nora dans le couloir sombre. Lorsqu'elles entrèrent dans la chapelle ardente, elle était là, debout près du foyer : une sœur en habit religieux – un voile et une robe noire qui couvrait chaque centimètre de son corps, ne laissant apparaître que son visage.

C'était comme si elles l'avaient fait apparaître par magie, juste en parlant d'elle dans les toilettes. Au fond d'elle, Bridget n'avait pas cru qu'elle existait vraiment, jusqu'à cet instant.

La religieuse bavardait avec tante Kitty, le plus naturellement du monde.

Natalie, Julia et Maeve se tenaient à quelques mètres, essayant de ne pas les fixer bêtement.

— Oh, mon Dieu, murmura Nora d'une voix tremblante. Elle est là.

Elle s'agrippa à la main de Bridget, la serra fermement. C'était la première fois de sa vie que sa mère cherchait son soutien.

— Allons lui dire bonjour, dit Bridget en tenant Nora.

— Je ne peux pas.

— Maman, viens.

La sœur ne les vit pas arriver. Elles furent près d'elle quelques secondes après que Kitty eut fait signe à Bobby Quinlan d'approcher. Oncle Bobby, comme ils l'avaient toujours appelé, bien qu'il ne soit pas leur oncle, mais un cousin éloigné de leur père, le fils de la femme qui les avait tous hébergés à leur arrivée d'Irlande.

— Regarde qui est là, Bobby, dit Kitty. Theresa Flynn ! Peux-tu le croire ?

— Mon Dieu ! s'exclama-t-il. On ne t'a pas vue depuis des années.

Il se retourna et aperçut Nora.

— Nora ! glapit-il. Je ne savais pas que ta sœur venait.

La religieuse tourna la tête et les vit.

— Nora.

Elle sourit avec chaleur, avec amour. Bridget ne put s'empêcher de lui rendre son sourire. Elle avait les mêmes yeux et la même bouche que Nora, et qu'elle-même. Pourquoi était-il troublant qu'une proche parente vous ressemble ? Elle aurait dû s'en douter.

Nora ne sourit pas. Elle fixa la femme.

Sa mère était souvent atterrée par les manières de Bridget, qu'elle considérait comme des défauts. Mais à ce moment-là, Bridget ressentit le besoin d'excuser le comportement de sa mère. *Dis quelque chose*, pensa-t-elle fort, tentant de communiquer par télépathie avec sa mère.

— Je suis Bridget, finit-elle par dire en tendant la main. La fille de Nora. Votre nièce !

— Bridget. Mon Dieu, regarde-toi. La dernière fois que je t'ai vue, tu n'étais qu'un bébé.

Tout le monde attendait que Nora parle.

Comme elle ne disait rien, Bridget continua :

— Vous avez trouvé facilement ? Où est-ce que vous logez ?

— Au Ramada à Dorchester.

Un véritable trou à rat, donnant sur voie rapide. Bridget regarda sa mère, mais Nora resta silencieuse.

La sœur s'adressa directement à elle.

— J'ai réservé l'hôtel le plus proche de chez toi, dit-elle. Je ne me suis pas rendu compte que la veillée avait lieu si loin.

— Nous ne vivons plus là-bas, dit froidement Nora, comme si cela allait de soi.

Bridget n'avait jamais vu sa mère si impolie avec quelqu'un, en dehors des membres de la famille immédiate.

— Si vous voulez bien m'excuser, dit Nora, je dois saluer le père Callahan.

Alors qu'elle s'éloignait, Bridget vit sa mère serrer les poings. La religieuse la regarda partir, d'un air abattu.

Bridget essaya de les imaginer fillettes, ou jeunes femmes sur le bateau pour l'Amérique. Sa mère, dure, agressive et sûre d'elle. La sœur, une femme qui finirait par entrer au couvent, probablement timide et réservée, craignant Nora. Que s'était-il passé entre elles ?

Tout le monde se tut, gêné par la situation, puis on s'évertua à dissiper le malaise.

— Alors, dit Bobby Quinlan. Ton couvent est… où, déjà ? Rappelle-moi.

— Dans le Vermont.

— Tu es arrivée aujourd'hui ?

— Oui. J'ai pris le bus.

— C'est bien que tu sois venue, dit Bobby.

— Vous ne conduisez pas ? demanda Bridget, juste pour dire quelque chose.

— Non. À part le tracteur.

La moniale sourit. Pas timide, alors. Elle avait des yeux pétillants, presque juvéniles. Elle était une femme robuste. Tante Kitty paraissait fragile, comme si son poignet pouvait casser net si elle laissait son bras pendre à la fenêtre d'une voiture en mouvement. Le corps affaissé de Nora trahissait son âge, comme si, ayant accompli son œuvre, il allait s'affaler dans un fauteuil et ne plus en bouger. Mais la religieuse avait l'air solide. Son visage était buriné, hâlé comme celui d'une fermière.

— En fait, je sais conduire, dit-elle. Mais je ne suis jamais allée très loin. Juste de courtes distances.

— Tu ne te fais plus appeler Theresa, dit Bobby.

— Non, je suis mère Cecilia maintenant.

— Je peux te demander quelque chose ?

— Bien entendu.

— Pourquoi les religieuses changent-elles de nom ?

— Eh bien, en ce qui me concerne, mère Teresa était déjà pris.

Ils rirent tous. La sœur de sa mère était charmante, drôle. Tout le contraire de Nora.

— Où vis-tu maintenant, Bridget ? demanda-t-elle.

— New York.

— Dans quel quartier ?

— Brooklyn.

— J'ai enseigné un temps dans le Queens.

Bridget voulait savoir quand, et si Nora le savait. Elle venait à peine d'assimiler l'existence de la religieuse. Elle ne s'était pas encore demandé ce qu'elle faisait avant d'entrer au couvent. Quelle étrange journée.

— Je vais jeter un œil sur ma mère, dit-elle. C'est un plaisir de vous rencontrer.

— C'est si bon de te voir, Bridget. Après tout ce temps.

Elle laissa la femme discuter avec tante Kitty et Bobby Quinlan.

Depuis toujours, l'histoire avait été celle-ci : chez ton père, ils étaient six enfants. Ta mère n'avait qu'un frère. Une génération entière savait et n'avait rien dit.

Le secret n'avait peut-être rien à voir avec elle, mais il jetait un éclairage nouveau sur certains souvenirs. Elle songea à l'incapacité de son père à raconter une histoire sans broder. Elle repensa à leur voyage en Irlande, voyage que Nora ne voulait pas faire. Elle avait été mélancolique durant tout le séjour, même après avoir rendu visite à sa vieille amie Oona, dont elle parlait depuis que Bridget était petite. *Ma meilleure amie*, l'appelait Nora, bien qu'elles ne se soient pas vues depuis des décennies. Bridget attribuait l'humeur morose de sa mère durant ce voyage au fait que Charlie était malade. Mais il y avait sans doute autre chose.

Peter, le frère de Charlie, et ses deux fils exploitaient encore la ferme Rafferty à l'époque. Bridget avait entendu les histoires sur Peter que racontaient son père et ses oncles. Ils prétendaient qu'il était un ivrogne et un irresponsable quand il était jeune. Ils s'attendaient à ce qu'il mette la ferme en faillite. Au lieu de cela, elle avait prospéré entre ses mains.

Lors de leur visite, ils déjeunèrent tous ensemble, riant beaucoup, comme s'ils l'avaient fait des centaines de fois. À un moment, Peter fit remarquer que Charlie était le fils qui aurait dû rester à Miltown Malbay, le seul de la famille qui aimait vraiment la ferme. Mais son père accueillit le commentaire par une boutade, et Bridget supposa que Peter plaisantait. Malgré les nombreuses fois où Charlie avait dit qu'il voulait retourner vivre en Irlande pour de bon, elle n'arrivait pas à l'imaginer dans cette vie.

— Venez. Je vous emmène faire le grand tour, proposa Peter en début de soirée.

Le petit groupe se mit en marche dans les champs. Des collines vertes au loin, et au-delà le soleil qui se couchait dans l'océan. C'était un endroit à couper le souffle. Bridget ne comprenait pas comment ses parents avaient pu en rester éloignés si longtemps.

— Les garçons vont faire les semis sur ces trente-cinq acres bientôt, dit Peter.

— Trente-cinq acres ? s'étonna Charlie. Mais nous n'en avons que vingt-trois.

Bridget nota le *nous*.

— Plus maintenant. Nous nous sommes agrandis.

— Comment ?

— À une époque, la Commission foncière rurale donnait des terres abandonnées aux fermiers voisins, passé un certain temps. J'ai reçu vingt acres, et les Cullinans, de l'autre côté, en ont obtenu quinze.

Bridget vit que ses parents comprenaient une chose qui lui échappait.

— Les terres de ma famille, dit Nora.

— Elles allaient être perdues, Nora.

— Et la maison ?

— Elle n'a pas bougé. Elle est encore là, et toujours au nom des Flynn. Tu peux aller la voir.

Toute la famille de Nora avait disparu. Son seul frère était mort dans la quarantaine. Depuis lors, la maison était inhabitée.

Ils entrèrent, la porte était entrebâillée, un voile de poussière noire recouvrait tout à l'intérieur. Il y avait encore de la vaisselle dans l'évier, un calendrier au mur – avril 1979. Sur le rebord de la fenêtre de la cuisine, des tasses oubliées, un paquet de cigarettes, un cendrier, et une photographie jaunie de Nora et Charlie avec leurs enfants. La moitié supérieure avait été blanchie par le soleil, mais Nora identifia qu'elle avait été prise un dimanche de Pâques aux souliers qu'elle portait et aux chaussures neuves en daim des garçons.

Dans toute la maison, la peinture se décollait des murs. Dans le salon, des lettres et des factures étaient entassées dans la cheminée. Près d'un fauteuil inclinable, il y avait une paire de bottes avec des ferrures en métal clouées dans les talons.

— Pour qu'elles durent plus longtemps, dit Charlie.

Une image du Sacré-Cœur était accrochée dans l'entrée, semblable à celle que leur mère avait dans la cuisine à la maison.

Au fond d'un petit couloir, dans une pièce du bas aux murs bleu clair, avec des lits jumeaux, des morceaux du plafond étaient tombés par terre.

Bridget suivit sa mère à l'intérieur.

— C'était ta chambre ?

Nora opina. Elle se mordit la lèvre inférieure.

— Incroyable, dit-elle. Il a récupéré les terres de ma famille et il n'a même pas pris la peine de venir jusqu'ici et de jeter un œil dans notre maison.

Bridget tira la porte de la chambre. Un chapeau féminin était suspendu à un crochet derrière la porte, une fleur en soie rose épinglée au rebord, parfaitement conservée. Elle aimait l'idée que sa si sérieuse mère ait porté ce chapeau, peut-être pas si sérieuse, alors. Bridget le décrocha, le tendit à Nora.

Nora le saisit sans un mot. Elle dit qu'elle voulait monter dans l'ancienne chambre de sa grand-mère, une pièce minuscule en haut d'une volée de marches, pour voir si sa vieille machine à coudre était toujours là. Mais Charlie déclara qu'il fallait mieux ne pas tenter les escaliers.

— Allons-y maintenant, dit-il.

Nora laissa le chapeau sur une table dans l'entrée.

Une fois dehors, elle se mit à pleurer. Bridget vit son frère Patrick passer un bras autour des épaules de Nora. Elle lui sourit à travers ses larmes.

Dans un champ voisin, un troupeau de vaches les fixait comme si elles savaient quelque chose. Jusque-là, Bridget n'avait jamais considéré la vache comme un animal particulièrement expressif, pourtant elle n'arrivait pas à chasser de son esprit la vision de leurs yeux bruns, humides.

Son père était capable de tourner le dos au passé, d'entrer dans un pub et de rire un bon coup, de montrer du doigt des paysages qui le ravissaient. Nora ne pouvait pas le faire. Elle sembla hantée tout le reste du voyage. Bridget se demandait s'ils avaient eu raison de venir. Elle demanda à sa mère s'ils pouvaient faire quelque chose. Il y avait peut-être un moyen de retaper la maison. Même la vendre serait mieux que de la laisser tomber en ruine.

Mais Nora lui dit : « C'est trop tard. Oublie cette histoire, Bridget. »

Elle n'en avait pas reparlé depuis.

Bridget trouva sa mère devant la table près de l'entrée, où était posé le livre des condoléances. Nora faisait mine d'être occupée, lissant les pages déjà plates du livre, replaçant le capuchon sur le stylo.

— Maman, dit Bridget. Est-ce que tu vas parler à ta sœur ?

— Bien sûr. Mais je dois parler à tout le monde. Il est impoli de ne pas remercier les gens.

— Tu ne vas pas la laisser dormir au Ramada, quand même ?

— Pourquoi ? Il est très bien.

— Je peux l'inviter à la maison après, pour manger ?

— C'est une religieuse. Elles ne participent pas à ces choses. Nous la verrons à l'enterrement.

— Tu es sûre ?

Les yeux de Nora avaient déjà quitté la conversation. Bridget les suivit. La sœur de sa mère était seule maintenant, penchée sur le corps de Patrick. Elles la virent poser une main sur son front, lui caresser les cheveux.

— Qu'est-ce qu'elle fait ? demanda Bridget.

Nora s'avança dans sa direction.

— Mon Dieu, qui est-ce ? chuchota une voisine du quartier en aparté.

— J'imagine qu'elle est venue avec le prêtre, dit Betty Joyce.

— Ils ne sont pas inséparables comme le sel et le poivre, dit Eileen Delaney.

— Alors comment expliquer sa présence ?

— Je ne pense pas qu'elle soit importante. Nora m'aurait parlé d'une religieuse.

Quelques instants plus tard, Nora et sa sœur se tenaient côte à côte, en silence, et contemplaient le cercueil. Tous les gens dans la chapelle ardente – qu'ils les connaissent ou non – se turent face à ce spectacle.

20

Mère Cecilia était assise devant la fenêtre de l'hôtel. Le deuxième étage se trouvait au niveau de la voie rapide, à une trentaine de mètres de distance. Elle regardait les voitures passer à vive allure.

Mère Placide s'était inquiétée qu'elle voyage seule. Elle lui avait conseillé de loger dans un endroit agréable, de prendre son temps, mais mère Cecilia ne pensait pas que cela fût convenable. Elle avait réservé l'hôtel le moins cher qu'elle avait trouvé. Elle n'y resterait qu'une nuit, repartirait à l'abbaye après l'enterrement. Elle avait trop de responsabilités.

En se réveillant ce matin-là, elle ne savait toujours pas si elle devait y aller ou non, mais mère Placide insista, et elle la connaissait mieux que quiconque.

Juste avant son départ, elle lui tendit un sac en papier.

— Les filles en cuisine t'ont préparé un déjeuner, dit-elle. Nous penserons à toi.

Alors que le taxi passait le portail de l'abbaye, mère Cecilia regarda par la vitre : des fermes en pointillé sur les collines, des champs de tournesols et de maïs doré. Finalement, la route déboucha dans le centre-ville. Ils passèrent devant le bureau de poste et les boutiques d'antiquités, l'ancienne station-service Gulf et la supérette. Au feu de circulation au croisement de Caulder et Bond, le chauffeur ralentit.

Mère Cecilia avait l'habitude d'aller tout droit à partir d'ici, vers le Mercy Hospital, à trois kilomètres au nord. En cinquante ans, elle était rarement allée plus loin. Elle accompagnait mère Placide chez son médecin à Mercy le premier mardi du mois. Le reste du temps, elle ne venait en ville que pour voir le dentiste ou voter le jour du scrutin. Elle connaissait vaguement le panneau indiquant la 91 South à gauche du feu rouge, mais elle n'avait jamais eu besoin de prendre cette direction.

Le taxi la déposa à la gare routière. Elle monta à bord du bus de 7 h 52 pour Boston. Durant les heures qui suivirent, deux adolescentes avec des piercings sur le visage ne cessèrent de la fixer. Elle avait presque oublié le malaise que certaines personnes, surtout les jeunes, ressentaient en présence d'une nonne. Le commun des mortels ne croisait plus de sœur en habit. Voir une religieuse manger un sandwich poulet salade dans le bus tenait du sensationnel.

C'était pire aujourd'hui qu'avant. Un homme dans l'épicerie avait abordé deux postulantes la semaine précédente en disant : « Comment pouvez-vous faire partie de cette Église odieuse ? Que voulez-vous prouver en restant enfermées là-haut sur la colline ? »

Elles avaient perdu l'une de leurs charmantes jeunes novices dans un scandale récent. Son frère était un prêtre qui avait essayé de tirer la sonnette d'alarme il y a des années et avait été renvoyé pour cela.

— Comment sommes-nous censées continuer, étant donné les erreurs de l'Église ? demanda-t-elle à mère Cecilia durant leur ultime conversation.

— Nous devons nous souvenir que l'Église n'est pas Dieu. L'Église, ce sont des hommes qui essaient simplement de faire de leur mieux.

— Je parle de…

— Je sais, la coupa mère Cecilia. Je n'ai pas de réponse satisfaisante. J'aimerais en avoir une.

Dernièrement, certaines filles étaient venues au parloir pour confier leurs propres histoires passées avec des prêtres, des horreurs que mère Cecilia n'était techniquement pas autorisée à condamner, bien qu'elle le fasse fermement. Plus profonde était votre union avec Dieu, plus vous acceptiez les gens comme ils étaient. Et pourtant, certains actes demeuraient insupportables et impardonnables.

Elle se rendit directement à l'hôtel depuis South Station. Elle voulait déposer son sac puis prendre un taxi jusqu'au funérarium afin d'y être à quatre heures. Mais quatre heures arrivèrent, quatre heures et demie. Cinq heures. Elle était terrifiée à l'idée de les affronter. Il était six heures moins le quart lorsqu'elle réussit à rassembler son courage.

Maintenant, elle se demandait si elle avait bien fait de venir.

— On se verra à la maison après ? dit Kitty Rafferty au sortir de la veillée.

Mais Nora ne l'avait pas invitée.

Elle dit à Kitty qu'elle devait rentrer et demanda à l'employé des pompes funèbres de lui appeler un taxi. Elle l'attendait sur le trottoir, dans le froid, en regardant les autres se hâter de monter en voiture par groupes de trois ou quatre.

En présence de vieilles connaissances, vous vous rendiez compte que vous aviez vieilli en constatant les ravages de l'âge sur ces visages connus.

— Où sont tes frères ? demanda-t-elle.

— Morts, répondit Kitty. Ils sont tous morts.

— Pas Charlie.

— Si.

— Quand ?

— Il y a cinq ans. Et la pauvre Babs à la même époque. Elle t'aimait tellement. Elle aurait été si contente de te revoir.

Ses souvenirs la ramenèrent dans la cuisine bondée de Mme Quinlan, un soir de 1958. La dernière fois qu'elle les avait tous vus. Babs s'était plainte alors de la naissance de Conor, du fait que Nora avait bien moins souffert pour mettre Patrick au monde. Aujourd'hui, Conor se trouvait ici, un grand gaillard aux épaules larges, marié et père de trois enfants, policier. Et Patrick aussi, à la veille d'être mis dans la tombe.

Personne ne lui avait expliqué en détail ce qui s'était passé. Bobby Quinlan avait murmuré :

— Eh bien, il buvait. Il aimait s'amuser. Mais Nora t'aura sans doute dit la même chose.

— Non, dit-elle. Pas vraiment. Comment était-il ?

Elle remarqua les grandes dents blanches de Bobby, son crâne chauve luisant. Elle se souvenait de lui.

— Il voulait bien faire, dit Bobby. À sa façon à lui, un peu sauvage. Nora et Charlie étaient sans cesse sur leurs gardes. C'était un boute-en-train. Des millions de conquêtes féminines, à ce qu'on dit. Mais curieusement, il avait toujours l'air seul. Un peu un mouton noir.

Elle voulait savoir pourquoi son fils avait eu une vie solitaire alors qu'il était entouré de tant de personnes. Elle avait cru que Patrick avait le sentiment de faire partie de leur famille. Mais peut-être qu'il savait qu'il était en dehors.

Elle n'avait jamais cessé d'éprouver de la tristesse pour Patrick, même si, à un moment donné, elle s'était résignée au fait de ne plus le revoir, d'accepter sa douleur comme faisant partie d'elle.

Si elle ne l'avait pas abandonné, qui serait-il devenu ? Elle s'autorisa quelques minutes à l'imaginer, exercice auquel elle ne s'était pas livrée depuis des années. Elle serait montée avec Patrick dans ce bus pour New York, aurait trouvé un moyen de le faire garder. Ils auraient vécu ensemble dans le petit appartement du Queens, les rires de Patrick lui auraient allégé le cœur. Une gentille voisine âgée s'en serait occupée la journée pendant ses heures de travail et, quand ils se retrouveraient le soir, il lui sauterait dans les bras. Ils seraient bien ensemble. Aucun secret. Ils seraient simplement eux-mêmes, attendant que les mentalités évoluent. Puis ils auraient adopté un gros chien plein de poils, emménagé dans une petite maison de banlieue avec un perron, sur Long Island où mère Placide avait passé son enfance.

C'était toujours là que son imagination flanchait. Elle n'aurait jamais connu mère Placide, n'aurait jamais connu l'abbaye. Il ne lui serait rien arrivé. Elle avait fait un choix, puis un autre, puis un autre. Mis ensemble, tous les petits choix que vous faisiez constituaient une vie. Même le départ pour l'Amérique en faisait partie. Si ce n'était pour Nora et Charlie, elle n'aurait sans doute jamais quitté l'Irlande, jamais découvert sa place dans le monde. Quand elle avait vu Patrick avant de prononcer ses vœux définitifs, elle avait cru dans cette vérité. Et elle avait cru aussi que Patrick serait en sécurité avec sa sœur.

Vu sous un autre angle, elle savait qu'on l'avait privée de la possibilité de prendre cette première décision, la plus importante. Nora ne lui avait jamais demandé si elle pouvait avoir Patrick, elle l'avait simplement emmené. Et quand ce sentiment la mettait en colère, elle se souvenait que Nora n'avait fait que ce qu'elle pensait être le mieux pour eux.

Mère Cecilia observait Bobby Quinlan. Elle s'était imaginé qu'ils connaissaient tous la vérité maintenant, mais il croyait visiblement qu'elle n'était rien d'autre pour Patrick qu'une tante éloignée.

Elle aurait dû deviner l'attitude de Nora envers elle. Toujours en colère, toujours incapable de pardon. Mère Cecilia avait demandé à sœur Alma d'appeler pour prévenir de son arrivée. Elle ne voulait pas laisser à Nora une chance de lui dire de ne pas venir. Elle avait besoin de lui dire au revoir. Elle avait été la seule à aimer Patrick le jour de sa naissance. Elle voulait être avec lui aujourd'hui, à la fin.

Malgré la colère qu'elle ressentait encore, elle avait espéré qu'elles pourraient passer outre, qu'elle et Nora pourraient se consoler mutuellement. Mais le visage de Nora indiquait que ce ne serait pas le cas. Toutes ces paroles terribles qu'elles avaient prononcées lors de leur dernière rencontre. Toutes les choses qu'elles s'étaient faites l'une à l'autre.

Mère Cecilia avait été blessée quand Nora avait tourné les talons et était partie, mais elle était restée avec Kitty, Bobby et la fille de Nora, à parler du passé. Elle s'en remettrait.

Restée seule, elle leva les yeux vers le cercueil et se sentit attirée vers lui. Patrick était seul aussi, pour le moment, personne ne se tenant à côté de lui. Elle s'approcha.

La dernière fois qu'elle l'avait vu, il était encore un enfant. Elle se souvenait de cette belle journée au couvent. Un ciel bleu et une brise légère. Un sourire sur son visage.

L'homme allongé devant elle était quelqu'un qu'elle n'aurait pas reconnu si elle l'avait croisé dans la rue.

Toutes ces années, elle avait imaginé une relation entre eux. Il comptait plus que tout pour elle. Mais il n'avait jamais été autre chose qu'une pensée. Maintenant, elle était au milieu d'une foule de gens qui l'avaient eu pour eux, et pourtant ils ne l'avaient sans doute pas assez aimé.

Je t'ai laissé tomber, je t'ai laissé tomber.

Elle vit la médaille qui sortait du col de sa chemise. Celle qu'elle lui avait envoyée, celle qu'il avait reçue à sa naissance. Elle s'était toujours demandé si elle était arrivée jusqu'à lui. Elle était tellement surprise de la voir à son cou qu'elle tendit la main et la toucha, puis elle caressa ses cheveux. Les boucles noires étaient pailletées de gris.

Elle ne se rendit pas compte de ce qu'elle faisait jusqu'à ce qu'elle sente une présence à ses côtés. Elle se tourna, vit sa sœur.

Elle avait imaginé toutes sortes de dénouements possibles à leur brouille silencieuse, mais jamais celui-ci : toutes les deux, debout côte à côte, contemplant son cadavre. Elle regarda Nora, qui fixait droit devant elle. Une des contradictions de la vie : les êtres humains étaient à la fois totalement résilients et incroyablement fragiles. Une décision pouvait sceller votre destin, et pourtant vous pouviez survivre à presque tout.

Elle vivait dans un endroit peuplé de femmes sans enfants. Une chose extraordinaire, même aujourd'hui. Mais elle pensait souvent à la maternité. Les demandes de prière venaient en majorité de mères. On leur demandait parfois de prier pour des grossesses saines ou pour des femmes qui n'arrivaient pas à enfanter, quels que soient leurs efforts. À d'autres moments, on leur demandait de prier pour des filles qui allaient être mères bien plus tôt qu'elles ne l'auraient dû.

Il y avait dans tout cela – ce qu'un corps pouvait ou ne pouvait pas faire – une part déconcertante de mystère divin. Un enfant venait toujours au monde par une femme. Dans la plupart des cas, cette femme voyait cet enfant traverser la vie. Mais pas toujours. Chaque génération avait sa version de l'histoire. Il y aurait toujours des filles qui auraient des bébés qu'elles ne pourraient pas garder.

Nora était la seule mère qu'elle avait eue. Elle avait ceci en commun avec Patrick, son fils.

Elle voulut prendre sa main, mais Nora l'esquiva.

Mère Cecilia savait que la nuit serait longue et qu'elle ne dormirait pas. Chaque fois que quelqu'un tirait la chasse d'eau dans une chambre voisine ou qu'une canette de Coca dégringolait dans le distributeur de boissons, elle l'entendait. Les draps du lit étaient aussi rigides que du papier de soie. La pièce était étroite et sombre, éclairée par une simple lampe de chevet. Le manque de lumière, supposa-t-elle, était censé masquer la vétusté de la chambre – le tapis sombre et sale, les murs grisâtres maculés de taches.

Elle désirait trouver la paix et faire le vide en elle, mais les événements de la journée ne cessaient de lui revenir à l'esprit. Depuis près de cinquante ans, elle vivait dans le silence monastique. Dans ses premiers temps à l'abbaye, il était assourdissant. Mais aujourd'hui, elle découvrait qu'elle avait perdu certains muscles – ceux qui donnaient à une personne la force de supporter les bavardages, les embouteillages, la difficulté angoissante de trouver de la monnaie pour le chauffeur de taxi pendant qu'un client impatient attend de s'engouffrer à l'intérieur.

L'abbaye était souvent animée. Un flot continu de visiteurs se présentait à la porte avec son lot de soucis et de peines, pour solliciter leurs prières. Les maisons d'hôtes ne désemplissaient pas. Tous les ans à Noël, des parents amenaient leurs enfants voir la crèche datant du dix-septième siècle. Elles organisaient des retraites pour les jeunes mariés et les artistes, pour les personnes âgées, malades ou endeuillées.

Ce n'était pas comme si les moniales vivaient recluses dans une forteresse entourée d'un fossé. Les visiteurs arrivaient à heures fixes. Ils s'asseyaient d'un côté de la grille du parloir, elle de l'autre, et ils partaient quand on leur demandait. Tout était prévisible. C'était la vie à laquelle elle s'était accoutumée. Un endroit où elle était considérée avec respect, avec révérence.

Elle avait rencontré des gens qui redoutaient les religieuses, qui les détestaient. Ils n'arrivaient pas à croire qu'une femme saine d'esprit puisse choisir d'entrer au couvent. Bien sûr, à certains moments de sa vie, elle s'était dit la même chose. Elle savait que Nora était persuadée qu'elle s'était réfugiée à l'abbaye pour fuir le monde. Elle l'avait dit la dernière fois qu'elles s'étaient parlé. La vérité ne la convaincrait sans doute jamais.

Finalement, elle s'approcha du téléphone posé sur la table de chevet. Mère Cecilia s'assit au bord du lit et composa un numéro. Il restait trente minutes avant les complies, leurs dernières prières de la journée.

Les moniales ne parlaient au téléphone qu'en cas de nécessité absolue, et sans s'éterniser – elles appelaient le secrétariat médical pour prendre rendez-vous, les livreurs au sujet du transport des animaux, de fourrages, d'engrais. Mais elle pensa que sa situation était un cas de nécessité extrême.

La sœur de garde décrocha à la deuxième sonnerie.

Elle lui demanda comment se passait son voyage, lui dit qu'elles pensaient toutes bien à elle. Mère Cecilia les avait informées qu'elle se rendait à un enterrement. Le fils d'une proche, une amie irlandaise.

— J'espérais que mère Placide serait disponible, dit-elle.

— Bien sûr. Je transfère l'appel dans le dortoir.

Mère Dorothée décrocha le téléphone dans la cuisine. Elle demanda à mère Cecilia de patienter le temps d'aller chercher l'abbesse.

Elle avait dû poser le combiné sur le comptoir. Mère Cecilia entendait les bruits de vaisselle et le cliquetis des couverts en fond. Elles préparaient le dîner. Cuire le pain, remuer la soupe, démouler les tartes sur une grille.

Chaque repas était préparé par elles, pour elles. Le fromage, le beurre, le lait et le pain étaient faits à l'abbaye. Les légumes et les fruits provenaient des potagers et des vergers cultivés par les moniales. Elles avaient une alimentation de base végétarienne, pour des raisons budgétaires. Les seuls produits venant de l'extérieur étaient les agrumes et un peu de poisson. Même les plats en poterie dans lesquels elles mangeaient étaient fabriqués à la main et cuits dans l'enceinte du couvent.

Les religieuses avaient besoin d'un homme sur place pour dire la messe, mais c'était leur abbaye, que l'on ne s'y méprenne pas. Les prêtres tournaient tous les matins. Pendant le geste de la paix, le père étreignait une religieuse. Qui a son tour rejoignait la congrégation pour étreindre les fidèles.

Pour les soixante-quinze ans de mère Placide, l'année dernière, mère Catherine fit une plaisanterie durant la prière des fidèles. « Pour la mère abbesse, en son vingt-cinquième anniversaire, prions le Seigneur », dit-elle. Surpris et amusés, les autres prononcèrent « Seigneur, écoute nos prières », les yeux levés au ciel. La mère abbesse regarda le prêtre qui disait la messe pour s'assurer qu'il n'était pas outragé, mais il se contenta de sourire et de hausser les épaules.

Elle se demandait maintenant quand arriverait l'évêque Dolan.

Les sœurs contemplatives ne dépendaient pas de la juridiction des évêques locaux comme la plupart des religieuses. Elles relevaient directement du Vatican. Depuis la fondation de l'abbaye, elles avaient été sollicitées si rarement que mère Cecilia avait tendance à l'oublier. L'abbaye était essentiellement féminine. Il leur semblait impossible de devoir répondre de leurs actes devant des hommes.

Les premières rumeurs remontaient maintenant à cinq ans. Un matin, elles lurent dans le journal que le Vatican avait ouvert une enquête sur les sœurs œuvrant en Amérique. Toutes, à l'exception des religieuses cloîtrées. Toutes sauf elles. Les évêques prétendaient que les religieuses de l'extérieur devenaient trop indépendantes, plaidaient en faveur du contrôle des naissances, de l'homosexualité, de l'ordination des femmes.

Elle avait honte de se rappeler à quel point elles s'étaient senties soulagées d'être exclues de l'enquête et de pouvoir continuer leur œuvre. Elles priaient pour leurs sœurs et leurs frères de l'extérieur, qui n'auraient sans doute pas le temps de prier pour eux-mêmes. Mais en dehors des prières du soir, cela n'allait guère plus loin.

Quelques semaines plus tard, mère Cecilia tomba sur un article dans le bulletin d'information catholique. Il concernait les séances de reiki, que leur consœur mère Ava pratiquait depuis des années. Les évêques avaient publié une déclaration disant que le reiki était incompatible avec les enseignements de l'Église. Elle avait été envoyée aux hôpitaux et établissements de soins de santé catholiques, mais la directive n'était pas arrivée jusqu'à l'abbaye.

— Elle pratique cette thérapie alternative sur les sans-abri. Des femmes qui suivent une chimiothérapie et de pauvres gens de la communauté qui travaillent debout toute la journée, déclara mère Cecilia quand elle le rapporta à l'abbesse.

— Considérons-le comme un avertissement, dit mère Placide en repliant le journal. Mais nous n'allons pas l'embêter avec ce texte. Il ne s'applique pas à nous de toute façon.

Mais peu de temps après, elles reçurent un ordre de l'évêque Dolan, transmis par Rome : mère Ava devait arrêter. Il n'y avait aucune justification biblique à ses actions.

Mère Cecilia se demanda comment Rome l'avait appris. Par l'évêque Dolan, supposa-t-elle. Il faisait une obsession sur l'abbaye, les convoquant pour les infractions les plus absurdes. C'était parce que mère Placide l'avait mis mal à l'aise une fois, il y a plusieurs décennies. Il était un homme fragile et sans humour, incapable de l'oublier.

Elles furent obligées de demander à mère Ava de cesser sa pratique.

Elle pleura.

Une fois qu'elle fut sortie, mère Placide se mit à arpenter la salle.

— Après toutes les blessures que ces hommes d'Église ont infligées au corps et à l'âme, c'est là-dessus qu'ils choisissent de concentrer leurs efforts ?

— Je sais, dit mère Cecilia. On dirait qu'ils perdent de vue l'essentiel.

Dans le monde entier, l'histoire était la même. L'Église de son enfance était en déliquescence. Cette pensée lui faisait mal au cœur.

Le Vatican ne semblait pas s'en rendre compte. Le pape avait déclaré l'Année sacerdotale.

Trois semaines passèrent avant que mère Ava vienne les voir avec une idée.

— J'ai consulté les Écritures et j'ai trouvé ça, dit-elle en ouvrant sa Bible à la page citée, Marc 10:16. *Puis il les prit dans ses bras, et les bénit, en leur imposant les mains.* Voilà la justification biblique.

— Parfait, approuva mère Placide.

Mère Ava reprit ses séances. Elles n'en reparlèrent plus.

Plusieurs semaines s'écoulèrent avant que l'évêque Dolan le découvre. Il enrageait littéralement.

— Le reiki est interdit à tous, mais, en tant que contemplatives, vous êtes censées vivre isolées, à l'écart des autres. Or certaines de vos sœurs sont trop proches de l'extérieur. Nous en avons déjà parlé.

— Oui, dit mère Placide. Et dans le passé, cette ouverture est ce qui a sauvé l'abbaye de la disparition.

— C'est la dernière d'une longue liste d'infractions, reprit-il. Nous devons discuter de l'avenir de l'abbaye. Je reviendrai vous voir après le Nouvel An, à mon retour d'Italie. Je vais évoquer la question à Rome.

Il était rentré la semaine dernière. Elles savaient que ce jour était imminent.

Quand mère Placide prit la ligne, mère Cecilia sourit en entendant sa voix.

— Il est venu ? demanda-t-elle.

— Pas encore. Mais ne t'occupe pas de lui. Comment ça se passe ?

— C'est dur. Nora m'en veut tellement. Je ne sais pas pourquoi elle m'a demandé de venir.

— Persévère. Essaie encore demain.

— Oui. Mais je suis en colère moi aussi. Ai-je le droit ? J'ai le sentiment que si elle avait fait ce que j'avais demandé, cela ne serait jamais arrivé. C'était tellement horrible, de le voir ainsi.

— Je m'en doute.

— Cela me fait remettre en question tout ce qu'elle a fait. Tout ce que j'ai fait. En fin de compte, je ne peux m'en prendre qu'à moi-même.

— Tu n'es pas responsable, déclara mère Placide. Tu as fait ce que tu pouvais. Nous pensons toutes à toi, ici. C'est très étrange, tu sais, de savoir l'une des nôtres partie. Ça fait quoi, d'être dans le monde extérieur ?

— Ça fait… bizarre.

Quand elle était jeune, elle rêvait tous les jours de partir. Aujourd'hui, il pouvait passer un an ou deux sans que ce sentiment l'effleure. Et quand il apparaissait, elle savait le gérer. Elle avait atteint un âge où il n'existait pas d'autre endroit pour elle que l'abbaye.

Jadis, elle pensait que son frère avait eu de la chance d'hériter de la ferme familiale. Mais quand, devenus adultes, ils en discutèrent ensemble dans leur correspondance, elle se rendit compte qu'il voulait partir d'Irlande. Il n'y restait que par obligation. Elle pensa à son frère et à sa sœur. Des trois, elle était sans doute la seule qui avait fini par trouver le bonheur.

Chaque fois qu'elle s'aventurait au-delà des portes du couvent, c'était à la demande de l'abbaye et du Vatican. Mais mère Cecilia pensait qu'elle avait eu une vie extraordinaire. Quand elle était dans la quarantaine, l'abbaye avait voté pour envoyer une poignée de religieuses à l'université du Vermont afin d'accroître la viabilité de l'exploitation agricole. Mère Cecilia en faisait partie. Elle se rendait au campus tous les jours en habit religieux, une sœur d'âge mûr au milieu d'une foule de jeunes étudiantes. Elle obtint son diplôme le jour de ses quarante-sept ans et, trois ans plus tard, elle en décrocha un autre. Un master en sciences animales et agronomie. Mère Stella Maris passa un doctorat en microbiologie, qu'elle appliqua à la fabrication du fromage. Mère Anne fut diplômée en botanique. Mère Cecilia se rappela avoir pensé à sa sœur à l'époque. À quel point Nora avait désiré qu'elle ait une éducation poussée. Comment, si la vie avait été différente, elle aurait été fière d'elle.

Mère Placide et elle continuaient à travailler avec les jeunes, passion qu'elles avaient toujours partagée. Mère Cecilia dirigeait le programme de stage destiné aux laïcs, dont certains finissaient par les rejoindre. Les jeunes gens étaient de nos jours plus précautionneux que jamais. Ils lui demandaient si l'abbaye avait une assurance, si elle pouvait leur écrire une lettre de recommandation.

La génération précédente ne pensait pas autant à l'avenir. Aujourd'hui, elle pouvait sentir le poids qui pesait sur eux, leur désir de faire ce qu'il y avait de mieux, même s'ils ne savaient pas à quoi cela correspondait. Ils vivaient dans une époque anxiogène.

Une jeune femme lui avait confié au parloir qu'elle répétait le mantra *Nous avons trop de chance pour être déprimés* tous les matins, en boucle. Mère Cecilia ne pensait pas que cela soit particulièrement utile pour chasser la déprime.

— Comment se sent sœur Alma à propos de ses vœux ? demanda-t-elle à mère Placide.

— Je suis sûre qu'elle sera impatiente de t'en parler à ton retour. Elle est excitée, mais nerveuse, bien sûr.

Leur mode de vie était plus difficile pour certaines femmes que pour d'autres. Mère Claudette était fille unique. Elle n'avait jamais douté de sa dévotion à Dieu. Mais elle avait eu une existence profondément solitaire. Désormais, elle était obligée de vivre en communauté avec trente-six autres femmes. Mère Andrea était allée à Chapin et Radcliffe – elle connaissait le comportement des femmes vivant dans la promiscuité. Son problème était la monotonie des tâches à accomplir.

Une femme de la génération de mère Cecilia n'avait pas connu les progrès technologiques que la jeune sœur Alma avait pris pour acquis dans sa vie antérieure au couvent. Elle n'avait jamais eu de compte de messagerie, donc elle ne savait pas ce que ça faisait de ne pas en avoir. Mais certaines des novices souffrirent quand elles furent privées brutalement d'Internet, comme s'il s'agissait d'une drogue dont elles avaient besoin d'être sevrées. Elle avait longuement discuté avec mère Placide de la meilleure façon de gérer ce problème et n'était pas sûre d'avoir trouvé la solution.

Pour beaucoup, l'abstinence sexuelle était le dernier obstacle, la chose insurmontable. D'autres ne supportaient pas l'idée de renoncer au mariage, à la maternité. Certaines partaient pour cette raison.

Elle n'avait jamais confié à une moniale sa propre histoire. Quand elles l'interrogeaient sur son renoncement le plus difficile, elle parlait d'un chandail qu'elle n'avait pas eu le droit de garder, d'une citronnade chaude qui lui avait valu des ennuis. Elle ne leur avait jamais dit qu'il y avait eu un enfant.

Elle avait depuis longtemps décidé de mentir pour le bien de l'abbaye. Il ne s'agissait même pas d'un mensonge, mais d'un événement qu'elle avait laissé à l'extérieur. Un péché par omission. L'histoire ne serait qu'une diversion. Maintenant, elle se demandait si c'était mal. Elle avait imploré Nora de dire la vérité alors qu'elle ne l'avait jamais fait elle-même.

— Essaie de dormir cette nuit, dit mère Placide. Ta seule et unique occasion.

— Non. J'ai réglé le réveil sur deux heures.

— Oh, femme inconsciente.

— Je suis sûre que je serai debout de toute façon.

Elle avait l'intention de respecter l'emploi du temps monastique autant que possible durant son séjour. Elle avait toujours été une lève-tôt. Sa foi en Dieu était renouvelée par le seul retour du matin, contenant les graines de la journée à venir, porteuse de nouvelles occasions de rédemption et de grâce.

21

Quand la veillée s'acheva, Nora tendit un billet de vingt dollars à Brian.

— Arrête-toi prendre de la glace en rentrant, tu veux bien ?

— Deux sacs.

Elle lui pinça la joue.

— Et ne t'enfuis pas.

Être le petit dernier de la famille lui permettait facilement de s'éclipser. À l'âge de sept, huit ans, il se glissait sous la table durant les repas interminables, s'allongeait sur le dos, et écoutait les conversations. Personne ne lui interdisait de le faire. Il se demandait aujourd'hui si ses parents l'avaient même remarqué. À l'époque où il était né, ils étaient trop fatigués pour être aussi sévères qu'avant. Il avait eu une enfance très différente de celle de ses frères et sœur.

Il s'arrêta au 7-Eleven. Quand il arriva chez Nora, une dizaine de voitures étaient garées devant la maison. Brian ralentit, mais il ne put se résoudre à s'arrêter. Il fit demi-tour. Il redescendit la colline, suivit l'avenue Nantasket en direction de Main Street, puis continua jusqu'à Pemberton Point, où se trouvait le lycée Hull High School. Il tourna dans le parking. Quand il atteignit le terrain de base-ball, il coupa le moteur. Le ciel était noir et sans étoiles. Brian fixa le néant. C'était la dernière pointe de terre de la ville. Si on lançait un long circuit dans le champ gauche, il pouvait atterrir dans la mer.

Il avait évité ce terrain depuis son retour de l'Ohio il y a sept ans. C'était le dernier endroit qu'il avait laissé encore plein de promesses, plein de l'attente d'un avenir radieux. Patrick ne ratait jamais un match. Il faisait le trajet en voiture de Dorchester jusqu'ici deux, trois fois par semaine et se tenait près de Nora, les deux poussant des cris et braillant, fichant la honte à Brian. Il aurait aimé pouvoir les entendre maintenant.

Il songea au coach O'Leary. *Je n'attends qu'une chose, c'est que tu reprennes les rênes*, avait-il dit. Brian en avait parlé à Patrick, s'attendant à ce qu'il déclare que le job était indigne de lui, pas le genre de chose avec laquelle un ancien joueur professionnel devait perdre son temps. Mais Pat avait affiché un grand sourire et dit : *Parfait. Tu dois le faire.*

Il avait peut-être raison. Le bar n'avait rien à offrir à Brian désormais. Et il ressentait une petite vibration d'être ici de nouveau. Il ne l'aurait pas cru.

Il finit par rentrer à la maison. Il remonta l'allée, se conditionna avant d'ouvrir la porte. Des manteaux avaient été jetés sur la rampe. Il y avait un déluge de voix, les conversations se chevauchaient, par moments un mot ou un rire s'élevait au-dessus du brouhaha.

Les dames du voisinage étaient assises à la table de la salle à manger. À un bout se trouvaient deux piles ordonnées d'assiettes et un panier de couverts en plastique, chaque paire enveloppée dans une serviette en papier nouée par un ruban. À l'autre extrémité de la table, il y avait les plats chauds : un jambon rose, un plateau fumant de lasagnes. Chaque centimètre de table était recouvert. Des sandwichs disposés en étages, des tranches de fromage et des crackers étalés en éventail, des salades composées réparties équitablement dans des verrines. Il y avait quelque chose d'hypnotisant dans cette disposition parfaitement ordonnée, cette abondance. Ils dévoreraient leur chagrin avant que celui-ci les avale.

Le chien de Bridget était sous la table, attendant qu'un morceau tombe. Rocco jeta un coup d'œil à Brian, ne bougeant que les yeux.

Brian lui rendit son regard, hésitant à lui donner un bout de fromage, quand Betty Joyce le bouscula en allant dans la cuisine.

— Oups, pardon, dit-elle.

Il baissait la tête vers ses chaussures chaque fois qu'il la voyait, encore maintenant. Adolescent, il avait passé tellement d'heures au grenier, à regarder par l'étroite fenêtre en haut des escaliers, qui donnait au loin sur l'océan, et plus près de la maison, sur le jardin de Betty. On pouvait la voir de nombreux matins d'été prendre une douche nue à l'extérieur après avoir couru sur la plage.

C'était Patrick qui l'avait découvert, juste après l'emménagement et il avait réclamé le grenier pour chambre. Là-haut, en sifflant une bière de Charlie, il s'était rendu compte qu'il pouvait apercevoir les globes blancs des seins de Betty Joyce, qui sautillaient quand elle se shampouinait les cheveux. En temps voulu, l'information avait été transmise à ses frères, passant de l'un à l'autre comme la fausse pièce d'identité de Patrick.

— Désolée, madame Joyce, bredouilla Brian.

— Tout va bien, mon chou.

Hier, tout le monde était resté au bar jusqu'à quatre heures du matin. Il avait dormi chez Ashley. Ce matin, après qu'elle et sa colocataire étaient parties travailler, Brian s'était levé sans gueule de bois, mais encore ivre. Elle lui avait dit qu'il pouvait rester chez elle toute la journée s'il voulait. Mais il savait que sa mère l'attendait. Brian avait passé vingt minutes assis sur le canapé d'Ashley. Il avait laissé couler ses larmes sans prendre la peine de les essuyer.

À la maison, il avait bu sept bières en attendant que les autres arrivent. Il avait vomi deux fois chez O'Dell, avant le début de la veillée, et s'était promis de ralentir. Mais maintenant, ici, il se sentait d'attaque pour un nouveau verre.

Les histoires favorites de Patrick étaient toujours des récits de débauche alcoolisée. Il y avait la fois où ils roulaient sur Nantasket Avenue dans la vieille Jeep de Pat, qui dut piler pour ne pas écraser un chat au milieu de la rue. Pat n'avait pas attaché sa ceinture. Il avait volé par-dessus le pare-brise et atterri sur le bitume dans un bruit sourd. Puis il s'était relevé et ébroué comme un personnage de dessin animé, il avait rattrapé la Jeep qui roulait au ralenti, sauté dedans, et repris le volant comme si rien ne s'était passé. Ou la fois où Brian s'était réveillé dans le buisson d'un jardin pavillonnaire à Cambridge, une boîte de plat chinois à emporter dans les mains. Du riz blanc dans les cheveux, une ecchymose violette sur un genou. Il ne savait absolument pas comment il était arrivé là. Quand il avait appelé Patrick pour lui raconter, son frère avait éclaté de rire. « Ça arrive à tout le monde, petit. »

Jusqu'à présent, leurs péripéties n'avaient été que des histoires plaisantes, qui commençaient et finissaient de la même façon : ils se comportaient comme des abrutis, mais il ne leur arrivait rien de grave. Par moments, Brian se disait qu'il avait un sérieux problème à régler, le même dont souffraient ses ancêtres depuis des générations. Il pouvait choisir de le combattre. Ou admettre qu'il était comme eux et continuer, laissant quelqu'un d'autre résoudre le problème.

Au bar, il voyait constamment des gens lutter avec l'alcool. Des gars titubant sur la ligne floue entre le plaisir et le besoin maladif qui pouvait vous réduire à néant. Ceux qui revenaient soir après soir s'entraîner mutuellement à boire. Des histoires que d'aucuns auraient pu considérer comme des rappels tragiques à la réalité n'étaient, entre leurs mains, que de bonnes blagues. Quand quelqu'un s'éloignait du groupe pour dégriser, ils resserraient les rangs et ne parlaient plus de lui. Ou alors ils le traitaient de fou, d'hypocondriaque, l'accusaient de vouloir attirer l'attention. Brian entendait à leur voix combien ils avaient besoin d'y croire. Le buveur parfait était celui qui pouvait continuer toute la nuit, sans jamais s'épancher, mais sans être ennuyeux non plus. Passer à l'eau de Seltz était considéré comme une faiblesse de caractère, tout comme tomber à la renverse d'un tabouret de bar.

Il se demandait dans ces moments s'il y avait quelque chose de honteux à faire ce travail. Son statut de barman, quand il les servait, leur versait pratiquement le liquide dans la gorge, donnait l'impression que quelqu'un maîtrisait les événements et les rattraperait avant que quelque chose de vraiment terrible ne se produise.

Fergie était arrivé torché au funérarium. Brian le regarda déambuler dans la salle. Il n'avait jamais vu l'olibrius en costume. Il se demanda si Fergie l'avait emprunté. Les manches de la veste tombaient sur ses phalanges. Les jambes du pantalon traînaient par terre.

Fergie s'approcha du cercueil, se tint devant durant un long moment. Il parla à Bridget et Natalie, Julia et John, puis il arriva devant Brian. Il empestait l'alcool.

— Eh bien, Raf, dit Fergie en se frottant le menton. J'ai déjà vu Pat dans un pire état.

Brian éclata de rire. C'était la première qu'il riait depuis deux jours, la première fois qu'il se souvenait du son du rire de Patrick. Il regarda sa mère pour voir si elle avait entendu, mais il n'arriva pas à le déterminer.

Les copains de lycée de Brian étaient venus, mais ils se tenaient à distance, piétinaient sur place, impatients de s'échapper, comme si la mort était contagieuse. Les clients du bar arrivèrent et repartirent rapidement, et il fut soulagé de les voir s'en aller. Ça lui faisait bizarre de se trouver en leur présence hors contexte, c'était comme tomber sur une institutrice et son flirt au centre commercial.

Fergie déclara qu'il ne viendrait pas à la maison. La famille ne l'avait jamais beaucoup aimé. Une ou deux fois, son nom surgit dans la conversation et Bridget soupira : « Ce pauvre gamin. » Brian ne savait pas ce qu'elle voulait dire. Il supposa qu'elle trouvait lamentable qu'il soit encore barman à son âge.

Quelqu'un le poussa pour entrer dans le salon, posant une paume sur le haut de son bras. Brian leva les yeux et se rendit compte qu'il tenait toujours un sac de glace dans chaque main. Les glaçons fondaient. Il y avait une flaque d'eau sur le parquet.

Dans la cuisine, Nora était aux fourneaux et remuait le contenu d'une casserole. Son visage affichait un regard d'une infinie tristesse. Puis elle le vit.

— Mets-la au congélateur, dit-elle en le pointant de sa main libre.

— Ça va, m'man ? Tu veux t'asseoir un peu ?

— Pourquoi tout le monde veut que je m'asseye ?

Sa voix ne tremblait pas, mais cela ne le convainquit pas.

Son père avait plaisanté un jour qu'il avait le rôle le plus important dans une veillée funèbre – Charlie tenait le registre mental des rancunes exprimées, des gens qui s'étaient dérobés. Nora faisait tout le reste.

Elle eut quarante ans quand Brian était en CM2. Tous ses copains avaient des mères dans la trentaine.

Ces jeunes mères se tournaient vers Nora pour savoir comment organiser une vente de gâteaux ou le nombre d'accompagnateurs exigés pour une sortie pédagogique. Elle était une mère, même pour elles. Il ne l'avait jamais vue attraper plus qu'un rhume. Elle se levait tous les jours à six heures pour effectuer les tâches ménagères. Elle était encore capable de monter à l'échelle pour enlever les feuilles dans la gouttière quand elle trouvait que Brian ne s'acquittait pas suffisamment vite de cette besogne.

Il la regarda. Elle s'affairait sans relâche pour se protéger de ses émotions, qu'elle finirait bien par ressentir. Mais il devina à son visage que ça ne marchait pas. Brian aurait aimé pouvoir l'emmener loin d'ici. Elle venait de perdre son fils. Elle devrait hurler dans la rue, s'arracher les cheveux, se donner en spectacle. Et non pas arranger des champignons farcis dans un plat pour qu'ils soient uniformément espacés.

Il avait envie de lui poser des questions sur sa sœur. Mais il savait qu'elle ne voudrait pas en discuter, pas dans une maison pleine d'invités. Il entendit une voix dans le couloir.

— Brian ?

Ashley.

Il ne lui avait pas donné l'adresse. La dernière chose qu'il voulait était la présenter à sa mère, surtout maintenant. Il avait réussi à ce qu'elles ne se rencontrent pas au funérarium, un petit miracle.

Brian la rejoignit et tenta de l'entraîner vers le buffet dans l'autre salle.

— Tu as faim ? demanda-t-il.

Mais Ashley se dirigea vers la cuisine.

— Ashley Conroy, dit-elle en tendant la main à Nora. Je n'ai pas eu l'occasion de vous le dire plus tôt, mais je vous présente toutes mes condoléances pour Patrick.

— Merci, murmura Nora.

— Nous l'aimions tous. Il a rendu tellement de gens heureux.

— Vous le connaissiez, dit Nora.

— Oui. Ce qui est arrivé est terrible. Ça aurait pu arriver à la moitié des gens que je connais, pour être honnête. J'ai pleuré toute la journée au boulot en pensant à ça. À lui.

C'était trop. Ashley ne savait pas se taire ; elle disait tout ce qu'elle pensait. Mais Nora sembla reconnaissante. Elle serra la main d'Ashley. Il ne s'attendait pas à ce geste.

— Allez manger un morceau avant que ce soit froid, dit Nora après un long moment. Ravie d'avoir fait votre connaissance, Ashley.

Les heures suivantes, les gens restèrent agglutinés les uns aux autres, dans une maison surchauffée par tous ces corps serrés comme des sardines. Brian circulait au milieu d'eux, sans leur prêter attention, Ashley sur les talons.

À un moment, il s'éclipsa pour aller aux toilettes, et quand il en sortit, elle était en train de rire avec Bridget, Maeve, Julia et Natalie. Il pouvait presque l'imaginer. Une fille qui serait à lui, sa complice des jours comme celui-ci comme des jours meilleurs. Quelqu'un qu'on a envie d'avoir dans sa vie.

Puis vint l'heure où les gens avaient tellement bu qu'ils posaient leur bouteille de bière au trois quarts pleine et l'oubliaient, en ouvraient une autre. Les conversations devinrent plus bruyantes. Dans le salon bondé, John siégeait au centre d'un cercle de collaborateurs, discourant d'une prochaine soirée d'inauguration. Eileen Delaney chuchotait des messes basses aux dames du quartier dans un coin de la pièce.

Depuis que son père était mort, il était fréquent d'entendre sonner à la porte après le dîner, quand ils regardaient la télé. Sa mère se tournait vers lui, fronçait les sourcils et soupirait : « Eileen. »

Mais quelques minutes plus tard, il les entendait rire dans la cuisine. Elles y restaient souvent toute la soirée.

Les cousins Rafferty tenaient une réunion de famille dans l'entrée. Ils se racontaient des histoires, des assiettes pleines posées en équilibre sur les genoux, assis sur des chaises qu'ils avaient traînées de la cuisine ou de la salle à manger. Sur le perron à l'arrière de la maison, des vieux fumaient des cigarettes. Il y a des années, ils les auraient fumées dans la maison. Ce souvenir semblait les amarrer à la porte – ils ne s'aventureraient pas plus loin – comme si à tout moment la loi pouvait revenir en arrière.

C'était un mardi soir. À cette heure-ci, en temps normal, Nora serait dans la cuisine, en train de préparer le dîner en écoutant la radio. Brian jouerait à un jeu vidéo dans sa chambre avant de prendre son service du soir, ou bricolerait pour elle dans la maison. Un silence agréable régnerait entre eux. Ils sauraient que l'autre était quelque part non loin.

Au lieu de cela, les pièces étaient pleines de monde. Il s'attendait à ce que Patrick débarque tout à coup.

Brian errait dans la maison, jusqu'à ce qu'il se rende compte qu'il cherchait son frère.

Il dit à Ashley qu'elle devrait rentrer chez elle avant que les bars ferment et qu'il devienne impossible de trouver une place de stationnement dans la rue. « Ne sois pas ridicule, tu as besoin de moi ici. »

Peu après onze heures, il entra dans la salle à manger, où la table ressemblait désormais à un champ de bataille. Le fromage avait figé sur les restes de lasagnes. Le jambon était tranché jusqu'à l'os. Un monticule de sauce tomate tachait la nappe blanche, entouré d'un anneau graisseux. Les salades avaient pour la plupart disparu. Les sandwichs n'étaient plus sur leur étage, mais entamés et reposés. Le rosbif et la dinde étaient partis rapidement. Il ne restait plus que la salade de thon bizarre, la mayonnaise et son élevage de bactéries entre deux tranches triangulaires de pain de mie.

Alors qu'il tendait la main pour prendre l'un des derniers crackers intacts sur le plateau, les bavardages dans les autres pièces s'arrêtèrent soudain.

Brian entendit sa mère parler, d'une voix forte. Un toast ? Un discours ? Ça ne lui ressemblait pas. Il se dirigea vers le son.

— Je suis désolée, mais je suis épuisée, disait Nora. Rentrez chez vous maintenant.

Les visages affichèrent surprise, embarras, regrets, offense. Chacun prit son manteau et déguerpit le plus vite possible. Son cousin Matty proposa de ramener tante Kitty. Ashley dit à Brian qu'elle le verrait demain. Elle l'embrassa sur la joue.

Seule Eileen protesta.

— Je vais rester pour t'aider à ranger, dit-elle.

— Non, répliqua sèchement Nora. Merci.

Il ne restait plus que la famille, debout dans le couloir, qui l'observait. Elle n'avait jamais mis un terme à une veillée.

— Maman ? se lança Bridget.

Nora inspecta les pièces, passant de l'une à l'autre, ses enfants dans son sillage. Des canettes de bière et des verres de vin à moitié vides jonchaient les tables et le sol. Dans la hâte du départ, les gens avaient abandonné leurs assiettes sales sur les chaises, ou dessous.

Brian s'attendait à ce que sa mère soupire et sorte un sac-poubelle du placard. Mais au lieu de cela, elle dit : « Je vais me coucher, à demain matin. »

Ils la regardèrent monter l'escalier.

Ceux qui restaient commencèrent à tout ramasser. En silence, Maeve chargea le lave-vaisselle, et John fit tremper les casseroles dans l'évier. Brian et Julia remplirent trois sacs-poubelle. Bridget et Natalie débarrassèrent la salle à manger.

— C'est bizarre que Nora nous laisse ranger, dit Julia. J'ai dû attendre qu'on soit mariés depuis dix ans pour avoir le droit de plier les serviettes à Thanksgiving.

Ils restèrent tous silencieux, jusqu'à ce que Natalie s'exprime.

— Vous ne croyez pas que l'un d'entre nous devrait aller lui parler ?

— J'y vais, dit Bridget.

Elle redescendit quelques minutes plus tard.

— Comment va-t-elle ? demanda Julia.

— Elle va bien. Je pense que c'était trop pour elle, c'est tout.

Brian ouvrit la porte de derrière et poussa les sacs-poubelle sur le perron, appréciant la gifle de l'air glacial. Il ramassa une canette de bière. Il constata à son poids qu'elle n'était pas vide. Il baissa les yeux vers sa main, maculée de cendres noires. Ils s'en étaient servis pour mettre leurs mégots.

Il s'essuya la main sur le côté de son pantalon, rouvrit le sac-poubelle et jeta la canette à l'intérieur.

Il se souvint de l'époque où les veillées étaient amusantes. Quand il était enfant et qu'une vague connaissance de ses parents mourait, il leur arrivait de l'emmener au funérarium. Brian attendait dans la voiture et, s'il était sage, ils allaient ensuite manger une glace.

Les veillées familiales organisées par sa mère étaient encore mieux. Surtout quand Nora n'avait pas encore enterré de proches de son âge, et encore moins quelqu'un de plus jeune qu'elle. Uniquement des gens âgés, dont tout le monde pouvait affirmer avec assurance : « Il a eu une longue et belle vie. » La maison serait remplie de fêtards, de rires bruyants, son père et ses oncles chanteraient des chansons irlandaises dans la cuisine, deux ou trois joueraient du *bodhran* tandis que les autres taperaient du pied en rythme pour les accompagner. Leurs traditions revenaient en force quand ils étaient ensemble.

À un moment, on enverrait Brian se coucher, mais peu après il se faufilerait dans le couloir et les observerait entre les barreaux de la rampe d'escalier jusqu'à ce que quelqu'un l'aperçoive et lui fasse signe de descendre. Il se mêlerait à la foule, bondirait joyeusement au milieu des gens, sa mère le repérerait, secouerait la tête en signe de désapprobation, mais avec un sourire lui indiquant que ça ne la dérangeait pas vraiment.

Le lendemain matin, il descendrait discrètement en pyjama et examinerait la scène. Des adultes endormis dans leurs beaux vêtements sur les canapés et les tapis, bouche ouverte. L'odeur de la bière éventée dans l'air. Il resterait des bols de chips et de cacahuètes grillées au miel sur la table basse. Il en piocherait une poignée, fier de sa hardiesse. Brian ferait alors comme s'il était le seul survivant du naufrage d'un navire, les corps dispersés autour de lui, jusqu'à ce que quelqu'un ouvre un œil et murmure : « Hé, salut fiston. »

Trois heures plus tard, John, Bridget et Brian étaient assis autour de la table de la cuisine, tous les trois déchirés. Le chien repu ronflait sous la chaise de Bridget. Vers minuit, Julia était allée coucher Maeve dans l'ancienne chambre de John et n'était pas revenue. Natalie était montée peu après.

Ils parlaient des diverses personnes qu'ils avaient vues plus tôt. Quand Bridget se mit à évoquer la religieuse, elle ne remarqua pas qu'elle parlait plus fort. John lui fit baisser la voix, pointant du doigt le plafond. La chambre de Nora.

— Vous avez vu comme maman l'a tout bonnement ignorée ? dit-elle, plus bas. Elle ne l'a même pas invitée à venir à la maison. Sa propre sœur.

Brian avait été surpris quand la femme était entrée dans la chambre funéraire chez O'Dell. Enfant, il était terrifié par les religieuses en habit comme d'autres gamins avaient peur des clowns. « Ce n'est qu'une tenue, lui murmurait Nora. En dessous, c'est une femme comme toutes les autres. » Mais même maintenant, il pensait que voir une bonne sœur en habit faisait quelque chose aux gens. Vous l'aperceviez et toutes sortes de connotations envahissaient votre esprit, sans aucun rapport avec la vraie femme. Sa seule vue suffisait à vous sécuriser, vous effrayer, vous révolter ou vous faire vous sentir bienheureux, selon le cas.

— M'man a dit à Julia qu'elles étaient brouillées, fit John.

— Oui, mais une brouille à quel sujet ? dit Bridget. Tu n'es même pas curieux ? Et si la religieuse était amoureuse de papa ou un truc du genre ?

— Il était tellement irrésistible, railla John.

Bridget sourit.

— J'ai tendance à penser que toutes les religieuses sont lesbiennes, ajouta John.

— Dieu merci, toutes les lesbiennes ne sont pas religieuses, soupira Bridget.

John leva sa bouteille de bière en signe d'approbation.

Quelque chose avait changé. Une évolution. Bien sûr, ils savaient tous que Bridget était homosexuelle, mais ils en parlaient rarement. Même ces dernières années, quand elle amenait Natalie à la maison. Ce soir à la veillée, Brian l'avait vue prendre la main de Natalie devant tout le monde. Il s'était demandé pourquoi Bridget avait choisi ce moment. Il avait jeté un coup d'œil vers sa mère, espérant qu'elle n'avait rien vu.

— Vous connaissez l'histoire de la religieuse cloîtrée qui a fait vœu de silence ? demanda John.

— Oui, répondit Bridget d'un ton dissuasif.

C'était une vieille blague de mauvais goût de leur père.

Mais John poursuivit, imperturbable.

— Elle n'est autorisée qu'à prononcer deux mots tous les cinq ans. Au bout des cinq premières années, elle dit : « lit inconfortable ». Après dix ans, elle dit : « nourriture mauvaise ». Après quinze ans : « chambre glaciale ». Lors de son vingtième anniversaire de vie au couvent, elle annonce à la mère supérieure qu'elle veut rentrer chez elle. Alors, la mère supérieure répond : « Bon débarras ! Tu n'as fait que te plaindre depuis que tu es arrivée ici ! »

Ils rirent, même si ce n'était pas drôle, John avec des hoquets sonores, comme s'il recrachait quelque chose.

Depuis longtemps, John avait cette voix qu'il prenait dans sa vie professionnelle. Sérieuse, un peu fausse, plus grave que sa tonalité naturelle. Sa famille se moquait de lui jusqu'à ce que Patrick fasse remarquer qu'il parlait désormais tout le temps avec cette voix. Les apparitions de l'ancien John se faisaient rares, mais il était là ce soir.

Bridget et John se lancèrent dans un concours de mauvaises blagues.

— Deux chiens passent devant un bar, dit Bridget. Tout à coup, l'un d'eux se met à frétiller et dit : « T'as vu, un réverbère neuf. Ça s'arrose ! »

Ils éclatèrent de rire tous les deux.

— Combien faut-il de républicains pour changer une ampoule ? reprit-elle.

John leva les mains.

— Non. Je n'irai pas sur ce terrain-là avec toi ce soir.

— Oh, allez.

Comme quand il était petit, Brian écoutait, sans intervenir ni être vraiment intéressé, se laissant bercer par le son de leurs voix. Dans une famille où tout le monde devait se battre pour placer un mot, soit vous vous jetiez dans la mêlée, soit vous vous mettiez en retrait et laissiez les autres alimenter les discussions.

Bridget et John, si différents qu'ils soient, partageaient toujours cette même complicité qui remontait à l'enfance, une aisance que Brian n'avait avec aucun d'eux. Seulement avec Patrick. Il se demanda si toutes les familles étaient comme eux, divisées en équipes.

À sa naissance, Bridget et John avaient dix et onze ans. On les chargeait souvent de s'occuper de lui, de sorte qu'ils préféraient fuir sa présence le reste du temps. Patrick trimballait Brian sur ses épaules partout. Il l'emmenait à la plage, juste tous les deux. Quand Patrick retourna vivre à Dorchester, Brian avait cinq ans. La distance ne fit qu'accroître son adoration. La grande joie de sa semaine était le dimanche après-midi, quand Pat venait dîner et le payait pour rester assis près du poste de télévision et tourner le bouton. Il lui donnait vingt-cinq cents chaque fois qu'il changeait de chaîne pour passer d'un match de football à un autre.

Brian était l'intrus quand il se trouvait seul avec John et Bridget. Dans la même pièce qu'eux, il attendait toujours que Patrick arrive et les mette à égalité. Ça n'arriverait plus jamais.

Bridget prit une assiette de pain irlandais tranché. Elle était couverte de cellophane verte, la même qu'à Noël, emballée soigneusement, une feuille sur une autre sur une autre sur une autre. Elle n'essaya même pas de les enlever, se contentant de traverser les différentes couches avec un pouce et d'en sortir un morceau.

Il y avait toujours tellement de pain irlandais dans ces réceptions – sec et fade, dense et blanc, étouffant quand vous mordiez dedans, ce que vous ne manquiez pas de faire en espérant secrètement qu'on ait trouvé un moyen d'améliorer la recette depuis la dernière fois que vous aviez essayé d'en manger.

Bridget prit une petite bouchée, puis reposa la tranche sur la table.

— Qu'est-ce qu'il y a d'autre ?

Elle ouvrit le réfrigérateur, sortit un plat à four. Poulet au parmesan. Elle le mangea froid, debout, directement dans le plat.

— Est-ce que ce sont nos deux plateaux toujours dans leur emballage ? demanda John.

— Ouaip.

— Tu peux me rendre service et manger ça plutôt pour que Julia ne soit pas furax demain matin ?

— C'est quoi ?

— Brie et dattes pour l'un, et shumai crevette pour l'autre.

— C'est quoi ce truc ?

— Des raviolis.

Bridget fit la grimace.

— Non, je ne peux pas, mon ami.

— Très bien. Donne-moi les raviolis.

Elle lui tendit le plateau et John en engloutit cinq pièces.

— Tu les aimes, tes raviolis, dit Bridget.

— J'aime avoir la paix.

Bridget prit trois canettes de Bud Light dans la glacière et les posa devant eux. La glace avait fondu. La glacière était une baignoire pleine d'eau. Les canettes formaient une flaque sur la table. Nora se serait précipitée pour essuyer.

Mais Bridget ne sembla même pas le remarquer.

— T'en es où avec ta copine ? demanda John.

Pendant une seconde, Brian pensa qu'il s'adressait à Bridget. Mais John le regardait.

— Ce n'est pas ma copine, répondit Brian.

— Je l'aime bien, dit Bridget. Elle est gentille.

— Elle est mignonne surtout, ajouta John. Quel âge ?

— Vingt-sept, je crois.

— Tu as trente-trois ans. Il va bien falloir que tu te ranges un jour. Je sais qu'on est une famille qui se case sur le tard, mais…

— À ce propos, le coupa Bridget, j'ai une nouvelle à vous annoncer. Natalie et moi allons avoir un bébé.

Elle essaya de paraître enjouée, légère, mais Brian vit qu'il n'était pas facile pour elle de prononcer ces mots.

Il était abasourdi. Il n'avait jamais envisagé cette possibilité.

— Bordel de merde. Natalie est enceinte ? dit John.

— Non. Elle va l'être. Bientôt.

— Alors elle planifie une grossesse ?

— Oui, John. Les lesbiennes ne tombent pas enceintes par accident.

— Vous allez vous marier ?

— Je ne pense pas. Je n'en sais rien.

— Quand vas-tu le dire à maman ?

— Bientôt. Certainement avant que notre enfant entre au lycée.

Elle soupira.

— Je prévois de lui dire avant notre départ.

— Super !

— Ouais. Mais ne t'emballe pas trop vite. J'ai déjà essayé deux fois, et je n'ai pas réussi. Je viens de m'entraîner sur vous, les garçons. Je n'ai pas été trop mauvaise, non ? Bon. Pour chasser de mon esprit cette perspective terrifiante, pourrait-on revenir à la religieuse ? Je ne me souviens pas d'être allée dans un couvent quand on était petits. Et toi, John ?

— Non.

— Je me demande si… oh !

Elle mit la main devant sa bouche.

— Quoi ?

— J'ai failli dire : je me demande si Patrick s'en souvient. Comment maman a-t-elle pu nous cacher un secret aussi énorme, pendant tant d'années ? On n'a jamais vu cette femme, je suis prête à le jurer.

— Elle a essayé de me faire culpabiliser en arguant que rien ne devait séparer les frères et sœurs, que ce n'était pas naturel, chaque fois que Pat et moi avons cessé de nous parler, déclara John. Si ça, ce n'est pas de l'hypocrisie…

Brian pensa que cela n'avait rien à voir avec l'hypocrisie. Être brouillée avec sa sœur depuis si longtemps avait sans doute coûté plus cher à Nora qu'ils l'imaginaient. Peut-être qu'elle lui avait dit cela par expérience.

Ça ne le dérangeait pas que sa mère ne leur ait pas parlé de sa sœur. La famille s'était construite sur des non-dits. Il y avait tout le temps eu des allusions, des chuchotements dans une pièce voisine qui s'arrêtaient quand il entrait. Il y avait des histoires qu'il avait acceptées sans connaître les détails, et d'autres dont il ne savait même pas qu'il en ignorait l'essentiel.

Qui voudrait tout savoir sur sa propre mère ?

Il pensa aux filles avec qui il était sorti à l'université, et à celles qu'il avait connues à l'époque du base-ball. Elles balançaient des gros mots, portaient des strings rouges qui dépassaient de leur jean, faisaient des plans à trois et en rigolaient après. Beaucoup d'entre elles étaient mères aujourd'hui. Leurs enfants pouvaient-ils le détecter sur elles, ce passé qui était tout sauf maternel ?

Il se demandait à quoi cela servirait à Bridget de connaître tous les faits. Ça ne répondrait jamais aux questions du comment et du pourquoi le pire était arrivé. Elle avait déclaré qu'ils ne connaissaient pas leur mère. Brian connaissait la couleur et la forme des sous-vêtements de Nora qui séchaient sur la corde à linge dans la buanderie. Il savait exactement la quantité de lait à ajouter de son thé Red Rose du matin, la teinte précise du breuvage – foncé avec un soupçon de coucher de soleil rose. Pas trop opaque ou elle soupirerait. Il savait qu'en décembre, comme tous les ans, quand le film musical *Noël blanc* passerait à la télévision, elle déclarerait que *L'amour chante et danse* était bien supérieur à ce morceau de guimauve. Mais elle continuerait de le regarder, oublierait tout et chanterait pendant tout le film.

Elle aimait les thrillers en format poche. Une fois, il avait ouvert une page au hasard du livre que sa mère dévorait à ce moment-là, et il s'était retrouvé en train de lire la description d'un viol horrible. Il avait été choqué de savoir que c'était ainsi que cette femme douce et souriante occupait ses moments de loisir, même si tout le monde faisait cela. Les gens lisaient des récits de meurtre, de viol, de scandale ou bien ils regardaient la télévision pour se distraire de tout ce qui n'allait pas dans leur propre vie.

Il savait que sa mère était une plus grande fan des Red Sox que tous les garçons avec qui il avait grandi, du genre de ceux qui préféraient regarder le match seuls à la maison. Quand John et Julia organisaient une réception à l'occasion d'un match du samedi, Nora allait chez eux, préparait la salade de pâtes et les brownies. Mais elle s'irritait quand les gens parlaient en même temps que les commentateurs. Elle n'aimait pas qu'on voie à quel point cela la passionnait, comment elle pétrissait ses mains jusqu'à ce qu'elles soient rouges, le nombre d'Ave Maria qu'elle récitait en silence. Elle croyait en des superstitions ridicules. Une fois, David Ortiz fit un *home run* dans la huitième manche alors que Brian se tenait dans l'embrasure de la porte et lui disait au revoir avant de partir travailler. Elle lui ordonna de ne pas bouger d'un pouce jusqu'à ce que le match soit fini.

Il n'avait pas besoin d'en savoir plus, et il n'irait jamais fouiller dans son passé.

— Ils ont dit à la météo qu'il risquait de neiger dans la matinée, dit John.

Brian se souvint d'une chose et, pour une fois, il le dit à voix haute, pour défendre Nora peut-être. Il voulait leur rappeler ses bons côtés.

— Est-ce que maman restait plus tard avec vous quand vous étiez petits pour écouter à la radio si l'école resterait fermée à cause de la neige ? Je me rappelle être assis ici, elle me faisait un chocolat chaud et on priait tous les deux pour que le nom de Hull soit prononcé. Quand c'était le cas, ça voulait dire soirée magnétoscope et pancakes le matin.

Bridget le regarda, puis elle se tourna vers John, qui secouait la tête en riant.

— Parfois, j'ai l'impression que tu as été élevé par une autre mère que la nôtre.

John acquiesça.

— Oui, par une mère qui t'aimait.

Ils se retrouvèrent à court de bière vers trois heures du matin.

— Il y a du Baileys, du whisky et du gin dans le bar, dit Brian.

— Liqueur avant bière, tu restes clair. Bière avant liqueur, t'as mal au cœur, déclara Bridget. Sage conseil de notre vieux père. Ne dites pas qu'il ne nous a rien appris.

Elle se levait déjà pour aller chercher le whisky.

— Dommage qu'il soit trop tard pour commander une pizza, dit John.

— Le frigo est plein, dit Bridget.

— Je déteste ces plats de doléances. Ces cordons-bleus dégueu.

— Eh bien, il reste le brie de Julia.

— Je déteste ces merdes encore plus.

Bridget versa un verre à tous les trois.

— On dirait qu'il a moins son balai dans le cul que d'habitude, dit-elle à Brian en hochant la tête vers John. C'est peut-être Patrick qui fait un tour de magie de l'au-delà.

— Peut-être, dit John. Ou peut-être que c'est les quarante-sept verres que j'ai avalés.

L'au-delà. Brian se demanda sérieusement où était Patrick. Il savait que sa mère croyait au paradis, l'imaginait comme un lieu physique dans le ciel.

— *Slâinte*, dirent-ils. À Patrick.

Le tintement pur et clair de leurs verres remua Brian. C'était un fil reliant chaque mariage, veillée et célébration de sa vie, Patrick étant présent à chacun d'eux.

— Je veux dire quelque chose, déclara Bridget en s'éclaircissant la voix. Juste une fois. Je sais que vous ne voulez pas l'entendre, et je ne le dirais jamais à maman, mais… pensez-vous qu'il l'a fait exprès ?

— Non, répondit Brian.

Elle poursuivit, comme si elle ne l'avait pas entendu.

— Soyons réalistes. Pat conduisait mieux ivre que sobre.

— Absolument pas, déclara Brian d'une voix plus forte, puis il ajouta, comme si cela prouvait quelque chose : Il avait des billets pour le Beanpot[1] le mois prochain.

Bridget n'était pas la première à insinuer une mort non accidentelle. Certains avaient évoqué cette

---

1. Tournoi de hockey sur glace opposant les quatre universités bostoniennes.

hypothèse au bar la veille au soir. Fergie et lui avaient été prompts à clore le débat. Ça ne ressemblait pas à Patrick. Ce n'était pas du tout lui.

Brian regarda John. Il pleurait. Il ne se souvenait pas d'avoir vu John pleurer avant.

— Je ne voulais rien dire, mais je pense savoir ce qui s'est passé, dit John. Vous voulez que je vous le dise ?

— Évidemment, répondit Bridget. Dis-nous !

Brian était nerveux. Il n'était pas du tout certain de vouloir savoir.

Quand un membre de la famille mourait, ils en apprenaient plus sur cette personne que durant son vivant. C'était injuste, car le défunt n'était plus là pour répondre de ses actes. Il ne voulait pas mettre Patrick dans cette situation.

— C'est ma faute, déclara John.

— Comment ça pourrait être ta faute ? dit doucement Bridget. Tu ne peux pas t'en vouloir parce que vous ne vous entendiez pas. Ça ne suffit pas pour…

— Non. Attends. Écoute-moi. Il y a eu cet article dans le *Globe* le dimanche.

Brian se figea. Il savait ce que John allait dire.

— Rory McClain a aidé un type de Dorchester qu'il connaissait. Une véritable épave, accro à l'héroïne, et cætera. Ce mec avait perdu la vue au collège. Il s'était fait attaquer. Rory s'est toujours senti mal pour lui. Bref, il m'a appelé aujourd'hui et m'a avoué que c'était Patrick qui l'avait fait. Qui avait rendu le gamin aveugle. Au cours d'une bagarre. Vous y croyez ?

— Qu'il ait rendu un gosse aveugle et qu'on ne l'ait jamais su ? dit Bridget. Non.

— Non, répéta Brian, soulagé qu'elle ait répondu cela.

Mais il repensait à la manière dont Pat avait réagi dimanche au bar quand l'article était sorti.

— Bridget, c'était juste avant qu'on déménage ici, reprit John. Tu te souviens comme ça nous a semblé bizarre ?

Il a essuyé ses larmes.

— Rory semblait croire que l'article avait pu déclencher quelque chose chez Pat. Et c'est à cause de moi qu'il a paru. Je les ai poussés à sortir l'histoire. J'ai insisté. Je ne dis pas que Pat l'a fait exprès. Mais c'est peut-être à cause de l'article qu'il a tellement bu ce soir-là. Ou alors il buvait toujours autant, mais ça l'a distrait et il a raté un virage sur la route, braqué une seconde trop tard.

Bridget secoua la tête. Brian vit qu'elle était surtout inquiète pour John maintenant.

— Pat a-t-il dit quelque chose au sujet de cet article ?

Ils fixaient Brian, les yeux de John étaient pleins d'espoir.

— Non, affirma Brian. Il ne lisait que le *Herald*.

Le visage de John retrouva des couleurs.

— Dieu merci, soupira-t-il, posant sa tête sur la table.

Était-ce vrai, ce que Rory McClain avait dit ? Brian ne voulait pas le croire. Il décida sur-le-champ qu'il n'y croirait pas, n'y croyait pas.

Ils ne sauraient sans doute jamais ce qui était arrivé. Ils continueraient leur vie, en se faisant leur propre idée, comme ils avaient toujours fait avec les autres secrets qu'ils avaient partagés ensemble ou gardés pour eux. Il espérait simplement que Patrick, ivre mort, s'était endormi et, malgré ce qui s'était passé, avait réussi en quelque sorte à ne jamais se réveiller.

— Je ferais mieux d'aller me coucher, dit John. Je dois me lever tôt pour finir l'éloge.

Il avala son verre et se leva, jetant sa tête en arrière.

— Je suis ivre, dit-il, l'air sincèrement surpris.

John sortit en titubant et monta à l'étage. Brian et Bridget le regardèrent partir.

Bridget repoussa sa chaise.

— Je vais monter aussi. Je dois acheter quelque chose sur Internet.

— Pour le refuge ?

— Nan.

Elle eut l'air de vouloir ajouter quelque chose, avant de se raviser.

— Tu devrais aller te coucher aussi, dit-elle.

— J'y vais.

Elle s'arrêta dans l'encadrement de la porte.

— Tu as vu comment la religieuse caressait ses cheveux ? demanda-t-elle, plus à elle-même qu'à lui.

Rocco la suivit hors de la pièce.

Après son départ, Brian resta seul dans la cuisine. Son verre était vide, si ce n'était la demi-lune de liquide brun accrochée au fond. Il savait qu'il ne devrait pas en reprendre, que, s'il le faisait, il aurait une gueule de bois atroce demain matin. Mais il se servit un dernier verre de Jameson.

La comparaison avec son frère et sa sœur était sans doute injuste, mais il pensa qu'il était celui à qui Patrick manquait le plus. C'était lui et Nora qui l'avaient le plus aimé. Les deux autres avaient leur famille, leur vie. Bridget allait avoir un bébé. Il se demanda si cela ferait plaisir à sa mère.

Brian avait construit sa vie autour de Patrick. Qu'allait-il faire maintenant, qu'allait-il devenir ?

Il vida son verre d'un trait, puis s'en versa une dernière lichette.

Après la veillée, Julia et Maeve avaient rassemblé toutes les photographies encadrées et les avaient rangées dans une boîte. Brian se leva et la trouva dans l'entrée. Il prit le cadre sur le dessus de la pile. Une photo d'école de Patrick. CM2 ou sixième.

Il l'emporta dans sa chambre.

Il alluma la lumière, se regarda dans la glace. Son reflet avait l'air étrangement normal.

L'une des phrases favorites de Nora était : « Qu'aurais-tu aujourd'hui si tu te réveillais riche des seules choses dont tu as remercié Dieu hier ? » Il se demandait maintenant si cela avait été un avertissement qu'il avait été trop idiot pour comprendre.

Patrick avait déclaré qu'à sa mort, il voulait être incinéré, et que ses cendres soient jetées dans le port de Boston de la poupe d'un bateau à voile. Nora ne le permettrait pas. Elle prétendait que les vrais catholiques n'étaient pas incinérés. Brian avait dû se retenir de lui demander pourquoi elle voyait en Patrick un vrai catholique. Mais maintenant, il lui en était reconnaissant ; il saurait où trouver son frère.

Patrick serait enterré demain dans le caveau où reposait leur père. Brian irait-il le voir, à la manière dont sa mère visitait ses morts, comme si elle allait déjeuner avec eux ? Elle essuyait la tombe, y déposait des fleurs, et parlait aux personnes reposant sous ses pieds. Il comprenait cette habitude maintenant.

Il était étonnant qu'on ne devienne pas un chagrin ambulant, dégoulinant de peine. Il pouvait rester en sommeil pendant des jours, des semaines, des années. Vous aviez l'air d'une personne tout à fait normale aux yeux des autres. Sans prévenir, le chagrin pouvait vous transpercer les côtes, vous cogner l'estomac, vous couper la respiration. Mais même alors, vous faisiez bonne figure. La Terre continuait de tourner.

HUITIÈME PARTIE

2009

22

Bridget tendit la main dans le noir, tâtonna pour trouver la lampe. Sa main se heurta à un mur.

Peu à peu, les objets se découpèrent dans l'obscurité. Il lui revint lentement en mémoire qu'elle était dans sa chambre, chez sa mère. Ils allaient enterrer son frère aujourd'hui.

Natalie dormait, serrée contre elle, toutes les deux sur des lits jumeaux.

Bridget étira son cou, ses lombaires. Les heures passées dans son lit d'enfant l'avaient endolorie. La cuite n'aidait pas non plus. Elle avait l'impression d'avoir pris un coup de marteau entre les yeux. Un goût épais, spongieux, lui empâtait la bouche.

Les draps étaient en flanelle, un écossais rouge et noir, bouloché par l'usure. Elle les avait écartés pendant la nuit. Ils étaient trop chauds. Des draps de saison qui seraient, comme toute la lingerie de la maison, remplacés au printemps par une parure en coton léger, même si personne ne prévoyait d'y dormir. Un changement motivé par la seule foi de sa mère dans le fait qu'un événement, à un moment donné, les ferait tous revenir.

Bridget regarda le plafond, puis le réveil. Il était sept heures. Elle s'était couchée il y avait seulement quatre heures.

Elle songea à se rendormir, mais le chien, l'entendant bouger, commença à chouiner. Elle s'assit et posa les pieds par terre.

— D'accord, dit-elle. Vite fait, alors.

Elle se leva et ramassa un sweat-shirt et un jean sur le sol, puis son manteau, accroché au coin de la porte du placard.

Au début, elle ne voulait pas réveiller Natalie. Mais elle était trop excitée pour attendre. Bridget lui embrassa la joue et, quand Natalie geignit en signe de protestation, elle murmura :

— Je t'ai fait un cadeau.

Natalie sourit. Elle étendit les mains sans ouvrir les yeux.

— Je ne l'ai pas emballé, dit Bridget. Pour ma défense, il fait presque un mètre quatre-vingts de haut. Soixante-dix-neuf kilos.

Natalie fut soudain tout à fait réveillée.

— Tu as acheté l'archéologue international ?

— Avec toutes les options.

— Alors, on le fait vraiment ? demanda Natalie.

— On le fait.

Elles s'embrassèrent, s'étreignirent, puis Bridget lui dit de se rendormir. Elle sortit de la chambre avec Rocco et referma doucement la porte derrière elle.

Après que sa mère eut congédié tout le monde hier soir, Bridget l'avait suivie à l'étage. Elle avait frappé à la porte de la chambre de Nora.

— C'est moi, dit-elle comme Nora ne répondait pas. Je peux entrer ?

De nouveau, le silence.

Elle ouvrit la porte et trouva sa mère assise au bord du lit, fixant ses mains posées sur ses genoux.

— Tu veux quelque chose ? demanda Bridget. Un verre d'eau ? Un shot de tequila ?

Elle voulait plaisanter, mais Nora la regarda comme si elle tentait de se rappeler qui elle était.

— Tu veux bien m'apporter une boîte de mouchoirs ? finit-elle par dire. Dans l'armoire à linge du couloir.

— Bien sûr.

Bridget s'y rendit et ouvrit le placard. Sa mère avait stocké dix-sept savonnettes Ivory. Dix boîtes rouges de Colgate en deux piles ordonnées. Un lot de douze rouleaux de papier-toilette. Quand un article était soldé, Nora en achetait dix. Habituellement, quand Bridget lui rendait visite, elle lui demandait tout de suite : *As-tu besoin de sacs Ziploc ? As-tu besoin de dentifrice ?* De sa vie, elle ne s'était jamais trouvée à court d'un seul produit. C'était un exploit.

Trois boîtes de Kleenex étaient posées à côté d'un petit cube blanc, dans son emballage. Bridget reconnut un cadeau que Julia avait offert à sa mère pour Noël, il y avait deux ou trois ans.

Quand elle l'avait déballé, Nora était restée impassible.

— C'est un très bon soin, avait dit Julia. Crème de la Mer. Les stars de cinéma ne jurent que par ce produit.

— Quatre-vingt-cinq dollars les 15 centilitres, maugréa John. Je suis sûr que l'héroïne coûte moins cher.

— C'est une folie, reprit Julia en le fusillant du regard, mais toutes les femmes méritent ce luxe de temps en temps.

Nora lui rendit la boîte.

— Tu devrais aller la rendre. T'acheter quelque chose pour toi.

— Ne soyez pas ridicule, dit Julia. Faites-vous plaisir.

— C'est de l'argent gaspillé. Je ne l'utiliserai jamais.

Apparemment, elle avait tenu parole et continué, fidèle à ses principes, à s'enduire les joues et le front de vaseline.

Bridget revint dans la chambre de sa mère. Nora s'était glissée sous les couvertures, avait éteint la lumière.

Bridget ne pensait pas qu'elle pleurait. Sa mère ne pleurerait jamais devant témoin. La demande de Kleenex était déjà en soi étonnante.

— Tu veux qu'on parle ?

— Je veux juste dormir, dit Nora.

On aurait dit une enfant terrifiée.

— Si tu veux parler de quoi que ce soit, maman, je suis là. D'accord ?

— D'accord.

Bridget pressa sa main.

Alors qu'elle se tournait pour partir, Nora l'appela.

— Oui ?

Bridget se demanda si c'était le moment où sa mère lui dirait qu'elle savait, qu'elle l'aimait. Ou peut-être que Nora voulait qu'elle avoue la vérité.

Avant qu'elle puisse réfléchir plus longtemps, Nora dit doucement :

— Je les entends charger le lave-vaisselle. S'il te plaît, assure-toi qu'ils lavent bien la porcelaine à la main.

La maison était silencieuse. Les seuls bruits venaient de l'extérieur, ceux de la ville qui se réveillait.

Bridget longea le couloir, surprise de trouver la porte de la chambre de sa mère fermée. Généralement, Nora était déjà debout à cette heure-là ; le café passait, le bacon grésillait dans une poêle à frire. Bridget fut heureuse qu'elle dorme encore, qu'elle ait réussi à trouver le sommeil.

En approchant de l'escalier, elle passa devant l'ancienne chambre de John, dont la porte était entrouverte.

John, Maeve et Julia dormaient ensemble sur un matelas gonflable qui occupait tout le sol de la chambre. Le petit lit n'était pas défait. Un poster de Larry Bird était accroché au-dessus, faisant face à une croix en bois sur le mur opposé. Il y avait probablement dans la commode des chaussettes qui avaient perdu leur forme, des tee-shirts, et peut-être un vieux jean. Des affaires dont John ne voulait plus, mais qu'il ne jetterait jamais, car ce n'était pas la peine. Cette maison conserverait leur passé tant que Nora y vivrait.

Elle n'avait jamais songé à transformer leurs chambres en bureau ou en chambre d'amis, mais les avait parfaitement préservées, dans l'état où elles étaient à leur départ de la maison. Leurs chambres étaient comme les chambres des morts, des vestiges d'une autre époque.

Bridget jeta un coup d'œil dans la chambre de Brian. Il y flottait une odeur d'eau de Cologne, qui ne masquait que partiellement la puanteur du linge sale. Une cible de fléchettes était accrochée au mur. Des trophées de l'école primaire et des figurines à tête branlante des Red Sox étaient alignés sur les rebords de fenêtre. Il n'avait rien changé à la pièce en vieillissant, seulement remplacé le lit simple par un lit double, mais en gardant son vieil édredon au motif camouflage. Un grand écran télé sur le bureau, calé entre un lecteur CD et des boîtes de cartes de base-ball sous étui plastique. La chambre était destinée à un enfant, et pouvait à peine contenir tous ces objets. C'était comme si la vie de Brian s'était déroulée indépendamment de lui et qu'il était perdu quelque part au milieu.

Sur le mur du fond, il y avait un petit fanion des Indians de Cleveland, le coin supérieur replié d'une façon qui la déprimait. Sa mère avait des maniques à l'effigie des Indians dans un tiroir en bas, et un décapsuleur Indians. Il y avait une pile de dix ou quinze casquettes au sous-sol, que ses parents avaient l'habitude d'acheter et de donner à tous ceux qui venaient à la maison, comme s'ils les avaient eues gratuitement. *Notre fils joue dans l'équipe*, se vantaient-ils devant l'électricien ou l'employé qui venait relever le compteur de gaz.

Bridget se demanda si cela faisait de la peine à Brian d'avoir sans arrêt ces objets devant les yeux. Il était tellement facile de s'enliser dans le passé si on ne s'en arrachait pas soi-même pour sauver sa vie.

Nora les aimait plus quand ils étaient enfants, pensa Bridget. Elle imagina Nora, après leur départ, monter l'escalier raide menant à la chambre de Patrick dans le grenier. Faire face à ce qui restait de lui là-haut.

Bridget descendit au rez-de-chaussée. Elle mit un chapeau, un manteau et des gants. Pourtant, quand elle ouvrit la porte, le froid la gifla comme une main, épaisse et calleuse. L'air avait un parfum pur et vivifiant. Sa mère aurait dit que ça sentait la neige.

La voiture de Nora n'était pas dans l'allée. Elle se demanda où sa mère avait pu aller à cette heure. À l'église peut-être. Ou chez O'Dell, qui n'était pas encore ouvert, juste pour être près de Patrick.

Elle promena le chien sur la colline, passant devant les maisons familières de son enfance. Elle suivit la courbe de la rue jusqu'au bout, là où les maisons faisaient face à la mer, presque les pieds dans l'eau. La maison de Betty Joyce était plongée dans le noir. Chez Eileen Delaney, la cuisine était allumée.

En marchant, elle pensait à sa mère et à la sœur que Nora n'avait jamais mentionnée jusqu'à hier. Maintenant, au pire moment de sa vie, Nora voulait la revoir. Ou une partie d'elle le voulait, en tout cas. Bridget pensa à ce que sa famille ignorait à son sujet. Comment pouvait-on être si proches et pourtant se connaître si mal les uns les autres ?

Quand elle était jeune, Patrick et John attiraient chacun à sa manière tellement l'attention qu'elle avait l'impression d'être une pièce rapportée. À une époque, elle sortait avec une fille qui lui avait dit que c'était pour cela qu'elle était partie à New York. Pour être considérée comme une personne à part entière, et pas seulement par rapport aux autres. C'était vrai. Partir à New York lui avait sauvé la vie. Mais parfois, elle le voyait comme une forme d'exil. Au fond d'elle, c'était ici qu'elle se sentait chez elle, parmi les siens, au seul endroit qu'elle considérait comme sa maison.

Dans son travail, elle voyait tant de cruauté et d'injustice. Elle mesurait à quel point les gens pouvaient être horribles. Mais la tristesse et l'incompréhension étaient contrebalancées par la bonté. Un jour, un homme avait amené un saint-bernard qu'il avait trouvé attaché, abandonné. La chienne avait un collier avec des pointes qui lui tenaillaient le cou. L'homme venait la promener tous les samedis. Après quelques mois, il dit à Bridget qu'il déménageait le week-end suivant et ne reviendrait pas. Il fit un adieu déchirant au saint-bernard. Mais le samedi matin, il était arrivé en camionnette.

— Je ne pouvais pas partir sans elle, dit-il. Je crois qu'elle aimera la Virginie.

La rue principale était déserte.

Par habitude, elle attendit que le feu passe au rouge, puis elle traversa la rue et entra dans le parking public de Nantasket Beach.

Elle arriva sur la digue et laissa le chien la tirer jusqu'aux marches menant sur le sable. La marée était basse. Personne en vue. Bridget détacha la laisse de Rocco. Il courut vers les vagues, et les poursuivit comme un chiot. Elle tira une balle de sa poche qu'elle lança dans l'eau. Le vent soufflait en bourrasque.

Patrick lui manquait. Sa douceur, sa folie. Sa famille lui paraissait différente maintenant. Quand l'un d'eux disparaissait, ceux qui restaient devenaient quelqu'un d'autre. Cela arrivait encore une fois et continuerait à se produire, malgré leurs vœux que ça n'arrive pas.

Mais à sa grande surprise, elle sentit une bouffée de joie et d'espoir l'envahir. L'influence de Natalie, se dit-elle. Sa foi en l'amour tout-puissant, même si c'était un amour imparfait, un amour tributaire de la mémoire, d'une version plus ancienne de chacun d'entre nous. Natalie croyait que s'ils la laissaient faire, Nora les surprendrait. Il n'y avait pas de raison de ne pas le souhaiter.

Bridget regarda l'océan, la terre de l'autre côté de l'horizon, trop éloignée pour qu'on puisse la voir. Elle pria en silence pour les défunts et les enfants à naître.

23

Deux heures plus tôt, à cinq heures trente du matin, Nora était allongée dans son lit, l'esprit ravagé, pensant à ce qu'elle avait fait. Elle n'avait pas dormi de la nuit, ou par intermittence. Elle s'agitait dans les draps, se redressait d'un bond, soudain réveillée, sans être certaine toutefois d'avoir vraiment dormi.

John l'avait raccompagnée en voiture chez elle hier, après la veillée. Au moment où ils sortaient du parking du funérarium, elle avait aperçu sa sœur à l'angle de la rue, qui montait dans un taxi. Theresa avait l'air si seule. Nora avait senti son estomac se décrocher. Elle était cruelle, horrible. Pourtant, elle n'avait rien fait pour se racheter. Elle s'était tournée vers Maeve sur la banquette arrière et lui avait demandé si elle avait faim pour des lasagnes.

Dans la maison pleine de monde, elle ne pensait qu'aux absents. Charlie. Son Patrick, que toutes les prières du monde ne pourraient plus jamais faire revenir. Et Theresa. Nora en prit conscience, debout devant la cuisinière, et la présence de tous ces gens lui devint insupportable. Les voix qui arrivaient des autres pièces étaient une agression. Ils s'en fichaient. C'était trop.

Elle les avait renvoyés chez eux. Elle était embarrassée maintenant d'avoir agi de la sorte, mais elle avait perdu son sang-froid.

Dans son lit, au début, Nora avait le sentiment que sa sœur avait mérité ce traitement cruel. Theresa pouvait assister aux funérailles si elle le désirait. Elles n'étaient pas obligées de se parler. Mais Nora n'arrivait pas à rester sur sa colère. Ses pensées ne cessaient de la faire dériver dans une autre direction.

Elle se demandait pourquoi elle avait passé cet appel téléphonique. Elle avait pensé sur le moment que c'était pour punir Theresa. Et non pour elle-même. Mais peut-être que ses anges gardiens avaient compris, d'une certaine façon, qu'elle avait besoin que Theresa soit là. Elle n'avait jamais pensé que Theresa aimait Patrick. Pas comme elle l'avait aimé. Mais quand elle s'était tenue devant sa dépouille avec Theresa, elle l'avait ressenti. Le chagrin de sa sœur, aussi palpable que le sien.

Bizarrement, elle avait pensé à Maeve à ce moment-là. L'orphelinat avait dit qu'on l'avait abandonnée sur un marché bondé, enveloppée d'un drap rose facilement repérable. Des couches et des pièces de monnaie répandues autour d'elle comme des offrandes. Symboles de l'amour d'une mère, de son dévouement. Nora songea à Theresa qui s'était enfuie de la maison cette nuit-là, en lui confiant Patrick. Elle pensa à la médaille arrivée par la poste dix-sept ans plus tard, la médaille de sa naissance et celle de son repos éternel.

À six heures, elle s'habilla et descendit l'escalier, s'attendant à trouver du désordre. Elle allait recevoir cinquante personnes tout à l'heure. Tellement de travail l'attendait.

Quand Charlie était mort, elle n'avait pas pu se résoudre à faire un dessert. C'était trop pour elle. Alors, elle avait triché et s'était rendue dans une bonne pâtisserie à Hingham et avait acheté des brownies et des sablés au citron, la seule fois de sa vie. Quand ils demandèrent, d'un ton élogieux, si elle les avait faits elle-même, elle lança un « bien sûr » outragé.

Hier soir, elle avait été bien plus loin. Elle leur avait laissé voir le pire d'elle-même.

Au pied de l'escalier, jetant un œil dans le salon, Nora découvrit, avec un certain étonnement, que ses enfants avaient tout nettoyé à la perfection.

En approchant de la cuisine, elle entendit un pied tapoter sur le sol. Elle se demanda d'abord si c'était Patrick, puis combien de temps son esprit allait lui jouer ce tour, qui n'était pas du meilleur goût.

John était assis, les coudes sur la table, les mains dans les cheveux, un carnet devant lui.

— Tu travailles ?

— Non. Je termine l'éloge funèbre.

— Oh !

Il avait fait du café. Elle s'en servit une tasse.

— Tu as dormi ? demanda-t-il.

— Pas beaucoup.

John écrivit quelque chose sur la feuille, puis il la regarda.

— As-tu vu l'article dans le journal dimanche ? Celui sur Rory.

— Oui. Jolie photo.

— Mais l'as-tu lu ?

— Non. J'avais beaucoup à faire. Je suis désolée.

— Il y avait ce jeune, O'Shea. Un gamin aveugle. Tu vois de qui je parle ?

Peter O'Shea. Nora priait pour lui tous les soirs depuis le jour où elle avait entendu son nom pour la première fois.

Elle regarda John dans les yeux.

— Oui.

— Tu avais raison, tu sais. J'aurais dû trouver une solution. Nous étions différents, mais nous étions frères.

Elle connaissait sa liste de doléances : l'argent, la confirmation de Maeve, la façon dont Patrick l'avait empêché d'entrer à Saint-Ignatius. Elle s'était demandé pourquoi Patrick n'avait pas tout simplement dit à John la vérité sur l'école : que, à tort ou à raison, c'était pour protéger John qu'il avait fait cela. Elle aurait sans doute dû lui dire elle-même. Une personne pouvait vous sauver la vie sans que vous le sachiez. Cela arrivait plus souvent qu'on ne le pensait.

J'aurais dû trouver une solution.

— Ce n'est pas facile, dit-elle. Je le sais mieux que personne.

John parut surpris.

— Oui. C'est vrai. Bien sûr.

— Tu devrais aller te coucher, John. Tu as l'air épuisé.

— Je le suis.

— Va dormir, alors. Je dois sortir. Je reviens vite.

Il regarda la pendule.

— Maintenant ?

— Oui.

— Tu veux que je vienne avec toi ?

— Non merci. Rejoins ta famille là-haut. Je te réveillerai à mon retour.

Elle était dans la voiture à six heures quinze. À Dorchester une demi-heure plus tard.

Leur ancien quartier avait tellement changé. Theresa l'avait-elle seulement reconnu ? Une maison de retraite Edison Green en brique se dressait au milieu de la rue. Plus de pelouse, plus de garçonnets jouant au ballon. La maison de Mme Quinlan et les maisons voisines étaient habitées par des Vietnamiens. Les Irlandais étaient pour la plupart partis ailleurs. Les salles de bal avaient fermé il y a bien longtemps.

Dorchester avait toujours été le quartier préféré de Patrick. Tellement d'autres jeunes rêvaient de partir ailleurs. Il était revenu et avait ouvert son bar ici, alors qu'il aurait pu aller n'importe où. Il était la personne la plus fidèle qu'elle ait connue. S'il avait été là pour voir son meilleur ami tituber à sa propre veillée, Patrick aurait trouvé un prétexte pour l'excuser.

Elle songea à quel point Theresa avait aimé Dorchester elle aussi, quand elle était jeune. Elle remonta plus loin encore. À leur vie en Irlande.

Nora avait dit aux enfants qu'ils n'avaient pas les moyens d'aller en Irlande, ce qui était en partie vrai. Mais la véritable raison était qu'elle ne voulait pas y retourner. Elle pensait qu'elle mourrait sans revoir son pays.

John était si fier de leur faire la surprise du voyage. Elle pouvait difficilement refuser. Il offrit le vol à toute la famille. Nora et Charlie étaient en première classe. Elle avait gardé les petites bouteilles de champagne. Elle les avait encore, au fond d'un placard de la cuisine.

Elle redoutait qu'une personne en ville commette un impair. Avant le voyage, et même dans l'avion, elle songea à dire simplement la vérité à ses enfants – *j'ai une sœur. On ne s'est pas parlé depuis des années*. Mais elle ne le fit pas. Puis le temps fila. Naturellement, après un long vol vers Shannon et un trajet en voiture tôt le matin, du mauvais côté de la route et les yeux embrumés, la première personne qu'ils rencontrèrent dans la rue principale de Miltown Malbay était une fille que Nora avait connue à l'école. « Comment va Theresa ? » furent les premiers mots qui sortirent de sa bouche.

Nora tressaillit, puis elle vit que ses enfants n'avaient pas l'air troublés. Ils connaissaient des dizaines de Theresa en Amérique.

Elle fut horrifiée de découvrir sa maison d'enfance en ruine, comme si elle n'avait jamais compté pour personne. Elle supposa que c'était pour cela qu'elle ne jetait rien. Il était important d'avoir des choses à soi.

Quand Theresa et elle rompirent le contact, leur frère tint chacune informée de la vie de l'autre. Mais après sa mort, ce fut le silence. Le frère de Charlie et sa femme organisèrent des funérailles modestes pour Martin. Nora ne vint pas y assister. Brian avait seulement trois ans à l'époque.

Lors du voyage en famille en Irlande, quand le nom de son frère fut mentionné, le frère de Charlie s'attendit à un remerciement chaleureux de Nora pour ce qu'ils avaient fait. Ils ne lui avaient même pas acheté de pierre tombale, seulement une stèle en granit toute simple, alors que Nora s'évertuait à offrir aux membres de leur famille de l'autre côté de l'océan des adieux dignes d'un roi. Elle resta un long moment devant les tombes de ses proches, ses enfants derrière elle, incapables de comprendre ce qu'elle avait perdu. Elle repensa à sa douleur quand Bridget s'était installée à New York. Personne d'autre dans la famille n'avait d'enfants qui s'en allaient ainsi. Elle-même était partie beaucoup plus loin. Sans jamais revenir jusqu'à maintenant. Il n'était pas juste que l'on ne puisse comprendre la douleur de ses parents qu'après avoir éprouvé soi-même la même perte. Et à ce moment-là, du moins dans son cas, ils étaient décédés.

Miltown Malbay était un endroit différent du village qu'elle avait quitté. Des voitures étaient garées le long de tous les trottoirs du centre-ville, comme à Boston. La salle de bal où Charlie l'avait embrassée pour la première fois était un magasin de meubles avec des rangées de canapés et de fauteuils qui occupaient tout l'espace, jadis vide, de la piste de danse. Il l'avait fait tournoyer dans ses bras, avant d'atterrir tous les deux dans un fauteuil inclinable. Un souvenir qu'elle n'oublierait jamais.

Elle n'avait jamais vu les falaises abruptes de Moher, à vingt minutes de la maison où ils avaient grandi. Quand Nora s'y rendit avec les enfants, elle fut fascinée par la beauté, la majesté du lieu. John lut à voix haute les informations du guide touristique sur les murets de pierre, qui s'étendaient sur des kilomètres, construits à la main il y avait des milliers d'années. Il voulait lui raconter l'histoire de sa propre vie.

Il y avait une plaque maintenant, non loin de la maison de son enfance, commémorant le site de l'embuscade de Rineen en 1920. Elle racontait le sang dans les rues, les enfants tués, les maisons incendiées. Son propre père avait dix ans à l'époque. Il n'en avait jamais parlé. Lui était-il trop douloureux d'évoquer ce souvenir ou avait-il voulu épargner cette histoire à ses enfants, comme Nora l'avait fait avec les siens à sa façon ?

Nora alla prendre le thé avec sa vieille amie Oona Donnelly. Au fil du temps, leur correspondance s'était limitée à une carte de Noël annuelle. Oona semblait heureuse. Elle était rondelette maintenant, avec des cheveux gris. Elle paraissait bien plus âgée que Nora, ou du moins Nora voulait le croire.

Elle avait sept petits-enfants. Leurs photographies couvraient toute la surface de son réfrigérateur. Oona lui dit que trois d'entre eux habitaient à Stockholm, avec leur père, son fils, et la Suédoise dont il s'était épris à l'université, mais qu'il n'avait jamais ressenti le besoin d'épouser. Les autres vivaient en bas de la rue. Tous les petits-enfants d'Oona passaient l'été dans un camp de vacances gaélique à Inis Mór, pour apprendre leur histoire. Ils parlaient parfaitement la langue irlandaise.

Nora était à la fois jalouse d'Oona et gênée pour elle. Il y avait quelque chose de déprimant dans cette cuisine rustique faiblement éclairée, les chaises pliantes, la collection de chats en porcelaine sur le rebord de la fenêtre. Les plans de travail étaient jonchés de livres de recettes et de circulaires ; des journaux et des bouteilles à moitié vides de soda ; une pile de casseroles en équilibre précaire. Nora ressentit une envie irrésistible de tout ranger à sa place. Il y avait un petit poste de télévision qu'Oona laissa allumé pendant qu'elles parlaient, jetant un coup d'œil à l'écran de temps en temps.

Avant qu'elles se séparent, Oona demanda des nouvelles de sa sœur. Nora lui avait raconté dans ses lettres que Theresa était entrée au couvent, puis leur brouille, mais elle ne lui avait jamais dit pour Patrick. C'était trop difficile à expliquer dans une lettre. Et puis, coucher l'histoire sur papier semblait un risque trop grand.

Assise dans la cuisine d'Oona, Nora envisagea de lui confier leur secret. Mais elle se contenta de répondre : « On ne se parle plus. Elle a sa vie et j'ai la mienne. »

Elle put voir que la réponse ne satisfaisait pas Oona, mais elle en resta là.

L'ancien pub Friel's portait une enseigne au nom de Lynch désormais, mais tout le monde – même les Lynch – continuait de l'appeler Friel's. Quand Nora sortit de la maison d'Oona et retrouva les siens au pub, ses enfants étaient de bonne humeur, fiers d'avoir rendu possibles ces retrouvailles. Ils pensaient que prendre le temps de discuter avec son amie autour d'un thé la ravirait. Ils ne pensaient pas que cela pourrait lui causer de la peine, lui faire revivre ses adieux avec Oona.

Durant toutes ces années en Amérique, Nora n'avait pas eu d'amitié comparable.

Elle tourna sur Dorchester Avenue à dessein. Elle n'avait pas à passer par là. Mais Nora voulait voir le bar, même s'il était sûrement fermé à cette heure. C'était le dernier endroit où Patrick avait été. Le dernier endroit où il avait été.

Il n'y avait pas de voiture derrière elle. Elle ralentit en approchant du bar et vit des bouquets de fleurs sur le trottoir. Cette vision la fit pleurer. La grille était levée, la porte grande ouverte. En passant devant, Nora put apercevoir une silhouette assise seule à l'intérieur.

Il a rendu tellement de gens heureux, avait dit la copine de Brian hier soir.

Elle n'était pas la femme que Nora aurait choisie pour lui, mais aucun de ses enfants n'aurait jamais épousé la personne qu'elle avait imaginée pour eux. Nora pensa à Bridget, tenant la main de Natalie, la faisant entrer dans le rang de la famille. La réponse à une question qu'elle n'avait jamais voulu poser, pas même à elle-même. C'était terrible d'une certaine façon, et pourtant la vie continuait. Elle ne voulait plus être terrifiée.

Elle s'engagea sur Morrissey Boulevard. Deux minutes plus tard, elle se gara sur le parking du motel, impatiente d'emmener Theresa loin de cet endroit sordide.

Dans le hall d'entrée, un garçon de dix-neuf ou vingt ans se tenait derrière le comptoir, les yeux rivés sur son téléphone. Il ne leva pas la tête quand elle s'approcha.

— Excusez-moi, dit-elle. Je cherche quelqu'un. Une cliente.

— Je ne peux pas vous donner de renseignements sur les clients, m'dame, répondit-il d'une voix qui se voulait ferme, alors qu'il semblait nerveux.

Elle comprit qu'il devait penser qu'elle était une femme trompée sur les traces de son mari infidèle. C'était le genre de clientèle qui venait ici.

— Il s'agit de ma sœur, précisa Nora. Une religieuse. Je viens la chercher pour l'emmener à des obsèques familiales.

— Oh !

Son visage exprima le soulagement.

— Au deuxième étage. Chambre deux cent neuf.

Il replongea dans son téléphone, puis leva les yeux de nouveau.

— Alors, c'est une vraie bonne sœur ?

Nora se dirigea vers l'ascenseur et pressa le bouton d'une main tremblante.

Arrivée au deuxième étage, elle marcha jusqu'à la porte, respira à fond et frappa.

Sa sœur apparut, vêtue d'une chemise de nuit en coton. Elle était pieds nus. Ses cheveux tombaient sur ses épaules. Elle était belle. Elle ressemblait à la Theresa petite fille.

— Tu ne portes pas l'habit de religieuse au lit, alors ? dit Nora.

Theresa parut surprise, puis elle sourit.

— Non. Pas habituellement.

Nora les imaginait déjà toutes les deux dans la voiture, en route pour Hull, le sac de Theresa dans le coffre. Elles pourraient s'arrêter à la plage quelques minutes, regarder l'océan. Il y avait tellement de choses qu'elle voulait dire à sa sœur.

— Je n'aurais pas dû agir de cette façon hier, dit Nora. Pardonne-moi.

Theresa inclina la tête. Elle ouvrit la porte en grand, en très grand.

— Nora, pardonne-moi, dit-elle. Entre.

REMERCIEMENTS

Je suis, comme toujours, infiniment reconnaissante à mon éditrice, Jenny Jackson, et à mon agent, Brettne Bloom, qui ont travaillé sans relâche sur ce livre. Et aux amis et membres de ma famille qui ont pris le temps de lire diverses versions et de me faire des commentaires précieux à chaque étape : Helen Ellis, Liz Egan, Stuart Nadler, Hilary Black, Ann Napolitano, mon mari, Kevin Johannesen, et mes parents, Joyce et Eugene Sullivan.

Bien que les paroles, les pensées et les actions de mes personnages soient entièrement fictives, beaucoup de personnes m'ont aidée à reconstituer la réalité de leur monde. Pour leurs récits de la traversée de l'océan et du visage de la Boston irlandaise des années 50 et après, je remercie Jack Cronin, Mary Sheehan, Kathleen Ahern, Mary McCarthy, Catherine Wyse, Caitlain Hutto, Owen O'Neill, et Ralph Cafarelli. Merci d'avoir répondu à mes nombreuses questions.

En Irlande, des entretiens avec Madeleine McCarthy, Mary O'Halloran, Patsy Jones, Kitty Meade, Charlie Lynch, Cyril Jones et Harry Hughes m'ont aidée à dresser un portrait de Miltown Malbay, la ville où est née mon arrière-grand-mère. Merci à Cormac McCarthy à Cuimhneamh an Chláir et Séamus Mac Mathúna à Oidhreacht an Chláir d'avoir rendu cela possible. Et à mes cousins Mary et Pat Meade, qui nous ont si bien accueillis.

Je remercie la mère abbesse Lucia Kuppens et toute la communauté de l'abbaye de Regina Laudis pour leur chaleur et leur hospitalité. Et ma tante, Nancy Hickey, et Martha Kuppens pour m'avoir fait découvrir l'abbaye.

Deux documentaires m'ont été d'un grand secours. *Malbay Manufacturing and Dalgais Labels* réalisé par le centre Youthreach Miltown Malbay m'a aidée à mieux imaginer le travail de Nora. Et *God is the Bigger Elvis* de HBO m'a ramenée à Regina Laudis après mon retour à la maison.

Je remercie Sara et Justin Pitman qui ont répondu à mes questions médicales. Conor Yunits, qui m'a expliqué beaucoup de choses sur la politique et m'a aidée à créer le parcours professionnel de John. Ma cousine, la regrettée Eileen Meade. La famille Quinlan : Henry, Regina, Anne Moran, Mary Jordan, et Mary et Jack McCaffrey. Maryann Downing, qui a partagé sa vision de la vie au couvent, et Scott Korb, pour nous avoir présentées. Meg Wolitzer, Mary Gordon, et Mary Beth Keane, pour leurs sages conseils de dernière minute. Agatha Scaggiante. Deanne Dunning. Barry Moreno à Ellis Island, Yvonne Allen du Cobh Museum à Cobh en Irlande, et Alicia St. Leger. Merci à Noreen Kearney Dolan, Kate Sweeney Regan, et Kelly Coyle-Crivelli pour les souvenirs de famille. Et à Julianna Baggot et Joshua Wolf Shenk pour l'image de Gilot obligée de remonter le moral de Picasso tous les matins pour qu'il accepte de se lever, comme le décrit Joshua dans son livre *Powers of Two.*

Enfin, je suis reconnaissante à toute l'équipe de Knopf et Vintage, notamment Christine Gillespie, Helen Tobin, Anna Dobben, Sara Eagle, Zakiya Harris, Maria Massey,

Amy Ryan, Nicholas Latimer, Paul Bogaards, AnneLise Spitzer, Carol Carson, et Abby Weintraub. Jenny Meyer et Sara Goewey de la Jenny Meyer Literary Agency. Et Dana Murphy et toutes les femmes extraordinaires du Book Group.

DE LA MÊME AUTEURE,
AUX ÉDITIONS RUE FROMENTIN :

Les Débutantes, 2012
Maine, 2013
Les Liens du mariage, 2014

PAPIER À BASE DE
FIBRES CERTIFIÉES

Le Livre de Poche s'engage pour
l'environnement en réduisant
l'empreinte carbone de ses livres.
Celle de cet exemplaire est de :
350 g éq. CO_2
Rendez-vous sur
www.livredepoche-durable.fr

Composition réalisée par Lumina Datamatics, Inc.

Achevé d'imprimer en France par
CPI BRODARD & TAUPIN (72200 La Flèche)
en mars 2020
N° d'impression : 3038014
Dépôt légal 1re publication : avril 2020
LIBRAIRIE GÉNÉRALE FRANÇAISE
21, rue du Montparnasse – 75298 Paris Cedex 06

26/9992/6